BASTEI
LÜBBE

PAUL KEARNEY

Der magische Wald

Fantasy-Roman

Ins Deutsche übertragen
von Michael Ritz

BASTEI LÜBBE

BASTEI-LÜBBE-TASCHENBUCH
Band 20259

Erste Auflage:
Juni 1995

Deutsche Lizenzausgabe 1995
Bastei-Verlag
Gustav H. Lübbe GmbH & Co.,
Bergisch Gladbach
Originaltitel:
A Different Kingdom
Lektorat:
Christine Schläfer/Stefan Bauer
Titelbild: David Bergen
Umschlaggestaltung:
Quadro Grafik, Bensberg
Satz: Fotosatz Schell, Hagen a.T.W.
Druck und Verarbeitung:
Brodard & Taupin,
La Flèche, Frankreich
Printed in France

ISBN 3-404-20259-7

Für Mary-Ann Kearney

PROLOG

Als er sehr jung gewesen war, hatte er den Leuten von den Dingen erzählt, die er sah. Seiner Tante, seinen Großeltern; jedem, der ihm zuhörte. Und sie hatten dieses merkwürdige Lächeln der Erwachsenen aufgesetzt, in dem weniger Belustigung als Unbehagen lag, als dächten sie: »Was für eine Phantasie!«

Es gab niemanden sonst, dem er es hätte erzählen können, und das würde sich auch nicht so schnell ändern. Selbst als dann so jemand erschien, war *sie* genauso unglaubhaft wie all die anderen Dinge. Also behielt er es für sich.

Wie konnte er sie nur dazu bringen, ihm zu glauben, daß es Wölfe in der Umgebung der Farm seiner Großeltern gab, daß er Stimmen hören konnte, wenn er am Ufer des Flusses stand, Stimmen, die in einer unbekannten, wilden und rauhen Sprache sprachen? Stimmen von dem Anderen Ort. Und er konnte ihnen nicht sagen, daß er mitten in der Nacht einen Werwolf leise über den Hinterhof hatte schleichen sehen, der mit seinen Pfoten die Türschlösser betastete, während das Mondlicht in seinen Augen funkelte, denn der Schrecken lähmte seine Zunge, wenn er es versuchte.

Nein. Er konnte nichts sagen, was sie überzeugen würde, darum schwieg er. Und sie fragten ihn nie, warum er sein Fenster nachts immer geschlossen hielt.

Teil Eins
Antrim

KAPITEL EINS

Für einen Erwachsenen, dem die Müdigkeit der Welt durch die Adern fließt, ist das Land überschaubar und ohne Geheimnisse – wie ein Schiffsmodell in einer Flasche. Irland ist ein kleines Land, und seine nördliche Provinz ist noch kleiner. Es ist vom Meer umgeben, und vom höchsten seiner Berge kann man das halbe Land überblicken.

Für ein Kind jedoch ist das Land grenzenlos und unermeßlich groß – aber wer wäre schon so töricht, es vermessen zu wollen? Es besteht aus blauen Bergen, die sich nach allen Seiten hin am Horizont erheben, aus riesigen, unheimlichen Wäldern und rauschenden Flüssen, die einem fernen, unbekannten Meer zueilen. Für ein Kind ist ein Ausflug über drei Felder eine Expedition, kommt es einer Fahrt über den Amazonas gleich, wenn es einem Flüßchen eine Meile weit folgt. Ein kleines Land also, nicht aber für ein Kind. Groß genug für Märchen.

Tief wie der Torf finden sich Zeugnisse der Geschichte. An einsamen Stellen liegen Waffen versteckt, von denen einige schon seit einem halben Jahrhundert in Vergessenheit geraten sind; andere liegen gut eingefettet für künftige Morde bereit. Seit undenklichen Zeiten sind immer wieder kriegerische Auseinandersetzungen aufgeflackert. Sie sind ein Ritual, wie das Drehen der Erde, ein blutiges Opfer an alte unzufriedene Götter. Sie sind ein Teil des Lebens dort.

Auf dem Grund der Flüsse findet man bleiches Keltengold oder – noch älter – bearbeiteten Feuerstein, zurechtgehauen, um in eine Hand zu passen, die schon lange zu Staub zerfallen ist.

Diese grüne Insel ist ein altes Land, geformt durch viele Jahrtausende. Krieg, Hunger und Religion haben ihr unauslöschlich ihre Stempel aufgedrückt, haben sich in das Bewußtsein der Menschen eingebrannt, legen sich wie

Schatten über kultische Steine, sickern in den Torf als Brennstoff für künftige Zeiten. Es ist seine Heimat.

Er lebt auf Boden, den seine Familie seit Generationen bewohnt. Sie hat sich im Laufe der Jahre immer weiter vergrößert, wurde von einer kleinen Einheit zu einem Clan, einem Stamm. Söhne haben Häuser gebaut und es im Schatten ihrer Väter mühsam zu einer eigenen Farm gebracht. Töchter haben Nachbarn geheiratet. Viele sind ins Exil gegangen, ausgezogen und zurückgekehrt, um dort zu sterben, wo sie einst das Licht der Welt erblickten. Seine Familie hat hier Wurzeln, die älter sind als die Festung oben auf dem Hügel. Sie hat das Land in Besitz genommen, ausgebeutet, gepflegt, verflucht, war auf ihm gefangen.

Seine Eltern sind von diesem Land getötet worden. Eine Bombe, die für einen anderen bestimmt war, hat ihn zum Waisen gemacht. Eine Einkaufsfahrt in dem Wagen, den sein Vater gerade erst gekauft hatte, und auf den er so stolz war ...

Jetzt lebt er bei seinen Großeltern, und die Erinnerung an seine Eltern wird langsam blasser. Er weiß, daß sich Schatten über die große Welt jenseits seiner eigenen kleinen Welt legen, und in den Diskussionen der Erwachsenen ist von *Rechten*, von *Gleichheit* die Rede. Er weiß aber nicht – und niemand weiß das –, daß schon im nächsten Jahrzehnt seine ruhige Welt explodieren wird.

Im Augenblick jedoch ist die Farm seiner Großeltern noch der Mittelpunkt seines Lebens. Sie besteht aus einer Ansammlung von weißverputzten Gebäuden, deren Strohdächer erst vor kurzer Zeit durch rotes Wellblech ersetzt wurden. Es gibt dort kleine vergessene Verschläge, die mit faszinierenden Gegenständen gefüllt sind – Strandgut vergangener Zeiten. Es gibt einsame Winkel, abgelegene Verstecke, überraschende Gerüche nach Zerfall, Mist, Dung und Heu, Gerüche von Mensch und Tier. Die Farm ist eine eigene Stadt im Kleinformat, die von den verschiedensten Einwohnern bevölkert wird: von den Feldmäusen in der

Melkstube bis zu den Tauben in ihrem Schlag. Auf dem gepflasterten Hinterhof picken die Hühner nach ihrem Futter, geschmeidige Katzen räkeln sich tagsüber schläfrig und gehen nachts auf die Pirsch. Collies versuchen durch ihr Gebell den Eindruck von Betriebsamkeit zu erwecken. Pferde mit ruhigen Augen haben noch nicht begriffen, daß die Zeit des Schleppens und des Pflügens für sie vorbei ist und sie nur aus Sentimentalität noch ihr Gnadenbrot bekommen (obwohl das nie jemand zugeben würde). Auf den tiefer gelegenen Wiesen grasen Schafe, auf einer nahe gelegenen Koppel, die einmal eine Rasenfläche war, steht eine mürrische Ziege. Eine trächtige Sau suhlt sich fröhlich grunzend zwischen Eichen und Ahornbäumen, und ein halbes Dutzend Kätzchen, die zu ertränken niemand das Herz hatte, tollen überall herum. Aber das ist nicht alles.

Unten am Fluß, der sich an der Farm entlangschlängelt, gibt es Wasserratten und Wühlmäuse. Nachts schleichen Füchse über die Felder und beunruhigen die Hühner, und im Wald am Fuße der Hügel finden sich Dachsbaue. Ein Eisvogel stürzt aus den Erlen, die das Flußufer säumen, um Jagd auf Stichling und Elritze zu machen, und unablässig ertönt der Ruf der Brachvögel, die ihren Bogen über den Himmel ziehen wie Pfeile, die den Bergen im Westen entgegenschwirren. Die Welt ist ein geschäftiger Ort, der vor Aktivitäten summt, aber immer noch ein ruhiger Ort.

Pferde sind auf den Straßen noch ein vertrauter Anblick, und es gibt noch nicht viele Autos. Die Straßen selbst sind schlecht, holprig und voller Schlaglöcher, schlammig im Winter und staubig im Sommer. Es sind zwei Meilen bis zum nächsten Dorf, das auch nur ein kleiner Flecken ist mit einem Wirtshaus und drei Kirchen. Die Stadt mit dem Markt, der einmal wöchentlich besucht wird, liegt elf Meilen entfernt.

Zwischen den stumpfen Gipfeln der Sperrin-Berge, hinter denen abends die Sonne verschwindet, und den felsigen, ginsterübersäten Höhen des Antrim-Plateaus im Osten öffnet sich das weite Flußtal des Bann zwanzig Meilen weit über zwei Counties. Es ist von dunklen Wäldern überzogen, zwischen denen Gerstenfelder, Kartoffel-, Kohl- und Rübenäcker eingestreut sind, sowie von Hecken gesäumte Wiesen und Weiden. Kleine Ortschaften sprenkeln den grünen Mantel des Landes. Es gibt keine erwähnenswerten Städte, und in den nächsten zwanzig Jahren werden dort keine größeren Wohngebiete entstehen. Es ist ein letztes Refugium, das einen Abschiedsblick auf Wälder gewährt, die schon bald gerodet sein werden, auf schilfgesäumte Auenlandschaften, auf Wiesen, die seit Jahrtausenden von Wildblumen übersät sind und schon von Druiden betreten wurden.

Doch von all diesen Dingen weiß er noch nichts. Das Dorf, die Stadt mit dem Markt, all das liegt unendlich weit entfernt, und darüber hinaus kennt er nur Gerüchte von Amerika, dem Land der Emigranten. Die Farm, der Fluß, die Felder und Wälder der Umgebung: Das ist sein Königreich.

KAPITEL ZWEI

Schon damals schien Michaels Großmutter eine alte Frau zu sein, älter als sein Großvater, den sie überleben würde. Sie war stattlich, mit großen Händen und einem weißen Haarschopf, der allen Versuchen trotzte, ihn mit Hilfe von Klammern und Schleifen zu bändigen. Sie neigte zur Fülligkeit, bezeichnete sich selbst als ›grobknochig‹ und blickte dabei in einer Weise um sich, die jeden Kommentar im Keim erstickte. Ihre Augen leuchteten in einem hellen Blau, und selbst als die Jahre ihren Blick langsam trübten, hielt sie ihre eigenen Hühner, molk ihre eigene Ziege und strickte mit selbstzufriedener Routine unzählige Socken. Ohne Mühe kochte sie riesige Mahlzeiten, holte dafür das Gemüse, an dem noch die Erde klebte, aus dem Garten und drängte jeden, der in der Nähe war, Holz für den großen Herd zu holen, der im hinteren Ende der Küche glühte und fast die ganze Breite des Raumes einnahm. Die Herdplatte wurde niemals kalt, immer dampfte dort ein Kessel mit dem schauerlichen Tee, der schwarz wie Erde in die Tasse floß, und den sein Großvater literweise trank. Kaffee war unbekannt, und das Frühstück bestand aus riesigen Mengen von brutzelndem Speck mit Spiegeleiern und Brot. Morgens, wenn Nebel aus dem Wiesengrund stieg und der letzte Stern am Himmel langsam verblaßte, versammelten sich die Männer – Familienangehörige und Lohnarbeiter – in der Küche mit dem Boden aus Steinfliesen und verschlangen mächtige Portionen des dampfenden Essens, bevor sie hinaus auf die Felder und in die Ställe gingen. Es gab kalte und dunkle Wintermorgende, an denen die Männer Laternen mit hinaus nahmen, da es in den Ställen und Scheunen noch kein elektrisches Licht gab. Und es gab herrliche Morgendämmerungen im Sommer, wenn sich die Sonne wie glühendes Feuer aus dem Horizont in einen wolkenlosen Himmel hob und weiches Licht sich wie einen Segen über das erwachende Land legte.

Wenn Michaels Großvater mit seiner beachtlichen Größe von ein Meter neunzig der Herr der Farm und der Felder, der Arbeiter und der Ernte war, dann war seine Großmutter die Herrin des Hauses, die Bereiterin der Mahlzeiten und strenge Wächterin der Sitten. Vor den Mahlzeiten wurden die Hände mit einer groben Karbolseife gewaschen, deren Geruch Michael sein Leben lang verfolgen würde und der Dreck von den Stiefeln geschrubbt. Das Haus und die Farm waren damals immer voll Leben: Menschen kamen und gingen, Stiefel polterten über die Diele, die Großmutter rief in den Hof zum Essen – oder schickte Michael im Laufschritt hinaus auf die Felder, wo die Männer verschwitzt ihrer Arbeit nachgingen – Sensen, Halfter, Eimer, Schaufeln,

Säcke oder Mistgabeln in den Händen. Er erinnerte sich an solche Abende, in der Zeit des Heumachens, wenn kleine Mücken wie Wolken in der Luft tanzten, das Muhen einer Kuh weit durch die Stille klang, und er über Felder und Weiden stürmte, um alle zum Essen zu rufen. Seine Kleidung war dann mit Grassamen übersät, Schuhe und Hose mit flüssigem Kuhdung bespritzt.

»Du hast Kuhscheiße auf der Nase«, wurde ihm dann ruhig mitgeteilt. »Was hast du damit gemacht, eine Schneeballschlacht? Mach dich auf die Socken und wasch dich, sonst wird dir deine Oma das Fell gerben.« Und er sah nicht mehr, wie sie hinter ihm grinsten, wenn er zurückeilte.

An einem solchen Spätsommerabend lief Michael Fay mit Kuhscheiße auf der Nase zur Farm zurück, stolperte und stürzte, rutschte und schlitterte, und sein ganzes Leben wurde dabei am Kragen genommen, durchgeschüttelt und an einem anderen Ort wieder abgesetzt. In einer anderen Welt.

Er konnte den würzigen Geruch der Erde riechen, als er mit wirbelnden Armen und Beinen den steilen Hang hinunterpurzelte. Er roch wilden Knoblauch und Uferschlamm, und als die Welt aufhörte, sich um ihn herum zu drehen, stellte er fest, daß er sich auf einer Böschung befand, die zum Fluß am Fuße der Grundwiese hinabführte, daß er die dicht mit Haselnußsträuchern bewachsene Uferböschung etwa sechs Meter weit heruntergesegelt war. Das Licht der Abendsonne hatte er oben auf der Weide zurückgelassen. Hier unten zwischen den Erlen und Weiden herrschte Zwielicht. Die Bäume standen bis dicht an das Wasser heran, wie Tiere an der Tränke, und zwischen den Stämmen wurde es rasch dunkler.

Er setzte sich auf und klopfte sich unbeholfen Staub und Erde ab. Er spürte kleine Zweige in den Haaren und unter seinem Hemd. Seine Kleidung war mit Moos und Erde beschmiert. Er verzog das Gesicht, warf einen Blick auf seine grünschwarzen Hände und dann hinunter zum Fluß, wo sich die Dämmerung über das rauschende Wasser legte.

An den langen Nachmittagen, wenn ihn seine Großmutter von den zahlreichen Pflichten befreit hatte, die sie ihm Tag für Tag aufbürdete, ging er hier oft auf Elritzenjagd. Er kannte diesen Fluß – denn für ihn war es ein Fluß, obwohl er kaum drei Meter breit war, und man hindurchwaten konnte. Wenn man ihm von hier aus ein paar hundert Meter flußaufwärts folgte, kam man zu der alten Brücke, wo eine kaum benutzte Straße den Fluß überquerte. Das schwere Mauerwerk der Brücke ragte aus dem Wasser wie die Wände einer Burg, und unter dem Brückenbogen gab es nichts als schwarze Finsternis und das Platschen der Wasserratten.

Michael fröstelte, und dann erstarrte er wie ein schockiertes Kaninchen. Denn heute abend war irgend etwas nicht in Ordnung hier unten am Fluß, etwas Merkwürdiges ging vor. Die Bäume schienen dicker zu sein und enger beieinander zu stehen. Die Weiden wirkten älter, und ihre Äste ragten dichter über das plätschernde Wasser. Und auf dem Hang, den er gerade heruntergestürzt war, gab es keine Baumstümpfe mehr.

Er drehte sich um. Tatsächlich. Sein Großvater hatte die Haselnußsträucher gelichtet, damit die Schafe Zugang zum Fluß hatten und dort trinken konnten. Rinder würden die steile Böschung nie herunter kommen, Schafe aber schon. Es gab dort efeubedeckte und moosbewachsene Stümpfe, über die man stolperte, wenn man sich nicht vorsah, aber kein einziger hatte Michaels Sturz gebremst, und auch jetzt konnte er keinen entdecken. Seltsam.

Doch der Gedanke verging so schnell, wie er gekommen war. In der Welt der Erwachsenen würde es schon – wie immer – irgendeine Erklärung dafür geben. Hier aber spielte es keine Rolle. Für einen Augenblick blieb er sitzen, lauschte dem Fluß und lächelte. Unbemerkt stieg über ihm der Abendstern über die Bäume. Keinen Moment dachte er an das Abendessen oder irgendwelche Botengänge, sondern saß dort, als warte er auf etwas.

Auf der anderen Seite des Flusses bewegte sich etwas zwischen den Bäumen. Er blieb unbeweglich sitzen, obwohl sein Herz heftig zu pochen begann.

Zweige schwangen hin und her; irgend etwas Großes schob sich durch die Bäume. Angespannt spähte er hinüber, konnte aber in dem schwindenden Licht nichts sehen. Wie von selbst spannten seine Muskeln sich an, und seine Hände schlossen sich um das modrige Laub auf dem Boden.

Er hörte einen Gesprächsfetzen – eine Stimme, dann eine andere, die Antwort gab, doch die Wörter konnte er nicht verstehen. Die Stimmen klangen tief, schnarrend, guttural, aber rhythmisch wie ein Lied. Fluchtbereit beugte er sich vor.

Drüben auf der anderen Seite durchbrach jetzt etwas die Brombeerbüsche. Er erblickte die grinsende Maske eines Fuches, mit funkelnden Augen und blitzenden Zähnen, aber darunter schimmerten noch zwei Augen über einem breit grinsenden Mund. Der Schreck raubte Michael den Atem, er warf sich nach hinten, taumelte über Laub und Zweige. Dann hörte er ein Bellen, das wie ein Lachen klang, und sah, wie weitere schemenhafte Gestalten sich aus dem Buschwerk lösten. Es platschte etwas ins Wasser, und er erblickte für einen Moment einen Schatten mit spitzen Ohren, der aufrecht durch das Wasser watete. Stimmen erklangen in dem melodischen Singsang, ein weiteres harsches Lachen ertönte, ein Geräusch, wie das Klopfen eines Spechtes.

»Großer Gott!« stöhnte er und kroch rückwärts, stampfte die Absätze in den Boden, daß Erde und Blätter durch die Luft wirbelten und schob sich auf dem Hintern die Böschung hoch. Immer mehr Schatten bewegten sich jetzt im Fluß, aber noch hatte keiner das diesseitige Ufer erreicht. Sie hatten menschenähnliche Gestalt und bewegten sich geduckt. Ihr Rumpf war mit Fellen bekleidet, ihre bloßen

Arme und Beine glänzten durch Schweiß oder Farbe, und auf den Köpfen trugen sie Fuchsmasken. Zwei von ihnen trugen eine lange Stange auf den Schultern, an der eine dunkle Last hing. Daneben war etwas, das einem Hutständer glich, an der Stange befestigt. Geweihe. Als eine leichte Brise durch die Flußsenke wehte, konnte er sie riechen. Sie stanken nach Urin, nach verdorbenem Fleisch, nach Holzfeuer. Ihre tropfende Last verströmte einen durchdringenden Blutgeruch.

Da verlor er die Nerven. Er drehte dem Fluß den Rücken zu und kämpfte sich keuchend und mit schreckverzerrtem Gesicht den Hang hinauf, rutschte auf dem schlüpfrigen Boden aus und suchte mit den Händen Halt. Auf allen vieren kroch er hinauf, dorthin, wo der Wald lichter wurde und es heller war, zu der Weide, wo er seine Welt hinter sich gelassen hatte. Dabei stieß er sich die tastenden Finger heftig an einem moosüberwucherten Baumstumpf und stürzte auf die Seite, weinend, überzeugt davon, daß die Schatten vom Fluß sich auf ihn stürzen würden und ihr gräßlicher Gestank ihn umfangen wurde. Er schloß die Augen.

Doch nichts geschah.

Er öffnete die Augen einen Spaltbreit, konnte in der Dämmerung nichts erkennen und starrte dann mit weit aufgerissenen Augen hinunter zum Fluß.

Dort war niemand. Ein Vogel zwitscherte sein Abendlied vor sich hin, und nichts störte das Schimmern der Wasseroberfläche. In den Bäumen regte sich nichts. Er schluchzte erstickt und hörte von weitem die Stimmen der Männer, die zum Essen zum Haus gingen, blickte hinüber und erkannte ihre Schatten auf den dämmrigen Feldern, das plötzliche Aufglühen einer Zigarette, wie ein winziges Auge, das ihm zuzwinkerte. Er kletterte aus der düsteren Flußniederung und legte sich für einen Augenblick am Rande der Weide auf den Boden. Er war völlig erschöpft. Seine Lunge sog stoßweise die milde Abendluft ein. Irgendwo ertönte der Ruf einer Waldtaube. Einer der Männer lachte über irgend etwas – ein vertrautes, angenehmes Geräusch. Er hörte das metallische Klingen eines Gatters und wußte, daß sie den Hinterhof betraten, wo die Lichter des Hauses schon die Fenster füllten, obwohl es noch nicht völlig dunkel war. Schwankend erhob er sich, blickte noch einmal hinter sich und hinkte dann davon. Er rieb sich die Augen und wischte sich mit dem Ärmel die Nase ab. Er spürte den Dreck in seinem Gesicht und spürte ihn unter seinen Fingernägeln trocknen. Seine Großmutter würde ihm zweifellos eine Tracht Prügel verpassen, wenn er in diesem Zustand nach Hause kam.

Das tat sie auch. Und danach schrubbte sie ihn in der Küche vom Kopf bis Fuß ab, daß seine Ohren glühten, seine Wangen glänzten und der Geruch der Seife in seiner Nase stach. In Nachthemd und Pantoffeln saß er dann mit dem Rest der Familie und den Arbeitern beim Abendbrot. Sein Hintern brannte noch von dem heftigen Kontakt mit Großmutters Handfläche. Aber er hatte nicht geweint. Die Erinnerung an das, was er am Fluß gesehen hatte, wirbelte immer noch durch seinen Kopf, und dort unten hatte er genug geweint, als er gedacht hatte, daß es um ihn geschehen sei.

Heißhungrig machte er sich über das Essen her, verschlang gierig Kartoffeln, Möhren und den Lammbraten mit der dicken Soße, trank seine Milch in so großen Schlucken, daß ein weißer Schnurrbart seine Oberlippe zierte. Ab und zu warf ihm seine Großmutter dabei einen scharfen Blick zu, in dem sich Mißbilligung und Sorge mischten. Michael merkte aber nichts davon. Er vergrub seine Nase in seinem Glas, ließ seinen Gedanken freien Lauf. Waren die Gestalten, die er unten am Fluß gesehen hatte, das, was seine Großeltern ›Terroristen‹ nannten – diejenigen, die seine Mammy und seinen Daddy umgebracht hatten? Bei diesem Gedanken vergaß er für einen Moment das Schlucken. Er hatte von einem Terroristen die unklare Vorstellung eines maskierten Monsters, das die Dunkelheit liebte und Menschen zum Vergnügen tötete. Und wahrscheinlich stanken sie auch. Vielleicht sollte er besser davon erzählen …

Er blickte sich mit einem seltsamen Schuldgefühl am Tisch um. Sein Großvater hatte den Teller von sich geschoben und zündete mit einem Streichholz seine Pfeife an. Das Licht der Flamme betonte seine große römische Nase und ließ die Furchen in seinem Gesicht wie eine zerklüftete Felswand hervortreten. Sein schlohweißes Haar war noch immer so dicht wie vor dreißig Jahren, und er saß immer noch kerzengerade am Tisch. Die schaufelgroße Hand, in der er die Pfeife hielt, war bräunlich und voller Leberflecke. Die Lohnarbeiter nannten ihn den ›Hauptmann‹, weil er gewöhnlich ein Paar alter Kniebundhosen und Ledergamaschen trug. Michael war immer wieder davon beeindruckt, wie unter seinen Stiefeln Funken sprühten, wenn er über Pflaster ging.

Seine Großmutter räumte jetzt mit Hilfe ihrer beiden Töchter den Tisch ab. Seine Tante Rose, selbst fast noch ein Kind, zwinkerte ihm zu, als sie mit einem Stapel schmutzigen Geschirrs in Richtung Küche ging. Er ließ unter dem Tisch die Beine baumeln, paßte aber auf, daß er Dämon nicht zu nahe kam, dem alten, bösartigen Collie seines Großvaters, der bei den Mahlzeiten dorthin kroch, um ein paar Brocken zu ergattern. Dämon war der einzige Fall, bei dem er jemals erlebt hatte, daß seine Großeltern unterschiedlicher Meinung waren: die Anwesenheit des Collies unter dem Tisch beim Essen. Michael mochte den Hund nicht. Er war pechschwarz, knochig, vergötterte sein Herrchen und verachtete den Rest der Menschheit. Aber er hatte Großvater ein Dutzend Jahre lang auf Schritt und Tritt begleitet, und so durfte er bleiben, obwohl das Haus Großmutters Reich war.

Michaels Onkel Sean drehte sich leise ein Lied summend eine Zigarette. Er hatte das Gesicht eines Filmstars, und seine Schwestern liebten ihn abgöttisch. Die fertige Zigarette steckte er in den Mund, tastete ruhig nach den Streichhölzern und warf Michael dabei ein Lächeln zu. Die Leute sagten, daß Sean mit dem dichten schwarzen Haar, das ihm ins Gesicht fiel und mit den meergrauen Augen, die das Markenzeichen der Familie Fay waren, wie Clark Gable aussah.

Wenn er frischgewaschen und herausgeputzt bei den Tanzveranstaltungen, die am Ende jeden Monats im Gemeindesaal stattfanden, erschien, umschwärmten ihn die Mädchen der Gegend wie die Wespen einen Honigtopf. Doch er schien sich daraus nichts zu machen. Seine Gedanken kreisten ständig um die Farm. Seine Vorstellungen darüber, was man verbessern könnte, brachten ihn oft in Widerspruch zu seinem Vater. Eines Morgens hatte Michael gehört, wie ein paar der Arbeiter sich über Sean unterhalten hatten. Er sei einfach zu sehr ein verdammter Gentleman, hatten sie gesagt, und einer hatte kichernd behauptet, daß sein ›John Thomas‹ schon längst zu Knopfgröße geschrumpft wäre, wenn ihm selbst so viele Muschis angeboten worden wären wie Sean. Irgendwie hatte Michael gewußt, daß das keine Sache war, die man beim Abendessen zur Sprache bringen sollte, und er hatte daran gedacht, Tante Rose danach zu fragen, die oft mit ihm in dem kleinen Fluß angelte und die ihn mit zu sich ins Bett nahm, wenn ein Gewitter tobte.

Die Stühle wurden zurückgeschoben, und ein paar Rülpser ertönten. (Seine Großmutter war noch in der Küche, sonst hätte sich das niemand getraut.) Tabakqualm kräuselte sich im Licht der Lampen. An der Decke hing einsam eine elektrische Glühbirne – aber sie wurde nur bei besonderen Gelegenheiten eingeschaltet. Michaels Großeltern haßten sie. Sie hat keine Seele, sagten sie, und ungeachtet des Protests ihrer Kinder entzündeten sie weiterhin die alten Petroleumlampen, wenn es dämmerte. Elektrisches Licht brannte nur, wenn Besuch kam.

Die Lohnarbeiter verabschiedeten sich und machten sich auf den Weg nach Hause. Sie setzten ihre Mützen auf, als sie aus der Tür traten und schnupperten draußen die klare Nachtluft. Einer oder zwei von ihnen würden zu Hause von ihrer Frau ein zweites Abendessen erhalten, aber die meisten waren Junggesellen und gingen jetzt zu ihren kleinen Cottages oder zu den Häusern ihrer Eltern. In dieser Jahreszeit, in der das Heumachen und die Ernte bevorstanden, waren ziemlich viele von ihnen auf der Farm. Diejenigen, die im Haus geblieben waren, hörten das Scharren, als die Fahrräder ergriffen wurden, die an die Hauswand gelehnt waren. Dann war die Tür wieder zu, und Tante Rachel zog die Vorhänge zu. Dämon kroch unter dem Tisch hervor und ließ sich mit einem zufriedenen Knurren vor dem Herd nieder. Der alte Mullan steckte seine Pfeife an und ließ sich gegenüber von Michaels Großvater nieder, um ein Lederhalfter zu putzen. Das war sein Privileg. Er war seit dem Großen Krieg bei den Fays. Mit einem verkürzten Bein war er damals als junger Mann aus Flandern zurückgekommen.

Geklapper von Geschirr und Frauenstimmen klangen aus der Küche. Michael fühlte sich schläfrig. Vielleicht würde er es morgen jemandem erzählen – erzählen, daß unten am Fluß Terroristen mit Fuchsgesichtern waren, die nur darauf warteten, jeden in die Luft zu sprengen. Aber hier in der Sicherheit des Hauses wirkte das alles zu unwirklich. Wie ein Traum. Er gähnte, und Tante Rose stürzte sich auf ihn.

»Dir fallen ja schon die Augen zu. Zeit ins Bett zu gehen, Michael-Boy.«

Er protestierte schlaftrunken, als sie ihn an der Hand nahm und vom Stuhl zog. Sein Großvater sah ihn über den Rand der *Irish Field* an und nickte ihm durch den Pfeifenrauch hindurch zu. Seine Großmutter küßte ihn auf die Stirn, und Onkel Sean winkte ihm gedankenverloren zu, während der alte Mullan seine Reinigungsarbeit nur kurz unterbrach. Rose redete ununterbrochen, während sie ihn die Treppe heraufzog. Er hörte sie gerne reden, besonders, wenn es nachts donnerte und er in ihren Armen in dem nach Mädchen duftenden Bett lag. Sie redete dann mit ihm, um ihm die Angst vor dem Donner zu nehmen. Sie selbst liebte Gewitter. Sie sagte, daß ihr Haar dann knisterte.

Plötzlich registrierte er, daß sie ihn danach fragte, warum er heute abend so verdreckt nach Hause gekommen war, was denn geschehen sei. Er erzählte ihr, daß er gefallen war, ausgerutscht und die Böschung am Fluß heruntergestürzt, was der Wahrheit entsprach und somit keine Sünde war. Und sie steckte ihn mit einem Gutenachtkuß ins Bett, deckte ihn zu und ermahnte ihn, sein Abendgebet zu sprechen. Aber er glitt sofort in den Schlaf und vergaß zu beten. Und im Schlaf grinsten ihn die Fuchsgesichter über den Fluß hinweg an und sagten ihm, daß er jetzt ihnen gehörte. Ihr kleiner Junge war.

KAPITEL DREI

Der Sommer 1953 war lang und schön – der Mittag des Jahres, dem Erntezeit und Herbst folgen würden. Für Michael war der Sommer ein lebendiges Gebilde, ein Wesen, das ihn von der Schule befreite und ihm endlose freie Stunden zur Verfügung stellte. Er war lang, geruhsam und wohlwollend. Nie konnte Michael sich mehr austoben als im Sommer.

Der Himmel wurde von keiner Wolke getrübt, sein dunkles Blau wirkte mittags schon fast purpurfarben, und Dunst lag über dem Horizont, so daß man die Berge die meiste Zeit hindurch nur ahnen konnte. Über den Straßen hing ein Staubschleier, der aufgewirbelt wurde von den Hufen der Pferde, den Rädern der Wagen, die sie zogen, oder von glänzenden Automobilen. Wenn man von den ersten Höhen des Antrim-Plateaus in westlicher Richtung zu den Sperrin-Bergen blickte, erschien das Tal wie ein ebenmäßiger Flickenteppich von heckenbegrenzten Feldern, auf denen die Gerste im Sonnenlicht heranreifte. Dazwischen lag die dunkle Kühle der Wälder und das glitzernde Band des langsam fließenden Bann und hier und da ein weißverputztes Haus, winziger als ein Zuckerwürfel. Nur nachts bekam man einen Überblick über die Anwesen, Dörfer und Städtchen der Counties, dann, wenn ihre Lichter in der Dunkelheit funkelten.

Am nächsten Morgen, als Michael mit den Krümeln des Frühstücks noch am Kinn seine Buttermilch trank, erschienen ihm die Ereignisse des Vortages unwirklicher als je zuvor. Schon schwand die Schärfe der Erinnerung, verwandelte sich das tiefe Gefühl der Angst in Neugierde. In seinem Kopf schwirrten tausend Pläne für den Tag, der vor ihm lag, und er betrachtete den Rücken seiner Großmutter, die am Herd beschäftigt war, und fragte sich, ob er unbemerkt entwischen konnte.

»Was glaubst du, wo du jetzt hingehst?«

Er konnte nicht. Pflichtbewußt drehte er sich um. »Einfach raus.«

Sie nickte. »Ist in Ordnung, wenn du mir nur ein paar Eimer Wasser vom Brunnen holst, wenn du draußen bist, und sie mir dann herbringst.«

Er holte zwei Eimer aus der Speisekammer und ging damit zu der Pumpe, von der sie mit Wasser versorgt wurden. Er genoß es, die Pumpe zu bedienen und zu beobachten, wie das klare Wasser in die Eimer schoß. Es schmeckte nach Eisen; hartes Wasser, kalt und wohlschmeckend, nicht wie irgendein Leitungswasser. Die Quelle, aus der das Wasser gepumpt wurde, war noch nie versiegt, auch nicht in den Dürrejahren.

Er brachte die Eimer ins Haus und stellte sie in der Küche, nicht, ohne ein bißchen Wasser zu verschütten. Danach war er frei, erlöst. Wie ein junges Fohlen schoß er über den Hinterhof und rannte auf die Felder.

Zuerst traf er Rose. Sie stand zwischen den Hühnern, gluckste ihnen beruhigend zu und streute mit vollen Händen gelbliches Futter aus. Sie hatten ihren Teil des Hofs muldenförmig freigescharrt, und ihre Nester lagen in den umliegenden Hecken verstreut. Nur Rose und ihre Mutter wußten, wo sie sich befanden. Oft konnte man die halbwilden Vögel auf die unteren Äste der Bäume flattern sehen. Es waren schlaue Tiere, und selten fiel eines von ihnen den Füchsen zum Opfer, die nachts durch die Hügel streiften. Der Gedanke an Füchse löste bei Michael Unbehagen aus, und ein Frösteln überlief ihn trotz der warmen Sonne.

»Schlafmütze«, sagte seine Tante, ohne sich umzusehen und zischte den Hühnern, die durch Michaels Erscheinen unruhig geworden waren, besänftigend zu.

»Ich mußte die Eier heute morgen allein einsammeln«, fuhr sie fort, aber er wußte, daß sie nicht verärgert über ihn war. Sein Beitrag zum Eiersammeln bestand üblicherweise in ein oder zwei Eiern aus den am besten sichtbaren Nestern. Sie mochte seine Gesellschaft, war morgens gerne mit ihm zusammen. Er sah ihr beim Füttern zu und erwog, ihr sein Geheimnis anzuvertrauen, überlegte es sich aber dann anders. Im Augenblick wollte er es lieber noch für sich behalten.

»Du gehst sicher Angeln heute nachmittag, was?« fragte sie beiläufig und warf noch eine Handvoll Futter zwischen das Hühnergewimmel. Ihre langen, schmalen Arme waren sonnengebräunt und von kleinen goldenen Härchen übersät. Sie war barfuß, und Staub klebte an ihren taunassen Füßen.

»Aye«, piepste Michael.

Sie nickte. Noch immer gluckste sie ab und zu ihren Schützlingen zu. »Unten an der Brücke gibt es Forellen. Sie sind noch jung, aber doch schon eine lohnende Beute. Ich habe welche gesehen, als die Sonne bis auf den Grund des Flusses schien. Sie bleiben an den tiefen Stellen, dort wo die Weiden stehen.«

»Laß deinen Schatten nicht auf das Wasser fallen«, sagte Michael automatisch. Es war etwas, das sie ihm beigebracht hatte, und Rose lächelte, als sie es hörte.

»Braucht Mammy dich heute nicht mehr?«

»Nein.«

»Was hast du jetzt vor? Ich habe noch bis Mittag zu tun.«

Plötzlich fühlte er sich wie ein Verschwörer. »Weiß nicht.

Ich geh' vielleicht mal runter zum Fluß unten am Wiesengrund.«

»Paß auf an der Böschung.« Diesmal sprach Rose automatisch. »An den Baumstümpfen kann man sich schnell ein Bein brechen.«

Das konnte ich gestern nicht, dachte Michael, und es drängte ihn jetzt, sein Geheimnis zu erzählen. Die Stümpfe waren nicht da. Und ihn erfüllte plötzlich eine Heiterkeit, die ihn fast schwindeln ließ. Er rutschte in dem taunassen Gras aus, und die Hühner stoben nervös auseinander.

»Paß doch auf, Tolpatsch! Los, verzieh dich jetzt, wir sehen uns später.« Sie versuchte die flatternde Schar wieder zu besänftigen. Onkel Sean behauptete, daß sie für jedes der Hühner einen Namen hatte, was sie aber mit Empörung bestritt. Michael war sich nicht sicher. Sie flüsterte ihnen manchmal merkwürdige Dinge zu.

Er trollte sich. Der Tau drang langsam durch seine Schuhe. Es würde heute heiß werden, und am Fluß würden die Libellen schwirren.

Jemand kam ihm den langen Hang herauf entgegengehinkt, eine Heugabel über der Schulter, einen Eimer in der Hand und eine blaue Rauchwolke hinter sich her ziehend. Als er Michael sah, winkte er ihm zu, rammte die Gabel in den Boden und setzte sich auf die Wiese. Es war der alte Mullan. Michael setzte sich neben ihn. Die Wiese war mit Butterblumen übersät, so daß sie inmitten eines sacht wogenden gelben Meeres saßen, die Beine voller Blütenpollen.

Mullan rieb am Stiefelabsatz ein Streichholz an und saugte die Flamme in seine Pfeife. Es war eine Peterson aus Apfelbaumholz, ein herrliches Stück, mit einer Braunfärbung, die schon fast ein dunkles Rot hätte sein können. Die Kratzer und Kerben, die die Pfeife im Laufe der Jahre abbekommen hatte, waren sanft mit dem Holz verschmolzen, waren Teil ihrer Form geworden. Der Schlamm und das Blut der Sommerschlacht hatten keine Spuren hinterlassen.

Mullan war ein alter Inniskilling-Infanterist, obwohl Michaels Großmutter immer behauptete, er sei ein alter Sturkopf. Immerhin war er der einzige der Lohnarbeiter, den sie nach dem Abendessen noch am Herd duldete.

»Nun, Mike«, sagte er und stieß zufrieden eine Rauchwolke aus. Er war auch der einzige, der Michael so nannte, und der mochte das. Er empfand es als Erwachsenennamen. »Was war denn mit dir los? Ich habe dich gestern abend nach Hause kommen sehen, schlammverschmiert bis an die Haare und weiß wie die Wand. Du hast ausgesehen, als hättest du einen Geist gesehen.«

Michael pflückte eine Butterblume und beobachtete, wie sie das Sonnenlicht golden auf seine Handfläche spiegelte.

»Ich bin hingefallen – unten am Fluß. Ich bin die Böschung hinuntergestürzt.«

»Aha.« Mullan stopfte seine Pfeife mit dem feuerfesten Daumen nach. »Seltsamer Platz, diese Senke, wenn es erst dunkel wird. Es wird dort so schnell dunkel, daß es einen richtig überraschen kann. Und es ist auffällig, daß die Schafe niemals dort trinken, obwohl dein Großvater die Haselnußsträucher gerodet hat.«

Michael hob überrascht den Kopf. Mullan hatte recht.

»Und man sieht auch nie Vögel dort unten«, sagte er. »Wie kommt das?«

Mullan lächelte. Sein Kinn war voller Bartstoppeln, und seine Augen blitzten blau aus einem zerfurchten Gesicht. Er war in einem anderen Jahrhundert zur Welt gekommen, als von Flugzeugen, Autos oder Weltkriegen noch nicht die Rede war; bevor Irland geteilt worden war. Als Pearse 1916 auf den Stufen des Hauptpostamtes zum Osteraufstand aufrief, war er mit seinen Kameraden in den schlammigen Schützengräben Frankreichs gewesen.

»Es gibt Orte, die einfach seltsam sind«, sagte er. »Ganz normale Orte, die nur ein bißchen anders sind, so daß die Vögel sie meiden und Menschen sich dort unbehaglich fühlen. Solche Orte gibt es überall im Land, jedenfalls gab es sie, als ich noch ein Junge war.« Irgendwie klang das, als redete er von einem Zeitpunkt, der sehr lange zurücklag. Von einem anderen Zeitalter.

»Was sind das für Orte?« fragte Michael mit großen Augen. »Was stimmt mit ihnen nicht?«

»Habe ich gesagt, daß etwas mit ihnen nicht stimmt? Vielleicht gibt es dort Unterschiede, Kleinigkeiten, die man gelegentlich zu bestimmten Tageszeiten wahrnehmen kann. In der Morgen- oder Abenddämmerung. Und wenn man sich lange still dort hinsetzt, sieht man vielleicht auch einmal etwas aus den Augenwinkeln. Feen, Mike. Das Kleine Volk.«

Michael war enttäuscht. Die Gestalten, die er am Fluß gesehen hatte, waren mit Sicherheit keine Feen gewesen.

»Müssen die nicht Flügel und so etwas haben, und spitze Ohren?«

Mullan kicherte und stieß eine blaue Rauchwolke aus. Die Peterson knisterte fröhlich vor sich hin.

»Oh ja. Flügel und so weiter – wie Libellen, durchsichtig und schwirrend.« Er fing an zu lachen.

»Du machst Spaß!«

»Nein. Ich doch nicht. Ich bin todernst.« Aber er kicherte weiter. Michael wurde rot, und der alte Mann streckte eine Hand aus. »Moment mal, warte eine Minute.« Er hustete und spuckte etwas Halbfestes in die Butterblumen. »Jesus. Nein, hör zu, Mike, ich nehme dich nicht auf den Arm. Ich werde dir eine Geschichte erzählen. Hör mir zu ...« Denn Michael hatte sich schon halb erhoben. Seine Augen blitzten verärgert. Mullan packte ihn am Unterarm und zog ihn so heftig wieder zu Boden, daß eine gelbe Wolke von Butterblumenpollen aufstäubte.

»Du lachst über mich!«

»Kennst du das Feld auf der anderen Seite des Flusses, hinter der Brücke?«

Michael nickte mißtrauisch.

»Nun, Pat – dein Großvater – hat dort einmal ein altes

Römerschwert gefunden, und es trug eine Inschrift auf der Klinge, die er nicht entziffern konnte.«

»Das weiß ich. Jeder weiß es. Es ist in der Stadt im Museum. Das hat doch nichts mit Feen zu tun.«

»Aye, aber dein Großvater hat mir erzählt, daß es einfach so im Gras lag, als er es fand, und daß er hätte schwören können, daß jemand ihn aus den Bäumen am Fluß beobachtete. Es war schon fast dunkel, und er war sich so sicher, daß dort jemand war, daß er schon hinübergehen wollte, um nachzusehen. Er dachte, es wären irgendwelche Landstreicher oder die Campell-Jungen – üble Burschen –, doch irgend etwas hielt ihn davon ab. Er hatte den alten Dämon bei sich, der damals allerdings nicht viel mehr als ein kleiner Welpe war, und der Hund grollte und knurrte und wirkte völlig verängstigt. Er machte keinen einzigen Schritt in Richtung des Waldes, obwohl Pat ihn verfluchte und ihm einen Tritt gab. Also nahm dein Großvater das Schwert, sagte sich, was soll's, zum Teufel, und rannte – *rannte*, Mike – zurück zum Haus, den Hund winselnd an den Fersen. Was sagst du jetzt?«

»Das hat er nie jemandem erzählt. Er sagte, daß er es unter einem Brombeerstrauch gefunden hat.«

»Nun ja, glaubst du etwa, daß ein erwachsener Mann – er war schon fast sechzig damals – gerne davon erzählt, daß ihn ein paar Schatten erschreckt haben wie ein kleines Kind?« Mullan grinste triumphierend und unterstrich sein Argument mit einer schnellen Handbewegung. Etwas Asche flog aus dem Pfeifenkopf und wurde vom Wind verweht.

»Das hast du erfunden.«

»Vielleicht, vielleicht aber auch nicht. Du kannst es glauben oder nicht. Aber eines werde ich dir noch sagen. Als ich so alt war wie du, hätte ich mir einen Satz heiße Ohren eingehandelt, wenn ich einem Älteren widersprochen hätte.« Für eine Sekunde wirkte Mullan fast grimmig, und man konnte sich den jungen Soldaten vorstellen, der an einem weit zurückliegenden Julimorgen aus dem Schützengraben gestürmt war.

»Tut mir leid«, sagte Michael verdrossen. Er hatte dem alten Mann von den Fuchsgesichtern am Fluß erzählen wollen, aber er war sicher, daß er nicht ernst genommen werden würde. Also würde es erst einmal weiter sein Geheimnis bleiben.

Mullan zog sich an der Mistgabel hoch und nahm den Eimer auf. »Mach dir nichts daraus. Aber denk daran, daß es mehr Dinge zwischen und Erde gibt ...« Er brach ab. »Aye. Mehr Dinge, als man sich vorstellen kann. Hör älteren Leuten zu, und du wirst vielleicht etwas lernen können. Ich muß jetzt weiter. Bleib sauber.«

Und er hinkte davon, die Mistgabel über die Schulter gelegt wie einen Karabiner. Er summte ›Tipperary‹ und zog eine Rauchfahne hinter sich her.

Nachdem Mullan gegangen war, setzte Michael seinen Weg zu der Flußsenke im Wiesengrund fort. Obwohl die Sonne schien, war es im Schatten der Bäume dämmrig. Unentschlossen stand er am Rand der Böschung und starrte hinunter, wo der Fluß rauschte. Baumstümpfe ragten wie Pflastersteine aus dem Waldboden. Er überlegte ... Was wäre wenn?

Was wäre, wenn es *wirklich* das Kleine Volk in den Wäldern gab, wie in den Geschichten, die Rose ihm erzählte? Was, wenn es dort Wölfe und Bären gab, Trolle und böse Hexen – und auch Feen? Aber nicht solche, die in Blumen leben. Was, wenn sie groß, schweigsam und fröhlich wären, mehr wie Kobolde? Es gäbe ein Koboldkönigreich, mit Schlössern und verborgenen Gängen. Und es würde Ritter in Rüstungen und mit Schwertern geben und Frauen mit langen Haaren in Turmkammern. Was wäre, wenn es das alles wirklich gäbe?

Und auf einmal hatte er ein unscharfes Bild vor Augen – vielleicht die Erinnerung eines anderen –, etwas, das vor langer Zeit an einem anderen Ort geschehen war oder das vielleicht erst noch geschehen würde.

Die Pferde waren erledigt, ließen erschöpft die Köpfe hängen. Der scharfe Geruch ihres Schweißes hing in der Luft, als Michael und Cat abstiegen. Auch ihre Beine zitterten vor Anstrengung.

»Wir haben sie nicht abgehängt«, sagte Cat und schob sich die nassen Haarsträhnen aus dem Gesicht. Michael nickte. Er war zu müde, um sich ernsthaft darüber aufregen zu können. Die Angst hatte sie weit gebracht, aber jetzt schien die Müdigkeit langsam die Angst zu verdrängen.

»Feuer«, sagte er. »Ich werde Feuer machen. Es wird dunkel. Die Nacht kommt.« Der Mond würde wieder scheinen. Vollmond war vorüber, aber er war immer noch groß und silbrighell. Hell genug, um die Verfolger anzuspornen. Hell genug zum Jagen. Bald würde er die Wälder in ein hell-dunkel geflecktes Tuch aus Lichtflecken und Schatten verwandeln.

»Herr im Himmel, ich kann keine Bäume mehr sehen, sie machen mich krank«, sagte er.

Cat erwiderte nichts. Sie sattelte die Pferde ab und rieb sie mit den feuchten Satteldecken ab. Die Tiere würden heute nicht angebunden werden müssen.

Dunkelheit. Sie kroch aus den Bäumen, erhob sich aus dem laubbedeckten Boden und stieg zwischen die schweren Wolken. Die Dunkelheit machte ihn auch krank. Zwei Drittel des Tages schienen ihr zu gehören.

Unter den Bäumen fand sich genug totes Holz, und zwischen den Wurzeln hatte sich trockenes Laub gesammelt. An Stellen, wo die Bäume nicht so dicht standen, bedeckten Schneeflecken den Boden. Der Boden war kalt, der Lehm unter dem Humus saugte die Wärme des Tages auf. Sie brauchten das Feuer. Es diente gleichermaßen ihrer Sicherheit und ihrem Trost.

Er schürfte sich einen Fingerknöchel auf, als er versuchte, Feuer zu schlagen, und fluchte leise. Seine schwache Hand machte die Sache schwierig. Ein Funke nach dem anderen stob in den Zunder, rauchte kurz und erstarb dann. Schließlich aber zündete einer und glühte auf. Er beugte sich hinunter und blies unendlich vorsichtig in die Glut, bis eine Flamme emporzüngelte und sich zaghaft durch die Blätter und Zweige wand. Der Boden von alten Vogelnestern, die sich an geschützten Stellen befunden hatten, bildete durch die Federn und die dünnen Halme guten Zündstoff.

Das Feuer wuchs. Behutsam legte er kleine Zweige auf, schichtete sie sorgsam um den Flammenherd. Als er sich mit schmerzendem Rücken wieder aufrichtete, sah er mit Schrecken, daß es nun fast stockdunkel war.

Cat rollte ihr Bettzeug aus, und sogar über das Feuer hinweg konnte er die muffige Feuchte der Decken riechen. Zu viele verregnete Nächte, zuviel Lehmboden als Untergrund. Sie wärmten sich gegenseitig mehr als die Decken es vermochten. Und trotz dieser Nähe hatten sie sich seit vielen Tagen nicht mehr geliebt. Einer von ihnen mußte immer wachsam bleiben. Damit sie nicht – wie vor drei Nächten – davon erwachten, daß die Pferde schrien. Damit sie nicht in der Dunkelheit jenseits des Feuers Augen glühen sehen mußten, und das grunzende Knurren hören mußten, das fast wie eine Sprache klang. Sie waren fast getötet worden.

Das Feuer entwickelte sich gut. Er konnte jetzt armdicke Äste hineinlegen und beobachten, wie Funken in den Himmel stiegen wie frischgeschmiedete Sterne. Die Wärme der Flammen war Balsam für sein windgegerbtes Gesicht und linderte den Schmerz seiner überstrapazierten Glieder.

Sie aßen trockenes Brot und gedörrtes Fleisch und spülten es mit einem Schluck Wein hinunter. Prachtvoller Rotwein von den kleinen Weinfeldern, die die Menschen im Wald in der Nähe der Ebene angelegt hatten. Die Lederschläuche hatten seinen Geschmack kaum beeinträchtigt. Aus einer Amphore hätte er köstlich geschmeckt. Sie hatten jetzt nur noch ungefähr einen Liter, und das war höchst bedauerlich. Das Aroma des Weines hatte den dumpfen Geruch des Waldes vertrieben und ließ Michael an sonnenbeschienene Berghänge denken, auf denen sich endlos Weinreben erstrecken – an Orte, die er niemals gesehen hatte. Er lächelte Cat an. Er wußte, daß auch sie ein Geschöpf des Sommers war, daß sie die Wärme liebte. Sie wirkte so blaß und schmal in ihrer dicken Kleidung, daß er sie an sich zog und ihren zarten Körper spürte. Knochen wie die eines Vogels, dachte er.

»Wir werden heute nacht Ruhe haben«, sagte sie und legte ihren Kopf an seine Schulter. Er spürte, wie sie gähnte.

»Wie das?«

»Sie sind tagsüber langsam. Sie bleiben in den dichtesten Wäldern. Für jede Meile, die sie uns näher kommen, laufen sie fünf Meilen. Es ist ein wildes Land, das hinter uns liegt.«

In der Tat. Sie hatten ihre Pferde fast umgebracht. Er fragte sich, wie lange es noch einen Pfad zwischen den Bäumen und Büschen geben würde, den ein Pferd passieren konnte. Die Beine der Tiere waren zerkratzt und aufgeschürft, und gestern war der Graue mit dem Vorderlauf eingebrochen und hatte sich das Knie an einer tückischen Wurzel aufgerissen. Er lahmte jetzt, und das würde nicht besser werden, solange ihre Flucht andauerte. Fancy, der braunen Stute, ging es nicht viel besser. Sie war einmal ein tänzelndes, rassiges Tier gewesen, der Stolz seines Großvaters, aber jetzt bewegte sie sich wie ein ausgeleiertes Aufziehspielzeug. Beide Tiere hatten sich von den Strapazen im Wolfswald nie richtig erholen können.

»Bald werden wir zu Fuß gehen müssen«, prophezeite er düster.

»Ja, aber wenn wir erst aus dem Wald heraus sind und die ersten Gipfel erreicht haben, haben wir eine Chance. Es gibt dort Klippen, Schluchten und Höhlen. Orte, die einem nachts Zuflucht bieten. Sie mögen es nicht, sich unter offenem Himmel zu bewegen, nicht einmal nachts, und schon gar nicht über die kargen Berghänge. Sie lieben es, durch Wälder zu schleichen.«

»Die verdammten Bäume.«

»Ja. Die verdammten Bäume. Aber auch sie reichen nicht unendlich weit. Und Ringbone will versuchen, uns am Ende des Waldes zu treffen und uns bis zur Utwyda zu geleiten.«

»Was ist mit dem Schwarzen Reiter?« Instinktiv hatte er seine Stimme gesenkt, als er fragte. Cat zögerte.

»Wir haben ihn seit Tagen nicht gesehen.«

»Darum frage ich ja. Glaubst du, er erwartet uns am Waldrand?«

Sie hob den Kopf von seiner Schulter. »Frag den Mond. Ich bin kein Orakel.«

»Du hast mich hier hingebracht.« Sein Tonfall wurde barscher, obwohl er sich bemüht hatte, ruhig zu sprechen.

»Und jetzt bringe ich dich nach Hause.« Ihre Augen blitzten im Licht der Flammen. »Außerdem wolltest du kommen. Und nicht ich war es, die sich in diesem Land hier eine Aufgabe gestellt hat, die glaubte, eine Maid befreien zu müssen.«

»Ich war ein Knabe, ein Kind. Ich hatte keine Ahnung, wie es sein würde.« Und ich habe dich geliebt, dachte er, ohne es zu sagen. Er bemerkte erstaunt, daß er in der Vergangenheitsform gedacht hatte, und fragte sich, ob damit etwas Künftiges vorweggenommen wurde.

»Märchen haben manchmal Zähne. Jedes Kind weiß das. Der böse Wolf muß etwas zu essen haben.«

»Jaja, schon gut.« Er rieb sich die Augen, war zu müde, um sich zu streiten. Seit Tagen herrschte Spannung zwischen ihnen, wie der entfernte Donner eines heißen Sommertages, und es war nicht leicht zu ertragen. Es gab so vieles, über das sie nicht sprachen, so viel, das sich zwischen sie schob: seine Entscheidung, nach Hause zurückzukehren, die Ereignisse im Wolfswald ... All das umgab sie, stand unausgesprochen zwischen ihnen. Dabei wünschte er sich so sehr, ihren geschmeidigen Körper heute abend in den Armen zu halten, von ihr umarmt zu werden. Es gab kaum etwas, das für ihn schwerer zu ertragen war, als sie unbeweglich und verstimmt dort liegen zu sehen. Dazu reichte ihre Energie noch.

Das Feuer knisterte funkensprühend, als ein Scheit in die Glut fiel. Er erhob sich mühsam wie ein Greis.

»Wir brauchen noch Holz.«

»Nimm das Schwert mit«, sagte sie automatisch, ohne den Blick von den Flammen zu wenden. Die Augen fielen ihr schon zu. Es war offensichtlich, daß er heute nacht die erste Wache übernehmen mußte, und als er daran dachte, lag für einen Moment ein häßlicher Zug auf seinem Gesicht. Es war erstaunlich, wieviel Nässe, Wind, Verletzungen und Schmerzen der Körper ertragen konnte, aber Müdigkeit war das schlimmste. Es bereitete ihm manchmal physische Schmerzen, die Nächte durchzuwachen.

Das Schwert lag in seiner Scheide neben dem Gewehr, das jetzt nutzlos war, falls es überhaupt jemals von Nutzen gewesen war. Die wenigen übriggebliebenen Patronen waren völlig durchnäßt. Er tätschelte den mit Schnitzereien verzierten Schaft. Dort war sein Name auf einer Kupferplatte zu lesen, neben einer Jahreszahl: 1899. Eine herrliche Waffe. Er trug sie jetzt nur noch aus Sentimentalität mit sich herum; und wegen des Respekts, den der eiserne Lauf bei den Stämmen auslöste. Überflüssiges Gepäck. Das Gewehr begann schon zu rosten.

Er zog das Schwert aus der Scheide. Es war schwer und kalt. Auch auf der Klinge, unten in der Nähe des Griffs, waren Rostflecken. Er nahm mit finsterem Gesicht einen Nagel zur Hand und entfernte den Rost. Die Schneide war stumpf geworden. Sie hatten damit Holz gehackt. Ein unverzeihlicher Mißbrauch. Es mußte bearbeitet werden. Er kannte den Unterschied zwischen einem Schlag mit einer scharfen und mit einer stumpfen Klinge, wußte um die Kunst der Handhabung dieser Waffe. Seiner Fertigkeit, mit dieser Klinge – einer Eisenklinge – umzugehen, war es zu verdanken, daß sie noch lebten. Das Blei aus den Schrotläufen der Flinte hatte lediglich bei der Jagd gute Dienste geleistet.

Ich habe in letzter Zeit allerhand dazugelernt, dachte er. Ich kann ein Pferd verarzten und ein Kaninchen abhäuten. Ich kann Leder färben und Wunden nähen. Ich kann Menschen töten. Und vor kurzem war ich noch ein Schuljunge, ein Knirps, ein Träumer.

Er schüttelte den Kopf und fragte sich, wieviel von seinem Leben er hier in der Wildnis, in diesen Wäldern und Hügeln zurückgelassen hatte. Er würde es wiederbekommen, gewiß, würde dieses Land an dem Morgen verlassen, an dem er es betreten hatte – aber würde er wirklich noch der gleiche sein? Würde er die Küche als riesiger Wilder betreten, bärtig und vernarbt, oder würde er wieder ein Junge sein? Würde ihm seine Kindheit zurückgegeben werden?

Seine Finger fuhren durch die weißen Haare seines Bartes, als er sich aus dem Lichtkreis des Feuers schleppte. Mit jeder Meile, die sie in dieses Land eingedrungen waren, war er gealtert, in wenigen Monaten hatten sich Jahre auf seine Schultern gelegt. Cat war ebenfalls gealtert. Sie war nicht mehr das Mädchen, das er damals im Wald getroffen hatte. Das war seine Schuld, einzig und allein seine Schuld. Mirkady hatte ihn einst davor gewarnt, nachts in einer Märchenhöhle.

Gedankenverloren sammelte er Holz. Er dachte an die Farm seiner Großeltern, an die Schwalben in den Ställen, an das Feuer des Küchenherds. Kannen voller Tee und Speck und Eier. Sauberes Bettzeug – heilige Jungfrau –, ein warmes, trockenes Bett und die Nacht hinter einem Fenster.

Er gähnte ausgiebig, so daß seine Kiefer knackten. Er hatte einen Armvoll Holz. Das würde für ein, zwei Stunden reichen. Cat konnte später mehr sammeln. Er sehnte sich nach dem Feuer. Und nach ihr. Obwohl er todmüde war, gefiel ihm die Vorstellung, ihre Haut zu streicheln. Als sie sich zuletzt geliebt hatten, waren sie beide eingeschlafen, bevor es richtig zu Ende war, und hatten wie siamesische Zwillinge beieinander gelegen, waren morgens noch vereint gewesen.

Aber nein. Zu riskant, es zu wagen. Keine Zeit für die Liebe, wenn die Bestien hinter dir her sind.

Er hatte gewußt, daß sie schlafen würde, eine Hand zur Faust geballt an der Kehle. Er legte das Holz ab, und als er sie zudeckte, stieß der Schwertknauf ihn in die Rippen. Die erste Wache. Und aller Wahrscheinlichkeit nach würde er die dunklen Stunden vor der Morgendämmerung auch durchwachen müssen. Eine lange Nacht, aber wie Cat schon gesagt hatte, hatten ihre Verfolger heute auch einen harten Tag gehabt. Vielleicht würde er ein paar Stunden Ruhe haben.

Die verdammte Wunde meldete sich wieder. Einen Tag noch, dann würde er sie öffnen und zum -zigsten Mal ausbrennen. Es war einen tiefe, schmerzhafte Wunde in dem dicken Muskel am Oberschenkel. Die vielen kleinen Wunden daneben hatten sich schon geschlossen. Vielleicht steckte noch ein Stück vom Zahn der Bestie im Fleisch. Der Gedanke daran war unerträglich. Er rieb heftig mit den Fingerknöcheln über die Stelle und verwünschte den stechenden, glühenden Schmerz. Die wilde Massage half nicht.

»Ach ...« Er stieß das Schwert in das Feuer und beobachtete, wie sich die Flammen um das stumpfe Eisen wanden. Die Klinge mußte fachgerecht erhitzt werden, in einer Schmiede, und dann in Urin getaucht werden. Zur Not würde auch Lehm genügen, nahm er an. Die verschlungenen Gravuren auf der Klinge schienen sich zu bewegen, als seien sie ein Teil der Flammen, und der Name des Schmieds hob sich reliefartig von dem Eisen ab. Ulberht. Es war eine alte Waffe, ein Meisterstück. Sie hatte eine bessere Behandlung verdient. Andere, würdigere Hände hatten den Griff dunkel werden lassen. Das Schwert hatte einen langen Weg zurückgelegt, bis es in die Hand eines Ulstermanns geraten war.

Der Ulstermann hatte auch einen weiten Weg zurückgelegt. Einen langen Weg aus dem Tal des Bann. Und wie es schien, hatte er einen noch weiteren Rückweg vor sich. Falls es überhaupt einen Weg zurück gab. Das war etwas, über das er in den langen Nächten grübeln konnte, das ihn gehörig wach hielt.

Wie konnte ich nur so ein verfluchter Narr sein.

Er drehte sich um und betrachtete Cats blasses, ernstes Gesicht. Er war noch ein Knabe gewesen, und sie war die erste Liebe seines kurzen Lebens gewesen. Die Liebe zu einem Mädchen, das niemand außer ihm sehen konnte, und zu dem Märchen, das sie ihm versprach.

Wahrscheinlich würde dieses Märchen hier in diesen Wäldern enden, und die Knochen des Ulstermanns würden hier verbleichen. Er rieb sich die Stirn und bemerkte, daß die Kanten der Schwertklinge rot glühten. Das verdammte Ding wurde schnell stumpf und mußte regelmäßig erhitzt und abgekühlt werden, um das sehr kohlenstoffhaltige Eisen zu härten.

Für einen Augenblick dachte er an den pausbäckigen Priester, der es einmal in einer Waldschmiede behandelt hatte. Dann schüttelte er den Kopf. Am besten gar nicht daran denken.

Der Druck seiner Blase war fast schmerzhaft. Er hatte das Wasser den ganzen Tag für diesen Moment zurückgehalten. Als die ganze Klinge dunkelrot glühte, riß er sie aus den Flammen. Funken stoben auf, und er fluchte, weil auch der Griff heiß geworden war. Er warf die Waffe neben sich und sprang auf. Schmerz toste durch sein Bein. Er fingerte an seiner Hose herum und ließ dann vor Erleichterung stöhnend Wasser. Ein beachtlicher Strahl ergoß sich endlos lange und explodierte auf dem rotglühenden Metall, verwandelte sich in ammoniakhaltige Dampfwolken. Er hustete und schnaubte. Dann hielt er den Strahl für einen Moment zurück – was keine leichte Sache war –, drehte das Schwert mit dem Fuß auf die andere Seite und bespritzte auch sie.

Nächstes Mal würde er Lehm benutzen, nahm er sich vor.

Michael ging nicht hinunter zur Flußsenke. Jetzt war nicht die richtige Zeit, dachte er vage, und dieses Wissen war ihm gleichzeitig erstaunlich und vertraut. Sein eigenes Wissen, aber aus einer anderen Zeit. Das Wissen eines Erwachsenen, und damit ein Wissen, das man nicht in Frage stellte. Er akzeptierte es widerspruchslos und folgte seinen Füßen in eine andere Richtung.

Am Nachmittag machten er und Rose sich mit Sandwiches, Netzen und Marmeladengläsern zur Brücke auf: ihre Fischfangausrüstung. Sie setzten sich in die Nähe der alten, in den Ufersand eingesunkenen Fundamentsteine, und die Sonne spiegelte sich auf dem Wasser wie eine weiße Flamme und ließ die Wellen schimmern wie die Flügel einer Libelle. Der Fluß plätscherte an dieser Stelle schläfrig vor sich hin, das tiefe Wasser floß langsam wie Sirup. Der Fluß wirkte ruhig und bedächtig. Michael spähte an dem klaren Spiegelbild seines pummeligen Gesichtes vorbei und erblickte Algen, die in der Strömung schwankten wie die Bäume eines fernen Waldes im Sturm, und Frischwasserkrebse, die auf dem Grund kleine Schlammfahnen hinter sich herzogen wie Pferde, die staubige Straßen entlanggaloppieren. Vielleicht gab es dort unten kleine Reiche, in denen die Aale Drachen waren und Forellen große Luftschiffe, die darüber hinweg schwebten. Er blickte wieder auf und sah den schwarzen Rachen des Brückenbogens vor sich. In der Nähe des Eingangs glitt reflektiertes Licht schlangengleich über die Decke des Tunnels, aber weiter hinten war nichts als Finsternis. Die Brücke war nicht sehr breit, aber sie hatte eine leichte Krümmung, so daß man das Licht am anderen Ende des Tunnels nicht sehen konnte. Sein Großvater hatte ihm erklärt, daß die Krümmung der Brücke daher rührte, daß sich an dieser Stelle früher eine Wegegabelung befunden hatte. Eine der Straßen war jedoch mit der Zeit verfallen, und es war nichts mehr von ihr geblieben als die langen Spurrillen in den benachbarten Feldern und diese seltsam konstruierte Brücke.

Neben ihm ertönte ein Platschen; Rose hatte ihr Netz ins Wasser getaucht. Sie hatte ihren Rock auf die Hüften hochgezogen und kniete am Ufer. Mit der freien Hand schob sie sich Haarsträhnen hinter das Ohr. Ihre Knie waren fast so verschrammt wie Michaels.

»Hast das Mistvieh verpaßt!«

»Was? Wo?«

»Genau vor deinen Augen, du Träumer. Eine Forelle so lang wie deine Hand, aber jetzt ist sie in das tiefe Wasser an der Brücke entwischt. Na, ist auch egal, sie hätte sowieso nicht in das Glas gepaßt ... Bist du hier um zu fischen, oder um dein Spiegelbild anzustarren?«

Schnell senkte er sein eigenes Netz ins Wasser und stocherte mit dem Bambusstock herum, an dem es befestigt war. Er wirbelte den Untergrund auf. Die Krebse flüchteten in alle Richtungen, und eine große Schlammwolke umhüllte die Algen.

»Paß doch auf! Du wirbelst Dreck auf!«

»Tut mir leid.«

Sie lauerten eine Zeitlang schweigend auf Beute. Einmal stieß Rose ihn an und zeigte vorsichtig auf den Eisvogel, der auf dem Ast einer Erle saß und sie mit zur Seite geneigtem Kopf betrachtete. Schillernd wie ein blauer Edelstein hob er sich dann in die Lüfte, um ein ruhigeres Plätzchen zu suchen. Rose und Michael grinsten sich an.

»So, du Racker, du kleines Miststück, hab' ich dich!«

»Was ist es?« Michael reckte den Hals neugierig.

»Ein Aal, mindestens einen Fuß lang. Sieh nur, wie er sich windet!« Roses Fang zuckte wie eine silbrige Schlange in dem Schlamm und den Algen, die sich in ihrem Netz gesammelt hatten. »Gib mir das Glas – nein, du mußt erst Wasser hineinschütten, Dummkopf. Halt es hoch. Gleich haben wir ihn. So, geschafft.«

Das Marmeladenglas war mit einer trüben Suppe gefüllt, durch sie den Aal sehen konnten, der sich bei seinem Versuch zu entkommen gegen das Glas preßte. Ein Drache, dachte Michael. Wir haben einen Drachen gefangen und in einen Zauberkäfig gesteckt.

Sie betrachteten ihre Beute für einen Moment. Dann seufzte Rose widerwillig. »Es hat keinen Zweck. Er ist zu groß für das Glas. Schütt ihn wieder hinein, Michael.«

Er kippte den Inhalt des Glases in den Fluß, und der Aal schoß davon. Ein befreiter Drache, der durch die Luft gleitet. Er schlängelte sich weiter und verschwand unter einem Stein. Zurück in seine Höhle. Vielleicht war ein Goldschatz darin, und er lag zusammmengerollt darauf.

»Himmel hilf, es ist ganz schön heiß«, sagte Rose. Sie lehnte sich zurück und ließ das Netz im Wasser treiben. Sie beobachtete die Eintagsfliegen, die wie kleine Feen über der Wasseroberfläche schwebten, und zuckte zusammen, als eine Forelle aus dem Wasser schoß, um eine der Fliegen zu schnappen. Hinten an der tiefen Stelle, an der Brücke. Sie hatte Michael erzählt, daß es dort einen Hecht gab, der ihrem Vater schon dutzende Male knapp entwischt war. Ein verschlagener alter Killer von fast einem Meter Länge. Vielleicht lauerte er jetzt irgendwo im Schlamm und wartete auf seine Gelegenheit.

»Ist jemand in der Nähe, Michael?«

Er hob den Blick von der trüben Brühe, die durch sein Netz glitt. »Glaub' nicht. Sie sind heute auf der anderen Seite.«

»Dann werde ich schwimmen gehen. Kommst du mit?«

»In Ordnung.«

Sie nahm ihn an der Hand und führte ihn zu den abschirmenden Ästen einer Ufereiche. Kichernd streiften sie die Kleider ab. An den Stellen, die nie der Sonne ausgesetzt waren, war ihre Haut schneeweiß; das schwarze Haar unter ihrem Bauchnabel erregte für einen Augenblick seine Aufmerksamkeit.

»Rose, warum ...?«

Aber sie packte ihn an der Hand, zog ihn hinter sich her und sprang zusammen mit ihm ins Wasser. Für einen

Augenblick spürte er Panik aufsteigen, als das kalte Wasser über ihm zusammenschlug. Er schlug wild um sich. Dann schlossen sich Roses Arme um ihn, und er wurde emporgehoben. Strahlendes Sonnenlicht umfing ihn wieder, Wasser lief über sein Gesicht, und ihr Lachen klang in seinen Ohren. Die Panik fiel von ihm ab, und er lachte jetzt selbst. Er spürte den sanften Druck ihrer Brüste an seiner Brust, die Brustwarzen, die in dem kalten Wasser hart geworden waren. Sie küßte ihn.

»Nun, Michelchen, kannst du selber schwimmen, oder muß ich dich überall hintragen?«

Sie stand in tiefem Wasser, die Füße im Bodenschlamm, das Wasser bis an die Schultern.

»Laß mich nicht los.«

»Ach, alter Angsthase. Habe ich dir nicht im letzten Sommer Schwimmen beigebracht?«

Aber der letzte Sommer lag ein Jahr zurück, eine Unendlichkeit für ein Kind. Er schüttelte den Kopf.

»Na, dann nicht. Pack hier an.« Sie zog einen dünnen Ast der Ufereiche herunter, damit er sich daran festhalten konnte. »Hast du ihn? Gut. Laß ihn nicht los. Bleib hier, damit ich mich etwas austoben kann.«

Er hing dort, paßte auf, daß er kein Wasser in die Augen bekam, und spürte den sachten Druck der Strömung. Er strampelte ein bißchen, und die Strömung drückte seine Zehen auseinander. Was mochten sie denken, die Ritter und Damen der Unterwasserwelt, diese Drachen? Er fühlte sich unbehaglich bei dem Gedanken an Aale, Hechte – und wer weiß, was noch alles –, die durch das Wasser glitten, um ihn anzuknabbern.

Rose planschte in der Flußmitte herum, wirbelte Wasserfontänen auf, die im Licht glitzerten. Hinter ihr gähnte der Brückentunnel wie ein offenes Maul. Michael sah, wie ihr Kopf verschwand und ihr Hintern kurz aufleuchtete, als sie untertauchte. Dann wurde der Fluß an dieser Stelle ruhig; nur die kleinen Wellen, die sich ringsum ausbreiteten, plätscherten ans Ufer.

»Rose?« rief er beunruhigt, aber Sekunden später erschien ihr Gesicht wieder an der Wasseroberfläche. Schwarze Haarsträhnen hingen ihr in die Augen.

»Ich kann dort unten sehen«, rief sie. »Ich kann unter Wasser sehen. Es ist glasklar dort unten, Michael, es ist wie eine andere Welt.« Dann war sie wieder verschwunden.

Ihre blasse Gestalt war verschwommen unter Wasser zu erkennen, gewandt wie ein Otter. Sie könnte eine Fee sein, dachte Michael. Sie braucht nur noch Flügel. Eine Wasserfee. Gab es so etwas?

Schließlich tauchte sie wieder auf. Das Wasser reichte ihr bis zur Taille, und Tropfen rannen wie flüssiges Feuer über ihre Haut. Als sie die Arme hob und sich grinsend die Haare aus dem Gesicht wischte, wirkte das sonnenbeschienene Wasser, das von ihren Schultern tropfte, wie zwei durchsichtige Flügel, und Michael gluckste fröhlich.

Aber dann wurde sein Blick von etwas anderem angezogen, glitt hinüber zu den Bäumen dicht neben der Brücke. Eine Bewegung, ein heller Fleck. Ein Gesicht verschwand schnell im Schatten. Jemand beobachtete sie.

»Rose!« rief er und hob seinen Arm, um ihr die Richtung zu zeigen. Die andere Hand glitt von seinem Rettungsanker aus Eichenholz, und er schwamm ohne Halt – nein, sank ohne Halt. Wasser drang in seine erstaunten Augen, und der kalte Griff des Flusses schloß sich behutsam um seine Stirn.

Er schlug heftig um sich, strampelte mit den Beinen, zappelte nach Leibeskräften und spürte, wie er sich wieder nach oben bewegte. Dann packte ihn jemand an den Haaren und zog ihn daran an die Luft. Er schrie vor Schmerz.

»Du kleiner Racker, Michael! Was sollte das denn? Was war überhaupt los?« Sie nahm ihn in die Arme, und später würde er sich noch oft daran erinnern, was für ein Gefühl das gewesen war. Das kalte Wasser, ihre Arme eng um ihn geschlungen, und an seiner Kniescheibe das Kitzeln des weichen Pelzes zwischen ihren Beinen.

»Da war jemand, Rose. Jemand hat uns beobachtet, oben an der Brücke.« Kein Fuchsgesicht. Nur ein ganz normales. Ein echtes Gesicht, aber es war sofort wieder verschwunden.

»Ach ja, tatsächlich?« Seltsamerweise lächelte sie, ein merkwürdiges, nach innen gerichtetes Lächeln. »Das macht nichts, Michael. Mir ist es egal, und du hast nichts, was versteckt werden müßte.«

»Was ist so lustig?«

»Du.« Sie ließ ihn los. »Dein Gesicht, kurz bevor du untergegangen bist. Ich dachte für einen Augenblick, der Hecht zieht an deinen Zehen.«

»Es ist nicht richtig, Leute zu belauern.« Besonders dann nicht, wenn sie keine Kleider anhaben, dachte er. Und dann war da ein merkwürdiges Gefühl unter seinem Bauch. Er blickte durch das klare Wasser hinab. »Rose!«

Sie folgte seinem ungläubigen Blick, und ihre Augenbrauen hoben sich. »Na, so etwas!. Du wirst langsam erwachsen, Michael.« Sie gab ihm einen Kuß auf die feuchte Nase. »Das ist schon in Ordnung. Ich glaube, wir ziehen uns jetzt besser an.«

KAPITEL VIER

Erwachsen werden ... Schreckliche, furchteinflößende Wörter. Sie gehörten zu der gleichen Kategorie wie ›Zahnarzt‹ und ›Todsünde‹. Das Gefühl von Roses Umarmung und seine unerwartete Reaktion darauf. Diese schwindlig machende, Angst einflößende Erregung. Diese Dinge wirbelten ihm tagelang im Kopf herum, so daß er das Gesicht an der Brücke und die Fuchsgesichter am Fluß vergaß. Sie verschwanden irgendwo im Unterbewußtsein, wurden verwahrt, bis irgend etwas sie wieder ans Tageslicht bringen würde.

Die Brücke zog ihn an. Ihn faszinierte die Tatsache, daß es nicht möglich war, das Tageslicht am anderen Ende zu sehen. Man hatte den Eindruck, als führe ein langer Tunnel in die Erde. Ein Ort für Kobolde, unterirdische Arbeitsplätze, Minen und Gruben. Aber es gab dort auch Wasser, den Fluß, baumtief und langsam dahinfließend. Die Bäume umrahmten die Stelle wie eine grüne Kathedrale; dicht am Ufer, als drängten sie sich an einer Wasserstelle – die Weiden und Erlen und etwas zurückgesetzt die Eichen und Linden. Lichtstrahlen fielen durch das Laubdach wie durch bunte Kirchenfenster und glänzten auf dem Wasser. Der Ort war gleichzeitig schattig und lichtdurchflutet, düster und schimmernd. Und im Zentrum dieser Umgebung klaffte das schwarze Maul der Brücke, finster wie ein Brunnenschacht. Um unter den Brückenbogen zu gelangen, mußte man entweder schwimmen oder sich ein Boot beschaffen. Michael konnte beides nicht, und so blieb die Finsternis unter der Brücke weiterhin ein magischer Platz in seinem jungen Leben, unergründlich wie der tiefste Graben im Pazifik.

Der Fluß, die Brücke, die umliegenden Weiden – an diesen Orten verbrachte er seine Zeit, meistens allein, da Rose während der nächsten Wochen oft plötzlich verschwand, ohne eine Erklärung abzugeben. Scharfe Worte fielen zu Hause. Als Michael einmal ihr Zimmer betrat, saß sie auf dem Bett und weinte. Es war ein Schock für ihn, ein Bruch im natürlichen Ablauf der Dinge. Er wollte sofort wieder hinausgehen und es vergessen, aber dann sah Rose zu ihm auf, und er umarmte sie unbeholfen und fühlte sich wie ein Betrüger.

Er bemerkte, daß seine Großeltern und übrigens auch Tante Rachel aus irgendeinem Grunde böse auf Rose waren, und daß sie einen verstockten Kampf mit ihnen führte, aber das Wieso und Warum wurde ihm verheimlicht. Er bekam Gesprächsfetzten mit, wie »Schande über die Familie bringen« und »nicht einmal jemand ihres Standes«, aber das verwirrte ihn nur zusätzlich. Es war Tante Rachels Stimme, die solche Sachen sagte. Sie war wie ihre Mutter eine große Frau, Ende Zwanzig und damit zehn Jahre älter als ihre Schwester. Sie war nicht verheiratet, ein herber Typ, und bekam schon jetzt graue Haare. Michael hatte Photographien von ihr gesehen, die vor seiner Geburt aufgenommen worden waren, und darauf war sie ein lächelndes, dunkelhaariges Mädchen mit eckigen Schultern und einer schmalen Taille gewesen. In der einen Hand hielt sie ein Gebetbuch, die andere preßte sie auf einen breitkrempigen Strohhut, um zu verhindern, daß ein Wind aus einer älteren, schwarz-weißen Welt ihn ihr vom Kopf riß. Rose hatte ihm einmal mit bedeutungsvoller Flüsterstimme zugeraunt, daß »sie eine Liebesenttäuschung erlebt hat«.

Bald kannte Michael die Warnsignale. Die Familie pflegte in der Küche das einzunehmen, das Michael ihre Kampfposition nannte; Rose mit leuchtenden Augen, voller Trotz, Rachel auf eine merkwürdige Weise in die Enge getrieben, seine Großmutter mitgenommen, ihr Ehemann müde. Der alte Mullan verschwand dann kopfschüttelnd aus dem Zimmer. Es war eine Sache der Erwachsenen, ein Sturm, der überstanden werden mußte.

Dann kam die schreckliche Nacht, in der der Gemeindepfarrer erschien, grauhaarig und grimmig, seine schwarze Soutane schleifte über den Boden. Michael wurde nach oben ins Bett geschickt. Er war froh darüber, nicht dabei sein zu müssen.

Während im Haus angespannte Stimmung herrschte, war draußen wochenlang das beste Wetter, das man sich vorstellen konnte. Auf den Feldern nahm die Gerste allmählich eine goldene Färbung an, und das Heu wurde von der Sonne gebleicht. Wegen des verregneten Frühjahrs konnte erst spät Heu gemacht werden, und Michaels Großvater war darüber sehr besorgt gewesen. Hunderte von Feldmäusen hatten ihre hängenden Nester in die Halme gebaut, ahnten nichts von der Apokalypse, die ihnen bevorstand. Pat wanderte mit einem zufriedenen Grinsen durch die Felder, zerrieb ab und zu eine Ähre zwischen den Händen und sichtete das Ergebnis mit prüfendem Blick. Zehn Acres feinste Gerste, vier weitere mit Heu – bald konnte Heu gemacht werden –, und auf den Weiden lag dick der Dung, den das Vieh freundlicherweise zur Verfügung gestellt hatte. Wenn man Sean glauben konnte, war es vielleicht das letzte Mal, daß die alte, pferdebetriebene Dreschmaschine für die Gerste benutzt wurde.

Pat sprach mit Mullan darüber, ein Pferd zu kaufen, vielleicht auf einem der Herbstmärkte, »ein kleines, feines Gäulchen für die Kutsche«, während seine Frau wortlos zuhörte. Man konnte die Gefühlsduselei auch übertreiben. Mullan erzählte versonnen von einer britischen Transportkolonne, die er 1915 in Richtung Ypern hatte ziehen sehen; Tausende von großen, schweren Pferden in einer endlosen Reihe, die nur selten von einem Automobil unterbrochen wurde. Die Pferde zogen Transportwagen, Ambulanzen, Protzen und Geschütze. Und jetzt bekam man so etwas überhaupt nicht mehr zu Gesicht. Nur noch die verdammten Traktoren, die die Füße eines Mannes von der Erde trennten, ihn von der Scholle entfernten, die er bearbeitete. Heutzutage konnte man ein Feld pflügen, ohne auch nur einen Krümel Erde an den Stiefel zu bekommen. Und er schüttelte den Kopf, während er zusammen mit Pat ein Gläschen Warhorse trank, und sogar auf dem Gesicht von Michaels Großmutter lag ein gedankenvolles Leuchten, so daß Pat und Mullan sich heimlich angrinsten.

Es war die Ruhe vor dem Sturm, und der Sturm war die Erntezeit, diese so angenehm arbeitsreiche, anstrengende Zeit des Jahres, in der die langen, endlosen Tage sich plötzlich zusammenzogen und kurz erschienen, in der die Männer manchmal bis in die Nacht hinein arbeiteten, während die Frauen ihnen riesige Sandwiches und kaltes Bier auf die Felder brachten.

Sie arbeiteten im Licht von Sturmlaternen und richteten dabei immer wieder nervöse Blicke zum Himmel. Wenn das Heu geschnitten war, genügte ein Regentag, um aus einer guten Ernte eine ruinierte Ernte zu machen, und trotz Mullans Protest waren sie dann froh über den Traktor und die rechteckigen Ballen, die die Ballenpresse säuberlich in ihrer Fahrspur zurückließ. Der Traktor war eine Neuanschaffung, und im Vorjahr hatte Pat über die quadratischen Türme aus Heuballen gemurrt, die die Felder anstelle der alten, runden Heuschober übersäten.

Fortschritt. Das Leben wurde immer schneller, beschwerte er sich, wie die Autos auf den Straßen. Man brauchte eine wachsame Hand am Zügel, um eine Kutschfahrt ins Dorf zu machen, weil die Pferde jedesmal nervös wurden, wenn eines der Metallmonster vorbeifuhr. Pat war ein einfacher Mann, für den es im Leben nur Schwarz und Weiß gab, nostalgisch wie jeder Ire, wenn er von seinem Land spricht. Michael wußte, daß seine Frau ihn anspornte, wie eine alte Mähre, die sich zögerlich ins Geschirr legt.

Sein Sohn Sean war voller neuer Ideen, die er auf dem Landwirtschafts-College aufgeschnappt hatte. Seiner Meinung nach war das Führen einer Farm eine Wissenschaft, während es für Pat und Mullan und – wenn man ehrlich war – auch für Michaels Großmutter ein Lebensstil war, so naturgegeben wie die Rückkehr der Schwalben im Frühling. Die Abläufe hatten sich seit Generationen jeder Veränderung gesperrt, jetzt aber wandelten sie sich, genau wie das Land selbst. Das Farmleben wurde zergliedert und analysiert, in einzelne Phasen gespalten. Die Jahreszeiten wurden zu Faktoren einer mathematischen Gleichung.

Michael verstand von all diesen Dingen nichts. Er bemerkte, daß jetzt mehr Gerätschaften aus Metall in den Schuppen standen als früher, und daß der Geruch von Maschinenöl und Benzin so vertraut wurde wie der Duft von Leder und Pferdestall, doch er zog daraus keine Schlüsse. Der nächste Tag war weit genug entfernt, um sich um sich selbst zu kümmern, und der Sommer war wie eine goldene Straße, die ins Unendliche führt. Genau vor seiner Nase gab es viel interessantere Dinge zu erleben.

Großvater und Mullan zogen ein paar Tage später los, um einen Blick auf das ›kleine, feine Gäulchen‹ zu werfen. Michaels Großmutter blieb still und reserviert. Onkel Sean hielt es für Geldverschwendung.

»Aber es wird eine gute Ernte werden«, hatte Großvater gesagt, während er nervös mit der Hand über die Lehne eines Holzstuhls strich. »Wir können es uns leisten, und wenn wir die Ochsen verkaufen, haben wir mehr als genug Weidefläche.«

»Für Schafe, dachte ich«, murmelte Sean, aber Großmutter tat so, als habe sie nichts gehört.

»Die Grundwiese braucht Schonung, und wenn ein Pony für eine Weile dort grast, wird das wohl kaum schaden.«

»In ein paar Monaten ist es Winter.« Sean unternahm einen letzten Vorstoß. »Woher sollen wir dann Futter nehmen?«

»Wenn Gott es will, wird das die beste Heuernte, die ich seit zehn Jahren gesehen habe. Wir können damit einen Fresser mehr versorgen.« Pat und Mullan wechselten triumphierende Blicke. Sean setzte sich brummend.

Sie nahmen Michael mit, als sie losfuhren, um sich das Tier anzusehen. Langsam trottete Felix, eines der beiden schweren Pferde, vor ihnen her. Dämon saß hechelnd hinten im Wagen, das schwarzer Fell voller Staub. Ein paar Autos kamen vorbei, und Felix warf verärgert den Kopf hoch, aber er war ein alter Kämpe und würde nicht damit anfangen, sich mit den blöden Störenfrieden mitten auf der Straße anzulegen – das behauptete jedenfalls Großvater. Gelegentlich kam ihnen ein Reiter entgegen, und sie hielten mehr als einmal an, blockierten die ganze Straße und hielten ein Schwätzchen mit entfernten Nachbarn.

Zweimal fuhren sie unter hölzernen Bögen her, die Mitglieder der Konservativen Irischen Protestanten zur Feier des Zwölften aufgestellt hatten und die mittlerweile in einem beklagenswerten Zustand waren. Michael hatten die hölzernen Bilder, mit denen die Bögen geschmückt waren, immer schon fasziniert; der Mann auf dem weißen Pferd, die rote Hand, die Miniaturleitern. Ihm war aber auch klar, daß damit etwas nicht stimmte. Aus diesem Grunde spuckte Großvater automatisch und ohne nachzudenken aus, als der Schatten der Bögen auf den Wagen fiel. Allerdings warf er Mullan im nächsten Moment einen entschuldigenden Blick zu.

Mullan war Protestant. Am zwölften Juli ging auch er auf die Straße, die Brust voller Orden, und zog förmlich seinen Sonntagshut, wenn er an der Farm vorbeikam, als seien ihre Bewohner Fremde für ihn, obwohl die meisten Familienmitglieder im Hof standen und ihm zuwinkten. Denn an diesem Tag war er Teil einer anderen Welt, Angehöriger eines fremden Volkes, das nichts mit ihnen gemeinsam hatte. Am dreizehnten war er dann wieder der alte Mullan, der die Mütze schief auf dem Kopf trug und nicht den besten Ruf hatte. So war das Leben.

Nach einer langen Fahrt durch den heißen Morgen erreichten sie ihr Ziel und stiegen vor einer Ansammlung weißgetünchter Häuser vom Wagen und klopften sich den Staub aus den Kleidern. Ein Hund begann wild zu bellen, und Großvater packte Dämon am Halsband. Sie hörten Kinderstimmen. Eine Tür schlug zu, und dann trat ein untersetzter Mann, dem das Hemd aus der Hose hing, aus einem der Häuser. Er zog sich die Hosenträger über die Schultern.

»Ah, Pat, du bist also gekommen, um sie dir einmal anzusehen. Ich wußte, daß du kommen würdest.« Sie schüttelten sich die Hände. Der Mann langte in die Tasche, förderte eine halbgerauchte Zigarette zum Vorschein und steckte sie zwischen die Lippen. Dann grinste er Michael mit den paar Zähnen an, die ihm geblieben waren (es waren nicht viele, und die waren schwarz), und ging auf eines der Gebäude zu, wobei er sie mit einer Kopfbewegung aufforderte, ihm zu folgen. »Hab' sie heut' extra hergebracht, damit ihr nicht über die halbe Weide stolpern müßt, um sie euch anzusehen. Sie ist ein prächtiges Pferdchen.«

Er schob die Metallriegel einer Flügeltür zurück, und sie hörten Hufstampfen aus dem Verschlag. Mullan zündete nach alter Gewohnheit ein Streichholz an seiner Stiefelsohle an und saugte die Flamme in seine Peterson.

Es war eine braune Stute, mit zwei weißen Socken und einem Flecken über den Nüstern.

»Zwei weiße Strümpfe sind immer Trümpfe«, murmelte Michael, und sein Großvater zwinkerte ihm zu.

Sie stapften durch das Stroh auf dem Stallboden, während die Stute angesichts des fremden Geruchs zu schnauben begann und in die Ecke des Stalls zurückwich. Großvater strich ihr weich mit der Hand über den Rücken, gab ihr ein Karottenstück zu knabbern, betastete ihre Beine und hob dann ihre Hufe, um einen Blick darunter zu werfen.

»Wie alt?«

»Gerade fünf geworden, wie ich schon gesagt habe«, antwortete der Eigentümer. Sein Zigarettenstummel glimmte jetzt, und er kniff die Augen zusammen, als der Rauch ihm ins Gesicht stieg.

Pat schob dem Pferd die Oberlippe hoch, betrachtete die Zähne und nickte. Er registrierte, wie die Stute die Ohren aufgerichtet hielt, und daß kein Weiß in ihrem Auge war. Ein ausgeglichenes Tier.

»Kann man sie mal in Bewegung sehen?« fragte er.

»Aber klar.«

Der Mann warf ihr Zaumzeug über und führte sie durch das raschelnde Stroh auf den sonnigen Hof, wo Dämon lag und sie beobachtete. Der Mann führte sie hin und her. Sie war nicht beschlagen, hob die Hufe aber in einem übertriebenen Tänzeln. Sie war perfekt. Michael staunte.

»Ein toller Gang«, sagte Mullan. Er wechselte einen Blick

mit Großvater, und Michael wußte, daß das Pferd so gut wie gekauft war.

»Fünfzehn Hände groß, würde ich sagen«, schätzte Pat.

»Och, nein.« Der Mann war außer Atem. »Vierzehn ein Drittel.«

»Vierzehn hattest du gesagt«, sagte Pat locker. »Nur ein kleines Pony, sonst nichts.«

»Ich habe natürlich gewußt, daß du sie dir niemals angesehen hättest, wenn du gewußt hättest, wie groß sie ist. Und sie ist doch sehenswert, nicht wahr?« Pat warf ihm einen Blick zu, in dem sich Verärgerung und Amüsement mischten, und im Gesicht des Mannes erschien ein häßliches Grinsen, als er erkannte, daß er recht gehabt hatte.

Sie begannen zu feilschen. Die Stute stand nichtsahnend, aber angespannt neben ihnen. Die Muskeln an ihren Flanken zitterten.

»Sechzig Pfund scheinen mir ein fairer Preis zu sein.«

»Guineas wären fairer, und zwar ein paar mehr als das.«

»Was meinst du denn?«

»Nun, was bietest du denn? Mach ein realistisches Angebot.«

»Nein, nein. Du mußt einen Preis nennen. Wieviel verlangst du denn?«

Der Mann nannte einen Preis, der Großvater und Mullan so zum Lachen brachte, daß sie sich das Wasser aus den Augen wischten. »Du bist ja ein richtiger Komiker«, lachte Mullan.

Der Preis ging herunter. Sie stritten und argumentierten. Großvater tat, als wolle er sich verächtlich auf den Rückweg machen. Mullan zog ihn zurück. Sie warfen die Hände hoch, betonten die Größe des Pferdes. Das war ein Pferd, kein Pony. Fraß mehr. Mußte sorgsamer behandelt werden. War eigentlich nicht das, wonach sie gesucht hatten.

Der Preis ging weiter herunter.

Der Eigentümer schüttelte verzweifelt den Kopf. Der Liebling der Familie. Seiner Tochter würde das Herz brechen.

Harte Zeiten erforderten harte Maßnahmen. Pat versuchte, den Preis noch einmal weiter herunterzuhandeln, aber jetzt biß er auf Granit. Der Mann ließ nicht mehr mit sich handeln. Er sah Großvater abschätzend an; schließlich spuckte Pat in die Hand und streckte sie aus. Sie schüttelte sich die Hände, jeder in dem Glauben, das bessere Geschäft gemacht zu haben.

»Wir haben sie gekauft!« rief Michael.

Mullan tätschelte seinen Kopf. »Zwei weiße Strümpfe, Michael, denk daran. Wir mußten sie kaufen. Jetzt steig auf den Wagen.«

Sie brauchten für den Rückweg noch länger. Sie ließen Felix langsam vorantrotten, um die Stute zu schonen, die sie hinten an den Wagen gebunden hatten. Rotes Licht überzog den Horizont und kündigte den Abend an. Vor ihnen stoben Amseln erschreckt aus den Hecken. Auf der Straße war es ruhig. Pat und Mullan unterhielten sich über Pferdefutter, Heu und Zaumzeug. Ein zünftiges Gespräch über Pferdehaltung. Michael betrachtete den weißgefleckten Kopf der Stute. Sie blickte mit aufgerissenen Augen nach links in den Wald.

Sie waren fast zu Hause, und der Wald zog sich hier den kleinen Fluß entlang. Man hörte ihn in der Stille des herannahenden Abends plätschern. Der Wald war hier dicht, reichte etwa eine halbe Meile weit bis zur Brücke. Daneben waren Weiden und Gerstenfelder.

Dann bewegte sich etwas im Schatten der Bäume. Rauchgraue Schatten glitten dicht am Boden entlang.

Dämon knurrte tiefkehlig.

Michael sah genauer hin. Hundeähnliche Umrisse liefen am Waldrand entlang. Waren sie hinter Schafen her?

Dann brach unter dem Brechen von Ästen ein großer Hirsch aus dem Wald, das Geweih voller Zweige. Er war erschöpft, keuchte und schwankte, und sein dornenübersätes Fell glänzte schweißnaß. Die Kreaturen, die den Hirsch verfolgten, stießen ein gemeinsames Geheul aus und wechselten den Kurs. Es waren Wölfe.

Einer verbiß sich in den Hinterlauf des Tieres und wurde von einem heftigen Tritt weggeschleudert. Der Hirsch drehte sich um und senkte den Kopf. Ein Wolf wurde von einem kräftigen Geweihstoß erfaßt, und Michael sah, daß ihm der Bauch aufgerissen worden war. Einer seiner Kameraden schoß vor und verbiß sich zwischen den Hinterläufen des Hirsches. Er brüllte klagend und wirbelte verzweifelt herum, versuchte, den Wolf mit dem Hinterbein abzustreifen. Wild sauste das Geweih durch die Luft, und Eichenblätter flogen in alle Richtungen ...

Und dann war die Szene verschwunden. Sie waren um einen Waldzipfel gefahren, und der Kampf war außer Sicht geraten. Dämon und die braune Stute hatten sich beruhigt. Pat und Mullan sprachen noch immer über Pferde. Michael lehnte sich mit glänzenden Augen zurück. Wölfe. Es gab Wölfe in den Wäldern.

Eines Tages, als sie gerade über eine breite Lichtung ritten, über die ein Waldbrand hinweggegangen war, wurden sie angefallen. Die Wölfe schossen zwischen zerklüfteten Felsen und aus dem Schatten der Bäume hervor. Das unebene Terrain war schwierig für die Pferde, und sie waren noch keine zweihundert Meter weit gekommen, als der Graue schreiend zu Boden ging, und Cat wie eine Puppe zur Seite geschleudert wurde. Michael riß die Zügel zurück und brachte die braune Stute aus vollem Galopp zum Stehen. Mit der freien Hand riß er das schwere Schwert aus der Scheide, die am Sattel befestigt war. Hinter ihm schnappte und knurrte es überall, und er mußte das verängstigte Pferd mit aller Kraft herumreißen, die er mit seiner verletzten Hand aufbringen konnte.

Der Graue war schon tot. Wölfe wimmelten über ihm wie Läuse, stemmten ihre Vorderläufe auf seinen Körper und rissen mit heftigen Seitenbewegungen ihrer Köpfe Fleischfetzen heraus. Cat kniete benommen von dem Sturz auf allen vieren. Die Wölfe ignorierten sie noch.

Michael trieb seinem Pferd heftig die Absätze in die Flanken, aber der Geruch der Wölfe und des Bluts erschreckten es. Mit angelegten Ohren wich es zurück. Er bearbeitete erst den Kopf, dann die Flanken des Tieres mit der flachen Seite der Schwertklinge. Cat sah sich um, schien langsam ihre Situation zu begreifen. Die Wölfe würden sie jetzt jeden Moment bemerken. Mit einem stillen Fluch zog Michael die Schneide des Schwerts über den Rumpf des Pferdes, und es schoß genau in dem Moment vorwärts, als die ersten Wölfe sich mit blutverschmierten Schnauzen von der Leiche des Grauen abwandten. Sie rochen die zusammengekauerte Frau in der Nähe. Das Pferd preschte kraftvoll zwischen die Wölfe und schleuderte sie zur Seite. Michael schwang das Schwert, spürte, wie die Klinge durch Fell und Muskelfleisch drang. Er holte noch einmal aus und zerschmetterte einem Wolf den Schädel, der die Stute am Bauch packen wollte. Cat schwang sich hinter ihm auf das Pferd, und ihre dünnen Arme schlossen sich um seine Taille. Er stieß das Schwert in ein Gesicht, aus dem gelbe Augen funkelten, und schwankte dann im Sattel, als ein schwerer Körper sich in seinen linken Arm verbiß und daran zog. Das Pferd drehte sich panisch im Kreis, und Michael spürte, wie sich die Zähne des Wolfes tief, tief in seinen Unterarm gruben. Wilde Augen starrten ihn über eine blutverklebte Schnauze hinweg an. Er schrie vor Schmerzen und Angst, als das Gewicht des Tieres ihn langsam aus dem Sattel zog. Nur Cats Arme hielten ihn noch, aber jetzt glitt sein rechter Fuß aus dem Steigbügel und rutschte hinauf zum Hals des Pferdes. Ein heftiger Ruck ging durch den Körper der Stute, als sie nach hinten ausschlug, und mit einer unendlich langsam erscheinenden Bewegung hob er das Schwert zu einem Stoß aus kurzer Entfernung, zielte auf eines der funkelnden Augen und rammte die Spitze der Klinge hinein. Sie traf auf die Knochen der Augenhöhle, verklemmte sich kurz und kam wieder frei, als die Kiefer des Wolfes Michaels Arm freigaben, und das Tier lautlos zu Boden fiel. Er trieb die Stute vorwärts, und sie galoppierte los. Sein linker Arm war taub, und er sah, wie das Blut daraus hervorströmte. Wie der gute Wein, den wir hatten, dachte er benommen. Cat rettete das Schwert, als es ihm aus den Fingern glitt, nahm ihm die Zügel aus der Hand und hielt ihn im Sattel, während sie in wilder Flucht vor ihren Verfolgern davonjagten.

Michael wurde von seiner Großmutter in der Badewanne abgeschrubbt, als sie plötzlich ihre Arbeit unterbrach, sich Schaum von der Nase wischte und ihn nachdenklich betrachtete. Er wand sich unbehaglich, weil er daran denken mußte, wie sein Körper ihn damals im Fluß mit Rose betrogen hatte. Es war seitdem nicht mehr geschehen, aber er fragte sich, ob es irgendwelche Spuren hinterlassen hatte.

»Du bist jetzt acht Jahre alt, Michael, nicht wahr?«

»Fast. Im Dezember.«

Sie schüttelte den Kopf. Ihre Wangen waren rot, und nasse Haarsträhnen klebten auf ihrer Stirn. Michael sah, daß winzige rote Äderchen das Weiß ihrer Augen durchzogen, und die grauen Augäpfel trübe waren.

»Zu groß, um noch von jemandem gebadet zu werden.«

Michael zuckte mit den Schultern. Gewöhnlich badete Rose ihn, und es endete immer damit, daß sie beide naß waren und lachten, während der Boden des Badezimmers voller Schaum war und die Luft voller Dampfschwaden. Es war einer der Höhepunkte der Woche. Aber Rose war in ihrem Zimmer, und er dachte, daß sie vielleicht wieder weinte. Er hatte Angst davor, hineinzugehen, aber er konnte nicht anders. Er wußte, daß er bei ihr klopfen würde, wenn er hinauf zum Schlafen ging. Außerdem hatte es sich im Laufe des Tages bewölkt, und mächtige Gewitterwolken standen bedrohlich am Himmel. Sein Großvater hatte prüfend in die Luft geschnuppert und für die Nacht einen Sturm prophezeit. Jetzt stand er kurz bevor, konnte jeden Moment losbrechen. Es war schwül, nach dem Sonnenuntergang hatte sich die Luft kaum abgekühlt. Onkel Sean sorgte sich um die Gerste. Es wäre wieder typisch, hatte er gesagt, wenn ein Sturm kurz vor der Ernte die Hälfte des Getreides vernichten würde.

»Michael, du hast Tante Rose sehr lieb, nicht wahr?«

Er nickte mit aufgerissenen Augen. Das war ein neues Thema, und er ging sofort in die Defensive, schlang in dem Seifenwasser die Arme um die Knie. Seine Großmutter wischte gedankenverloren mit einem Schwamm über seinen Rücken.

»Nun, es könnte sein, daß sie für eine Weile von hier fortgehen wird, Michael, und ich möchte nicht, daß du dir Sorgen um sie machst.«

»Warum? Wo geht sie hin?«

»Das spielt keine Rolle. Zerbrich dir nicht den Kopf darüber. Sie wird für eine ganze Weile fort sein, aber sie wird zurückkommen.«

»Wann? Wie lange wird sie wegbleiben?« Er sprach mit zitternder Stimme, und ein Schluchzen stieg in seinem Hals hoch.

Seine Großmutter zögerte. »Sie wird vielleicht ein Jahr lang fort sein, Michael, aber du wirst sehen, das geht schnell vorüber.«

Ein Jahr. Ein Jahr war ein unglaublich langer Zeitraum. Der Rest des Sommers. Schule, und Weihnachten. Würde sie Weihnachten nicht da sein? Und Ostern, und dann wieder Sommer. Eine lange Zeit. Hunderte von Tagen. Er legte den Kopf auf die Knie, und die Großmutter küßte ihn auf das Haar. »Komm jetzt, Michael, steig aus der Wanne und trockne dich ab. Das kannst du allein. Du bist schon ein großer Junge.« Sie richtete sich mühsam auf und ging aus dem Zimmer. Michael bemerkte, daß ihre Stimme zitterte, und er hätte schwören können, daß auch sie den Tränen nahe war.

Mitten in der Nacht brach der Sturm los, und Michael konnte von seinem Bett aus sehen, wie sein Großvater und Onkel Sean sich mit schwankenden Laternen über den Hof kämpften, um nach den Pferden zu sehen, die sie nachmittags von der Weide in den Stall gebracht hatten. Die Ställe waren ein guter Ort, um den Sturm abzuwarten, voller Stroh, von Laternen beleuchtet, mit der Wärme der schläfrigen Tiere, während draußen der Wind heulte und der Regen gegen die Flügeltüren prasselte. Michael wischte über das Fensterglas. Es hatte gerade erst zu regnen begonnen, und es war immer noch schwül und warm. Dann zuckte ein greller Blitz über den Himmel und beleuchtete sein erschrecktes Gesicht. Er wich vom Fenster zurück und zählte automatisch die Sekunden. Als er bis sechs gezählt hatte, explodierte der Donner über dem Haus, rollte über den Giebel und ließ das Fenster erzittern. Ein Wimmern drang aus seiner Kehle.

Ein weiterer Blitz warf grelles Licht auf sein Bettzeug, und wieder grollte die himmlische Artillerie. Er sprang aus dem Bett wie ein verschrecktes Kaninchen, stapfte über den hölzernen Fußboden, schoß aus der Tür und rannte über den Flur. Roses Tür. Sie war geschlossen. Als er am Abend geklopft hatte, hatte sie nicht geantwortet. Er öffnete die Tür, und es blitzte wieder, und er sah Rose dicht beim Fenster stehen. Das Licht des Blitzes schien durch ihr Nachthemd, und für einen Moment erkannte er den Umriß ihres Körpers durch den dünnen Stoff. Dann war es wieder stockfinster, und er stieß verwirrt gegen ihr Bett.

»Michael! Ich habe mir gedacht, daß ich dich heute nacht noch sehen würde.« Zu seiner Erleichterung klang ihre Stimme normal, ja sogar fröhlich. Sie liebte Gewitter.

Sie legten sich zusammen in das Bett, während es weiter blitzte und donnerte. Er klammerte sich an sie, und sie strich ihm über das Haar.

»Du gehst fort«, sagte er schließlich, eng an ihre Brust gepreßt.

»Ist schon gut, Michael, es ist besser so.« Ihre Hand wanderte hinunter zu ihrem Bauch, und er sah, wie sie sich dort streichelte. Er spürte plötzlich Panik in sich aufsteigen, so als würden die Dinge sich bald unwiderruflich ändern, und als sei Roses merkwürdige Stimmung ein Teil davon, sogar der Anfang davon. Er wollte, daß sie wieder war wie früher, geradeheraus und unerschrocken, immer zu einem Scherz bereit.

Warum geschahen diese seltsamen Dinge? Vielleicht hatten sie etwas mit ihr zu tun, mit dem Streit in der Familie. Vielleicht sollte sie es wissen.

»Es gibt Wölfe im Wald, Rose«, platzte er heraus. »Und unten am Fluß waren Männer mit Fuchsgesichtern. Es gehen unheimliche Dinge da draußen vor. So wie das Gesicht, das uns beim Schwimmen zugesehen hat.«

Aber sie war mit ihren Gedanken meilenweit entfernt. »Er hat mir zugesehen«, murmelte sie. Sie nahm seine Hand und legte sie auf ihren Nabel. »Weißt du, was da drin ist, Michael?«

Der plötzliche Themenwechsel verwirrte ihn. »Eingeweide und so was?«

Sie kicherte. »Da ist ein winziges Mädchen drin. Sie schläft jetzt, und wenn sie aufwacht, kommt sie heraus, und du hast jemanden, mit dem du spielen kannst.«

Er stützte sich auf den Ellbogen. »Rose!«

»Es ist wahr, Michael. Darum werde ich fortgehen.« Ihre Stimme klang etwas gepreßt, aber er bemerkte es kaum.

»Wie ist es hineingekommen?« Er hatte immer noch Zweifel. Ihre Antwort wurde vom Donner übertönt.

»Und sie wird ... hier herauskommen.« Sie berührte sich wieder selbst, weiter unten. Seine Hand folgte der ihren unter das Nachthemd, fuhr durch die krause Haarmatte, fand eine enge Spalte und fuhr sie entlang, bis sein forschender Finger auf einer feuchten Stelle weichen Fleisches lag und Rose zusammenzuckte. Ihre Hand legte sich auf seine, nahm sie vorsichtig weg. Da war wieder diese Spannung, der beständige Druck in seinem Bauch. Rose streichelte ihn und faßte ihn dann durch sein Nachthemd dort unten an und massierte ihn zärtlich. Der Atem blieb ihm fast stehen.

Vergessen waren Blitz und Donner. Ein aufregender, ekstatischer, erschreckender Moment, dann ließ sie ihn los und küßte ihn auf die Nase. Ihr Lächeln wirkte im Licht eines Blitzes gefährlich. »Ich bin ein gefallenes Mädchen«, flüsterte sie ihm ins Ohr. »Ich habe eine Todsünde begangen, Michael.«

Das waren schreckliche Worte, Erwachsenenworte. Der Teufel hört zu, dachte er. Todsünde. Rose würde also in die Hölle kommen. Und sie würde nie mehr zu ihm zurückkommen.

»Ich werde beten, Rose«, schluchzte er. »Ich werde für dich beten.«

Sie lachte laut auf, während der Donner über das Dach dröhnte wie ein verrückter Reiter. »Beten! Der Priester ist es doch, der mich fortschickt, Michael. Wegen ihm muß ich von zu Hause weg. Beten!« Sie setzte sich im Bett auf, geladen wie die Wolken, die draußen vom Sturm über den Himmel gejagt wurden. »Bete nicht für mich. Bete für das Kind. Es wird ein Mädchen. Ich weiß, daß es ein Mädchen wird. Und sie werden es mir nehmen, so wie sie das Schwächste aus einem Katzenwurf ertränken. Es wird ein Bastard sein, Michael. Es hat keinen Vater.«

Das Licht eines Blitzes spiegelte sich funkelnd in ihren Augen. Erregt saß sie im Bett, während das bläuliche Licht über ihr Gesicht flackerte. Als es wieder dunkel wurde, sah Michael den Glanz ihrer Augen immer noch körperlos vor sich schweben. Ein helles Nachleuchten.

»Vergiß mich nicht, Michael. Und glaub nicht alles, was man dir erzählt. Sie bringen mich fort, aber wenn ich nicht zurückkomme, möchte ich, daß du mich findest und zurückbringst. Oder meine Tochter«, fügte sie flüsternd hinzu. Und mit der gleichen leisen Stimme: »Meine Seele.«

»Wirst du das tun? Wirst du nach mir suchen, egal was sie dir erzählen? Versprichst du mir das?«

Sie lächelte traurig. »Es gibt Schlimmeres auf der Welt als Sünder, kleiner Michael. Viel Schlimmeres.« Dann umarmten sie sich in dem schmalen Bett und lagen wie Liebende zusammen, bis der Schlaf den Donner versinken ließ.

Die Farm schlief, während die Ausläufer des Sturms wie die Nachhut einer geschlagenen Armee nach Westen davonzogen. Unten in der Küche zuckte und schnüffelte der alte Dämon im Schlaf, roch alte Gerüche, sah Dinge, die in seinem Instinkt verwurzelt waren, die er aber nie gesehen hatte – alte Dinge, die für immer in einem abgelegenen Teil seines Hundehirns verborgen lagen. Schnee und Eis und riesige Bestien mit rauhreifüberzogenen Fellen, die sich durch Schneewehen kämpften. Das Tropfen von Wasser in tiefen Höhlen, das Knirschen von Zähnen auf warmen, saftigen Markknochen. Er winselte und seine Krallen scharrten über den Steinboden, aber er war ein alter Hund und erwachte nicht.

Rachel schlief auch, ihre dunklen Locken fielen über das Kopfkissen, und ihre harten Gesichtszüge waren entspannt. Sie träumte.

Träumte von ihrem schönen Mann, ihrem glutäugigen Verehrer mit den roten Lippen und der weißen Haut. Der dunkelhaarige Mann mit der eleganten Kleidung, gut gebaut mit breiten Schultern und schmalen Hüften.

Immer noch im Schlaf klemmte sie die Bettdecke zwischen die Beine und zog sie an sich heran.

Aber er hatte sie verlassen. Und das, obwohl sie ... obwohl sie es schließlich selbst gewollt hatte, zugestimmt hatte, im Gras lag und sich nach ihm sehnte, das Gebetbuch achtlos neben sich geworfen, die Haare ein dunkler Fächer zwischen den Butterblumen. Ihr geblümtes Kleid war bis über die Taille hochgeschoben, und wenn sie sich getraut hätte, hätte sie sich selbst dort unten berührt, wo sie ihn so gerne gespürt hätte, so sehr sehnte sie sich danach. Er aber hatte nur gelächelt und mit dem Finger gedroht. Hatte sie wortlos verlassen, einfach dort liegenlassen, mit gespreizten Beinen auf der Wiese, die Kleider feucht vor Erregung.

Geräuschlos und unbewußt weinte Rachel in ihrem einsamen Bett.

Auch der alte Mullan träumte.

»Das ist ein Papistenname«, sagte der Ausbildungssergeant mit den Abzeichen der Ulster Volunteer Force auf den Schultern, und seine Augen wurden schmal wie Schlitze.

»Ich bin kein Papist.«

»Dann kannst du ja auch sagen ›Scheiß auf den Papst‹«

»Ich ... ich könnte es.«

»Sag es.« Und er hatte es getan.

Er zerbröselte Lehm aus Flandern zwischen den schmutzigen Fingern, der in der glühenden Sonne hart und hell geworden war wie alte Schokolade. Der Schweiß lief ihm unter dem Stahlhelm herunter und zog Linien in sein staubiges Gesicht. Seine kratzige Uniform war heiß und schweißgetränkt, hing verrutscht an seinem Körper, und die Schulterriemen schnitten in seine jungen Schultern. Die ausgedörrte Erde klebte an dem blauschwarzen, öligen Lauf seines Gewehrs und bestäubte den hölzernen Schaft, als beanspruche sie die Waffe für sich. In der Ferne dröhnten Geschütze.

Agnes Fay, Michael Fays Großmutter, lag still und gerade wie ein gefällter Baum in ihrem Ehebett und begleitete Pats leises Schnarchen mit ruhigen Atemzügen. Sie träumte von Stiefeln. Stiefeln, die gegen die Tür des Hauses traten, in dem sie zu Hause war, und Männern, die diese Tür mit den Schultern einrannten. Sie trugen zweifarbige Uniformen, Polizeiröcke über khakifarbener Militärkleidung. Ihre Mutter in Todesangst, ihr Brüder kreidebleich, auf dem Sprung zu den Revolvern, die auf einem Stuhl lagen. Und sie hatte sich mit ihrem Hinterteil darauf gesetzt, so ruhig wie möglich, hatte ihre metallene Härte gespürt und sich nicht vom Fleck gerührt, während die Polizisten das Haus auf den Kopf gestellt hatten, und ihr Vater mit erhobenen Händen im Zimmer stand. Sie war fast noch ein Kind gewesen, hatte sich vor Angst fast naß gemacht, aber sie hatte durchgehalten, hatte mit ihrem Kleid die verräterischen Waffen verdeckt und damit ihre Brüder vor einer Kugel im Hinterhof gerettet.

Sean träumte von Traktoren, die schnurgerade Furchen in die Äcker zogen und Rauchwolken in den blauen Himmel stießen. Dahinter wurden die Möwen von dem aus dem Boden schießenden Getreide verscheucht, und ein Mann kam mit einer Sense, deren Klinge funkelte wie die Sichel des Mondes.

Pat träumte von Pferden und lächelte im Schlaf. Michael träumte nicht, denn er lag in Roses Armen.

Seine jüngere Tante war wach und tastete nach einer Schwellung, die sich erst in ein paar Wochen bemerkbar machen würde. Ihre Fingerknöchel glitten über ihre Hüften, die schmal waren wie die eines Knaben, und sie fragte sich, wie es möglich sein konnte, daß ein neues Leben dort herauskommen würde, ohne sie umzubringen.

Sie erinnerte sich. Er war bei ihr gewesen und hatte das feuchte Uhrwerk ihrer Monatsregel zum Stehen gebracht. Und sie war verdammt. Ein dunkelhaariger, gesichtsloser Mann hatte sie mit Glut erfüllt und sie in das kühle Laub gepreßt, während der Fluß in der Nähe vor sich hin rauschte wie das Blut in ihren Adern, und die Nacht dunkel und dicht aus den Bäumen stieg. Und jetzt schlug ein zweites Herz in ihrem Leib.

Armer Thomas McCandless. Ungeschickt und eifrig wie er war, hatte sie ihn dafür verantwortlich gemacht, hatte ihn haben lassen, was er schon lange hatte haben wollen, und ihn dann als Vater genannt. Armer, tölpelhafter Thomas, mit rotem Gesicht hatte er an ihr herumgefummelt, zu ängstlich, ihr ins Gesicht zu sehen, aber gleichzeitig gierig wie ein Kind. Ein Protestant als Vater eines Bastards. Das dachten jedenfalls alle. Der richtige Vater war ein Reiter mit Kapuze gewesen, der vorbeigekommen war, und als sein Pferd in der Morgendämmerung aus der Flußsenke geklettert war, hatten die Hufe Erdschollen aus der steilen Böschung gerissen. Sie wollte ihn nicht wieder sehen, glaubte aber, daß das in dem Moment geschehen würde, wenn das Baby sie auf seinem Weg ans Licht zerreißen würde.

»Seelen sind billig«, hatte er im Wegreiten gesagt, und sie glaubte, daß er dabei gelacht hatte.

Auf dem regennassen Hinterhof glänzte das Pflaster, und aus den Regenrinnen gurgelte Wasser in die Regentonnen. Die Wölfe schlichen wie Gespenster über den Hof, bevölkerten Dämons Träume mit einem Gefühl von Angst und Vertrautheit, schnupperten dem Geruch der Tiere nach. Die Pferde legten in den Ställen die Ohren an, und auf den Feldern drängten sich die Schafe ängstlich zusammen, aber es geschah ihnen nichts. Die Farmkatzen spähten mit leuchtenden Augen aus trockenen Winkeln. Das Rudel schwärmte auf seiner lautlosen Suche durch die sternlose Nacht. Einmal legte einer eine Pfote auf die Hintertür. Dann trollten sie sich in Richtung der Wälder, wie leichtfüßige Phantome, die die Morgendämmerung fürchten.

KAPITEL
FÜNF

Fünf Jahre vergingen.

Rose kehrte niemals zurück, denn sie war tot.

Die Nachricht sickerte zu Michael ungefähr sieben Monate nach ihrer überstürzten Abreise durch. Sie war nachts von einem Priester und zwei ernsten Nonnen abgeholt worden, und angesichts ihres bleichen Gesichts hinten in dem großen Auto heulte Michael wie ein Schloßhund. Sie sah nicht viel älter aus als er selbst. Für ihn starb sie in dem Moment, als die Wagentür hinter ihr ins Schloß fiel und der

Wagen vom Hof verschwand. Sie hatte seine Welt verlassen und befand sich in einer anderen. Der Tod hatte dort keinen Zugang, und er war sich ohnehin nicht sicher, was er genau bedeutete. Für ihn war der Tod wie ein Brief, der in der Post verlorengeht. Irgend jemand ging an einen Ort, den er sich nicht vorstellen konnte. Für ihn begann der Tod zehn Meilen von zu Hause.

Niemand erzählte ihm, wie oder warum sie gestorben war; es war eine Sache, die unter den Teppich gekehrt wurde, eine Leiche im Keller der Familie. Er betete für sie und für das Kind, von dem sie gesagt hatte, daß sie es bekommen würde, aber selbst jetzt war er sich nicht ganz sicher, ob das nicht nur ein Scherz gewesen war. Rose hatte immer gerne Geschichten erfunden.

Nach einer Weile, einer langen Weile – wenigstens drei Jahre – verschwand sie langsam aus seinem Bewußtsein. Rachel übernahm die Betreuung der Hühner, aber es klappte nicht so recht, denn sie mißtrauten ihr, und sie konnte viele der Nester nicht finden. Also gab es nicht mehr so oft Eier zum Frühstück. Und Großmutter hatte einen der Leiharbeiter aus dem Haus geworfen, Thomas McCandless, einen jungen Kerl, der eigentlich noch ein halbes Kind war. Michael erfuhr nie den Grund dafür. Er verbrachte möglichst viel Zeit allein oder mit Mullan. Das war sicherer so. Er hatte die unklare Vorstellung, daß Rose eines Tages zurückkehren würde, daß er eines Morgens zum Platz an der Brücke kommen würde, und sie dort mit den Zehen im Wasser auf ihn warten würde.

In den fünf Jahren wuchs er so schnell, daß seine Kleider über Nacht zu schrumpfen schienen. Beunruhigende Haarbüschel erschienen an Stellen, wo vorher keine gewesen waren. Da, wo Rose welche gehabt hatte. Dieser Gedanke war sehr tröstlich.

»Demnächst wirst du aus deiner eigenen Haut wachsen«, sagte seine Großmutter zu ihm, hielt prüfend ein Hemd gegen seine breit gewordenen Schultern und schürzte die

Lippen. »Und diese Haare! Es sieht aus, als säße ein zottiger Hund auf deinem Kopf. Was soll ich nur mit dir machen?«

Er streifte durch die Wälder und Wiesen in der Umgebung der Farm wie ein Wildhüter, oft in Begleitung des alten Mullan. Er wurde groß und geschmeidig, war erst schlaksig, entwickelte sich dann aber auch in die Breite. Und die Arbeit auf der Farm ließ seine Muskeln anschwellen. Die Sonne ließ Sommersprossen auf seinem Nasenrücken sprießen und bräunte ihn, so daß seine grauen Augen hell aus dem Gesicht leuchteten. Rachel ermahnte ihn, weil er immer so ›wild‹ war, schob seinen Kopf über die Spüle in der Küche und schrubbte seinen Hals, während er sich protestierend in ihren kräftigen Armen wand. Und das, obwohl er seit mehr als vier Jahren selbst für seine Sauberkeit verantwortlich war.

»Du bist noch nicht so groß, daß du in einem Christenhaus mit einem pechschwarzen Hals herumlaufen kannst«, sagte sie.

Die Tage, Wochen und Monate kamen und gingen regelmäßig wie die Gezeiten. Dämon starb und wurde von Pat still betrauert. Er würde nie mehr als ungesehener Gast unter dem Eßtisch liegen. Sie begruben ihn ohne viele Worte unten am Fluß, und am Grab berührte Michaels Großvater seine Mütze in einer unbeholfenen Geste, die gleichzeitig Gruß und Abschied war. Nach einer angemessenen Zeit wurde er durch zwei kläffende Welpen ersetzt, und schon bald hefteten sie sich ständig an Pats Absätze wie zwei winzige Doppelgänger ihres grauschnauzigen Vorgängers.

Das Land veränderte sich nicht. Vielleicht gab es etwas mehr Autos, die auf den Straßen die Pferde erschreckten, und hier und da wurde ein neues Haus gebaut. Ein paar kleine Waldstücke wurden von Farmern gerodet, die mehr Weideland brauchten, um sich etwas hinzuzuverdienen, und es gab die üblichen Gerüchte von Aufruhr in den Städten. Man erzählte sich, die britische Armee sei erschienen. Diese Neuigkeit führte für ein paar Tage zu einer kaum merklichen Spannung zwischen Pat und Mullan. Aber all das war zu weit weg, als daß man sich lange den Kopf darüber zerbrechen mußte.

Seans Kauf eines neuen Traktor war eine viel wichtigere Neuigkeit – ein großer, dröhnender McCormick Cropmaster, der ihren kleinen grauen Massey-Ferguson mickrig erschienen ließ. Er erinnerte Michael an einen roten, glupschäugigen Drachen, der Rauch furzte. Pat war weder von dem Rauch ausstoßenden Gerät noch von der Summe, die er gekostet hatte, sonderlich begeistert, aber Sean grinste zufrieden. Clark Gable auf einem Traktor.

»Demnächst wird es ein verdammtes Auto sein«, prophezeite Mullan düster und fuhr damit fort, die braune Stute zu striegeln.

Die Schule nahm Michael weiterhin für zwei Drittel des Jahres in Anspruch, eine Tatsache, die ihn sehr frustrierte. Er wanderte fünfmal in der Woche morgens die zwei Meilen zum Dorf, seine Bücher und Brote in einer Tasche und im Winter mit einem Torfbündel für den Ofen auf dem Rücken. Er haßte Mathe, Naturwissenschaften (wenn man es so nennen konnte), Geographie, Grammatik und alles andere, wenn man von ein paar Geschichtsstunden (Kelten, Wikinger, Normannen, das Erbe seiner Insel) und Lesen absah. Er verschlang Lady Gregory, die Gebrüder Grimm, Jules Verne, Robert Louis Stevenson und sogar ein paar Sachen von Conrad. Er war eine Ausnahmeerscheinung in seiner Klasse (schon weil er einen Kopf größer war als jedes andere Kind). Er las sehr gerne – vielleicht nur bestimmte Sachen –, aber er las gerne. Die Lehrerin war eine Miss Glover, und sie war *über dem Meer* gewesen. Eine angenehme, pausbäckige Jungfer mit einem Dialekt, den sie nach Überzeugung der Kinder (und der meisten Leute der Umgebung) in England aufgeschnappt hatte. Sie konnte gebieterisch sein, wenn sie sich selbst vergaß, aber meistens vermied sie es, weil sie wußte, daß es die Kinder heimlich amüsierte. Michael hatte sie schon verärgert und sogar wütend erlebt, aber nie aufgebracht genug, um ein Kind zu schlagen, was äußerst ungewöhnlich war.

Er schloß mit wenigen anderen Kindern in der Schule Freundschaft, und mit keinem wurde er auch nur annähernd so vertraut, wie er es mit Rose gewesen war. Ein paar Kinder in der Klasse waren mit ihm verwandt, denn die Fays waren eine große Sippe. Doch er hatte nicht viel mit ihnen zu tun. Er galt als ›komisch‹ und hätte es nicht leicht gehabt, wenn er nicht schon früh so groß und kräftig gewesen wäre.

Die zweiräumige Schule stand am Fuß der ersten Anhöhen des Antrim-Plateaus, und hinter dem gepflasterten Schulhof führte ein mit Heidekraut und Ginster überwucherter Hang zu den felsigen Hügeln hinauf. Das Dorf, zu dem die Schule gehörte, war nicht viel mehr als eine unregelmäßige Häuserreihe an einer Straße, und zog sich von der Bann-Brücke im Tal bis zu den ersten Höhen im Osten. Die Schule befand sich am östlichen Ende weitab von der Straße. Michaels Großvater war schon vor einem halben Jahrhundert hier zur Schule gegangen, und in einigen der Bücher, die die Kinder benutzten, war noch vom Britischen Empire und der Kolonialzeit in Indien die Rede. Es erinnerte Michael an Mullans Kriegserzählungen; wie er die indischen Soldaten in den schlammigen Schützengräben hatte frieren sehen, und wie die Old Contemptibles, die letzen der regulären Soldaten der indischen Armee, versuchten, in Urdu oder Hindi mit den Belgiern zu sprechen, fest davon überzeugt, daß man sich in einer der beiden Sprachen mit jedem Fremden verständigen konnte. Dunkelhäutige Männer, gebräunt von der Sonne von Afrika oder Indien oder Afghanistan, die im kalten Regen von Flandern ihr Ende fanden. Das Ende eines Empires, hatte Mullan traurig gesagt – aber Mullan war auch Protestant.

Die Fuchsgesichter waren wieder in der Flußsenke aufgetaucht.

Wie Rose gehörten sie in eine andere Zeit, in eine Zeit, in der er ein anderer gewesen war. Es war merkwürdig, daß

Michael vergessen konnte, wie Roses Gesicht aussah, aber sich gleichzeitig genau daran erinnern konnte, wie es gewesen war, als sie ihn im Fluß nackt umarmt hatte. Diese Erinnerung zog sich durch seine Träume und erfüllte ihn mit wachsender Sehnsucht.

Die Erinnerung an das Fuchsvolk (wie er sie jetzt nannte) löste Furcht und Neugierde in ihm aus. Es geschahen merkwürdige Dinge in den Wäldern und Feldern, den Wiesen und den Hügeln, und nur er war sich dessen bewußt. Die Bücher, die er las, bereiteten ihn darauf vor, und auf seinen ziellosen Wanderungen konnte er immer wieder einmal merkwürdige Gestalten aus dem Schatten auftauchen und wieder verschwinden sehen. Sie taten ihm nie etwas, so furchteinflößend sie auch aussehen mochten. Nur die Wölfe machten ihm angst. Besorgt erkundigte er sich bei Mullan danach, der dem Land so nah war, wie man es nur sein konnte, ohne darin beerdigt zu sein. Er wollte wissen, ob Mullan in den Wäldern jemals seltsame Spuren, Knochen oder Gestalten gesehen hatte. Und der alte Mann hatte ihm einen prüfenden Blick zugeworfen und ihn gefragt, ob er wieder Märchenwesen gesehen hatte.

»Hunde. Wie ist es mit Hunden, einem ganzen Rudel? Hast du Spuren davon gesehen?«

»Worauf willst du hinaus, Michael? Willst du mir sagen, wir haben ein paar Schafe verloren?«

»Nein, nein. Ist schon gut.« Aber er machte sich Sorgen, wenn Mullan die ganze Nacht hindurch auf Fasanenjagd ging, und fragte sich, was passieren würde, wenn er auf ein Wolfsrudel stoßen würde. Doch so etwas geschah nicht, und Mullan bemerkte trotz seiner Erdverbundenheit nie etwas Ungewöhnliches.

Vielleicht waren sie nur für ihn da. Michaels Wölfe.

Etwas aus einem sehr alten Alptraum schwebte über ihm, ließ ihn aufschreien. Eine Fuchsmaske über einem dreckverschmierten Gesicht mit übelriechendem Atem. Er versuchte, sich aufzusetzen, wurde aber zurückgestoßen und von einer rauhen, dunklen Stimme mit seltsamen Worten angeherrscht. Die Waldsprache. Ringbone. Sein Kopf rollte zur Seite, und er sah, daß sein Unterarm mit Birkenrinde verbunden worden war. Schwarzer Lehm, der nach Urin stank, quoll unter dem primitiven Verband hervor. Er schloß die Augen. Er hörte Menschen um sich herum, das Knistern eines Feuers, den Wind in den Ästen. Unter ihm raschelte seine Unterlage, als er sich bewegte. Er spürte eine kühle Handfläche auf seiner heißen Stirn. »Cat?«

»Alles ist gut, Michael. Ringbone und seine Leute haben uns wiedergefunden und die Wölfe vertrieben. Du wirst wieder auf die Beine kommen.«

Das hatte er schon oft gehört. Solche Phrasen waren billig. Er zwang sich, die Augen zu öffnen. Waldmohn. Die Hundesöhne hatten ihn betäubt. Aber er kannte Ringbone. Er war fast ein Freund aus der Kindheit. Er streckte seinen gesunden Arm grüßend dem schlanken Fuchsmann entgegen, der neben ihm saß und nach Schweiß und Aas roch. Er grinste zur Antwort.

»Sind wir sicher? Die Wölfe ...«

»Wir haben sie erst einmal vertrieben«, sagte Cat. »Ringbones Leute halten Wache.«

»Es war kein Werwolf, der mich gebissen hat – sag ihnen das –, sie wissen das, oder?«

»Natürlich«, sagte sie beruhigend. »Es war nur ein Tier. Sie wissen es ... Du bist in Ordnung. Sie werden dich nicht fressen.« Und sie lächelte das berühmte Cat-Lächeln, Cheshire-Cat, die ihn durchs Wunderland führte. Sie wirkte nicht mehr so erschöpft. Eine blasse Sonne stand am Himmel wie ein Hauch von Frühling. Sie hatte sich das Haar gewaschen, und ihr Atem roch nach Pfefferminz. Er spürte, wie die alte Begierde sich regte, und mußte über sich selber lachen.

Sie legte ihm die Hand zwischen die Beine und hemmte seine Erektion.

»Heute nacht, vielleicht«, sagte sie. »Die Fuchsleute können für uns die Umgebung beobachten.«

»Was meinst du, wen sie beobachten werden?« fragte er leichthin.

»Wen sie wollen.«

Ich bin ein Wilder geworden, dachte er. Kein Anstand ist mir geblieben. Ich würde es hier vor allen Leuten mit ihr machen, wenn ich die Kraft dazu hätte.

Sie schien es zu wissen. Sie beugte sich über ihn, und ihre nach Pfefferminz schmeckende Zunge schob sich in seinen Mund und züngelte wie eine nasse Schlange darin herum. Er spürte, wie die Blätter von ihrem Mund in seinen geschoben wurden, schmeckte ihren Kaugummigeschmack. Sie zog den Kopf zurück.

»Heute nacht«, sagte sie lächelnd.

»Wir sind fast zu Hause, nicht wahr?«

»Fast.« Ihr Lächeln erstarb. »Aber immer noch nicht aus den Wäldern heraus.«

Er schloß die Augen und schämte sich der plötzlichen Angst, die ihn überkommen hatte. Heute war nicht das erste Mal, daß Ringbone und sein Volk ihnen das Leben gerettet hatten. Und dennoch mußte er immer wieder an ein grausiges, blutiges Mahl denken, das er im Schein eines Feuers beobachtet hatte, in einem Wald, in dem Wolfsgeheul ertönte. Ringbones Leute, die einen der ihren erledigten, nachdem er ... befleckt worden war. Es schien tausend Jahre zurückzuliegen.

Eine andere Welt, ein anderes Leben.

Es war an einem Herbstabend, mehr als vier Jahre nach Roses Abreise, und die ersten Regungen von jugendlicher Reizbarkeit hatten ihn vom Abendbrottisch zu den Ställen und danach auf das freie Land hinter der Farm getrieben. Es war ein stürmischer Abend, die Wolken wurden schnell über den Himmel getrieben, und der Wind pfiff durch die nur noch spärlich belaubten Baumäste. Die Dunkelheit brach jetzt schon schnell herein; vorbei waren die langen Tage des Sommers, das Heu war eingebracht, und die Ballen stapelten sich in der Scheune. Das Gras war feucht, und seine Füße rutschten über den regengetränkten Boden. Noch während er die schiefergrauen Wolken betrachtete, die die Berge am Horizont verhüllten, begann es wieder zu regnen. Er fluchte (eine Angewohnheit, die er sich erst vor kurzem zugelegt hatte) und machte sich auf, um Schutz unter den Bäumen unten am Fluß zu suchen. Er fragte sich, ob er dort allein sein würde.

»Du bist ganz schön frech für dein Alter!« hatte Tante Rachel ihn angeschrien, nachdem er eine Bemerkung über das Brot gemacht hatte, das sie immer backte, über die sogar sein Großvater unwillkürlich hatte grinsen müssen. Aber das war noch nicht alles gewesen. »Daß du immer mit Rose herumgezogen bist, als sei sie deine Schwester, obwohl sie zehn Jahre älter war, das ist es, was dich verdorben hat, Junge.« Und es hatte schockiertes Schweigen in der Küche geherrscht. Michael war mit einem erstickten Schluchzen aus der Küche gestürmt, hatte aber noch gehört, wie Pat wütend seine Stimme erhob, und Rachel ihm schrill antwortete.

Wie immer war es unter den Bäumen schon dunkler, ein Zwielicht, finsterer und unheimlicher als die grüne Dämmerung des Sommers. Für einen Augenblick stapfte er grimmig durch das Laub und dachte mit einer verwirrenden Mischung aus Trauer und Sehnsucht an Rose. Dann verhielt er sich wieder so, wie er es gewöhnlich im Wald tat, pirschte sich vorsichtig vorwärts. Es war gut möglich, daß an solch einem Abend etwas im Wald war. Morgen- und Abenddämmerung, hatte Mullan einmal gesagt, und er hatte recht gehabt.

Michael hatte in diesen Wäldern große Hirsche gesehen, und einmal war etwas, das ein Biber gewesen sein mußte, ins Wasser geplatscht – und Wölfe natürlich.

Sie waren dunkel, die Wölfe, schwärzer als die, von denen er Abbildungen in Tierbüchern gesehen hatte, mit größeren Köpfen, kräftigeren Körpern und langen Beinen. Gezüchtet auf Schnelligkeit, wie Windhunde. Er setzte sich dem Rauch eines Holzfeuers aus, um seinen Körpergeruch zu verbergen, bevor er sie von dem Ast eines Baumes aus beobachtete. Mullan hatte ihm das beigebracht. Es waren ungefähr ein Dutzend, und meistens traf er sie, wenn sie von Norden nach Süden zogen, ohne zu zögern den Fluß durchschwammen und sich schnüffelnd durch das Unterholz bewegten, als folgten sie einer Fährte. Einmal hatte er sie auf dem freien Feld oberhalb der Grundwiese gesehen, eine ferne Meute von schleichenden Schatten, im schwindenden Licht winzig wie Ameisen. Michael konnte sich nicht erklären, wo sie herkamen und was sie hier machten. Er wußte, daß der letzte Wolf auf den britischen Inseln im achtzehnten Jahrhundert in Schottland erlegt worden war. Es gab in den Wäldern keine Kreatur mehr, die man fürchten mußte, und zumindest in Irland gab es keine Wildnis mehr. Dieses Rätsel faszinierte ihn.

Heute abend waren keine Wölfe hier. Er hörte das Rauschen des angeschwollenen Stromes. Das Unterholz wurde kümmerlicher, wenn der Winter nahte, und der kalte, feuchte Boden zwischen den Bäumen, lehmig und voller Laub, war fast frei davon.

Stimmen brachten ihn zum Stehen.

Er duckte sich, spürte den kalten Boden unter seinen Knien und sah auf der anderen Seite des Flusses ein gelbes Licht flackern. Ein Feuer. Er schob sich langsam voran, wußte, wer das sein mußte, war ängstlich, aber auch neugierig – und immer noch aufgebracht von dem Zusammenstoß mit Tante Rachel.

Sie waren in der Senke auf dem westlichen Ufer des Flusses. Er sah sie schemenhaft vor dem Feuer sitzen, den Rükken ihm zugewandt. Es war schon so dunkel geworden, daß das Feuer ihn blendete. Er kniff ein Auge zu und kroch weiter, bis seine Hand durch Uferschlamm glitt und in das eisige Flußwasser eintauchte. Um ihn herum ragten die Bäume empor, und Regen tropfte mit einem gleichförmigen Geräusch von den Zweigen. Michael war gegen Sicht und Geräusch abgeschirmt. Und gegen Geruch, er war es, der sie riechen konnte, den gleiche Geruch wie damals, und für einen Augenblick war er wieder ein verängstigtes Kind, stand erstarrt mit einem Fuß bis zum Schienbein in dem rauschenden Fluß und nahm ihren moschusartigen Geruch auf. Aber er war jetzt fast dreizehn, ein alter Dreizehnjähriger, ein großer Dreizehnjähriger, fast ein Meter achtzig groß und geschmeidig wie eine Katze. Er war jung und voller Trotz. Er watete durch den Fluß.

Der Regen verstärkte sich, tropfte ihm in den Nacken und platschte auf seine Schultern. Funken stoben aus dem Feuer, als jemand einen neuen Scheit hineinwarf. Die Flammen beleuchteten regennasse Gestalten, und der Geruch wurde stärker. Nasse Körper, ungewaschen und schmutzig vom Leben in den Wäldern. Das Gespräch brach plötzlich ab, und für eine panische Sekunde dachte er, daß sie ihn entdeckt hatten, aber dann ertönte ein Stöhnen, ein wildes, schmerzerfülltes Grunzen, und dann sprachen sie weiter. Wenn man es überhaupt Sprechen nennen konnte. Es klang wie das Knurren unzufriedener Jagdhunde.

Er war kaum noch zehn Meter von ihnen entfernt, als er anhielt. Er war sich nicht sicher, ob seine Geschicklichkeit ausreichte, unbemerkt noch näher heranzukommen. Ihr Feuer warf einen kleinen Lichtkreis zwischen die Schwärze der nassen Bäume und ließ die Regentropfen aufglühen wie Funken, die aus einer himmlischen Schmiede fielen. Vier Fuchsmänner saßen um die Flammen. Ihre Masken verwandelten sie in spitzohrige Schatten, die Augenhöhlen wirkten seltsam lebendig. Sie waren in dicke Felle gehüllt. (*Bär*? überlegte Michael. Nein. Nicht dick genug. Er sah genauer hin. Wolf. Sie trugen Wolfshäute, hatten das dichte Halsfell um den Nacken gewunden, so daß es wirkte, als trügen sie Halskrausen.)

Er konnte die bleiche Bemalung ihrer Gesichter erkennen. Weiß um die Augen herum und in einer etwas dunkleren Tönung auf der Nase und im Mundbereich. Unter den Wolfshäuten trugen sie noch andere Felle. Fuchs wahrscheinlich. Michael glaubte, das Ende eines Fuchsschwanzes zu erkennen. Sie trugen Gürtel und Schulterriemen aus Rohleder, grob zusammengenähte Lederbeutel (die fast alle leer zu sein schienen), und neben ihnen lagen Speere und Dolche in dem nassen Laub, einige aus primitiv behauenem Feuerstein, andere aus etwas, das Bronze sein mochte, grün und glatt.

Die Fuchsleute schwiegen jetzt. Sie bereiteten keine Mahlzeit zu, obwohl ein großer Bratspieß über dem Feuer lag und ein großer Holzvorrat sich dicht neben den Flammen befand. Sie sahen äußerst erschöpft und niedergeschlagen aus. Einer von ihnen fingerte an seinem Steindolch herum, als wolle er sich jeden Moment damit die Kehle durchschneiden.

Eine Bewegung am Rande des Feuerscheins erregte Michaels Aufmerksamkeit. Irgend etwas wand sich dort auf dem nassen Boden, und er hörte wieder den Schmerzlaut, den er eben schon einmal vernommen hatte. Es war ein Mann, der an den Boden gepflockt worden war. Seine Hände zerrten vergeblich an den Fesseln. Er war ein Fuchsmann, aber er war festgebunden, und sein Kopfschmuck lag neben seiner Wange. Auf seiner nackten Brust glänzte dunkel eine geronnene Flüssigkeit, und Michael sah, wie dort weiteres Blut aus einer Wunde quoll, als der Mann sich hin und her wand. Michael drehte sich der Magen um, er schluckte das Erbrochene wieder herunter, das ihm schon in den Mund gestiegen war und spürte, wie es ihm in der Kehle brannte.

Weit entfernt heulte irgendwo ein Wolf, langgezogen und hoffnungslos. Die Fuchsleute zuckten zusammen, und spähten durch die Bäume empor zum wolkenschweren Himmel. Es war jetzt stockfinster und obwohl fast Vollmond war, würde man heute nacht nichts von ihm sehen.

Schließlich schienen sie irgendeinen unausgesprochenen Entschluß gefaßt zu haben. Sie standen auf, griffen nach ihren Waffen und gingen hinüber zu der Stelle, wo ihr Kamerad sich am Boden wand. Einer von ihnen trug einen lodernden Scheit aus dem Feuer mit sich, der bizarre Schatten zwischen die Baumstämme warf. Sie standen da und blickten auf den gefesselten Mann hinunter, als warteten sie auf etwas.

Der Mann stieß ein tiefes Grollen aus, und Michael fuhr zusammen und kroch ein Stück näher heran.

Er konnte nicht viel sehen. Der Mann am Boden tobte, zerrte an seinen Fesseln, und das grollende Geräusch aus seiner Kehle wurde lauter. Einer der Fuchsmänner wich erschrocken einen Schritt zurück. Michael konnte kaum glauben, was er sah.

Der liegende Mann veränderte sich, wurde dunkler und länger. In Sekundenschnelle wuchs ihm ein schwarzes Fell, und sein Körper verbog sich, die Arme knickten an Stellen ein, an denen keine Gelenke waren, und das Grollen verwandelte sich in das gurgelnde Bellen eines wütenden Tieres. Michael sah, wie sich sein Gesicht veränderte, wie sich eine Schnauze vorschob, und die Ohren länger wurden. Unglaublich lange Zähne blitzten auf. Das Wesen warf den Kopf von einer Seite auf die andere, und zwei gelbe Lichter begannen in den Augen zu glühen.

»Jesus!« flüsterte Michael.

Dort am Boden war jetzt kein Mann mehr, sondern irgendein riesiges, mißgestaltetes Tier mit einem mächtigen Brustkorb, langen Gliedern und schwarzem Fell. Eine Hand, oder jetzt vielmehr eine Pfote, kam frei …

Und ein Speer wurde dem Wesen mit aller Macht in den Brustkorb gerammt, nagelte es an den Boden. Der Tiermensch schrie, und Michael hörte aus den umliegenden Wäldern das verzweifelte Antwortgeheul von mehr als einem Wolf.

Aber der Todeskampf des Wesens ging jetzt seinem Ende

entgegen. Noch mehr Speere wurden in den noch zuckenden Körper gespießt. Er wurde ein halbes Dutzend Mal gepfählt. Das Leuchten in den Augen erlosch.

Sofort knieten die Fuchsmänner nieder und bearbeiteten den leblosen Körper mit ihren Messern. Michael glaubte, einen von ihnen weinen zu hören, aber der Regen prasselte zu laut durch die Bäume, als daß er hätte sicher sein können. Er war naß bis auf die Knochen, bemerkte es aber kaum. Seine ganze Aufmerksamkeit galt der bestialischen Szene im Licht des niederbrennenden Feuers.

Sie standen auf, und einer von ihnen hielt eine glitschige, dampfende Masse in beiden Händen. Sie ließen die ausgenommene Leiche hinter sich und legten neues Holz in das Feuer. Ein zwei Fäuste großes Fleischstück wurde auf den Spieß geschoben. Blut strömte zischend in die Glut. Die Männer leckten sich die Finger ab und setzten sich wieder ans Feuer. Zwei von ihnen bedeckten ihre Gesichter mit den Händen. Alle begannen ein leises Wehklagen. Sie sahen zu, wie das Herz das Wesens über dem Feuer geröstet wurde, drehten es ab und zu mit einem blutigen Messer. Sie alle waren über und über mit Blut beschmiert, und ihre Gesichtsbemalung lief ihnen in langen Streifen über die schmutzigen Gesichter.

Noch bevor das Fleisch gar war, schnitten sie Stücke davon herunter und aßen sie. Sie hielten die Bissen erst dem Himmel entgegen, bevor sie sie mit großem Ernst hinunterschluckten. Sie aßen das ganze Herz. Manchmal streiften sie etwas geronnenes Blut ab und bissen zähe Stücke mit heftigen Kopfbewegungen ab. Als sie ihr Mahl beendet hatten, holte einer von ihnen einen gut gefüllten Trinkschlauch unter seinen Fellen hervor, trank daraus und gab ihn weiter. Sogar Michael konnte von seinem Versteck aus den scharfen Geruch des hochprozentigen Branntweins riechen. Jeder nahm einen langen Schluck, dann wischten sie sich über ihre klebrigen Gesichter, und zwei von ihnen gingen wieder zu der Leiche und begannen damit, sie abzuhäuten, auszunehmen und vollständig zu zergliedern, als handele es sich um ein Kalb. Mit einem schauerlichen Geräusch schabten die Steinklingen der Messer über Knochen, dann ertönte ein scharfes Knacken, und der grausige Kopf des Wesen rollte über den Boden. Die Zähne blitzten kurz im Licht der Flammen auf.

»Michael! *Michael*!« Eine vertraute Stimme drang durch das Prasseln des Regens und das Knistern des Feuers. Michael zuckte zusammen. Die Stimme seines Großvaters, drüben von den Feldern hinter dem Wald. Die Fuchsleute zeigten keinerlei Anzeichen, daß sie etwas gehört hatten. Es war kein Teil ihrer Welt, begriff Michael. Er zog sich vorsichtig zurück, bemerkte jetzt erst, daß er in dem kalten Regen fast starr geworden war. Er war müde und kroch unbeholfen über den Boden, aber das Geräusch des Regens deckte seinen Rückzug. Das Licht des Feuers blieb zurück und verschwand dann, als hätte jemand es ausgeknipst. Er sah vor sich den hellen Streifen des Waldrandes, die Gestalt mit der brennenden Laterne, hell wie das Feuer, von dem er gerade kam. Pat, sein Großvater, stand groß wie ein Hügel im strömenden Regen und rief nach ihm. Michael platschte durch den Fluß, ließ den nassen Wald hinter sich und stieg mühsam den Wiesenhang hinauf, benommen und völlig verwirrt.

Tante Rachel ging Michael in den nächsten Tagen aus dem Weg. Sie war ständig gereizt. Michael tat es ab als eine der zahlreichen Überspanntheiten, die allen Erwachsenen eigen waren. Er war noch nicht alt genug, um Groll oder Mißgunst gegen jemanden zu hegen, begriff nicht, was das eigentlich genau war.

Er wollte noch einmal zum Fluß gehen und den Ort in Augenschein nehmen, an dem das fürchterliche Mahl der Fuchsleute stattgefunden hatte, zum Teil, um sich vergewissern, daß er nicht geträumt hatte, zum Teil aus einer morbiden Neugier heraus. Aber die kurzen Tage und die Schinderei von Schule, Hausaufgaben und den ›kleinen Aufträgen‹, die seine Großmutter ständig für ihn hatte, hatten sich gegen ihn verschworen, so daß er nicht aus der unmittelbaren Umgebung der Farm wegkam. Auch Mullan hatte mehr als genug Arbeit für ihn. So mußte er sich um Felix kümmern (der alte Mann verbrachte zuviel Zeit damit, die verdammte eitle Stute zu striegeln, dachte Michael) oder selten benutztes Zaumzeug einzufetten.

Manchmal saß Mullan rauchend in dem Geräteraum und starrte gedankenverloren vor sich hin. Erst als Michael ihn fragte, was mit ihm los sei, erklärte er, daß er einen Abschiedsblick auf die Geräte warf. »So etwas kann man bald nur noch im Museum sehen, Mike.« Michael machte ein spöttisches Gesicht, doch der alte Mann blieb melancholisch, vielleicht bis er die Stute mal wieder in die leichte Kutsche einspannen konnte; dann kam wieder Glanz in seine Augen.

Es war daher mehr als eine Woche nach seinem letzten Besuch, als Michael schließlich wieder in den Wald konnte und zur Flußsenke hinunterstieg. Es war ein Samstag, also schulfrei, und das bedeutete, daß er am hellen Tag losziehen konnte, anstatt durch die Dämmerung kriechen zu müssen. Er mochte die Dunkelheit nicht mehr so sehr, seit er gesehen hatte, wie sich der Mann am Boden in ein Tier verwandelt hatte. In einen Wolf. Er mußte also ein Werwolf gewesen sein. Diese Erkenntnis verursachte einen eisigen Klumpen in Michaels Magen. Er sollte es jemandem erzählen, einem Erwachsenen. Vielleicht Mullan. Wieder einmal vermißte er Rose schmerzlich. Sie hätte ihm geglaubt, und wenn sie ihm nicht geglaubt hätte, wäre sie zumindest dazu bereit gewesen, sich mit ihm im Wald auf die Lauer zu legen. Das hätte sie vielleicht überzeugt. Warum hatte es keine Beerdigung gegeben für sie, keine Totenwache? Nicht einmal eine Messe hatte stattgefunden. Vielleicht war sie gar nicht richtig tot.

Der Wind rauschte leise durch die Bäume, Äste knarrten,

und irgendwo ertönten Vogelstimmen. Vor seinen Knien flatterte zwitschernd eine Amsel auf. Hysterische Vögel, dachte er oft, immer in Panik. Aber danach bewegte er sich wachsamer vorwärts.

Der Wald veränderte sich. Es geschah häufig, meist dann, wenn er kurz darauf etwas Seltsames bemerkte, etwas von dem Anderen Ort, wie er es nannte. Die Bäume wirkten älter, obwohl sie nicht größer waren als sonst, und die Luft veränderte sich, wurde sauberer und frischer. Seine Nase schien empfindlicher zu werden, nahm den sauren Geruch des modrigen Bodens und den Duft des wilden Knoblauchs wahr und den grünen Geruch der Bäume, den er schlecht beschreiben konnte, der ihm aber wie eine schwache Version des Geruches von frisch gemähtem Gras erschien. Er registrierte die Nußschalen an einer Stelle, an der ein Eichhörnchen eine Mahlzeit gehalten hatte, die Stellen an den Bäumen, wo Rehe die Rinde abgeknabbert hatten und die feinen Knöchelchen im Gewölle einer Eule.

Dann sah er plötzlich einen Pfotenabdruck in der weichen Erde. Er richtete sich vorsichtig auf, aber es war ruhig im Wald; noch stundenlang würde es hell sein, wenn es auch nur das blasse Licht eines Spätherbsttages war. Er überlegte, ob er sich einen Stock aus einem Haselnußstrauch brechen sollte, ließ es dann aber sein. Vor ihm lag der Fluß, schäumte weiß zwischen den Ufern.

Diesmal hatte er Zeit und keine Lust, nasse Füße zu bekommen, darum sprang er von Stein zu Stein. Dann war er am anderen Ufer, ließ das rauschende Wasser hinter sich zurück und ging tiefer in den Wald. Der Fluß beschrieb hier einen Bogen, der ein Waldstück umschloß. Wenn er weiterging, würde er irgendwann wieder auf ihn treffen, an der Stelle, wo er mit Rose gefischt hatte und der Fluß ruhig und langsam in das Maul der alten Brücke strömte.

Nach kurzer Zeit stolperte er fast über die Feuerstelle. Knochen schimmerten zwischen den schwarzen Überresten der Holzscheite. Sie sahen aus wie Rippen, ein ganzer

Haufen davon. Und da waren noch längere Knochen, die man aufgebrochen hatte, um an das Mark zu gelangen.

Er sah plötzlich auf. Der Wald war totenstill, sogar die Vögel waren verstummt. Aber das war ja an diesem Ort nicht ungewöhnlich. Sie schienen ihn zu meiden. Er glaubte, das ferne Rauschen des Flusses zu hören, aber das war alles. Der Wind hatte sich gelegt.

Er stocherte mit den Resten des Bratspießes in der Asche herum. Noch mehr Knochen, verscharrt in loser Erde und Asche.

Er nahm ein Stück Kohle und malte sich damit grinsend dicke schwarze Linien ins Gesicht. Jetzt war er ein Wilder. Er fragte sich, was Tante Rachel dazu sagen würde, wenn sie ihn sehen könnte.

Wild.

Er grub tiefer in der Asche, schob Erde und Knochen mit dem Spieß beiseite. Die Spitze stieß auf so etwas wie einen großen Stein, und er legte ihn frei, wühlte und scharrte mit den Händen.

Der Schädel.

Er steckte die Finger in die Augenhöhlen und hob ihn hoch. Verbrannter Knorpel hing noch daran, lange, pechschwarze Haare klebten im Lehm, und auf der einen Seite befand sich der lederharte Überrest eines spitzen Ohrs.

Die Zähne faszinierten ihn. Sie waren länger als Dämons Zähne gewesen waren und viel dicker an der Wurzel. Der Schädel war groß, schwer und furchteinflößend. Das Feuer hatte ihn geschwärzt. Er befreite ihn von Asche und Hautresten und starrte ihn erstaunt an. Ein Werwolfschädel. Würde man ihm jetzt glauben? Vielleicht würde der Schädel ins Museum kommen wie das Schwert, das sein Großvater gefunden hatte. Er könnte in die Zeitung kommen.

Aber noch während er den Schädel betrachtete, verwarf er die Idee. Es kam ihm vor, als sei noch Leben in ihm, und er konnte sich leicht vorstellen, wie er zubiß, wie die Augen anfingen zu glühen. Plötzlich hatte er Lust, ihn wieder zu vergraben.

Aber nein. Darum war er ja hergekommen. Beweismittel. Ein tatsächlicher Beweis für das, was er gesehen hatte. Er würde ihn nicht zurücklassen.

Ein langes Heulen ertönte, irgendwo tief im dunklen Wald.

Er stand schnell auf. Wölfe.

Der Schädel hing schwer an seinen Fingern. War da das Geräusch von schnellen Pfoten im Wald? In einem unregelmäßigen Rhythmus?

Seine Nerven waren zum Zerreißen gepannt.

Der erste Wolf erschien in zweihundert Metern Entfernung zwischen den Bäumen. Neben den Stämmen wirkte er schrecklich schwarz, wie eine verbrannte Leiche. Einen Augenblick später tauchten sechs weitere hinter ihm auf.

Michael drehte sich um und rannte los.

Er war höchstens sechzig Meter vom Fluß entfernt, obwohl er ihn durch die Bäume nicht sehen konnte. Er glaubte nicht, daß sie ihm bis zur Farm folgen würden.

Es war nicht weit, überhaupt nicht weit.

Hinter sich vernahm er ein Jaulen und riskierte einen Blick zurück. Sie hatten die Feuerstelle erreicht und schnüffelten an den Knochen herum.

Seine Füße flogen über Laub und Gestrüpp, niedrige Äste peitschten ihm ins Gesicht und rissen an seinem Hemdärmel. Wo war der Fluß?

Verdammt. Er mußte die falsche Richtung eingeschlagen haben. Keuchend blieb er stehen. Für eine Sekunde hörte er nur noch das verstörte Knurren hinter sich.

Vom Fluß war nichts zu hören.

Panik stieg in ihm hoch. Er kannte diesen Wald in- und auswendig, im Winter wie im Sommer. Es konnte nicht wahr sein, daß er sich verlaufen hatte, konnte nicht wahr sein, daß er den Fluß nicht hörte, denn der war hoch angeschwollen zu dieser Jahreszeit, und sein Rauschen drang in jeden Winkel dieses Waldstücks.

Hinter ihm wieherte ein Pferd, und die Wölfe antworteten wie ein Rudel Hunde. Er wirbelte herum und sah etwas Neues zwischen den Bäumen aufragen. Einen pechschwarzen Mann auf einem schwarzen Pferd. Sein Gesicht wurde von einer Kapuze verdeckt, und sein Körper war von etwas umwickelt, das wie zerrissene Stoffstreifen aussah. Sogar seine Hände waren eingewickelt, wie die eines Aussätzigen. In einer Hand hielt er eine Peitsche. Er trabte zwischen den Baumstämmen her und trieb die Wölfe an.

Es ist der Teufel, dachte Michael. Und er will mich holen.

Er rannte wieder los, immer geradeaus, atmete stoßweise Luft in seine keuchenden Lungen. Der Schädel hing schwer an seiner Hand, und das Gelenk schmerzte, aber er war nicht bereit, ihn fallen zu lassen. Aus den Augenwinkeln bemerkte er rechts von sich dunkle Schatten, und hinter ihm erklang dumpfer Hufschlag.

Tränen schossen ihm in die Augen, und sein Rücken war schweißnaß. Seine Schuhe schienen immer schwerer zu werden.

Er stolperte, stürzte und rollte über den Boden. Der Schädel sauste durch die Luft und traf ihn am Kopf. Für einen Moment verschwamm ihm alles vor den Augen, dann war er wieder auf den Beinen, benommen und schwankend.

Knurrend schoß ein schwarzmäuliger Schatten auf ihn zu. Er schwang den Schädel mit aller Kraft und hörte ihn auf den Kiefer des Wolfes krachen. Schmerz durchzuckte seine Finger. Die Lippe des Tiers wurde aufgerissen, und es kläffte. Er schlug es noch einmal auf die Schnauze und rannte dann weiter. Der ganze Wald schien von den Schreien des jagenden Rudels und dem dumpfen Hufschlag erfüllt zu sein; der Hufschlag war irgendwie noch beängstigender als die Wölfe, wirkte zielgerichtet und unerbittlich.

Der Wald war ihm völlig fremd, seltsam und unbekannt,

größer, als es in seiner Welt möglich war. Er war in den Anderen Ort geraten. Er war verloren. Ein Schluchzen stieg in ihm hoch und drohte ihm den Atem zu nehmen.

Dann sah er Rose klar und deutlich vor einem undurchdringlichen Dorngebüsch stehen. Sie winkte ihn eilig heran. Er lachte fast vor Erleichterung.

»Ich wußte, daß du kommen würdest«, stammelte er und taumelte auf sie zu.

Aber es war nicht Rose. Er konnte sie nur kurz genau sehen, bevor sie in das Gebüsch sprang und ihn mit einer Geste aufforderte, ihr zu folgen, aber er war sicher, daß sie es nicht war. Dieses Mädchen war größer und schlanker, hatte dunklere Augen und trug ein weißes Hemd, das Arme und Hals unbedeckt ließ.

Er drang in das Gebüsch ein und kämpfte sich hinter ihr her. Der Schädel verfing sich in Dornenranken.

»Warte!«

Hinter ihm heulten die Wölfe vor Wut und Enttäuschung. Er stieß ein irres Kichern aus und atmete keuchend ...

»Wo bist du?«

... und fiel einen steilen Abhang hinunter, überschlug sich, umklammerte dabei den Schädel immer noch mit seiner müden Hand. Dann klatschte er zu seinem Schrecken in das kalte Flußwasser, tauchte unter und schlug wild um sich, um wieder an die Wasseroberfläche zu gelangen. Der Fluß war tief und eiskalt. Er schnappte nach Luft, schrie und versuchte, ans Ufer zu gelangen – dann hielt er inne. Der Schädel war irgendwo auf dem Grund des Flusses.

Er tauchte. Das Schwimmen hatte er sich nach Roses Verschwinden selbst beigebracht. Seine Finger fuhren durch Schlamm, wendeten Steine um, berührten einen vorbeischießenden Fisch. Dann spürte er den harten Umriß des Schädels.

Er tauchte wieder nach auf und rang nach Atem. Seine Schuhe zogen ihn nach unten. Er erreichte das jenseitige

Ufer, zog sich wie ein alter, alter Mann aus dem Wasser und lag dann wie hingestreckt im Gras und wartete darauf, daß sein rasendes Herz sich beruhigte.

»Mein Gott«, krächzte er.

Er war auf der Ostseite des kleinen Flusses, und zehn Meter weiter gähnte der Brückenbogen wie ein dunkles, leeres Tor.

KAPITEL SECHS

»Um Himmels willen, Michael! Was in aller Welt ist das? Du hast mich zu Tode erschreckt!«

Er stöhnte, drehte sich im Bett auf die andere Seite und öffnete mühsam die Augen. Seine Großmutter rüttelte ihn an der Schulter. »Wo hast du das her? Du kannst so etwas nicht im Haus aufbewahren!«

Schlaftrunken sagte er die Wahrheit. »Hab' es unten am Fluß gefunden. Es ist nur ein Schädel.«

»Ein Schädel! Und wofür brauchst du einen Schädel im Haus, oben auf dem Kleiderschrank? Ich hoffe, du hast nicht den Schädel vom alten Dämon ausgegraben, das würde deinen Großvater nicht gerade erfreuen. Grabschändung ist das, sonst nichts.«

»Er ist nicht von Dämon, es ist ein anderer Schädel. Von einem anderen Hund.« Er gähnte, obwohl er jetzt hellwach war. Es war ein kühler regnerischer Morgen.

»Nun, du beeilst dich jetzt besser. Dein Großvater sitzt schon beim Frühstück, und Mullan spannt den großen Wagen an. Wir wollen nicht wegen einer Schlafmütze zu spät kommen.« Sie ging zur Tür. »Ein Schädel, also wirklich.«

Michael stand auf. Sein ganzer Körper schmerzte, und er fühlte sich schmutzig. Der schwarze Schädel in der Ecke grinste ihn an. Mein Gott, er war so groß!

Sonntagmorgen. Kirchgang. Er stöhnte noch einmal.

Dichter Regen fiel, als sie in die Stadt fuhren, und die Räder des Wagens ließen das Wasser spritzen. Sean murmelte etwas davon, daß sie sich ein Auto kaufen und endlich ins zwanzigste Jahrhundert fahren sollten, aber Michaels Großeltern schien der Regen nichts auszumachen. In ihren Ölhäuten sahen sie mehr wie Seeleute als wie Kirchgänger aus.

Michael und Tante Rachel saßen verdrossen im hinteren Teil des Wagens. Das Wasser lief ihnen in die Augen. Michael spürte, wie der Kragen seines guten Hemdes im Regen immer kälter wurde. Rachel ignorierte ihn. Sie hielt die Krempe ihres Hutes mit ihrer von der Arbeit geröteten Hand fest.

Der Schwarze Reiter stand auf dem Feld direkt an der Straße, dicht an der Hecke.

Michael hätte die Nüstern seines Pferdes berühren können, als die Kutsche an ihm vorbeiratterte. Er schien ihn als einziger bemerkt zu haben. Der Regen hatte ihn noch schwärzer gemacht, und das Fell seines Pferdes glänzte vor Nässe. Seine Kleidung und sein Umhang hingen wie eine zweite Haut auf seiner sehnigen Gestalt. In der behandschuhten Hand hielt er die Peitsche.

Sein Pferd warf den Kopf hoch und schnaubte in den unablässigen Regen, aber der Reiter saß starr wie ein Leichnam im Sattel. Nur der Kopf unter der Kapuze drehte sich ein wenig, als sein Blick der Kutsche die Straße hinunter folgte.

Nachts klarte der Himmel auf, und es hörte auf zu regnen. Es war kalt, und die Luft roch nach Frost. Michael lag im Bett und starrte den Schädel auf seinem Kleiderschrank an. Hinter dem Fenster am Fußende des Bettes war blaue Nacht. Die Farm schlief, er aber fand keine Ruhe. Er spürte, daß er sich an der Schwelle zu einem anderen Land befand, daß er durch eine Tür geschaut hatte, die sich nicht allzu oft öffnete, und daß diese Tür hinter ihm offen geblieben war. Für Dinge, die sie passieren würden.

Der Schädel grinste ihn in der Dunkelheit spöttisch an. Er hätte ihn dort lassen sollen, wo er ihn gefunden hatte. Er wußte jetzt, daß diese Sache nur ihn anging und daß niemand sonst daran teilhaben würde oder die Dinge sehen würde, die er sah. Ein Hundeschädel, hatte er gesagt, und sein Großvater hatte ihm einen beunruhigend scharfen Blick zugeworfen.

»Im Laufe der Jahre sind unten am Fluß eine Menge Farmhunde begraben worden, Michael. Von unserer Familie, von meinem Vater, von meinem Großvater. Vielleicht liegt ein ganzes Dutzend dort, manche schon seit fünfzig Jahren. Es ist keine schlechte Idee, sie dort liegenzulassen. Du würdest doch auch nicht wollen, daß jemand Dämon ausgräbt, oder?« Und er hatte stumm den Kopf geschüttelt.

Das Wiehern des alten Felix stieg in den nächtlichen Himmel.

Michael stieß das Bettzeug zur Seite und kroch das Bett entlang zum Fenster. Seine Augen hatten sich an die Dunkelheit im Zimmer gewöhnt, im Vergleich dazu wirkte der Farmhof geradezu hell. Ringsum lagen die Gebäude der Farm im Schatten. Er nahm seinen Wecker und hielt ihn dicht vor das Gesicht, um die Zeiger erkennen zu können. Kurz nach vier.

Etwas Großes, Kompaktes huschte von einem dunklen Winkel in den nächsten und verschwand dann um eine Ecke.

Mit weitaufgerissenen Augen starrte er aus dem Fenster.

Das Wesen kam wieder zum Vorschein, diesmal auf allen vieren, die Nase dicht am Boden, als folgte es einer Spur. Es hatte ein schwarzes Fell, eine lange dünne Schnauze, große spitze Ohren und war sehnig und breit gebaut. Es stand wieder auf. Es war über ein Meter achtzig groß und die Vorderarme waren unproportional lang. Es hatte keinen Schwanz.

Dann glitt es über den Hof, die Nase zu Michaels Fenster emporgestreckt.

Er fuhr zurück. Ihm wurde schlecht vor Angst. Das Fenster stand einen Spaltbreit offen, und er meinte, das Wesen unten schnüffeln zu hören. Können Werwölfe klettern? Dieser Gedanke raste ihm durch den Kopf. Er spürte, wie ein Schrei ihm die Kehle hochstieg, aber er ließ keinen Ton hören.

Das Wesen tauchte wieder auf, in der Nähe der Ställe. Die Halbtüren waren geschlossen, und es betastete mit klauenbewehrten Pfoten die Riegel. Felix wieherte jetzt schrill, und die anderen Pferde ebenfalls. Ein Knall ertönte, laut wie ein Gewehrschuß, als eines der Pferde ausschlug und die Stalltür traf. Der Werwolf zog sich eilig zurück. Michael hörte Stimmen aus dem Schlafzimmer seiner Großeltern. Dann fiel die Hintertür zu; Mullan hinkte mit einem geöffneten Schrotgewehr im Arm auf den Hof. Er schob eine Patrone in den Lauf und schloß das Gewehr. Der Werwolf verschwand um die Stallecke. Michael konnte ihn sehen, dicht am Boden an die Wand gepreßt, den Mund offen, hechelnd wie ein Hund. Michael schlug warnend gegen das Fenster, brachte aber immer noch keinen Ton heraus. Mullan fuhr herum und riß erstaunt die Augen auf, als er Michael oben am Fenster sah – und in diesem Moment löste sich die Bestie von der Stallwand und rannte über den Hof. Mullan drehte sich wieder und feuerte das Schrotgewehr wie Audie Murphy aus der Hüfte ab. Der Rückstoß ließ ihn einen Schritt zurücktaumeln. Der Schuß war entsetzlich laut, und durch das Mündungsfeuer war Michael für einen Moment wie geblendet. Mullan öffnete das Gewehr, suchte in seiner Tasche nach einer neuen Patrone und hinkte eilig über den Hof, um das Wesen zu verfolgen. Dann überflutete Licht den Hof, als Sean und Pat mit Laternen durch die Hintertür kamen. Sie hatten ihre langen Mäntel hastig über die Schlafanzüge geworfen und stießen fast mit Mullan zusammen, der plötzlich mit dem Gewehr über der Schulter vor ihnen auftauchte. Michael hörte Gespächsfetzen.

»... irgendein Hund, ein riesiges Biest.«

»... müssen nach den Schafen sehen.«

»... das ganze verdammte Haus aufgeweckt.«

»... Rachel fast zu Tode erschreckt.« Und die drei lachten im unsteten Licht der Laternen. Sean drehte sich um und winkte Michael zu. Das schwarze Haar fiel ihm in die Stirn.

»Habt ihr ihn erwischt?« rief Michael.

»Er ist entwischt«, sagte Mullan und tätschelte das Schrotgewehr. »Aber ich habe ihm einen Höllenschreck eingejagt, soviel ist sicher. Es war nur ein Streuner, Mike. Geh wieder ins Bett.«

Das tat er, aber nicht ohne vorher den Schädel in der untersten Ecke seines Kleiderschrankes eingeschlossen zu haben. Die Männer hantierten noch eine Weile im Hof herum, sahen nach den Pferden. Er hoffte, daß keiner von ihnen sich vor der Morgendämmerung allzu weit von der Farm entfernte. Es war Michaels Monster, aber wenn sie es sehen konnten, dann konnte es vielleicht ... Möglicherweise war es auch für sie real. Ein Werwolf, der durch die Gegend schlich. Er schloß das Fenster, zog den Vorhang zu und sehnte sich nach dem Sonnenaufgang.

Es war natürlich zwecklos zu versuchen, seinen Großeltern zu erklären, daß es kein Hund gewesen war, der in der Nacht auf dem Hof gewesen war. Er setzte dazu an, aber er war noch nicht weit gekommen mit der Beschreibung des Wesens, das er gesehen hatte – und zwar deutlicher als sonst jemand –, als sein Großvater nachsichtig zu lächeln begann und Großmutters Gesicht einen verärgerten Ausdruck annahm. So nahm seine Erklärung ein schmähliches und stotterndes Ende. Als er das Zimmer verließ, hörte er noch, wie seine Großmutter sagte: »Der Junge hat eine Phantasie ... ist zuviel allein ... bräuchte einen Spielgefährten in seinem Alter.« Er saß dann in der Schule und dachte an Wölfe, an den Schwarzen Reiter, den er zweimal gesehen hatte, an Rose ... an das Mädchen im Wald, das ihm den Weg nach Hause gezeigt hatte.

Die Zeit verging in ihrem gewohnten Lauf, ungerührt von den seltsamen Begebenheiten, die sich ereigneten. Michaels atemberaubendes Wachstum verlangsamte sich, er ging jetzt mehr in die Breite, wirkte nicht mehr so sehr wie eine Vogelscheuche. Sein Großvater musterte ihn eines Abends wohlwollend, als Großmutter ihn ein paar von Seans alten Kleidern anprobieren ließ, und fragte ihn augenzwinkernd, wo er denn noch hinwachsen wollte.

Für eine Weile erlebte er kaum noch etwas, das für ihn Bestandteil der Anderen Welt zu sein schien, und sein Leben kehrte in alltägliche Bahnen zurück. Doch gelegentlich sah er abends eine dunkle Gestalt am Waldrand, manchmal zu Pferd, manchmal zu Fuß. Er wagte sich nie näher heran und konnte daher nicht sicher sein, um wen es sich handelte. Und manchmal, wenn er allein im Wald war, fühlte er sich beobachtet, so als wäre da ein Gesicht hinter ihm, das er erblicken könnte, wenn er sich nur schnell genug umdrehen könnte. Langsam gewöhnte er sich an den Gedanken, daß er selten wirklich alleine im Wald war, besonders dann nicht, wenn er in der Flußsenke oder in der Nähe der Brücke war. Manchmal fragte er sich, ob es Roses Geist war, den er wahrnahm, aber er glaubte nicht, daß er diesen so deutlich bemerken konnte. Er konnte sich nicht vorstellen, daß ihr Geist Äste knacken lassen oder kichern würde, wenn er ihn beobachtete, so wie das Wesen es tat, dessen Gegenwart er manchmal spürte. Er mußte wieder an das gertenhafte, dunkelhaarige Mädchen denken, das ihn vor den Wölfen gerettet hatte.

Zwischen ihm und Tante Rachel wurde so etwas wie ein wortloser Waffenstillstand geschlossen. Roses Name fiel nie wieder im Haus. Es war, als hätte es sie nie gegeben. Ihr Zimmer wurde leergeräumt, ihre Sachen in Kisten auf den Speicher gebracht und ihre Kleider der Kirche geschenkt. Sie wurde ein Tabuthema. Die Leiche im Keller.

Der Sommer kam wieder, und durch irgendeinen obskuren Handel gelang es Pat, einen großen, glänzenden Kastenlastwagen für Pferdetransporte für einen Tag auszuborgen. Es war ein monströses Gefährt, das die ganze Familie in Erstaunen versetzte. In den Handel eingeschlossen war ein ölverschmierter, Pfeife rauchender Fahrer mit einer Schlägermütze, der Aloysius hieß, oder Ally für seine Freunde. Und wir sind alle Freunde, versicherte er ihnen, nickte bestätigend, zwinkerte, und warf Rachel einen Seitenblick zu, der ihre Aufmerksamkeit erregte. Nachdenklich umklammerte sie die Thermosflasche in ihrer Hand. Die Familie bestieg den Laster, gemeinsam mit Felix, Pluto – dem anderen Kutschpferd, einem gedrungenen, gutmütigen Tier – und der braunen Stute, die offiziell auf den Namen Trigger getauft worden war, aber meistens Fancy genannt wurde. Dann machten sie sich auf an die Küste, zu dem langen Strand, einem Picknick und einem verflucht guten Galopp, wie Pat meinte, bis sein Frau ihm einen Rippenstoß versetzte, weil er in Gegenwart der Kinder fluchte.

Sie ratterten über die Straße wie Angehörige irgendeiner Zirkustruppe. Der alte Bedford war laut wie eine Rakete und zog genausoviel Rauch hinter sich her. Felix und Pluto stampften und schnaubten nervös, Fancy aber schien es zu genießen. Sie streckte den Kopf aus einem der Seitenfenster und sog die vorbeisausende Luft mit geblähten Nüstern ein.

In Rasharkin stiegen noch vier Cousins oder Großonkel oder Tanten oder so etwas dazu. Michael war sich nicht sicher. Was er wußte, war, daß er seinen Sitz im Gepäckabteil des Fahrzeugs zu räumen hatte, um Platz für alle zu machen. Er mußte sich neben Felix' dickes Hinterteil quetschen, und die tellergroßen Hufe trampelten direkt vor ihm herum.

Eine halbe Stunde später wurde die Heckrampe heruntergelassen und die hölzerne Tür zum Laderaum aufgestoßen, und Michael befand sich plötzlich in der Gesellschaft von zwei Kindern seines Alters (die allerdings nur halb so groß wie er waren – also gewöhnliche Größe hatten). Er vermutete, daß beim letzten Halt ein weiterer Schwung entfernter Verwandter an Bord gegangen war. Er war immer erstaunt, wenn er sah, wie Leute, die er noch nie gesehen hatte (oder zumindest seit Jahren nicht mehr, was in seinem Alter so ziemlich das gleiche war), seine Großeltern lächelnd und grinsend begrüßten, umarmten oder auf die Schultern klopften und sich als deren Geschwister herausstellten. Sie waren an dem gleichen Ort aufgewachsen, den er sein Zuhause nannte, vor vielen Jahren schon woanders hingezogen und durch unüberwindliche Entfernungen von vierzig Meilen oder mehr voneinander getrennt.

Mullan schob sich in den Laderaum, in dem sich Michael und die schweigenden Kinder befanden. (Sie blickten ihn schüchtern an, und ihre guten Kleider waren jetzt schon voller Heu und Pferdemist. Es waren Mädchen und daher zu ignorieren.) Mullans Peterson-Pfeife hing unangezündet in seinem Mund. Er klammerte sich an Plutos massives Hinterteil, um das Schwanken und Schlingern des keuchenden Lastwagens auszugleichen. Er wirkte ungehalten.

»Gott und die Welt steigen in diese Kiste. Mit dieser Ladung werden wir nie nach Portrush kommen, Mike, denk an meine Worte.«

Aber sie schafften es.

Vorne ertönte ein allgemeines Aufatmen, und auch in den

Laderaum, in dem es streng nach Pferd roch, drang jetzt ein entferntes Rauschen und der Geruch von Salz und Tang. Staubflocken tanzten im Sonnenlicht, das schräg in den Wagen fiel. Die beiden Mädchen begannen auf und ab zu hüpfen, so daß ihre Halsketten ihnen über die Schultern tanzten. »Das Meer! Das Meer!« riefen sie im Chor. Michael sah sie verächtlich an; die Pferde bewegten sich unruhig, prüften schnüffelnd den ungewohnten Geruch.

»Sieh mal hinaus, Mike«, sagte Mullan, und seine schwieligen Hände hoben Michael aus dem gefährlichen Gedränge am Boden, so daß er durch eines der Fenster sehen konnte.

Die Straße durchschnitt einen Hügel, und sie fuhren einen sandigen Abhang hinunter, auf dem Strandhafer und Dünengras wuchs. Kleine Sandhügel erstreckten sich wie zu einem blendendweißen Strand hin. Dahinter die Brecher des Atlantiks und das unendliche Tiefblau der See. Am Himmel kreischten Möwen, und die salzige Luft weitete Michaels Lunge. Hinter ihm redeten im Wagen alle durcheinander. Er steckte den Kopf noch ein Stück weiter aus dem schmalen Fensterspalt, sog die Luft ein, hörte, wie die schaumigen Wellen sich auf dem Strand brachen und begann laut zu lachen.

Der Wagen kam auf dem sandigen Boden nur mühsam voran, und sie mußten die Pferde ausladen und das Fahrzeug anschieben. Selbst so kamen sie kaum weiter, bis Mullan selbstzufrieden Felix und Pluto ein Seil um die Schultern warf und sie vor den Wagen spannte. Sie zogen den Lastwagen aus dem Sand, in den sich die Reifen schon tief eingewühlt hatten. Die Sache erregte allgemeine Heiterkeit, nur Sean schien nicht zu wissen, ob er lachen oder fluchen sollte. Er schüttelte schließlich traurig den Kopf, und der LKW setzte die Fahrt ohne weitere Zwischenfälle fort, wobei der Fahrer allerdings umsichtig genug war, alle Passagiere aussteigen zu lassen, bevor er weiter den Strand entlang fuhr, und so zogen sie zu Fuß hinter ihm her, die beiden lokkigen Mädchen auf dem breiten Rücken von Felix. Der

Anblick erinnerte ein wenig an Napoleons Rückzug aus Rußland.

Sie waren nicht allein am Strand. Autofenster glänzten in der hellen Sonne wie die Flügel von Käfern, auf karierten Decken streckten sich eingeölte Menschen mit roten Gesichtern, Thermoskannen ragten wie stumpfe Artilleriegranaten aus den Picknickutensilien, und Kinder wühlten fröhlich im Sand, bauten Schlösser, die nicht lange bestehen würden – Königreiche im Sand.

Die Fays ließen sich im Windschatten einer flachen Düne nieder und begannen damit, ihr Familienlager zu organisieren. Agnes, Michaels Großmutter, übernahm das Kommando. Sie und ihre Schwestern entluden zusammen mit ihren Kindern Picknickkörbe, Decken, Bälle, Eimer und Schaufeln, Badeanzüge und einen Windschutz. Währenddessen rieben Pat und die anderen männlichen Mitglieder der Familie (unter ihnen Michael, der unendlich stolz darauf war, nicht zu den Kindern gerechnet zu werden) die Pferde ab, die von der Fahrt schweißgebadet waren. Die Stute tänzelte mit großen Augen aufgeregt herum. Es seien zu viele Menschen um sie herum, beanstandete Mullan. Sie brauche etwas Ruhe. Er führte sie etwas abseits zu einer Düne.

Pfeifen wurden angesteckt, Streichholzflammen kämpften mit der Seebrise. Pat zog die Stiefel aus und krempelte die Hosenbeine auf. Die kichernden Mädchen wanden sich nackt hinter Badetüchern, während ihre Mutter ihnen Badeanzüge über die dünnen Beine hochzog. Michael lehnte sich gegen Felix und sah auf das Meer hinaus. Es war so weit entfernt von den Bäumen, dem Fluß und dem Brückenbogen. Es war klar und hell hier, ein weiter, leerer Ort, der einem die Flausen aus dem Kopf vertrieb. Rose hatte immer vom Meer geschwärmt.

Mullan holte die braune Stute wieder zurück, sattelte sie und warf Michael einen fragenden Blick zu. Michael nickte, nahm Felix am Zügel und schwang sich dann auf seinen Rücken und trieb ihn vorwärts. Die beiden Pferde trabten nebeneinander durch den Sand. Felix' riesige Hufe warfen Sandfontänen auf, während Fancy stolzierte, als ginge sie mit einem langen Kleid über eine dreckige Straße. In Mullans Mund tanzte die Peterson auf und ab, und winzige Aschestäubchen wurden vom Wind davongetragen. Kinder starrten sie an und deuteten mit den Fingern auf sie, und Eltern beobachteten sie unter an die Stirn gelegten Händen. Michael und Mullan ignorierten sie erhaben.

Am Anfang hatte Mullan etwas Mühe mit der Stute, denn sie war ausgeruht, und die Seeluft schien sie zu beflügeln. Sie tänzelte und drehte sich, und Mullan fluchte auf ihrem Rücken, während sich Michael das Schauspiel grinsend ansah. Nach einer Weile aber beruhigte sie sich und trabte friedlich neben dem Kutschpferd her.

»Ein temperamentvoller Racker ist das«, grunzte Mullan. Der Schweiß lief ihm unter der Mütze hervor. »Braucht 'ne feste Hand.« Er spuckte kräftig aus. Schweigend ritten sie einen Moment lang nebeneinander her. Der Lastwagen lag schon fast eine Meile hinter ihnen.

»Mike, erinnerst du dich an den Hund, auf den ich damals geschossen habe – der im Hof herumstromerte?«

»Was ist damit?«

»Seltsames Biest war das ... ruhig, Mädchen, ruhig.«

»Wieso?« fragte Michael, obwohl er die Antwort kannte.

»Zum einen war er verdammt groß. Groß wie ein Kalb. Wie ein Bernhardiner oder ein Wolfshund oder so etwas. Und ich hätte schwören können, daß ich ihn genau im Visier hatte, als ich abdrückte.«

»Aus der Hüfte«, sagte Michael leichthin, obwohl er das Gefühl hatte, seine Ohren würden sich sichtbar aufrichten, wenn er dem alten Mann nur noch ein bißchen interessierter zuhörte.

»Aye, aus der Hüfte. Aber er war nur ein paar Meter entfernt. Ich hätte schwören können, daß ich ihn voll erwischt hatte. Es hätte ihn in Fetzen reißen müssen.«

»Wär 'ne Riesenschweinerei gewesen«, sagte Michael.

»Mmhmm.« Mullan schien über irgend etwas nachzudenken. »Genau. Wenigstens ein paar Kugeln aus der Schrotladung hätten ihn erwischen müssen, aber da war nicht einmal ein einziger Blutstropfen. Als seien sie einfach durch den Bastard hindurchgegangen ... Mike, du hast mich irgendwann einmal danach gefragt, ob ich was von Hunden wüßte, die sich im Wald oder in der Nähe der Schafe herumtreiben. Hast du damals irgend etwas gesehen?«

Michael hätte fast losgelacht. Womit soll ich anfangen? fragte er sich. Aber nein. Dafür war es zu spät. Es hatte einmal einen Zeitpunkt gegeben, an dem er Mullan hätte einweihen können, aber jetzt war es zu spät. Er war sicher, daß Rose irgendwie mit dieser Sache zu tun hatte, und er wollte ihren Namen heraushalten, obwohl es bei Mullan leichter wäre, über sie zu sprechen, weil er ein Protestant war und nicht zur Verwandtschaft zählte. Es war schon merkwürdig.

»Nichts«, sagte er kurz.

»Was ist mit dem Schädel, den du ausgegraben hast? Deine Großmutter sagt, es ist ein riesiges Ding.«

»Es war nur ein Hundeschädel. Wahrscheinlich einer von den Farmhunden, die man unten am Fluß begraben hat.« Er fühlte, wie ein Frösteln ihm den Rücken hinunterlief als er an den Schädel dachte.

»Ach so.« Mullan schien nichts mehr dazu einzufallen. Er bleckte für einen Moment die Zähne um den Pfeifenstiel herum.

»Weißt du, ich frage nur, weil mir die Sache seit einer Weile wieder durch den Kopf geht. Irgend etwas ist in den Wäldern, das die Schafe erschreckt. Sie bleiben auf dem südlichen Teil der Grundwiese. Dort haben sie das Gras bis auf die Wurzeln abgefressen. Auf der Seite, die an den Wald grenzt, gibt es noch genug gutes Gras, aber sie gehen nicht dort hin. Dein Großvater kann das nicht verstehen. Er und ich überlegen, ob wir uns nicht ein paar Nächte lang dort auf die Lauer legen sollten. Vielleicht können wir dann den Störenfried erwischen.«

»Nein, das könnt ihr nicht.« Die Worte waren heraus, bevor Michael sie stoppen konnte.

»Warum nicht, Mike? Sag es mir. Du weißt etwas darüber, das ist offensichtlich.«

»Nein. Ich weiß gar nichts. Wäre es nicht besser, Fallen aufzustellen, als die ganze Nacht dort herumzusitzen?«

»Da könntest du recht haben«, sagte Mullan. »Wir bräuchten eine verdammt große Falle, um den Hund zu fangen, der nachts im Hof war. Wenn es überhaupt ein Hund war.«

Michael warf ihm einen scharfen Blick zu, aber der alte Mann hatte die Augen zusammengekniffen, war in Gedanken verloren.

Sie kamen jetzt zu einem langen, menschenleeren Strandabschnitt, und Mullan ließ die Pfeife in seiner Tasche verschwinden. Er preßte seinem Pferd die Absätze in die Rippen und spornte es wortlos an. Sofort schoß Fancy wie eine braune Rakete davon, wirbelte lange Sandfontänen auf. Der alte Mann beugte sich dicht über ihren Hals und rief Michael etwas zu, der auf Felix' Rücken durchgeschüttelt wurde, als das Kutschpferd langsam in Trab verfiel und dann losgaloppierte. Sein Rücken hob und senkte sich wie ein Schiffsdeck in schwerer See. Die Luft pfiff Michael um die Ohren, als Felix langsam schneller wurde. Er lenkte das Pferd auf den festen Grund direkt am Wasser und dann spritzte Wasser unter Felix' Hufen. Vor ihnen war Fancy schon bis zu den Fesseln im Wasser, ein Seepferdchen, das schrill wieherte, während Mullan jubelte wie ein kleiner Junge. Wasserfontänen stiegen um sie herum hoch, als sie schnurgerade durch die Wellen galoppierten.

Sie ritten aus dem spritzenden Wasser des Flusses ans Ufer, und die braune Stute mußte kämpfen, um die steile Böschung hochzukommen. Das flache Land erstreckte sich weit vor ihnen und senkte sich dann in einen endlosen bewaldeten Hang, der dunstig in der Nachmittagssonne lag.

Direkt vor ihnen befand sich eine kaum hundert Meter breite Lichtung. Zwischen den Bäumen stieg blauer Rauch aus strohgedeckten Häusern. Eine Glocke klang durch die Stille, und Männer in braunen Kutten unterbrachen ihre Arbeit, um die Neuankömmlinge zu beobachten.

Michael rutschte von dem erschöpften Pferd. Cat gähnte und klammerte sich weiter an den Sattel. Um ihn herum schoben sich Ringbone und seine Männer geräuschlos aus der Waldsenke. Die schwarzen Augen ihrer Masken funkelten in der Sonne. Die Männer betasteten nervös ihre Speerschleudern. Ihre großen Augen leuchteten weiß aus den bemalten und verschmutzten Gesichtern.

Ringbone legte Michael eine Hand auf die Schulter und blickte ihn fragend an, fragte ihn in der Waldsprache, ob dieser Ort sicher sei. Seine drei Begleiter blieben murmelnd im Hintergrund. Eine Christenglocke und Männer in Kutten. Das war zweifellos eine Ansiedlung der Brüder.

Michael nickte und machte eine ermutigende Geste. Es war zum verrückt werden, wie sehr er die Waldsprache vergaß, je mehr sie sich dem Ende des Waldes näherten. Ringbone war auch enttäuscht darüber. Sie hatten soviel miteinander erlebt und konnten sich jetzt nicht einmal mehr in der gleichen Sprache unterhalten, sondern mußten gestikulieren wie die Geisteskranken. Schließlich sprach Cat gereizt und in schnellem Tonfall mit den Fuchsleuten in ihrer eigenen Sprache. Michael sah sie an. »Was hast du ihnen gesagt?«

»Daß sie in der Nähe des Flusses am Waldrand lagern können, wo die Wölfe sie fressen werden, oder mit uns auf dem heiligen Grund der Ansiedlung Zuflucht suchen können.«

Michael grunzte. Die Fuchsmänner blickten finster vor sich hin. Ringbone betastete unschlüssig seine magische Halskette aus Elfenbein.

»Ich werde auf jeden Fall heute nacht nicht unter einem Baum schlafen«, sagte Cat, und trieb die Stute auf drei Gestalten in langen Gewändern zu, die auf sie zukamen. Es waren alte Männer mit Tonsuren und Vollbärten. Gegen die tiefstehende Sonne waren ihre Gesichter kaum zu erkennen. Kreuze aus kaum bearbeiteten Zweigen hingen an ihren Gürteln. Michael starrte Cat an. Sie haßte die Brüder, hatte sie immer schon gehaßt. Nicht einmal Nennian hatte sie getraut, aber jetzt, da das Waldvolk ihr aus dem Weg ging, war sie bereit, ihre Gastfreundschaft in Anspruch zu nehmen. Sie ließ Michael eine merkwürdige Scham verspüren.

»*Pax vobiscum*.«

Die Fuchsmänner wichen zurück, als sie die geheime Sprache hörten, die Zaubersprache der Kirche. Michael zuckte mit den Schultern und schloß sich Cat an.

»*Et cum spiritu tuo*«, murmelte er. Ein Priester hatte ihm das vor langer Zeit in den Tiefen des Wolfswaldes beigebracht. Die Worte kamen schwerfällig von seinen Lippen, aber die Brüder lächelten mit runzligen Gesichtern.

»Ein christliches Paar – in merkwürdiger Gesellschaft, muß ich sagen. Und ihr seid weit gereist. Kommt in unsere Siedlung und erholt euch.«

Michael sah sich um, aber Ringbone und seine Männer waren wie vom Erdboden verschluckt. Waren wohl wieder im Wald verschwunden. Die verdammten Narren. Aber er konnte es ihnen nicht wirklich übel nehmen. Die Brüder und ihre Ritter waren für viel Gewalt in den Wäldern verantwortlich. Für einen Augenblick dachte er daran, selbst wieder in die Tiefe des Waldes zurückzukehren. Ringbone war schließlich sein Freund. Aber er und Cat waren es, hinter denen die Bestien her waren. Er wäre eine Torheit umzukehren. Er fluchte leise und hoffte, daß die Nähe der Siedlung die Schrecken der Nacht von ihnen fernhalten würde. Dann seufzte er und kniete vor dem größten der Brüder des Waldes nieder, demjenigen, der gesprochen hatte. Er spürte eine leichte Handberührung auf seinem Kopf. Ein Segen.

»*In nomine Patri* ...«

Sie würden heute nacht Frieden haben, auf jeden Fall.

Die Gemeinde bestand aus nicht viel mehr als einem Kreis der strohgedeckten Häuser, die am Rande der Lichtung standen. Die Kapelle war das einzige solide Gebäude. Sie war aus Baumstämmen errichtet worden und mit Lehm verputzt. Die Hütten waren ungefügte Konstruktionen aus Flechtwerk, mit Dächern aus Birkenrinde und Grassoden. Man roch einen Kräutergarten, sah ein ordentlich bepflanztes Kohlfeld und einen Obstgarten mit Bienenstöcken, in denen sich der Jahreszeit entsprechend nichts regte. Michael war sicher, den durchdringenden Geruch eines Gärungsprozesses wahrzunehmen. Wahrscheinlich Cidre, trüb und kräftig. Wein gab es hier nicht. Das Blut des Herrn würde aus Apfelsaft und -brei entstehen müssen, sein Leib aus Gerstenbrot bestehen.

»Wir essen hier kein Fleisch«, hatte einer von ihnen gesagt. Aber es war gut, sich wieder einmal über Obst und Gemüse hermachen zu können, über frisches Brot, Butter und Buttermilch. Sie mußten irgendwo in der Nähe im Wald eine kleine Weide mit Vieh haben. In der Nähe der Kapelle, deren gedrungener Turm aus dem Wald ragte, und die an allen Seiten mit einem Kruzifix geschmückt war, mußten sie keine Angst vor den Wölfen haben. Für einen Moment neidete Michael den Brüdern ihren Glauben. Er erinnerte sich daran, wie er zu Hause zum Gottesdienst gegangen war, an den betäubenden Geruch des Weihrauchs, an das rote Flakkern des ewigen Lichts. Kindheit.

Sein Unterarm juckte und zwickte. Ringbones Breipakkung war unangenehm, aber effektiv gewesen. Er war sich im klaren darüber, wie er roch. Cat übrigens auch. Sie rochen nach Wald und ihren überanstrengten Körpern, nach Pferd und feuchten Kleidern. Die Brüder waren blitzsauber. Er sehnte sich nach einem Bad. Ich bin noch nicht ganz verwildert, dachte er lächelnd.

Sie aßen und aßen. Immer mehr Brüder betraten das langgestreckte Refektorium, bekreuzigten sich und setzten sich zu ihnen. Die meisten waren alt. Einige trugen sogar die

Gesichtsnarben der Stämme, die Tätowierungen der Wilden. Sie nehmen wahrscheinlich jeden auf, dachte er. Es gab sicher viele, die des Lebens in Wald und Wildnis überdrüssig waren und hier ihren Frieden suchten. Allerdings keine Frauen. Ein trauriger Zustand. Er bemerkte, daß sie es vermieden, Cat in die Augen zu sehen, was diese zu amüsieren schien. So unaufällig wie möglich schob er unter dem Tisch ihre tastende Hand von seiner Hüfte.

Nachdem er seinen Teller unter dem zufriedenen Blick von Bruder Kitchener zum zweiten Mal geleert hatte, erschien ein junger Mann neben ihm, dem offensichtlich etwas unbehaglich zumute war.

»Der Bruder Abt würde gerne mit dir sprechen, wenn du fertig bist«, sagte er. Sein Blick wanderte zu dem Schwert, das an Michaels Hüfte hing. »Er wird dich nicht lange aufhalten, und wir haben eine Badewanne und eine Schlafstelle für dich – für euch beide – bereit.« Der junge Bruder wurde rot, und Michael nahm an, daß Cat ihn mit einem lasziven Zwinkern bedacht hatte.

»Ich werde dich zu ihm bringen, wenn du fertig bist.«

Der Abt war erstaunlicherweise nicht sehr alt. Er war ein kräftiger Mann mittleren Alters mit einer Nase, die einmal gebrochen gewesen sein mußte, und der Figur eines Boxers. Michael hätte wetten können, daß er einmal ein Söldner oder ein Ritter gewesen war; er hatte das typische Aussehen. Seine kornblumenblauen Augen weiteten sich interessiert, als er das Ulfberht betrachtete.

Er führte Michael durch den Obstgarten. Cat war zum Baden gegangen, und wie Michael sie kannte, würde sie in der Wanne bleiben, bis das Wasser kalt wurde. Die Bäume waren fast kahl, aber die Sonne ließ fast vergessen, daß es Winter war. Hell und warm schien sie in die Lichtung. Sie setzten sich zwischen die Bienenkörbe und kreuzten die Beine wie Krieger.

»Die Wölfe sind nah«, sagte der Abt unvermittelt. »Wir

spüren sie am Rande des heiligen Grundes. Du bringst Schwierigkeiten mit dir, Fremder.«

Michael spürte, wie Angst ihn durchzuckte. »Unsere Freunde – die Fuchsmänner. Sie fürchteten sich vor diesem Ort. Sie sind im Wald geblieben ...«

»Auch sie befinden sich unter unserem Schutz, keine Angst. Aber ich kann ihnen oder euch nichts garantieren, wenn ihr die Siedlung verlaßt. Mit einem Pferd werdet ihr nicht weit kommen.« Eine unausgesprochene Frage lag in dieser Feststellung.

»Der Rand des Waldes ist nicht mehr fern. Ich hoffe, daß sie dort von uns ablassen werden.«

Der Abt nickte. »Zwei Tage, wenn ihr gut vorankommt. Ihr habt viel erlebt, und du trägst das Schwert eines Meisters.« Er schien nicht in der Lage zu sein, ein direkte Frage zu stellen.

Michael lächelte schwach. »Ich ... habe es im Süden von einem Händler gekauft. Wir sind seit Monaten unterwegs. Und das in dieser Jahreszeit.«

Der Abt ließ das Kinn auf die Brust sinken. Michael sah, daß sich eine lange Narbe über seine rasierte Kopfhaut zog. Er war mit Sicherheit ein alter Soldat, kein Stammesangehöriger. Dafür war er irgendwie zu stämmig. Es war besser, ihm die wahre Herkunft des Schwertes nicht zu offenbaren, wenn er sie nicht schon erraten hatte.

»Die Wölfe sind nicht einmal das Schlimmste im Wald«, sagte der Abt. »Einige der Brüder haben einen Reiter gesehen, der sich nachts an den Grenzen unseres Gebietes herumtreibt. Er hat mehr Macht in sich als jeder andere, den ich jemals getroffen habe. Und Böses ist in ihm. Ich fürchte, auch er ist hinter euch her.«

Michael ließ die Schultern sinken. »Das fürchte ich auch.« Also hatte der Schwarze Reiter sie überholt und wartete auf sie. Der Teufel, wie Michael ihn heimlich immer genannt hatte. »Wir haben einen langen Rückweg.«

Der Abt blickte auf. »Ich muß an meine eigenen Leute denken. Ihr könnt alles von uns bekommen, was wir haben, sogar Reittiere, wenn Maultiere euch genügen, aber ...«

»Wir werden uns nicht lange hier aufhalten. Nur bis morgen.«

Der andere nickte. Auf seinem Gesicht lag ... Scham? Erleichterung?

»Sind in letzter Zeit andere Reisende vorbeigekommen?« fragte Michael.

»Sehr wenige. Wie du schon sagtest, ist es eine schlechte Jahreszeit zum Reisen. Ein paar Hausierer, ein Treck aus der Gegend jenseits des großen Flusses im Süden, mit einer schwerbewaffneten Eskorte. Die Stämme sind ruhig, die Dachsleute rühren sich im Winter kaum, und die Herumtreiber bleiben in der Nähe ihrer Dörfer. Die Wälder sind voller Wölfe, schwarzer Wölfe. Man sagt ...«

» ..., daß die Geister der Toten in ihnen sind. Ich weiß. Ich habe davon gehört.«

Er hatte es von jedem Kesselflicker und jedem Reisenden zwischen den Bergen und dem Fluß gehört. Es ärgerte ihn, es von diesem Mann zu hören, diesem Mann des Glaubens, diesem alten Soldaten.

»Mach dir keine Sorgen«, sagte er brüsk. »Wir werden nicht lange bleiben.«

Und jetzt lag unverhüllte Erleichterung im Gesicht des Abts. Michael hätte ihn am liebsten geschlagen, den scheinheiligen Bastard.

Schinkensandwiches, Limonadensprudel, Kuchen, Eiscreme.

Knirschende Sandkörner im Mund und Kuchenkrümel in der Limonadenflasche. Die Fays hatten sich versammelt wie die Israeliten in der Wüste und lagerten auf ihren Decken im Schutz einer Reihe von Windschützen. Die Pferde waren abgerieben und getränkt worden und steckten ihre Köpfe jetzt in die Futtersäcke, die hinten an dem Lastwagen hingen. Der Fahrer, Aloysius, aß genießerisch dicke Sandwiches. Seine öligen Finger ließen schwarze Streifen auf dem Brot zurück, und der Schweiß wusch saubere Bahnen in sein verschmiertes Gesicht. Es war heiß, wenn man dem Wind nicht ausgesetzt war, obwohl die Kinder schnatternd und mit Gänsehaut aus dem Wasser kamen, bis sie in Handtücher gewickelt wurden. Ihre Haare hingen in nassen Strähnen herunter, und an ihren Armen und Beinen klebte Sand.

Michael saß am Rand des Getümmels – man konnte es nicht anders nennen, entschied er – und schloß ab und zu die Augen, wenn eine heimtückische Windböe ihm Sand ins Gesicht wehte. Überall war Sand. Wenn sie nach Hause fuhren, würde es sein, als hätten sie den halben Strand mitgenommen, in dem LKW, in Decken, Kleidern, Haaren, Zähnen.

Pat trank mit zwei seiner Brüder Porter. Auch sie waren große Männer mit Hakennasen, braunen Gesichtern, dichten grauen Haaren und blauen Augen. Sean saß bei ihnen. Der Wind rupfte an seinem Haarschopf. Die kleinen Mädchen starrten ihn fasziniert an.

Die Frauen saßen zusammen und tranken Tee. Sie waren alle alt, und Rachel war die Jüngste von ihnen, hatte aber keine Probleme, sich in die Runde einzufinden. Sie unterhielten sich über ihre Gemeinden, über Hühner, über Verwandte, die gestorben waren oder bald sterben würden. Rose wurde allerdings mit keinem Wort erwähnt. Sie sprachen von Skandalen, wobei sie manchmal flüsterten, mahnend mit dem Finger winkten, den Kopf schüttelten, die Lippen schürzten; eine Körpersprache der Mißbilligung. Michael wandte sich ab und blickte auf das Meer hinaus.

Plötzlich sah er das Mädchen dort groß und schlank in den Wellen herumplanschen. Sie drehte sich fast im gleichen Moment herum, als er sie erblickte. Ihre Blicke trafen sich, und sie lächelte.

Sie trug einen weißen Umhang, der Arme und Hals freiließ; den gleichen, den sie getragen hatte, als er sie im Wald gesehen hatte. Das schwarze Haar flatterte wie eine Fahne an ihrem Kopf. Der Wind preßte den Umhang wie eine zweite Haut an ihren Körper, sein unterer Rand war von den Wellen durchnäßt und klebte an ihren Waden.

Neben Michael sog Mullan an seiner Pfeife und starrte wortlos auf die See. Michael begriff, daß er sie nicht sehen konnte. Daß keiner sie sehen konnte.

Er sprang auf und rannte los, schnell wie die braune Stute.

Er sah wie ihr Gesicht belustigt aufleuchtete, dann raffte sie den Umhang bis zu den Oberschenkeln hoch und rannte mit wehender Mähne auf die Dünen zu.

Sie verschwand hinter einem Dünenkamm.

Er blieb keuchend stehen. Es gab keine Fußspuren, denen er hätte folgen können. Der Sand war unberührt, obwohl er gesehen hatte, wie er unter ihren Fersen aufgestoben war. Sie war verschwunden, genau wie beim letzten Mal. Sie trieb ein verdammtes Katz-und-Maus-Spiel mit ihm. Enttäuscht schlug er in den Strandhafer.

»Verdammt!«

Er hatte genug von diesen ... Merkwürdigkeiten. Er hatte lange genug Angst gehabt. Bald wurde er vierzehn, und er wußte, daß er schon jetzt älter wirkte. Er wollte ein paar Antworten. Und auf die eine oder andere Art würde er sie bekommen.

KAPITEL SIEBEN

Ein Sommerabend, der vierte in Folge, den er unten am Fluß verbrachte. Die Bäume waren ruhig, ihre Kronen schaukelten in einer sanften Brise, aber bis hier unten war von dem Wind nichts zu spüren. Der Waldboden war von Gestrüpp überwuchert, einem Wirrwarr von Farnen und Sträuchern, Sprößlingen und dickwurzligen, verrotteten Baumstümpfen. Er konnte den Fluß hören, obwohl er ihn durch das Unterholz nicht sehen konnte. In dieser Jahreszeit floß er ruhig und langsam dahin und war voller Elritzen und Stichlinge. Glatte Steine ragten wie kleine Hügel aus der Wasseroberfläche. Keine Vögel. Roses Eisvogel war nirgendwo zu sehen.

Er trug alte Kleidung in den Farben des Waldes, die nach Holzfeuer roch, derbe Stiefel und einen Beutel mit Brot und Käse, Streichhölzern und einer Flasche Milch, die mittlerweile so warm war, daß er sie nicht trinken mochte. Neben ihm lag eine leicht geschwungene Sichel von der Art, wie sein Großvater sie benutzte, um die Hecken zu schneiden. Auf seinen Beinen lag ein Holzstab mit einem angespitzten Ende. Der Baum hinter ihm war leicht zu besteigen, davon hatte er sich überzeugt. Er hatte seit Wochen keinen Wolf mehr gesehen, aber er wollte kein Risiko eingehen.

»Du bist seltsam«, hatte seine Tante Rachel zu ihm gesagt, als er jeden Tag erst bei Einbruch der Dunkelheit nach Hause kam. Er war noch nicht bereit, die ganze Nacht allein im Wald zu verbringen. »Stundenlang treibst du dich zu dieser Zeit im Wald herum, dreckig wie ein Zigeuner. Es ist kein Wunder, daß du keine Freunde hast. Und für deine Cousinen und Cousins hast du am Meer nicht einmal einen Blick übrig gehabt.«

Mullan hatte angeboten, ihn zu begleiten, aber er hatte abgelehnt. Im Wald waren Fallen, große Fallen, die den Lauf eines Hundes oder Fuchses brechen würden. Oder eines Wolfes. Er wußte, wo sie sich befanden. Er hatte seine Zeit hier damit verbracht zu lauschen und zu beobachten, abzuwarten. Er fühlte sich, als seien seine eigenen Sinne mittlerweile so scharf wie die eines Tieres. Er spürte, daß er etwas riechen konnte, bevor er es sah.

Lachen, hell und klar wie ein Silberglöckchen. Irgendwo flußaufwärts.

Endlich.

Er stand vorsichtig auf, schob die Sichel in seinen Beutel und nahm den Holzstab wie einen Speer in die Hand. Wieder hörte er das Lachen und das Spritzen von Wasser.

Er schob sich durch die Dornenranken, schritt über die dürren Äste am Boden. Das Rauschen des Flusses übertönte die Geräusche. Er kam allerdings nur langsam vorwärts. Es schien ihm, als zitterten seine Glieder, und er bewegte sich unbeholfen wie ein kleines Kind. Er kam an einer Stelle vorbei, wo Löwenzahn hell im Licht der sinkenden Sonne schimmerte und hörte irgendwo in den Bäumen den harschen Ruf eines Eichelhähers. Die erste Vogelstimme, die er an diesem Abend vernahm.

Der Wald veränderte sich nicht, er hatte nicht das Gefühl, etwas zu verlassen oder irgendwo anzukommen, und doch wußte er plötzlich genau, daß er an dem Anderen Ort war, daß er irgendein unsichtbares Tor durchschritten und seine Welt hinter sich gelassen hatte. Er wußte nicht mehr, wo er war, nur, daß der Fluß irgendwo vor ihm hinter den Bäumen lag. Wie immer, schienen seine Sinne noch schärfer geworden zu sein. Er konnte die Luft fast greifen, spürte ihre Würze an seiner Haut. Noch vorsichtiger bewegte er sich vorwärts. Er wußte, daß diese andere Welt ihre Bestien und Kobolde hatte, ihre großen bösen Wölfe.

Er hörte ein Wimmern, ein gedämpftes Quäken, etwas wie ein Keuchen in dem Farn auf dem Abhang vor ihm. Er bewegte sich geräuschlos weiter und spähte durch die breiten Blätter und die dicken Stengel, als er vor sich eine vage Bewegung bemerkte. Jemand lag dort mit verrenkten Gliedern.

Zwei Menschen lagen dort, der eine mit gespreizten Beinen auf dem Rücken, der andere über ihm. Er stöhnte und ächzte zu den rhythmischen Bewegungen seines Unterleibs. Neben den Hüften des Mannes, der oben lag, ragten zwei bleiche Schenkel wie entrindete Baumstümpfe empor. Seine Hose war bis zu den Waden heruntergezogen. Die Frau unter ihm war Michaels Tante Rose.

Rose!

Ihr Gesicht war dem forschenden Mund des Mannes abgewandt; sie starrte hinauf in die Äste über ihr und stöhnte, als der Mann tiefer in sie eindrang. Tränen liefen ihr über die Wangen zum Hals hinunter.

Oh, Rose.

Michael legte den Kopf in die Arme und weinte. Schock, Trauer und Freude, all das vermengte sich zu wirren Gedanken, die ihm durch den Kopf wirbelten.

Doch als er wieder aufsah, war sie verschwunden. Er sah nur zwei weiße Birkenstümpfe, zwischen denen ein dunklerer Baumstamm lag.

»Gefällt dir das, Michael?«

Das Mädchen war direkt neben ihm, grinste ihn begierig an. So nah, daß er ihren Atem an seinem Hals spüren konnte. Er sprang in panischer Angst auf, aber sie setzte ihm nach und griff nach ihm. Dünne Arme umfaßten seine Taille, und sie stürzten zusammen in das Farn, zwischen Laub und Dornenranken. Ihr Haar fiel über sein Gesicht wie ein dunkler Schal. Sie lachte das gleiche silberhelle Lachen, das er vorhin gehört hatte. Sie preßte ihr Kinn auf seinen Bauch.

»Bleib schön liegen, mein Krieger. Ich werde dich schon nicht fressen.«

Er merkte, daß sie naß war. Wassertropfen funkelten auf ihrer Haut, als sei sie gerade aus der Dusche gekommen. Sie kletterte wie ein Affe auf ihn und legte sich der Länge nach auf ihn. Unwillkürlich legte er ihr die Hände auf den Rükken. Naß fühlte sich ihr dünner Umhang wie Seide an.

Sie küßte ihn, schob gierig ihren Mund über seinen und lachte dabei immer noch.

Aber Michael schob sie beiseite, stieß sie in das Laub und griff nach dem Holzspeer.

Er sah, wie ein listiges, gefährliches Leuchten in ihre Augen trat.

»Wer bist du? Was willst du?« herrschte er sie an und richtete die Spitze der primitiven Waffe auf ihren Bauch. Ihre Augen waren grün, aber die Pupillen hatten sich so sehr erweitert, daß sie fast schwarz wirkten. Im der Dämmerung schienen sie zu leuchten.

»*Was* bist du?« flüsterte er.

Ihre Finger umfaßten leicht den Schaft des Speers und streichelten die glatte Rinde. Sie lächelte jetzt wieder.

»Eine Freundin. Komm, beruhige dich. Ich führe nichts Böses im Schilde.«

»Was war das, was ich gerade gesehen habe? Diese beiden ...« Er verfluchte das heisere Auf und Ab seiner krächzenden Stimme.

»Eine Erinnerung. Etwas, an das sich der Wald erinnert. Sonst nichts.«

Er senkte den Speer. »Du kennst meinen Namen.«

»Ich beobachte dich schon lange.«

»Du bist ein Teil davon, nicht wahr? Von diesen ganzen Dingen. Die Wölfe, die ... Dinge in den Wäldern. Ich verstehe es nicht.«

Sie zuckte mit den Schultern, als sei das alles unwichtig. »Niemand kann alles verstehen. Du stellst viele Fragen, kleiner Michael.«

»Ich bin nicht klein.« Aber wütend.

Sie ging auf ihn zu, bis ihre Nase sich dicht vor seiner befand. Wenn sie kleiner war als er, dann nur um Haaresbreite.

»Du glaubst doch an Feen, oder?«

»Bist du denn eine?«

Sie wirbelte herum, so daß ihr Umhang um ihre Beine flog. Nackte Füße. Ein Muttermal auf einer Wade, geschmeidige Muskeln unter der Haut. Michael fühlte eine plötzliche Lust, die ihn benommen machte. Es war, als wäre er mit einem Schlag erwachsen geworden. Er packte den Speer, bis seine Fingerknöchel weiß wurden. Das Mädchen schien sich zu amüsieren. Alles an ihm amüsierte sie, stellte er verärgert fest. Er spürte noch immer den Druck ihrer Zähne auf seinen Lippen.

»Nun?«

»Was, nun?«

Die Situation kam ihm absurd vor. »Bist du eine Fee?«

»Wenn du es möchtest.«

»Wie heißt du?«

»Nenn mich Cat.«

»Das ist ein dummer Name.«

»Du bist ein dummer Junge.«

Schweigen. Vielleicht hatte sie recht. Ihm fiel keine Entgegnung ein. Er betrachtete sie mit einer Mischung aus Niedergeschlagenheit und wachsender Erregung. Er fragte sich, ob sie ihn noch einmal küssen würde.

»Hast du etwas zu essen?« fragte sie.

Er versuchte herauszubekommen, wie sie roch. Sie hatte einen Duft an sich, der ihm vertraut vorkam.

»Brot, Käse und Milch – aber die ist zu warm.«

»Leg sie in den Fluß, zum Kühlen.«

»In Ordnung.«

Es war, als habe er einen Test bestanden, eine Hürde genommen. Er legte die Flasche in den Fluß, wo das Wasser kühl über die Steine rauschte. Dann öffnete er seinen Beutel für sie. Sie zuckte voller Abscheu vor der Sichel zurück und wollte sie nicht anfassen. Er bot ihr das Essen an, und sie schob es sich hastig in den Mund und schlang es gierig hinunter. Er bemerkte, daß ihre Lippen dunkel waren, so dunkel, daß man meinen konnte, sie seien verletzt. Ihre Nase war zierlich und gerade, ihre Augenbrauen waren dicht und schwarz und wuchsen fast zusammen. Dort, wo bei einem Mann die Koteletten gewesen wären, wuchs ihr ein zarter Flaum aus farblosen Haaren. Ihre Haut war makellos, wenn man von ein paar Kratzern und dem Schmutz absah. Auf der Nase hatte sie Sommersprossen. Sie schien ihm das entzückendste Wesen zu sein, das er je gesehen hatte. Sie war langgliedrig wie ein Junge, und die Nägel an ihren schmalen

Händen waren kurz und schmutzig. Er hätte sie stundenlang anstarren können.

Er holte die Milch aus dem Fluß und bemerkte dabei, wie dunkel es im Wald wurde. Und es war nicht einmal sein Wald. Es war Zeit, zurückzukehren. Cat wischte sich den weißen Schnurrbart ab und blickte ihn mit diesen seltsamen Augen an.

»Du hast mich vor den Wölfen gerettet«, sagte er. »Du hast mir den Weg nach Hause gezeigt.«

»Tatsächlich?« Sie verzog lächelnd einen Mundwinkel.

»Kannst du das noch einmal tun? Kannst du mir jetzt den Weg nach Hause zeigen, bevor es dunkel wird?«

»Du willst schon gehen?«

»Ich muß. Sie werden sich Sorgen machen.« Er wollte nicht gehen. Es war nicht so, daß er sich nicht mehr fürchtete, aber was für einen angsteinflößend ist, kann zu zweit ein Abenteuer sein. Und es war so schön, sie anzusehen.

»In Ordnung.«

Ginsterblüten. Das war es. Sie roch nach gelben Ginsterblüten, ein Sommerduft, der Visionen von kurzgeschnittenem Gras und hohen Zirruswolken auslöste.

»Ich habe dich am Strand gesehen«, sagte er. Ihre Augenbrauen wirkten in dem schwindenden Licht wie zwei schwarze Balken, und das Haar umschattete ihr Gesicht wie eine Kapuze. Ihr raubtierhaftes Grinsen war fast erschreckend, aber er spürte keine Furcht, nur einen Anflug von Heiterkeit. Der verschwand jedoch sofort, als irgendwo im Zwielicht die Wölfe zu heulen begannen.

»Arme Seelen«, sagte Cat. Ihr Blick wanderte über den gespenstischen Wald. Die Wölfe klangen einsam und verloren. Verdammt.

»Der Teufel reitet an diesem Ort auf einem Pferd«, sagte Cat plötzlich zu Michael. »Er sammelt Seelen. Wenn wir hier sind, müssen wir fliehen, sobald wir Hufschlag hören.«

»Er hat Rose«, sagte Michael, und der Gedanke versetzte ihm einen heftigen Stich. Er hatte keine Ahnung, wo diese

Gewißheit hergekommen war, aber er wußte, daß es stimmte. Rose oder ihr Geist war tief ihm Herzen dieses Ortes.

Cat fröstelte, ihre Fröhlichkeit war für einen Moment verschwunden. »Komm, ich bringe dich fort von hier, zurück in deine Welt.«

Sie standen zusammen auf, waren plötzlich von dem gleichen Schrecken erfüllt. Der Wald war voller dunkler Schatten. Etwas, das so finster wie die Schatten war und sich doch von ihnen abhob, bewegte sich zwischen zwei Bäumen. Aufrecht, mit einer langen Schnauze und spitzen Ohren. Es blieb stehen und verharrte kaum fünfzig Meter entfernt von ihnen, beobachtete sie. Cat ergriff Michaels Hand. Das Weiße in ihren Augen war zu sehen wie bei einem Pferd, das Feuer riecht.

»Renn!«

Er konnte sich später nur noch unklar an ihre wilde Flucht durch den Wald erinnern, obwohl die Risse, die die Dornen ihm zufügten, noch wochenlang zu sehen waren. Er erinnerte sich an den festen Griff ihrer Hand, mit der sie ihn hinter sich herzog, an ihre Haare, die ihm ins Gesicht flogen, ihren geisterhaften weißen Umhang in der Finsternis. Es kam ihm vor wie ein Traum. Ein Märchen, in dem er von einer Prinzessin gerettet wurde, anstatt umgekehrt. Sie kletterten über bewaldete Hügel, die er noch nie im Leben gesehen oder bestiegen hatte, platschten durch Bäche, die es nicht geben konnte. Sie rannten fast zwei Meilen weit durch ein Wäldchen, von dem er wußte, daß es kaum hundert Meter groß war. Und die ganze Zeit über war der Schatten hinter ihnen, schnell und geräuschlos, manchmal auf allen vieren, manchmal aufrecht. Hinter dem Schatten erfüllte das Gekläff des Rudels den Wald.

Er wußte nicht mehr, wie lange sie schon unterwegs waren. Ihn verließen langsam die Kräfte, während Cat unermüdlich zu sein schien. Schließlich schleppte sie ihn mehr, als daß er sich selbst vorwärts bewegte, und absurderweise fiel ihm sogar in diesem Moment die federnde Geschmeidigkeit ihres Körpers auf.

Eine letzter Hügel, sagte sie. Fast am Ziel. Und plötzlich fanden sie sich hoch über den Bäumen wieder. Vor ihnen erstreckte sich ein Tal im Licht der sternklaren Nacht. Es war das Tal des Bann, in dem Michael zu Hause war. Er kannte die Kontur der Landschaft so gut wie seine eigenen Gesichtszüge, von dem langen Abhang des Plateaus im Osten bis zum Fluß und den flachen Hügeln, die sich bis zu den Sperrin-Bergen weit im Westen erstreckten.

Kein einziges Licht war in der weiten Landschaft zu sehen. Kein Haus, kein Dorf, keine Stadt. Das Land war so dunkel und leer wie eine unerforschte Wildnis.

Genau das war dieser Ort, begriff er. Wildnis. Und manchmal vermischten sich diese Welt und seine.

Während er in das Tal hinabsah, sah er in ein paar Meilen Entfernung in den Hügeln, die zu den Bergen führten, eine Flamme auflodern. Wahrscheinlich ein großes Feuer, das man zwanzig oder fünfundzwanzig Meilen weit sehen konnte.

Cat rüttelte ihn am Arm und zischte ihm mit dringlicher Stimme etwas zu, aber er blieb noch einen Moment lang stehen und betrachtete seine Heimat, die sich in eine Wildnis verwandelt hatte, prägte sich den seltsamen Eindruck tief ein. Es lag in seiner Hand, diese Wildnis zu erforschen, er mußte es nur wollen und stark genug dazu sein.

Die Wölfe waren jetzt nah, und der Schatten, der sie führte, schob sich mit gelb leuchtenden Augen und aufgerissenem Maul durch das Unterholz.

»Herr im Himmel!«

Dann zog Cat ihn zu etwas hin, das ein tiefes Loch zu sein schien, ein dunkler Schacht, an dessen Ende Licht zu sehen war. Er stürzte – mußte er durch diese Tore immer durch*fallen*? – und fand sich schließlich im Laub des Waldbodens wieder. Eine Baumwurzel drückte gegen seinen Hals und neben ihm ertönte das immerwährende, friedliche Rauschen des Flusses.

Er bekam wieder Luft. »Cat?«

Aber sie war verschwunden. Wahrscheinlich zurück ins Wunderland. Antworten ... nun, er hatte jetzt ein paar erhalten, aber sie führten nur zu neuen Fragen.

Zurück in der Welt, die er als die seine empfand, wo es Uhren und Gewehre und Flugapparate gab, wo es Wölfe nur im Zoo gab und wo Mädchen Schuhe trugen. Die langen Tage vergingen gleichförmig, ohne Anzeichen von besonderen Geschehnissen. Jeder Tag hatte ein eigenes deutliches Profil, wie ein Miniaturporträt, aber in ihrer Abfolge verschmolzen sie zu einem großen, von der Erinnerung gemalten Bild. Die Sommersonnenwende lag schon Wochen zurück, und unmerklich wurden die goldenen Abende kürzer, während der August verstrich, und Michaels Ferien verrannen unerbittlich wie der Sand in einem Stundenglas. Cat tauchte nicht wieder auf, und obwohl Michael wie ein Besessener durch die Wälder streifte, sah er nichts Ungewöhnliches. Oder fast nichts. Er fand Fußspuren, Fährten, und überredete Tante Rachel, ihm in der Bücherei Bücher über die Natur und über die Tiere des Waldes zu besorgen. Auch ein Buch über die Frühgeschichte – Höhlenmenschengeschichten, wie Tante Rachel es nannte. Aber sie und Michaels Großmutter waren trotzdem davon beeindruckt, daß er während der Ferien Bücher las.

Die Fährten stammten von den Tieren, die in den Wäldern Nordwest-Europas heimisch sind, oder vielmehr vor tausend Jahren heimisch waren. Nach den Beschreibungen der Bücher waren es Spuren von Ebern und Wölfen, Biber und Großhirschen, Auerochsen und Bären. Bären! Tiere, die geräuschlos und unsichtbar waren, Geistertiere, von denen es kein Zeichen gab als ihre Fußabdrücke auf dem weichen Lehm des Waldbodens.

Ein Fuchs und zwei Kaninchen verfingen sich in Mullans Fallen. Es gab Anzeichen dafür, daß irgendein größeres Tier in eine der Fallen geraten war, aber was immer es gewesen sein mochte, es war entkommen, hatte das Fangeisen verbogen und zerbrochen zurückgelassen. Die Vegetation in der unmittelbaren Umgebung der Falle war völlig verwüstet. Michael, Pat und der alte Soldat betrachteten die Szene an einem Morgen Ende August. Pat schob seine Mütze in den Nacken und stieß einen leisen Pfiff aus.

»Hier hat jemand ganz schön gewütet.«

Die Falle war immer noch an ihrem Bodenanker befestigt, aber die Kettenglieder waren fast zum Zerreißen gedehnt worden und die Fangeisen verbogen.

Mullan bückte sich mühsam und sah genauer hin. Er griff nach einem Büschel grober schwarzer Haare, das an dem Eisen hing.

»Ein Dachs?« fragte Pat.

»Nicht sehr wahrscheinlich. Die Haare sind zu lang, zu dunkel. Und sogar ein Dachs würde von einer solchen Falle festgehalten, es sei denn, er würde sich ein Bein ausreißen ... Nein, der Teufel soll mich holen, wenn ich weiß, wer das gewesen sein könnte, außer einem verdammt großen Hund. Aber es gibt keine Blutspuren. Man könnte meinen, er hätte die Eisen irgendwie auseinandergebogen. Rätsel über Rätsel.«

»Demnächst wird er sich über die Schafe hermachen«, sagte Pat grimmig. »Ich werde am besten Sibbet und McLoughlin davor warnen, daß ein großer Hund im Wald herumstreunt, vielleicht ein tollwütiger. Wenigstens ist die Lammzeit vorbei ... Ruhig, Jungs, seid um Himmels willen ruhig.« Das galt den beiden Collies, die jaulend und knurrend etwas abseits standen und sich weigerten näherzukommen. Sie schienen in einem Moment ängstlich zu sein und im nächsten wütend.

»Nutzlose Biester«, sagte Pat nicht ohne Zuneigung. Er schlug Mullan auf die Schulter, der sich gerade wieder aufrichten wollte und fast gestürzt wäre. »Soviel zu deinen Fallen. Da sind ein paar Zehnschillingnoten den Bach herunter gegangen.«

»Dafür gibt's morgen Kaninchenbraten«, sagte Mullan mürrisch. Er schnaufte und spuckte aus, preßte eine Hand auf seinen schmalen Rücken und verzog das Gesicht. »So etwas habe ich noch nie gesehen. Vielleicht waren es Kinder, die sich hier herumgetrieben haben.« Beide warfen Michael einen fragenden Blick zu.

»Ich habe nichts gesehen.«

Sie lachten, und es klang wie das Quietschen von rostigen Türen.

»So deutlich habe ich noch nie ein schlechtes Gewissen gesehen«, sagte Pat. »Aber andererseits hat man in dem Alter immer ein schlechtes Gewissen.« Michael blickte finster.

»Also, was jetzt? Sollen wir einfach die Augen offenhalten?« fragte Mullan.

Pat nickte. »Das ist ja zu dieser Jahreszeit kein großes Problem. Du kannst mit Michael den Wald durchstreifen, wenn ihr wollt, vielleicht auch noch mal ein, zwei Nächte lang Wache schieben.«

»Was wir brauchen, ist ein gute Jagd«, sagte Mullan und zog die Peterson aus der Tasche. »Mit ein paar kräftigen Pferden und einer Meute Hunde durch den Wald jagen. Das würde ihn vertreiben, was immer er auch ist.«

»Das ist kein Gelände für Pferde«, widersprach Pat und betrachtete das dichte Unterholz und die niedrig hängenden Äste. Dennoch hatten seine Augen geleuchtet, als Mullan seinen Vorschlag gemacht hatte. Winterjagden – sie waren ein großes Ereignis, bei denen fünfzig Reiter über die Felder sprengten, begleitet von der bellenden Hundemeute. Pat hatte seit Jahren nicht mehr an einer Jagd teilgenommen, und das letzte Jagdpferd war gekauft worden, als Michael noch ein Säugling gewesen war. Felix und Pluto waren Arbeitspferde. Vielleicht hätte er mit Fancy an einer Jagd teilnehmen können, aber Sean hatte einen Schlußstrich gezogen, als Pats letztes Jagdpferd, ein großer, temperamentvoller Hengst, gestorben und zu Hundefutter geworden war. Und Pat war langsam zu alt dafür, durch die Gegend zu galoppieren und allem nachzusetzen, was sich bewegte, sagte Michaels Großmutter.

»Dieser Wald wird nie gerodet werden«, sagte Pat gedankenverloren. Er nahm ein schwarzes Stück Kautabak von Mullan an und rieb es zwischen den Fingern. »Es gibt ihn schon länger als die Farm. Als ich ein Junge war, war er doppelt so groß, aber in diesem Teil ist er einfach zu hügelig und zu sumpfig. Am besten ist, man läßt ihn einfach wie er ist.«

»Sean würde ihn roden«, sagte Mullan und lächelte ein zahnloses Lächeln.

»Sean würde seine eigene Großmutter verkaufen, wenn er damit ein gutes Geschäft machen könnte«, entgegnete Pat. Er warf seinem Enkel einen schnellen, schuldbewußten Blick zu. »Verdammt Michael, du wirst immer größer.«

Michael bewegte sich unbehaglich. »Kann nichts dafür.« Er spürte, daß sein Großvater und auch Mullan darauf warteten, daß er etwas sagte, irgend etwas Erhellendes von sich gab. Trotzig blickte er auf den Boden. Sie schwiegen; sein Großvater zündete seine Pfeife an, und blauer Rauch stieg zwischen den Ästen auf.

»Fay-Knochen. In unsere Familie sind alle immer groß gewesen.«

»Immer Pferdeleute gewesen«, fügte Mullan hinzu.

»Aye. Das auch. Früher gab es fünfzehn Pferde auf dieser Farm, kleine, kräftige Pferde und Clydesdales. Auch ein Morgan-Pferd, schwarz und wild. Vier mußten wir in den Krieg schicken, haben sie nie wiedergesehen. Eine Verschwendung.«

Mullan kniff die Lippen zusammen, obwohl Michael sicher war, daß ihm etwas auf der Zunge lag. Er hustete und sagte schließlich: »Die Kühe müssen getränkt werden. Sie trinken dieser Tage wie die Fische.«

Pat senkte den Kopf. »Hältst du die Augen auf?« fragte er Michael.

»Sicher.«

»Gut. Ich möchte, daß dieses Mistvieh bis zum Winter geschossen wird. Denn dann wird er hungrig, wenn er in der Gegend bleibt, und dann wird es schnell damit losgehen, daß Lämmer verschwinden.«

Mit dem Einverständnis seines Großvaters begann Michael, sich mit Schußwaffen zu beschäftigen, lernte die Grundlagen des sicheren Umgangs, des Zielens und des Reinigens. Es gab drei Gewehre im Haus. Zwei davon waren doppelläufige Schrotflinten, das dritte ein altes Gewehr, bei dem die Läufe untereinander lagen. Es war mit kunstvollen Gravuren versehen und leicht wie ein Spielzeug. Ein russisches Fabrikat, dessen Holz von Alter und Politur glänzte. Pats Vater hatte es vor der Geburt seines Sohnes auf einem Markt gekauft und am Schaft eine kleine Kupferplatte mit einer Inschrift angebracht: »Michael Fay, Ballinasloe 1899«.

»Du bist noch jung«, hatte Pat zu Michael gesagt. »Aber vernünftig genug. Da es deinen Namen trägt, den Namen meines Vaters, ist es nur recht und billig, daß du es bekommst. Aber wenn ich dich dabei erwische, daß du es in der Nähe des Hauses oder bei den Tieren auf der Weide abfeuerst, nehme ich es dir wieder ab. Hast du mich verstanden, Michael?« Und Michael hatte mit glänzenden Augen genickt.

Jetzt brauchte er keine Angst mehr vor den Wölfen zu haben. Mit diesem Ding in der Hand konnte er sie in Fetzen schießen.

Er baute sich südlich der Brücke auf dem Westufer des Flusses eine Hütte. Dies schien ihm der Ort zu sein, wo die merkwürdigsten Dinge geschahen, wo die Spuren am dichtesten waren. Es war ein provisorischer Unterschlupf aus drei Wänden, mit einem dichten Dach aus Farnkraut.

Michael begrub den Werwolfschädel an der Eingangsseite und baute darüber mit Steinen aus dem Fluß eine Feuerstelle. Er hoffte, das Feuer würde dafür sorgen, daß der Schädel dort blieb. Manchmal sah er ihn in seinen Träumen – knurrend, skeletthaft, die eingeschrumpften Überreste der Lefzen über die Zähne zurückgeschoben.

Er wartete und beobachtete. Es wurde September, die Blätter färbten sich, und der Wind in den Baumwipfeln wurde stärker. Täglich kontrollierte er Mullans Fallen, das Gewehr in der Hand und eine Jagdtasche umgehängt, aber die wilden Kreaturen gingen ihnen aus dem Weg, egal wie oft er sie woanders aufstellte, oder wie gut er sie versteckte. Schließlich brachte er sie wieder mit nach Hause, und der Wald lag wieder sauber und unberührt da. Die Schule stand wie eine düstere Wolke an seinem Horizont.

Der Wald war ein unheimlicher Ort, als die Tage kürzer wurden, erfüllt vom Rauschen des Windes und dem Geflüster der Bäume. Einmal hörte er eine singende Stimme, klar wie eine Amsel im Sommer, aber seine Nackenhaare sträubten sich, als er zuhörte. Die Stimme sang ein altes, altes Lied, verwandelte es in einen Grabgesang, eine Totenklage für gestorbene Träume.

Ich lauschte einst dem Liebsten,
Er sprach so fein und klar.
Ich hatt' so lang gewartet,
Bis er dann bei mir war.

So oft fehlt mir die Ruhe,
Und Sorge mich bewegt.
Ich möcht' ihm manchmal sagen,
Was tief mein Herz erregt.

Und ginge ich zum Liebsten,
Dann sagt mein Liebster Nein.
Zeig ich ihm meine Kühnheit,
Bleib immer ich allein.

Vielleicht war es die Todesfee, und es würde bald einen Todesfall in der Familie geben. Aber diesen Todesfall hatte es schon gegeben, sagte er sich. Vielleicht waren es sogar zwei gewesen.

Eines wußte er: es war etwas Lebendiges im Wald, ein Bewußtsein. Der Wald erinnerte sich, und er beobachtete. Er spürte jedesmal Blicke in seinem Rücken, wenn er ihn betrat. Es waren keine feindseligen Blicke, aber sie waren wachsam und abschätzend. Es war, als würde er einer Prüfung unterzogen. Aber er konnte sich nicht vorstellen, zu welchem Zweck.

KAPITEL
ACHT

An dem Abend, als das Mädchen, das Cat hieß, wieder auftauchte, saß er bei einem hellen, knisternden Feuer vor der Hütte und beschäftigte sich mit der Herstellung von Waffen. In dem Buch, das Rachel ihm aus der Bücherei mitgebracht hatte, waren Abbildungen von fellbekleideten Höhlenmenschen, die Speere und seltsam aussehende Äxte trugen, Steinmesser und Faustkeile. Der Cro-Magnon-Mensch, der größte der vorgeschichtlichen Menschen, die nach Ende der Eiszeit vor sechzigtausend Jahren in den Norden gezogen waren. Michael versuchte, den Splitter eines gewöhnlichen Steines an einer Haselrute zu befestigen, da es in dieser Gegend keinen Feuerstein gab. Seine Finger begannen vor Anstrengung zu schmerzen. Seine Schnur aus Pflanzenfasern war nicht fest genug. Er grunzte ärgerlich, als sich die Steinklinge wieder einmal lockerte.

Und als er wieder aufsah, stand Cat auf der anderen Seite des Feuers und beobachtete ihn.

Sein Herz krampfte sich kurz zusammen, und seine Hand fiel auf das Gewehr, das er immer mit hierher brachte. Sie zog lächelnd eine Augenbraue hoch und setzte sich unaufgefordert ihm gegenüber. Trotz des kühlen Herbstwetters trug sie nur ihren weißen Umhang. Sie war menschlich genug, um die Wärme des Feuers zu genießen, stellte er fest. Er legte den Speer aus der Hand und kramte in seiner Tasche. »Hungrig?«

Sie nickte.

Ein Apfel, ein zerdrücktes Schinkensandwich und der restliche Tee in der Flasche. Sie schlang das Essen herunter und trank den Tee direkt aus der Flasche. Michael bemerkte, daß ihre Ellbogen aufgeschürft waren, und es schmerzte ihn, ihre Schönheit beeinträchtigt zu sehen. Wenn man ehrlich war, mußte man zugeben, daß ein strenger Geruch von ihr ausging. Diesmal roch sie nicht nach Ginsterblüten, sondern nach sich selbst. Ein Geruch, den man nicht beschreiben konnte, gleichzeitig abstoßend und erregend.

Es begann zu regnen. Die Tropfen trommelten durch das dünner werdende Laubdach der Bäume und fielen ihnen auf die Köpfe. Dichte Wolken waren aufgezogen, und es wurde jetzt schnell dunkel. Michael warf noch einen Holzscheit ins Feuer, daß die Funken stoben, und zog sich in den Schutz der Hütte zurück. Cat sah mit einem resignierten Ausdruck zum Himmel. Sie wirkt müde, dachte er, und er bemerkte erst jetzt, wie verdreckt und abgespannt sie war.

Der Regen wurde dichter, zischte in den Flammen.

»Komm rein«, forderte Michael sie auf. Schon klebten nasse Haarsträhnen an ihren Schläfen.

»Ich mag Regen.« Sie grinste. »Ich hoffe, es gibt ein Gewitter!« Und sie sah Rose in diesem Moment so ähnlich, daß Michael sich bekreuzigte.

Der Regen wurde zum Wolkenbruch. Kleine Wasserläufe schlängelten sich durch das Laub oder über den nackten Lehm, und der Regen trommelte ohrenbetäubend in die Bäume. Ein paar Tropfen drangen durch das Dach der

Hütte, aber Michael hatte schon einige Schauer hier überstanden und wußte, daß der Unterschlupf dem Wetter gewachsen war. Auf dem Boden der Hütte lag eine alte Decke, und er schüttelte sie aus und winkte Cat herein.

»Komm herein, du holst dir noch den Tod.«

Sie hatte ihr Gesicht dem Regen zugewandt und ließ die Tropfen in den offenen Mund fallen, fing sie mit der herausgestreckten Zunge auf. Einen Moment lang sah sie ihn an, zuckte dann mit den Schultern und kam zu ihm in den Unterschlupf.

Es schien plötzlich sehr eng in der Hütte zu sein. Sie war durch und durch naß. Warum mochte sie es, naß zu werden? Der Geruch, den sie ausströmte, verstärkte sich. Er spürte ihre Wärme, schon begannen ihre nackten Arme zu dampfen. Eine dunkle Brustwarze zeichnete sich deutlich unter dem nassen Stoff ihres Umhangs ab. Sie schmiegte sich an ihn, und er legte ihnen beiden die muffige Decke um die Schultern. Er war betäubt vor Erregung, benommen von ihrer Nähe. Ihre nassen Kleider ließen seine eigenen feucht werden. Ihr Haar roch nach Erde, Regen und nach einem Hauch dieses Ginsterblütendufts, sommerlich wie gemähtes Heu. Er küßte ihre nasse Schläfe, ihr Auge; das Lid zitterte unter seinen Lippen. Ihre Hand schob sich unter seinen Mantel, fand den Weg unter seinen Pullover und lag dann kalt auf seinen Rippen. Sie hatte eiskalte Finger, obwohl der Rest ihres Körpers vor Wärme dampfte.

Sie schlief.

»Cat?« Er flüsterte.

Nichts.

Also mußten sogar Feen schlafen. Er lehnte sich zurück gegen die Wand der Hütte, die bedrohlich knackte, und beobachtete den Kampf des Feuers gegen den prasselnden Regen. Cat fror stärker, bekam eine Gänsehaut, und er zog sie über seinen Schoß, beugte sich wärmend über sie und umhüllte sie mit seinem Mantel.

Ich bin verliebt, dachte er und lachte leise in den Regen und den verlassenen Wald.

Nach einer Weile hörte es auf zu regnen, und er schob Cat ein wenig beiseite, damit sich seine Arme entspannen konnten. Sie erwachte sofort und öffnete die Augen, die schwarzweiß im Dämmerlicht glänzten. Das Feuer bestand nur noch aus einem glimmenden, unregelmäßig qualmenden Scheit. Der Regen hatte die Nacht mit sich gebracht.

Sie setzte sich fröstelnd auf. Ihr Haar ringelte sich feucht um den Kopf. Auch Michaels Kleidung war feucht, und seine Glieder waren verkrampft. Sie mußte ungefähr eine Stunde lang in seinen Armen geschlafen haben. Er kroch aus der Hütte, stand auf und reckte sich. Von den Ästen tropfte es ihm ins Gesicht. Das Feuer war fast erloschen. Er sollte nach Hause gehen.

Cat saß da, die Arme um die Knie geschlungen, die Decke um die Schultern, und starrte ihn an.

»Was ist los?« fragte er sie.

»Nichts ... nun, mir ist kalt, wenn du es genau wissen willst.«

»Du solltest vernünftige Kleidung tragen.«

»*Vernünftig* sagt er.« Sie rieb sich vorsichtig die aufgeschürften Ellbogen. »Für dich ist es in Ordnung.«

»Was meinst du damit?«

»Spielt keine Rolle. Fach das Feuer an. Das ist nicht meine Jahreszeit. Kalter Regen, die Blätter sterben, die Nacht ist so lang wie ein Tag. O nein.«

Michael machte sich daran, das Feuer wieder zum Brennen zu bringen und fragte sich, wovon sie redete. Sie schien plötzlich verdrießlich und schnippisch zu sein. Wärme würde sie aufmuntern, sagte er sich.

Gelbes Licht flackerte über ihre Gesichter. Cats Umhang tropfte immer noch, und Michael fragte sich, ob er es wagen sollte, ihr vorzuschlagen, ihn auszuziehen.

Ein krächzendes Lachen, das in ein Kichern mündete. Sie hatte seinen Speer entdeckt.

»Du wirst ein großer Jäger werden, mit so einer Waffe!« Mit einer schnellen Handbewegung schleuderte sie die Steinklinge vom Schaft.

»Hey!« Ihn packte die Wut. Er versuchte, die Klinge ihrem Griff zu entwinden, aber sie wand sich wie ein Aal und schleuderte sie in die Dunkelheit. Er drückte sie auf den feuchten Boden und setzte sich auf sie. Er war sich selbst nicht sicher, was er vorhatte, aber bevor er eine Entscheidung treffen konnte, traf ein heftiger Faustschlag seine Nase, und er sah für einen Augenblick Sterne. Er rollte zur Seite, die Hände ins Gesicht gepreßt, während ihr Lachen in die Nacht stieg.

»Nicht so übermütig, Michael!«

»Du ... Miststück«, murmelte er. Er spürte einen dünnen Blutfaden auf der Oberlippe und wischte das Blut mit dem Handrücken ab.

Sofort war sie neben ihm, ihre Knie sanken in den feuchten Lehm. Sie betastete seine geschundene Nase.

»Es tut mir leid. Ich wollte dir nicht weh tun.«

»Das merke ich.«

Sie zog ihn an sich heran. »Ich wollte dich nicht verletzen, Michael.«

War das Feuer auf einmal irgendwie in ihren Augen, oder glühte dort ein Licht, gelb wie Kerzenschimmer?

Sie leckte das Blut von seiner Lippe, wie ein Katze, die Milch nascht. Er konnte es schmecken, als ihre Zunge es in seinen Mund drückte. Da war diese Spannung, dieses Wärmegefühl in seinem Bauch. Ihre Finger streichelten ihn dort, und er zuckte zusammen. Sein Atem wurde heiser.

»Wer bist du?« flüsterte er.

Ihr Mund brachte ihn zum Schweigen. Sie legten sich neben das knisternde Feuer, und sie zog ihren Umhang über die Hüfte. Er sah den dichten, dunklen Pelz zwischen ihren Beinen und nestelte an seiner Hose herum. Kalte Luft und warmer Feuerschein trafen seine nackte Haut. Er legte sich auf sie, und sie führte ihn, sprach mit leiser Stimme zu ihm, als sei er ein Pferd, das beruhigt werden mußte. Und dann war er da, in ihr.

»Mein Gott.«

Er bewegte sich auf und ab, irgend etwas in ihm hatte das Kommando übernommen. Ihre Hände krallten sich in seine Schultern, und er hörte sie wimmern, als er ihren Hintern gegen den kalten Boden preßte. Wind rauschte durch die Bäume wie das Meer in einer Muschel: die Zirkulation seines kochenden Blutes. Und dann durchzuckte ihn ein Krampf. Er schrie in ihre Schulter hinein, spürte dabei ihre Hand hinter seinem Kopf.

Er war im Wald, *Bestandteil* des Waldes, verwoben mit den Fasern der Bäume. Und der Wald war in ihm, seine Wurzeln zogen sich durch seine Adern. Für einen kurzen Moment glaubte er zu wissen, was der Andere Ort war, wo er lag.

Aber dann war dieses Gefühl vorüber. Seine Ellbogen hatten sich tief in den Boden gedrückt, sein Gesicht war tief in die Mulde neben Cats Schlüsselbein gepreßt. Er löste sich aus ihr, schlaff und erschöpft. Es war feucht dort unten, schlüpfrig wie geschmolzene Butter.

»Meiner«, murmelte Cat.

»Was?«

Das plötzliche Grinsen war nur ein paar Zentimeter vor seinem Gesicht. Sie küßte ihn auf die Nase, und ihre Beine umschlossen seine Taille. »Ganz allein meiner.«

Fleischessünde, dachte er. Genau das war es. Das biblische Wort ließ in erschaudern. Er stand auf, beschämt von dem feuchten Schimmer an seinem Körper. Hastig zog er die Hose hoch. Cat streifte ihren Umhang herunter.

Ich habe eine Fee gebumst, machte er sich klar, und das schreckliche, verbotene Wort wand sich wie eine Schlange in seinem Kopf. War das eine Todsünde? Er dachte einen Moment über das Beichten nach, überlegte, was der Priester in seiner kleinen dunklen Kabine wohl dazu sagen würde. Was hatte er zu Rose gesagt, als sie sich ihm anvertraute?

»Wirst du ein Baby bekommen?« fragte er Cat. Sie stocherte gelassen im Feuer herum.

»Möchtest du eins?« Seine Frage schien sie zu amüsieren.

»Was wir gemacht haben. Davon kommen Babies. Ich weiß es.«

Sie fing an zu lachen. »Du machst dir zu viele Gedanken, Michael. Setz dich.«

Er folgte ihrer Anweisung. Ihr Rücken war vom Waldboden verschmutzt. Er streifte die Blätter dort ab, und dann blieb seine Hand dort liegen, genoß die straffen Muskeln unter dem Umhang. Ihr laubverfilztes dunkles Haar fiel wie ein Wasserfall an einer Seite ihres Halses herunter.

»Was hast du gemeint, als du gesagt hast ›meiner‹? Daß ich dir gehöre?«

»Und ich dir«, sagte sie, den Blick starr in das Feuer gerichtet. »Wir gehören zusammen.«

Verblüfft zog er seine Hand zurück. Er mußte pinkeln, konnte es aber nicht, solange sie hier war.

»Hör zu, Michael.« Sie wirkte plötzlich lebhaft, wandte ihm das Gesicht zu. Sie nahm seine Hände in die ihren. »Wie würde es dir gefallen, woanders hin zu gehen? An einen seltsamen Ort, weit weg von hier, den du noch nie gesehen hast?«

»Die Wölfe ...«, begann er zweifelnd.

»Es gibt dort nicht nur Wölfe, sondern auch viele andere Dinge. Schlösser und Kathedralen, Städte und Segelschiffe. Es ist eine ganze Welt, Michael.«

Er erinnerte sich an den kurzen Einblick, der ihm gewährt worden war, an das leere Land des Bann-Tals mit dem einsamen Licht in der Dunkelheit.

Werwölfe und Wildnis.

Traum oder Alptraum? Er wußte es nicht. Aber dies hier war wirklich: dieses Mädchen und das, was sie getan hatten. Sie war so wirklich wie die Erde, das Holz und die Steine, so echt wie er selbst. Obwohl er der einzige war, der sie sehen konnte.

»Ich weiß nicht.« Es war schon spät. Seine Großmutter würde sich Sorgen machen. Wie lange war er schon hier draußen?

»Du glaubst, es ist ein Märchen, Michael, aber das ist es nicht. Es liegt alles da draußen. Ich könnte dir Sachen zeigen ...« Ihre Hand streichelte seinen Bauch.

»Ich ... ich weiß nicht. Es ist schon spät. Ich muß gehen.«

»Sie werden sich Sorgen machen. Das hast du schon einmal gesagt.«

Er empfand ein merkwürdiges Schuldgefühl. »Ist dir noch kalt?«

»Du hast mich gewärmt.«

Sein Gesicht brannte im Licht des Feuers.

»Komm mit mir«, sagte sie. »Bleib bei mir.«

Er stand auf, griff nach dem Gewehr und hängte die Tasche um. Er mußte jetzt wirklich dringend pinkeln.

»Ich kann nicht. Ich kann nicht, Cat.« Er hatte für einen Augenblick die Vision, wie sie nebeneinander eine breite Straße entlangritten; am Horizont flatterten Flaggen über einem Schloß. Der Ritter und seine Lady, wie im Roman.

Der Wald war still und dunkel, Wasser tropfte von den Blättern. Seine Kleider waren schlammverschmiert. Er fühlte sich dumm und tölpelhaft. Cats Augen lagen wie dunkle Löcher in ihrem Gesicht. Er wollte es noch einmal mit ihr tun, und er schämte sich dafür.

»Ich liebe dich, Michael.«

Sein Herz klopfte für einen Moment schneller, und er mußte lächeln. Sie grinste ihr breites Grinsen und erhob sich ebenfalls. Ihr Umhang war ein wirres Muster von Hell und Dunkel, von weißer Baumwolle und schwarzer Erde. Auch ein paar Blutflecken, stellte er fest, ein erdbeergroßer Fleck in Höhe ihrer Hüfte. Hatte er sie verletzt?

Sie umarmte ihn, als sei er ein kleines Kind, so wie Rose ihn in den Gewitternächten umarmt hatte. Ihre Augen waren auf gleicher Höhe. Ich bin groß, dachte er. Kein Baby mehr. Vielleicht schon ein Mann?

»Ich werde nicht gehen«, sagte er, als sie ihn in die Hütte schob und ihm mit geschickten Fingern die Knöpfe öffnete.

»Oh, ich weiß.«

Er mußte nicht mehr pinkeln. Er sah sie vor sich stehen, sah, wie der Umhang zu Boden glitt und wie eine bleiche Pfütze zu ihren Füßen lag. Dann war sie bei ihm, über ihm, unter ihm, und ihr Geruch durchdrang ihn, und er staunte, wie herrlich es war, diese verbotenen Stellen zu berühren.

»Meiner«, hauchte sie, als er in sie eindrang. »Ganz allein meiner.«

Sie ließen das Feuer erlöschen und bemerkten nicht, wie der Mond aufging.

Er hob sich über einem endlosen Wald.

Meilen über Meilen bedeckte er das Land, brandete wie ein dunkles Meer an die Ausläufer der Berge. Die Bäume reckten ihre alten Äste den Sternen entgegen, und zu ihren Füßen schlängelten sich silberglänzende Flüsse geduldig einem unbekannten Ozean entgegen. Täler und Höhen waren gleichermaßen dicht bewachsen, und in den tiefergelegenen Teilen des Landes schwebten Nebelfetzen.

Hier und da erhoben sich die Türme einer Festung aus den wuchernden Eichen und Ulmen, Linden, Kastanien und Eiben. In den Flußniederungen wuchsen Weiden, Erlen und Dornbüsche, und in den höheren Lagen gab es Birken, Kiefern und Fichten. Am Boden zwischen den Bäumen erwarteten Büsche und Farn den Frühling.

Straßen wanden sich durch den Wald, und entlang der Straßen waren Lichtungen gerodet worden, machten Ansiedlungen dem Wald die Vorherrschaft streitig, kräuselte Rauch sich im Mondlicht. Die Häuser standen dicht beieinander, als fürchteten sie den dunstigen Wald. Sie waren von Palisaden umgeben und von Kruzifixen beschirmt. Im

Zentrum jeder Siedlung ragte ein Kirchturm gen Himmel. Aber keine Menschenseele war in diesem weiten Land, diesem mondbeschienenen Reich unterwegs. Die Menschen verriegelten ihre Türen vor der Nacht, und die Bestien schlichen ungestört durch die Dunkelheit, beäugten die Lichter hinter den Fenstern und beherrschten die tiefen Wälder.

Michael lag nackt da, das Mädchen in seinen Armen. Das Feuer war erloschen, nur ein winziges Glimmen leuchtete noch aus der Asche. Cat schlief, aber er lag wach und lauschte den Geräuschen der Nacht. Dem harschen Schwirren des Fasans, dem Ruf einer jagenden Eule. Anderen Geräuschen in der Ferne, die er nicht identifizieren konnte. Und einmal dem tiefkehlige Grollen irgendeiner großen Bestie. Der Wald war lebendig von Geräuschen, einem Durcheinander von Knistern und Rascheln. Er dachte, daß er den enormen, bestialischen Herzschlag dieses Landes würde hören können, wenn er nur leise genug war. Irgendeine Kreatur der Nacht schnüffelte unsichtbar in ein paar Meter Entfernung am Fuße eines Baumes herum und verschwand dann wieder in der Tiefe des Waldes.

»Cat.« Zärtlich wie eine Sommerbrise. »Cat, wach auf.«

Sie regte sich. Ihre dunklen Augen öffneten sich.

»Du hast es geschehen lassen, nicht wahr? Du hast es gemacht. Wir sind wieder *dort*.«

Sie setzte sich auf und schob ihn beiseite. Sie schien in der Luft herumzuschnüffeln. Wie weit war er von zu Hause entfernt? Wie viele Meilen oder Jahre oder Welten? Er schüttelte sie kräftig. »Cat!«

»Sssh!« Ihre Finger gruben sich in seinen Arm. Ihre Beine waren immer noch ineinander geschlungen. Sein Glied hing wie eine durchschnittene Nabelschnur über seine Hüfte, und er spürte den kalten Wind auf seinem immer noch schweißgebadeten Körper.

»Herr im Himmel, Cat, was hast du getan?«

»Sei still!« Sie sprach mit messerscharfer Stimme, aber leise, so als habe sie Angst, daß jemand sie hören könnte. Er konnte außer ihrem bleichen Körper nichts erkennen. Ihre Kleider befanden sich unter ihnen, aber das Gewehr war unsichtbar, lag irgendwo im Laub. Sein Magen krampfte sich vor Angst zusammen. Er fühlte sich wie ein Höhlenmensch in der Morgendämmerung der Menschheitsgeschichte. Ein Cro-Magnon-Mensch, der fröstelnd in prähistorischer Dunkelheit sitzt.

»Zieh dich an«, zischte sie.

Sie griffen tastend und stolpernd nach ihren Kleidungsstücken. Er hatte sogar seine Stiefel ausgezogen. Blätter und tote Zweige lagen jetzt darin, und sein Mantel war von Borkenstücken übersät. Schweigend zogen sie sich an. Er tastete durch das Laub, bis seine Finger das kalte Eisen des Gewehrlaufs berührten. Sofort fühlte er sich sicherer.

»Wie der verdammte Davy Crockett«, murmelte er.

Für einen Moment standen sie lauschend nebeneinander. Es wäre leichtsinnig gewesen, laut zu sprechen, irgendein Geräusch zu machen. Cat küßte ihn auf die Lippen und zog ihn dann an der Hand hinter sich her. »Komm.«

Sie kann im Dunklen sehen, dachte er. Diese Augen. Sie war wirklich wie eine Katze. Er stolperte hinter ihr her, und sie ließen die Hütte hinter sich zurück.

Schon nach ein paar Metern in der undurchdringlichen Finsternis hätte er nie wieder zur Hütte zurückgefunden. Seine Hand schloß sich fester um Cats. Wenn er hier verlorenging, war er für immer verloren. Verschwunden. Seine Familie würde nie erfahren, wo er geblieben war.

Wie war es geschehen? Wie konnte es bewerkstelligt werden? In einem Moment war er eine Viertelmeile von dem Haus entfernt, in dem er lebte, und im nächsten Moment befand er sich in einer urzeitlichen Wildnis. Einem dunklen Märchenland, inklusive Wölfe.

Die Größe dieses Rätsels ließ ihn schweigen, als er hinter Cat hereilte.

Da war etwas hinter ihnen.

Er wußte es so sicher, wie ein Blinder die Richtung, aus

der die Sonne scheint, erkennt. Es war groß – er meinte leise Atemzüge hoch über seinem Kopf zu hören – und bewegte sich nahezu geräuschlos. Es war wie im Kino, wenn im Horrorfilm der Held von hinten gepackt wird.

Er ließ den Lauf des Gewehres durch seine Hand gleiten, bis seine Finger auf dem Abzugschutz lagen.

Knisternde Schritte im Gleichtakt mit seinen eigenen. Er versuchte, Cat etwas zu sagen, aber sie war völlig auf den Weg nach vorne konzentriert, wo immer der auch sein mochte. Und seine Kehle war vor Aufregung wie zugeschnürt.

Er würde sich herumdrehen und dem Monster in Audie-Murphy-Manier beide Läufe verpassen, so wie Mullan es bei dem Werwolf im Hinterhof getan hatte. Allerdings war der Werwolf ja ungeschoren davongekommen.

Zauber oder kein Zauber, zwei Gewehrkugeln aus nächster Nähe würden jedem den Rest geben.

Er löste seine Hand aus Cats, zielte und feuerte.

Der Rückstoß schleuderte ihn gegen sie, und sie fielen zu Boden. Er war taub, blind und verschrammt. Hab' dich erwischt, du schleichender, haariger Bastard, dachte er euphorisch, aber aus seinem Mund kam nur ein ersticktes Wimmern.

Für eine Sekunde hatte er im Mündungsblitz einen massigen Rumpf gesehen, menschlich oder nicht menschlich, und darüber ein brutales Gesicht. Dann wurde es stockfinster. Er lag da und reagierte nicht auf Cats Schreie, auf ihre suchenden Hände. Irgend etwas entfernte sich mit dem Geräusch berstender Äste durch die Bäume, aber sonst war nichts zu hören – abgesehen von einer Art dumpfen Murmeln, einem übellaunigen Grollen.

»Was hast du gemacht? Was hast du *gemacht*?« Cat packte ihn an seiner schmerzenden Schulter.

»Aua, laß los! Es war ein Monster. Ich habe darauf geschossen.«

»Ein Monster? Was für ein Monster? Hast du es gesehen?«

Ein Riese, sagte ihm seine Erinnerung. Ein Troll. Aber er schüttelte den Kopf, unsichtbar für sie. »Ich bin mir nicht sicher, aber ich habe getroffen. Es ist weggerannt.«

Die heftige Ohrfeige ließ wieder Sterne vor seinen Augen funkeln. Für einen Augenblick war er zu schockiert, um zu reagieren, dann fuhren seine Hände dorthin, wo er ihre Kehle vermutete, griffen aber nur in die Luft. »Wofür war das?« Tränen der Wut traten ihm in die Augen.

»Du bist hier nicht zu Hause, Michael. Du kannst nicht mit deinem famosen Gewehr einfach irgendwen über den Haufen schießen. Hier herrschen andere Gesetze. Sei jetzt mal still!«

Das war er dann, immer noch vor Wut kochend. Der Wald war still – tödlich still, die Stille einer entweihten Kirche.

»Das heißt noch lange nicht, daß du mich schlagen mußt. Außerdem bist du ein Mädchen, verdammt noch mal.«

»Oh, halt den Mund, du dummer Junge.«

Wieder dieses Wort. Er knirschte mit den Zähnen. Das würde er ihr heimzahlen.

»Wir müssen machen, daß wir hier wegkommen, und zwar schnell. Wir müssen fort von hier. Bald werden sie hier herumwimmeln wie die Bienen.«

»Wer?«

Aber sie ignorierte ihn. Er wurde auf die Beine gezogen und mitgeschleppt wie ein trotziges Kind, und genau so fühlte er sich auch, schmollend über eine ungerechte Züchtigung. Dornranken streiften sein Gesicht, und die niedrigen Äste schienen Löcher in seinen Schädel bohren zu wollen.

»Wie kannst du nur etwas sehen?«

Wieder ignorierte sie ihn. Schweigend marschierten sie durch den mitternächtlichen Wald.

Als sie schließlich anhielten, taumelte er vor Erschöpfung. Es war ihm mittlerweile egal, wo sie waren oder wohin sie wollten. Das Gewehr war ein schmerzendes Gewicht an seinem Arm. Cat packte seine freie Hand und legte sie auf die rauhe Rinde eines Baumes.

»Raufklettern.«

»Du machst Witze.«

»Kletter, wenn du den Morgen noch erleben willst.«

»Ich kann es nicht mit dem hier.« Er schwenkte das Gewehr in der Dunkelheit.

»Verdammt! Dann gib es mir.« Er hätte wetten können, daß sie sich schüttelte, als sie die Waffe entgegennahm.

»Ich sehe die Hand nicht vor Augen ...«

Geräusche irgendwo im Wald, entferntes Grollen. Ein langes, helles Heulen.

»Kletter!«

Er tat, wie ihm geheißen wurde. Die rauhe Rinde scheuerte seine Hände auf. Er klammerte sich fest und zog sich mit zitternden Gliedern hoch, bis er einen dicken Ast erreichte und sich keuchend daran festhielt. Da waren noch mehr Äste. Er kletterte weiter, ertastete sich einen Weg, schob seine Hand den Stamm hoch, bis er etwas spürte, woran er sich hochziehen konnte. Einmal huschte etwas Kleines, Krallenbewehrtes über seine Hand, und er wäre fast gestürzt. Er fluchte laut und erbärmlich. Er war zu müde. Er hatte kaum noch Kraft in den Armen und fand keinen Halt für seinen rechten Fuß.

Eine Hand am Fußgelenk wies ihm den Weg. »Stell dich hier drauf.« Und sein Fuß hatte wieder einen festen Stand.

»Das genügt«, sagte sie nach einer Weile. »Mach es dir in den Ästen bequem.« Vorsichtig lehnte er sich zurück, fürchtete den Sturz aus unbekannter Höhe. Der Ast war zehn Zentimeter dick, und dicht neben ihm wuchsen noch mehr. Er konnte sich zurücklehnen und ausruhen. Er hörte Cat neben sich rascheln, und dann landete das kalte Gewicht des Gewehrs auf seinem Schoß. »Hier. Jetzt können wir schlafen.«

»Schlafen!«

Ihre Hand streichelte seine Wange, und kann küßte sie sein Ohr, seinen Mundwinkel, und ihr Haar kitzelte an seiner Nase. »Es tut mir leid, Michael.«

»Aye.« Er war unwillkürlich besänftigt.

Sie legte ihm den Arm um die Schulter, und er fühlte sich völlig geborgen. Er schob seinen Kopf unter ihr Kinn. Verflucht noch mal, er war todmüde, schläfrig wie ein Kind.

Er hörte nicht mehr, wie später in der Nacht das Rudel unter ihnen vorbeihetzte, wie Hufschlag in der Luft über den Baumwipfeln erklang, wie die Trolle sich etwas zuriefen.

Helles Licht weckte ihn. Mühsam öffnete er die Augen. Seine Glieder waren stocksteif, und er begann sofort vor Kälte zu zittern. Für einen Augenblick war er äußerst verwirrt von den schwankenden Zweigen, dem Vogelgezwitscher und dem Morgenlicht, das durch die Blätter fiel. Dann erinnerte er sich an alles. Er bewegte sich in Cats Arm, und das Gewehr rutschte von seinem Schoß und schlug mit einem dumpfen, entfernten Geräusch auf dem Boden auf.

»Mistding.«

Cat regte sich, wachte aber nicht auf. Ihr Arm, gegen den er sich gelehnt hatte, war blau angelaufen und eiskalt, und er massierte ihn vorsichtig, brachte das Blut wieder zum Zirkulieren. Wunderschön lag sie in der Morgendämmerung, obwohl ihre Wangenknochen dreckverschmiert waren und überall Dornenkratzer auf ihrer Haut waren. Er entfernte einen Käfer aus ihrem Haar. Sein Magen grummelte anklagend, und er dachte sehnsüchtig an Speck und Eier, heißen Tee und Brot. Und an ein Bad.

Aber es hatte auch etwas Schönes, hier inmitten des Vogelgezwitschers die Sonne aufgehen zu sehen. Und dieses Mädchen neben sich zu haben. Auf eine merkwürdige Art ließ sein Hunger ihn das noch unmittelbarer verspüren. Nachdem er sich den Schlaf aus den Augen gerieben hatte, fühlte er sich quicklebendig und leckte Tau von einem kupferroten Blatt, um seine Zunge zu befeuchten.

Als er sich wieder umwandte, war sie wach. Sie reckte und streckte sich und spreizte ihre dreckigen Zehen.

»Sind wir jetzt in Sicherheit?«

Sie gähnte und lächelte dann. »Vielleicht etwas sicherer. Wir können herunterklettern. Du hast gut geschlafen.«

»Wo gehen wir hin?«

»Ich bringe dich nach Hause. Du bist noch nicht bereit für das hier.«

Es überraschte ihn, daß er Enttäuschung verspürte. Vielleicht kam es von der kristallenen Klarheit der Morgenluft, dem funkelnden Sonnenlicht, dem Vogelgezwitscher in den Bäumen. Abenteuer. Wunderland.

»Kannst du mir ein paar Erklärungen geben?«

Sie schüttelte amüsiert den Kopf. »Nicht in deinen Begriffen. Warum allem auf den Grund gehen?«

»Ich weiß es nicht. Es gibt für alles einen Grund.«

Sie begann, sich auf den Boden herunterzulassen. Sie waren überraschend hoch geklettert, bemerkte er, mindestens zehn Meter. Ein rotes Eichhörnchen beobachtete sie neugierig und furchtlos von einem Ast aus.

Er griff nach dem Gewehr und entfernte eifrig den Dreck aus der Mündung, während Cat wie ein geschmeidiges Tier in der Luft herumschnupperte und zwischen die Bäume spähte. Er begehrte sie wieder, brachte aber nichts über die Lippen.

Der Waldboden war längst nicht so überwuchert, wie es in der Nacht den Anschein gehabt hatte. Es gab freie Flächen unter den Bäumen, die Dornranken verkümmerten in dieser Jahreszeit, und die Sonne schien durch das dünner werdende Blätterdach bis auf den Boden. Irgendwo hörte er Waldtauben und eine Drossel. Andere Vogelstimmen, die er vernahm, konnte er nicht identifizieren. Abgesehen von dem Gezwitscher war es still, wenn man einmal von dem Knurren seines Magens absah. Er war verdreckt, genau wie Cat. Es schien ihr nichts auszumachen, sie war ein richtiges Geschöpf des Waldes.

Michael öffnete das Gewehr und steckte die leeren Patronenhülsen in die Tasche. Cat warf ihm einen mißbilligenden Blick zu, und er schloß das Gewehr wieder ohne nachzuladen. In seiner Jagdtasche klirrte es, und er wußte, daß die Flasche zerbrochen war.

»Ich kann mich auf was gefaßt machen«, stöhnte er. Die ganze Nacht unterwegs, ohne Bescheid zu sagen. Seine Großmutter würde ihn in der Luft zerreißen.

Cat winkte ungeduldig, und schon schlängelten sie sich wieder unter ihrer Führung zwischen den Bäumen her.

»Wie gelangen wir von einem Ort zu dem anderen?« fragte er, als sein Atem wieder etwas regelmäßiger ging. Das Gewehr zog schmerzhaft an seiner Schulter.

»Wir gehen zu Fuß, weil wir uns Pferde nicht leisten können«, antwortete sie kurzangebunden.

»Nein. Du weißt schon, was ich meine. Von meinem Zuhause hierher, an diesen Ort. Wie machst du das, wie bringst du uns hinüber?«

»Ich mache es nicht.«

»Wer dann?«

»Du vielleicht?«

»Red keinen Unsinn. Sag es mir, Cat. Oder weißt du es selbst nicht?«

Sie wurde etwas langsamer, erlaubte ihm, sie einzuholen. »Es gibt hier Durchgänge, dorthin, wo du dein Zuhause hast. Es hat sie schon immer gegeben. Sie bewegen und verändern sich, verschwinden und tauchen wieder auf, aber einige von ihnen sind immer am gleichen Fleck. Und wir können dort hindurchgehen.«

»Woher weißt du, wo sie sich befinden?«

»Ich weiß es einfach, so wie ich weiß, wo Norden ist, oder wo sich freie Flächen befinden.«

»Gibt es hier überall Wald wie diesen?«

»Zum größten Teil. Der Wald erstreckt sich unzählige Meilen in alle Richtungen. Dahinter sind Hügel und ein großer

Fluß und im Süden Berge. Riesige Berge, die noch niemand bestiegen hat.«

»Was ist mit Städten, Dörfern, Menschen?« *Fuchsmenschen.*

»Auch das gibt es.«

»Wie sind sie?«

»Du fragst mir Löcher in den Bauch, Michael. All das wirst du bald selbst herausfinden. Jetzt will ich mich erst einmal nach Frühstück umsehen.«

»Frühstück!«

»Psst! Nicht so laut. Frühstück wird in diesem Land lebend gefangen.« Sie sah ihn fröhlich an, und etwas schnürte ihm die Kehle zu. War es ... Liebe? Lust? Das Gefühl war so stark, daß ihm schwindlig wurde. Er hätte schreien können vor Freude.

»Ich werde dir etwas schießen«, sagte er. »Wir können es am Spieß braten.«

»Das wirst du nicht. Es wird hier kein Knallen und Blitzen geben. Der Wald würde es nicht mögen. Hast du gestern nacht nichts gelernt?«

Er erinnerte sich an den aufragenden Schatten, das Gesicht im Mündungsblitz. Menschlich und doch unmenschlich, wie ein riesiger Neandertaler.

»Was war es?«

»Wahrscheinlich ein Troll. Schwer zu sagen, ob es ein guter oder ein böser war. Du hast ihm keine Chance gegeben, es zu zeigen.«

»Gute und böse Trolle«, wunderte sich Michael. »So etwas kommt in den Geschichten nicht vor.«

»Dies ist mehr als eine Geschichte.« Sie blieb stehen. »Hast du Feuerstein und Eisen?«

Seine Euphorie legte sich etwas. »Nein, tut mir leid. Nur Streichhölzer.«

Sie kicherte. »Dann werden wir uns damit begnügen müssen, denke ich. Was ist mit einem Messer?«

»Ich habe ein Taschenmesser.«

»Na großartig. Gib es mir.«

Er reichte es ihr zögernd. »Wofür brauchst du es?«

»Frühstück. Mach ein Feuer an. Ich werde eine Weile unterwegs sein.«

Dann zog sie ihren Umhang aus und wälzte sich nackt im Dreck und Laub des Waldbodens. Michael starrte sie an. Als sie wieder aufstand, hatte sie sich in eine braunhäutige Wilde mit verfilzten Haaren verwandelt, in deren Faust die Messerklinge blitzte. Sie zwinkerte ihm zu und verschwand geräuschlos wie eine – wie eine Katze.

»Verdammt noch mal«, sagte Michael. Er machte sich daran, ein Feuer anzufachen.

Langsam verging der Morgen, und er wurde immer hungriger. In der Nähe war ein Bach, ein klares Rinnsal, das kaum einen Fuß breit war. Michael trank dort und wusch sich mit nacktem Oberkörper, prustend von dem kalten Wasser. Dann ließ er sich von dem kleinen Feuer trocknen. Es gab genug totes Holz zwischen den Bäumen, und er hatte einen ordentlichen Vorrat davon gesammelt. Er hatte sogar aus einem dünnen Ast einen provisorischen Spieß angefertigt. Über dem rauchlosen Feuer flimmerte die Luft in der Hitze.

Er fragte sich, was für eine Mahlzeit sie wohl für sie fangen würde. Eins war sicher, Schinken und Eier würden es nicht sein.

Er wirbelte herum, starrte suchend in die Bäume. Da war etwas, verschwand blitzschnell hinter einem Stamm.

»Verdammt, noch mal, Cat!« Seine Hand tastete nach dem Gewehr.

Da war eine undeutliche Bewegung. Er konnte es nicht genau erkennen, meinte aber, spinnenhafte Glieder zwischen den Buchenblättern gesehen zu haben.

Da, ein Gesicht in einer Astgabel, schwarz, dreieckig, und mit schlitzförmigen, flinken Augen und spitzen Ohren, die aus einem grünlichen Haarschopf ragten.

Wieder verschwunden. Ein heulendes Gelächter, wie von einem geisteskranken Kind. Der Wald schwieg, nur in der Ferne ein Geräusch wie das Trommeln von Regen auf Blättern. Schritte? Unmöglich zu sagen. Dieses Lachen wieder, diesmal weit entfernt, lustig und beunruhigend. Es wurde leiser und erstarb.

Er lud das Gewehr.

– und ein Geräusch ließ ihn herumfahren, aber es war nur Cat, die ein totes Tier in das Laub warf und auf das erhobene Gewehr blickte. Die Augen in ihrem verschmierten Gesicht wurden eng.

»Da war etwas in den Bäumen«, sagte er lahm.

»Es gibt vieles in den Bäumen. Du kannst nicht alles erschießen.« Sie kniete nieder und begann sofort, ihre Beute zu bearbeiten. Michael sah, daß es ein großer Frischling war, mit einem braunen Fell, über das schwarze Streifen vom Kopf bis zum Schwanz liefen. Fasziniert sah er ihr dabei zu, wie sie dem Tier die Kehle durchschnitt und seinen Körper an den Hinterbeinen hochhielt, während ein dichter Strahl dunklen Bluts aus der Halswunde schoß. Das Blut dampfte noch am Boden, als sie das Tier aufschlitzte und ausweidete. Schließlich zerlegte sie es, leckte sich die Finger ab, und begann, ein paar Äste zuzuspitzen.

Frühstück. Irgendwie hatte Michaels Hunger nachgelassen.

»Wie hast du es gefangen?«

»Kleinigkeit.« Das Feuer zischte, als sie die aufgespießten Fleischstücke über den Flammen plazierte. »Ihre Spuren sind leicht zu verfolgen, und die kleinen Wildschweine sind leicht zu fangen, wenn man flink ist. Vor der Mutter muß man sich allerdings hüten. Wildsäue sind gute Mütter.«

»Du siehst schrecklich aus.«

»Ich bin eine Jägerin. Kümmere du dich um das Fleisch, damit ich mich etwas herrichten kann.« Sie griff nach dem Umhang und ging zum Bach. Sein Blick folgte ihr, registrierte das wirre, lange Haar, das ihr bis zum Hintern reichte, die geschmeidigen Bewegungen ihrer Wadenmuskeln, die stramme Rundung ihrer Hüfte, als sie am Wasser niederkniete.

Hinter ihm wurde der Gestank des Bluts und der Eingeweide von dem appetitanregenden Duft gebratenen Fleisches verdrängt. Er verspürte wieder Hunger.

Cat summte mit dunkler, weicher Stimme vor sich hin, während sie sich wusch. Es war das Lied, das er einmal zu Hause im Wald gehört hatte. Er verzog das Gesicht. Sie rieb sich mit einer Handvoll grüner Blätter über Arme, Brüste, Bauch und Hüften, verrieb sie auf der Haut. Er blickte zur Seite, schluckte, und zog seine Hose in eine bequemere Position.

Als sie bekleidet und mit nassem Haar wieder zu ihm kam, mußte er an ihr schnüffeln, um sich zu vergewissern, welcher Geruch den des brutzelnden Fleisches überlagerte. »Kaugummi!«

Sie schüttelte den Kopf. »Pfefferminzblätter. Ich habe ein paar davon entlang der Wildschweinfährte gefunden. Sie sind zwar nicht mehr besonders frisch, aber doch noch zu etwas nütze. Überzeug dich selbst.« Sie hielt ihren Unterarm unter seine Nase, und er roch deutlich das Kaugummiaroma. Gleichzeitig nahm er den schwachen Frauengeruch wahr, der von ihr ausging. Er küßte den Arm, und sie lachte und nahm dann das Fleisch vom Feuer.

Außen war es schwarz und verkohlt, darunter weiß und innen rosafarben. Schweigend und mit fettverschmierten Gesichtern aßen sie, verbrannten sich die Finger an den heißen Fleischstücken.

»Erzähl mir von den Dingen in den Wäldern«, sagte Michael, nachdem sie sich die Bäuche vollgeschlagen hatten.

Sie leckte sich Fett von den Fingern und wischte sie sich an dem schmutzigen Umhang ab. Er war ursprünglich weiß gewesen, hatte aber jetzt die Farbe von Buchenrinde.

»Menschen fürchten den Wald. Menschen wie du. Sie errichten Barrikaden, um den Wald fernzuhalten, und verbrennen Bäume, damit ihre Zweige nicht ihre Häuser berühren. Überall errichten sie Kreuze, um die Bestien zu verjagen und sind nie nach Einbruch der Dunkelheit unterwegs. Sie bauen Getreide an und züchten Vieh, errichten Gebäude und schachern um Geld. Aber es gibt auch andere. Die Stämme, die Wandervölker, die kreuz und quer durch die Wälder ziehen und sich hier und da für ein paar Tage, eine Woche, ein Jahr niederlassen und dann weiterziehen. Sie bauen Hütten, angeln in den Flüssen, jagen Wildschweine und Wölfe. Sie führen ein freies Leben.«

»Wie du.«

Ihr Gesicht verdüsterte sich. »Nicht wie ich. Sie sind *Menschen*, weißt du.«

»Und was bist du?«

»Eine Elfe.« Sie warf sich in Positur.

»Du bist keine Elfe. Elfen sind winzig, haben Flügel und so etwas.«

»Ach, was weißt denn du davon? Und dann gibt es noch die Baumvölker, die für sich bleiben. Sie helfen oder stören, wie es ihnen gerade paßt. Und die Trolle natürlich. Waldtrolle, Felstrolle, gute und böse. Merkwürdige Wesen, halbe Bestien. Nachts sind die Wälder voll von ihnen. Dann jagen sie. Tagsüber sind sie Felsen oder Baumstümpfe.«

»Wer ist der Schwarze Reiter?«

Sie warf ihm einen düsteren Blick zu. »Der Teufel. Er sucht Seelen. Die schwarzen Wölfe begleiten ihn manchmal, und die Menschenwölfe.«

»Menschenwölfe? Du meinst Werwölfe?«

»Wie auch immer. Sie sind die schlimmsten der Bestien. Sie tragen Krankheiten mit sich und können sich durch Ansteckung vermehren, wenn sie es wollen. Schreckliche Wesen.«

»Einer war hinter uns her.«

Sie nickte. »Schreckliche Wesen. Diener des Satans nennen die Dorfbewohner sie. Sie stehlen Säuglinge und trinken Blut. Und dann ist da der Wald selbst. Er weiß Dinge. Er lebt, genau wie du und ich, und er erinnert sich an alles, was er gesehen hat.« Sie schwieg einen Moment und blickte empor zu dem Ästewirrwarr über ihnen. »Ich liebe den Wald.«

»Ich liebe dich«, sagte er aus einem Impuls heraus. Einfache Worte, einschüchternd und bedeutungsvoll.

Sie nahm seinen Kopf zwischen ihre langen Hände. Für einen Augenblick lachte sie einmal nicht. »Ich weiß.«

Sie erzählte nicht weiter, sondern packte die Reste des Frischlings in Michaels Jagdtasche.

»Mach das Feuer aus. Pinkel darauf, wenn du kannst. Deck es mit Erde zu. Das Blut auch. Wir müssen weiter.«

Er löschte die kleinen Flammen aus und bedeckte sie mit feuchter Erde. Als er fertig war, bestreute Cat die Stelle mit Laub und Zweigen, bis sie sich nicht mehr vom Waldboden unterschied. Der Geruch des Feuers und des Bluts lag immer noch in der Luft. Cats Nasenflügel blähten sich wie die Nüstern eines Rehs.

»Wir beeilen uns besser. Das Blut wird irgend jemanden anlocken, sogar am Tage.«

»Bringst du mich jetzt nach Hause?«

»In der Tat.«

»Wo ist denn dieser Durchgang? Müssen wir diesen Weg zurück?«

»Eine ordentliche Strecke. Etwa ein Tagesmarsch, nicht mehr. Nimm dein Messer.«

Es war schon fast Mittag, schätzte er. Seine Großmutter würde jetzt den Lunch vorbereiten.

Sie zogen weiter, Cat mit schwingenden Armen, frei und unbehindert, er selbst beladen mit Gewehr und Tasche, Stiefeln und Mantel. Michael Fay, der unerschrockene Eroberer.

Der Nachmittag brach an. Es war warm, und der Herbst zeigte sich nur in dem frischen Wind, der durch die Baumwipfel wehte. Ab und hörten sie ein Rascheln, bemerkten eine Bewegung im Unterholz oder schreckten ein Reh auf. Einmal beäugte sie eine große Ohreule von einem Eichenast aus. Sie trafen auch auf andere Dinge: auf einen Baum, der von Geißblatt und Heckenrosen überwuchert war, deren Blüten abgefallen waren. Am Fuß des Baumes lag ein Haufen Knochen und zerbrochene Speere. Michael nahm eine meisterhaft gearbeitete Speerspitze aus dem Haufen. Sie war blattförmig und rasiermesserscharf. Er sah Cat an, aber sie blickte finster und bedeutete ihm, die Klinge zurückzulegen. Sie sagte ihm, daß dieser Ort das Heiligtum irgendeines Stammes sei, das man am besten unberührt lasse.

Später kamen sie an eine kleine Waldlichtung, die langsam wieder von Baumschößlingen und Gestrüpp zurückerobert wurde. Zwischen der wuchernden Vegetation fanden sich die zerfallenden Überreste von Flechtwerkmauern, Strohdächern, grob gemauerten Steinöfen, zurückgelassenen Fellen und eine Grube voller Knochen und Schmeißfliegen. Und an einer Stelle saß eine eingetrocknete Leiche mit dem Rücken an einem Baumstamm. Aller Geruch war schon von ihr gewichen. Die Jahreszeiten hatten sie ausgedörrt. Aus irgendeinem Grund hatten die Tiere sie unbehelligt gelassen. Leere Augenhöhlen starrten aus einem schwarzen Gesicht auf das verlorene Dorf. Hautreste spannten sich wie ein Trommelfell über den Schädel.

Schweigen lag über der Lichtung, und die Sonne hatte sich hinter Wolken verzogen. Michael spürte, daß hier etwas Schreckliches geschehen war, irgendeine Katastrophe sich ereignet hatte. Er und Cat eilten wortlos weiter, ließen die Leiche auf ihrem Wachtposten zurück.

Der Wald wurde dichter und dunkler, und es bewölkte sich immer mehr. Sie mußten sich durch Dickicht kämpfen. Michael verfluchte die Jagdtasche, die immer wieder irgendwo hängenblieb, und schlug mit dem Lauf seines Gewehrs Äste zur Seite.

Regen. Zuerst war es nicht mehr als ein Hauch von Feuchtigkeit in der Luft, aber bald schon verdichtete er sich zu einem beständigen Nieseln, das Cats Haar an ihren Rücken klebte und ihren Umhang durchsichtig machte. Sie begann zu frösteln, und Michael gab ihr seinen Mantel. Dann gingen sie weiter. Michael ging voran, und Cat wies ihm immer wieder die Richtung.

Abend. Er hob sich langsam aus den Schatten der Bäume. Michael bezweifelte, daß sie in der letzten Stunde mehr als eine Meile zurückgelegt hatten.

»Wie weit noch?«

»Ich kann es dir nicht in Metern sagen«, sagte Cat kurzangebunden. Sie wischte sich den Regen aus den Augen. »Heute schaffen wir es nicht mehr.«

Noch eine Nacht im Wald. Und Michael war jetzt schon durch und durch naß. Er fluchte, und dabei fiel seine Stimme krächzend in eine tiefere Tonart. Sie waren beide verwirrt. Dann fing Cat an zu lachen.

»Ich hoffe, deine wunderbaren Streichhölzer sind trocken geblieben, mein Geliebter, sonst wird es eine unerfreuliche Nacht.« Sie zog ihn an sich heran und neckte seine Lippen wie eine Biene eine Fingerhutblüte. Ihr Gesicht war kalt, und Regen sammelte sich in den Einbuchtungen über ihren Schlüsselbeinen und rann zwischen ihren Brüsten hindurch. Er küßte die Tropfen fort und fuhr mit der Zunge über die steinharte Brustwarze unter dem Umhang. Dann hob sie zärtlich seinen Kopf.

»Dafür haben wir später genug Zeit. Jetzt brauchen wir einen Unterschlupf und ein Feuer.«

»Wir schlafen also heute nacht nicht auf einem Baum?«

»Wir werden es auf dem Boden riskieren. Wir brauchen das Feuer, es wird die Bestien fernhalten.«

Er brauchte sehr lange. Um ihn herum prasselte der Regen in den dunklen Wald. Er hatte seinen Mantel über eine kleine Pyramide aus Zweigen gelegt und zitterte vor Kälte so sehr, daß es ihm kaum gelang, ein Streichholz zu entzünden. Er verbrauchte eins der feuchten Zündhölzer nach dem anderen, bis schließlich eines zündete, und er vorsichtig das trockengeriebene Moos in Brand setzten konnte, das ihnen als Zunder diente. Rauch stieg ihm in die Haare und brannte ihm in den Augen. Aber sie hatten Feuer.

Cat hatte einen Unterschlupf errichtet, ein Gerüst aus Ästen, das sie mit Laub bedeckt und mit Schlamm abgedichtet hatte. Die Hütte sah aus wie ein behaarter Maulwurfshügel und stand so nah am Feuer, daß der Rauch hineindrang, aber sie drängten sich darin aneinander und aßen das kalte Schweinefleisch, das grau war von geronnenem Fett. Dann legten sie Holz auf das Feuer, bis die Flammen einen Meter hoch schlugen, und saugten die Wärme in sich auf.

Sie liebten sich in der feuchten Hütte im qualmverhangenen Licht des Feuers, und diesmal gruben sich Cats Finger wie Schraubstöcke in seine Schultern, und sie schrie so laut in den Regen und in das Rauschen der Bäume, daß er innehielt, aus Angst, sie verletzt zu haben. Aber sie drängte ihn fortzufahren, nicht aufzuhören, und sein Höhepunkt war wie eine heftige, blutrote Explosion in seinem Kopf, eine Meereswoge, die über ihnen zusammenschlug. Ihr Körper entspannte sich unter ihm, und sie küßte seine Augen, murmelte Worte in einer Sprache, die er nicht verstand. In seiner Nase war der Geruch von Pfefferminz und Schlamm, von Holzrauch und Sex. Für alle Zeit würde er die körperliche Liebe mit diesen Gerüchen in Verbindung bringen, und mit dem Geräusch der wind- und regengepeitschten Äste.

Und es würde dann eine andere Zeit geben oder gegeben haben, in der diese Gerüche ein Teil seines Lebens waren, und die Tiefen des Waldes die einzige Welt waren, die er kannte.

An einem Morgen dieser anderen Zeit lag Schnee auf den Hügeln, und das Leder ihrer Tasche war starr vor Frost. Es war, als sei auch das Leben des Waldes bei Tagesbeginn in einem Schwebezustand, schläfrig und steif vor Kälte.

Sie waren hier nahe am Rand, näherten sich dem Ende des Waldes und dem offenen Land, hinter dem eine Lücke in dieser Welt war, die den Rückweg durch die Höhle freigab, aus der sie vor so lange Zeit, wie es schien, aufgetaucht waren. Trotz seiner bleiernen Müdigkeit waren Michaels Sinne angespannt. Sie hatten keinen langen Weg mehr vor sich. Es wäre sinnlos, sich so kurz vor dem Ziel noch erwischen zu lassen.

Am späten Nachmittag löste sich ein Schatten aus den Bäumen, und Ringbone stand vor ihnen, wie er es versprochen hatte. Der durchdringende Geruch, der von ihm ausging, ließ die Pferde schnauben. Die langen Ohren von Cats Maultier zuckten.

»*Ca spel, ycempa*?« fragte Michael ihn. *Spel* war das Wort für Nachrichten, ein angelsächsisches Wort, aber Michael hatte schon lange den Versuch aufgegeben, die Sprache der Waldvölker zu klassifizieren. Altgälisch, gemischt mit Sächsisch und Norwegisch. Dazwischen vulgärlateinische Einsprengsel. Die Sprache löste irgendeine undeutliche Erinnerung aus. Alte Worte, deren Bedeutung ihm im Unterbewußtsein bekannt waren. Es kostete ihn große Mühe, die Worte seinem Verstand zu entreißen, dabei war es einmal die Sprache gewesen, in der er geträumt hatte. Der Grund dafür war, daß er so nah am Ziel war, so weit entfernt vom Inneren des Waldes. Mirkady hatte ihn davor gewarnt: daß der Wald Wurzeln und Fühler in das Bewußtsein schiebt, so sicher, wie die Bäume ihre Äste ausstrecken. Sie wichen langsam von ihm, zogen sich zurück, aber er glaubte, daß einige von ihnen immer dort sein würden, egal was die Zukunft für ihn bereithielt.

Ringbone meldete ihnen, daß das Land verlassen war, daß der Wetterumschwung die Geschöpfe des Waldes in ihre Bauten und Höhlen getrieben hatte. Sogar die Trolle verhielten sich still, bis der Kälteeinbruch vorbei war. Aber Geruch blieb bei solchem Wetter lange haften. Gutes Wetter für Jäger.

Der Schnee knirschte. Cat hatte ihr Maultier ein Stück vorangetrieben. Sie warf ihre Kapuze zurück.

»Wir sollten die Gelegenheit nutzen und weiterreiten, Michael, damit wir den Waldrand vor Einbruch der Dunkelheit erreichen. Es ist die letzte Gelegenheit für sie, uns aus dem Schutz der Bäume heraus anzugreifen.«

Er nickte. Dann sprach sie Ringbone in seiner eigenen Sprache an, und Michael verzog angesichts seiner Unfähigkeit, dem Gespräch zu folgen, unwillig das Gesicht. Der Fuchsmann schien ihr zuzustimmen. Er lief voran in die Bäume und bedeutete ihnen zu folgen. Ringbone war allein. Der Rest seines Stammes – diejenigen, die mit dem Leben davongekommen waren – war weitergezogen, denn dieser Teil der Welt gehörte nicht zu ihrem Gebiet.

Nach einer Weile standen die Bäume weniger dicht beieinander. Eine dicke Schneeschicht bedeckte den Boden zwischen den Bäumen. Es war eine große Erleichterung, reiten zu können, ohne ständig niedrigen Ästen ausweichen zu müssen und später über sich die ersten kaltfunkelnden Sterne am Himmel zu sehen.

Michael und Cat kamen an das Ende des Waldes, stiegen ab und blickten aus den letzten Ausläufern des Waldes hinaus auf eine unendlich wirkende Fläche, einen langsam ansteigenden Landstrich mit schneebedeckten Hügeln, auf denen das Sternenlicht glitzerte. Endlich offenes Land.

»Utwyda«, sagte Ringbone. Sein Atem bildete eine dampfende Wolke. Der Ort jenseits der Bäume.

Schnell griff die Kälte nach ihnen, und sie wandten sich der vertrauten Routine des Lageraufschlagens zu. Feuermachen, Unterschlupf, Pferde versorgen – jeder hatte seine zugewiesene Aufgabe. Eine knappe halbe Stunde später saßen sie im gelben Licht des knisternden Feuers. Sie aßen einen Hasen, den Ringbone gestern erwischt hatte, und lehnten sich dann wie die Fürsten zurück. Dunkel ragten die Bäume um sie herum auf. Auf der einen Seite war eine helle Stelle. Dort hörte der Wald auf, und die Hügel begannen. Sie würden morgen den Wald vierzig Meilen weit hinter sich zurücklassen, aber für heute rollten sie ihr Bettzeug zum letzten Mal im Laub aus. Es war Cats Welt, die sie hinter sich zurückließen, das Land, das sie am besten kannte und am meisten liebte. Es war auch Ringbones Welt. Michael fragte sich, ob Cat lieber mit ihm umkehren würde, zurück in die Wälder und zu der Elfenexistenz, die sie gewohnt war. Sie schob sich in Michaels Arme und lag dort wie ein Kind, während er sein Gesicht in ihrem herrlichen Haar vergrub, das jetzt fettig und verfilzt war.

Dort, am Lagerfeuer nach dem erschöpfenden Tagesritt, erzählte Ringbone ihnen eine Geschichte. Es war eine Geschichte, die Michael schon einmal gehört hatte, wenn sie damals auch von einem anderen Standpunkt aus erzählt worden war. Es schien der Ursprungsmythos aller Waldvölker zu sein, die Geschichte ihrer Entstehung. Er begriff sogar die Bedeutung der Wörter, da er sie so gut kannte. Er hatte den Verdacht, daß Ringbone ihnen die Geschichte erzählte, um sie zu trösten, wie auch sich selbst, hier am Rande des Waldes.

Es war eine Sage seines Volkes, aller Völker des Waldes und der Hügel. Sein Stamm bestand einst aus Kriegern, sagte er, sie hatten im Dienste der Menschen gestanden, die in den Dörfern und Festungen lebten. Aber sie waren ihrer Pflichten überdrüssig geworden – dem Kontrollieren der Herden und dem Eskortieren von Wagenzügen – und in den Wald gezogen, um dort ihr eigenes Leben zu führen. Einige der Frauen aus den Dörfern hatten sie mitgenommen. Sie hatten sich in kleine Gruppen aufgelöst, hatten sich zersplittert wie ein Baum nach einem Blitzschlag und sich zu Stämmen formiert: Dachs-Leute, Fuchs-Leute und die Wildschwein-Leute. Ihre Zahl hatte abgenommen, denn die Bestien des Waldes forderten zahlreiche Opfer. Während ihrer Abwesenheit waren Männer aus dem Norden, aus dem Land jenseits des Waldes in die Dörfer gekommen. Sie wirkten verloren und verwirrt und sprachen eine eigene Sprache. Sie berichteten, daß sie vor räuberischen Horden flüchteten, die über das Meer gekommen waren und das Land mit Brandschatzung überzogen hatten. Die Dorfbewohner nickten dazu, es erinnerte sie an ihre ältesten Legenden. Einige der Neuankömmlinge waren mit Roben bekleidet und trugen Kreuze. Die Kreuze hielten die Bestien in Schach, und so waren die Männer mit den Kreuzen den Einheimischen willkommen. Kirchen wurden gebaut, und die Brüder des Waldes errichteten ihre Siedlungen. Ringbones Volk aber wurde als heidnisch denunziert, nicht viel besser als Tiere, und man ließ sie nicht in die Dörfer, außer wenn Markttag war, denn ihre Waren – Felle und Bernstein, Jagdhunde und Flußgold – waren begehrt.

Die Stämme jedoch hatten nicht vergessen, daß sie und nicht die Brüder die wahren Beschützer des Landes waren. Sie waren es seit den Zeiten gewesen, als der Alte Mann, der Lahmfuß, sie über die schrecklichen Höhen der südlichen Berge gebracht hatte, durch den naßkalten Schrecken des Wolfswaldes und durch die Wälder des Südens. Sie waren aus einem Land des Schreckens und der Verfolgung gekommen, und der Alte Mann war verschwunden, nachdem er sie durch die Berge geleitet hatte, war zurückgekehrt zu den schneebedeckten Gipfeln, die nach Meinung der Dorfbewohner das Ende der Welt markierten. Sie hatten die Wahrheit vergessen, weil die Brüder in ihren Reden und Predigten behaupteten, daß alle Menschen aus dem Norden stammten, von jenseits von Utwyda. Aber die Stämme erinnerten sich an die Wahrheit, wußten, daß diese Brüder von einem anderen Ort, vielleicht aus einer anderen Welt stammten, während die wahre Heimat aller Menschen des Waldes der Süden war, das Land jenseits der schrecklichen Berge, ein Land der Brandschatzung und des Schreckens, wo verlorene Städte auf großen Hügeln lagen, und wo schlimmere Monster als Trolle durch die verlassenen Straßen strichen. Die Angehörigen der Stämme waren dort gottgleiche Wesen gewesen, hatten merkwürdige Waffen aus Holz und dem schwarzen Metall – Eisen – geführt, dem Metall, das die Wyrims mit einem Streich erledigte.

An dieser Stelle griff Ringbone in seinen Beutel und brachte ein Bündel aus Hirschleder zum Vorschein. Er faltete das Bündel vorsichtig auseinander. Hier war ein Teil einer solchen Waffe, sagte er, und zeigte ehrfürchtig einen Gegenstand vor. Er sah aus wie ein überdimensionaler Ring aus altem Eisen, rostzerfressen und im Laufe der Jahrzehnte hauchdünn geworden. Der Ring hatte einen Durchmesser von ungefähr drei Fingern. Michael hatte schon mehrfach ähnliche Gegenstände gesehen, Erbstücke, die die Stämme daran erinnerten, wer sie einst gewesen waren. Ritter, dachte er. Sie waren von Rittern zu Wilden geworden, und sie haben es nach all der Zeit noch im Hinterkopf.

»*Temuid gewenian*«, sagte Ringbone schließlich und packte das Metallstück wieder in seinen Beutel. Wir werden zurückkehren. Und das war das Ende der Geschichte.

Michael übernahm die erste Wache und machte ein großes Feuer, um ihre letzte Nacht im Wald in Schach zu halten.

Am nächsten Tag wurden sie durch Vogelgezwitscher geweckt und marschierten dann zwei Stunden durch den feuchten Morgen, bis sie den kleinen Fluß und die feuchtglänzenden, massiven Steinquader der Brücke weit entfernt vor sich sehen konnten. Es dämmerte schon langsam, als sie die Brücke erreichten. Sie passierten Michaels Hütte, als die ersten Sterne am Himmel erschienen. Als sei es ein Traum gewesen, als sei die Zeit, die sie in der Anderen Welt verbracht hatten, nie vergangen.

Hinten auf den Wiesen blökte das Vieh. Cat gab Michael einen Abschiedskuß.

»Ich komme wieder«, sagte sie und war verschwunden.

KAPITEL NEUN

»Zeit«, hatte Cat zu Michael gesagt, »Zeit ist wie ein See. Du kannst hingehen und ihm eimerweise Wasser entnehmen, damit herumspritzen, es austrinken oder wegschütten, und wenn du wieder zum See kommst, wird der Wasserspiegel immer noch der gleiche sein, und sogar die kleinen Wellen, die du verursacht hast, werden wie weggewischt sein.«

Er betrat das Haus am gleichen Abend, an dem er es verlassen hatte, den Schmutz der beiden Tage an dem Anderen Ort noch immer an den Kleidern. Er kam zu spät zum Essen, und Tante Rachel schlug die Hände überm Kopf zusammen, als sie ihn erblickte.

»Jesus, Maria und Joseph!«

Danach mußte er die zerbrochene Flasche erklären. Seine Großmutter stand mit verschränkten Armen vor ihm und hörte sich seine Lügen und Halbwahrheiten mit einem Gesichtsausdruck an, der ihn glauben ließ, daß sie ihm vollstes Verständnis entgegenbrachte. Großvater und Mullan blieben gedankenvoll rauchend am Feuer sitzen, aber Michael sah, wie Pats alte Augen abschätzend den dreckverkrusteten Gewehrlauf taxierten.

Ein Bad wurde eingelassen, und er wurde schleunigst hineinbefördert. Am ganzen Körper war er schmutzig, sogar unter der Kleidung. Als er an seinem Arm schnupperte, roch er Minze, Mädchen und Rauch. Er genoß das dampfende Wasser und fragte sich, wo sie jetzt war, in welcher Welt, unter welchen Bäumen.

In seinem Beutel war kaltes Schweinefleisch, fiel ihm ein. Er mußte es am Morgen irgendwo loswerden.

Ein anderer Morgen, in einer anderen Welt. Vor wenigen Minuten hatte er einen Wald verlassen, über dem eine helle Sonne stand, und jetzt war er hier an einem Ort, an dem dunkle Nacht hinter dem Fenster lag. Er konnte auf dem Hof die Laternen der Männer blitzen sehen, die zu ihrem nächtlichen Kontrollgang zu den Tieren auf der Weide aufbrachen.

Auf jeden Fall war er müde. Das Schlafen im Wald schien gar kein richtiges Schlafen zu sein, vielmehr eine Art halbbewußten Dämmerns. Er gähnte.

Wohin war er geraten? Was war dieser Ort, an den sie ihn gebracht hatte, mit seinen Monstern und Wäldern? Und wieviel von dieser Welt gab es hier, in seiner eigenen Welt? Gab es eine Trennlinie zwischen den Welten, die durchlässig wurde, oder lag es nur an ihm, waren es seine Phantasien, die niemand sonst sehen konnte?

Irgend etwas hatte diese Falle im Wald verbogen, irgend etwas Großes. Und er hatte in jener Nacht diesen schrecklichen Schatten im Hof gesehen. Er hatte den Schädel eines seiner Artgenossen ausgegraben.

Nein. Es war gleichzeitig real und irreal. Es war dort, wartete auf ihn, und Cat wollte, daß er es betrat, seine Wunder erlebte. Daß er eine Reise in das Wunderland machte.

Die Schule hatte wieder angefangen.

Es war kaum zu glauben, wie die Tage verflogen, ohne besondere Ereignisse vorbeigingen und den Spätsommer zum Herbst werden ließen. Der Sommer schien im Eiltempo vorbeigerast zu sein. Jetzt würde die Zeit wieder langsamer vergehen. Michael verbrachte lange Stunden der kürzer werdenden Tage in der Enge des Klassenzimmers, mit dem Geruch von Kreide und muffigen Büchern, mit den Stimmen seiner Mitschüler. Aber nie verließ ihn der Gedanke daran, daß es mehr gab – daß nur ein paar Herzschläge entfernt eine ganze Welt lag. Sie brodelte in einem Winkel seines Bewußtseins wie ein Kochtopf auf dem Herd.

Grammatik, Algebra, Trigonometrie, Irisch, Religion. In

diesen Fächern wurde er unterrichtet, unverdrossen im Einklang mit dem Rest der Klasse, den Blick draußen auf den gelblichen, abgeernteten Feldern hinter den kleinen Fenstern.

Geschichte, Frühgeschichte, die Bezähmung des Feuers durch Feuerstein und Holz, die Flora und Fauna einer längst verschwundenen Wildnis, das Anfertigen von Werkzeug, Begräbnissitten, Hügelgräber. All dies brachte er sich in einem ungeordneten Streifzug durch verschiedene Bücher und durch seine Gespräche mit Mullan bei. Es war ein wirres Lernen ins Blaue hinein, mit großen Lücken auf manchen Gebieten und überflüssigem Detailwissen auf anderen. Aber es war wichtig – daran glaubte er fest. Es befriedigte seinen wachsenden Appetit auf das Außergewöhnliche, nährte aber ebenso den Glauben seiner Mitschüler an seine Exzentrizität. Miss Glover schien ihm mit einer seltsamen Mischung aus Ermutigung und Tadel entgegenzutreten. Sie hatte ihm Bücher geliehen, aber es waren die falschen Bücher gewesen; er hatte sie ihr ungelesen zurückgegeben. Nichts, was sie tat, schien ihm zu passen, er blieb entschlossen, sich immer tiefer in seine selbstgewählten Forschungsgebiete einzuarbeiten. Mit anderen Themen beschäftigte er sich nur oberflächlich. Aus Verwunderung wurde bei ihr Verärgerung und Wut. Michael mußte jetzt öfter nachsitzen, brütete allein in der Stille des Klassenzimmers über einem verzwickten mathematischen Problem, während Miß Glover böse an ihrem Pult saß, und der helle Tag draußen verstrich.

Seine Großmutter und seine Tante bestraften ihn zusätzlich, wenn er nach Hause kam, so daß er sich immer mehr eingesperrt und umzingelt vorkam. Um sich instinktiv selbst zu schützen, tat er stumpfsinnig, was man ihm auftrug. Manchmal fragte er sich, ob Cat einen Fluch über ihn gelegt hatte.

Sie war verschwunden und hatte ihn allein gelassen. Es gab kein Zeichen von ihr am Fluß oder an der Brücke, und der Wald war leer. Vielleicht hat es etwas mit der Jahreszeit zu tun, überlegte er, es schien überhaupt kein Leben mehr im Wald zu geben. Viele Vögel hatten sich nie dorthin verirrt, aber es hatte immer Spuren anderer Waldbewohner dort gegeben – Kaninchenkot, von Eichhörnchen geknackte Nüsse, Gewölle von Eulen und die Hufspuren und Pfotenabdrücke natürlich. Jetzt gab es dort nichts mehr als den Wind, der immer heftiger wurde. Das Dach von Michaels Hütte war eingefallen, und die Scheite in seiner Feuerstelle waren schwarz, steinhart und kalt.

Etwas anderes jedoch war auffällig. Die Hütte war nicht von selbst eingestürzt, sondern eingerissen worden; die Stützpfosten waren zerbrochen und zersplittert. Und auf dem Boden neben der Hütte war ein undeutlicher Fußabdruck, dem Fuß eines Menschen ähnlich, aber mit Klauen an den Zehen und ohne die Krümmung zwischen Ferse und Fußballen – ausgepolstert, wie die Pfote eines Hundes.

Michael richtete sich auf, nachdem er die Untersuchung des Abdrucks beendet hatte, und starrte zwischen die Bäume. Sie waren schon fast kahl, und der Wald war voll fallender Blätter. Er spürte, daß er nicht allein war, daß ihn da draußen jemand beobachtete. Jemand, der ihm nicht freundlich gesonnen war, der ihm übelwollte. Er traute dem Gewehr nicht mehr als Verteidigungsmittel, nicht nach der Nacht, in der er im Wald auf dieses Wesen geschossen hatte, und danach hören mußte, wie es sich unversehrt entfernte. Hier herrschten andere Gesetze. Dies war ein weiterer Grund, nach Cat Ausschau zu halten. Er mußte mehr wissen, Dinge, die er in den Büchern nicht gefunden hatte. Zum Beispiel, wie man Werwölfe bekämpft. Wie man das Böse vertreibt.

Die Erde drehte sich langsamer, ging einer dunkleren Jahreszeit entgegen. In den Hecken hingen taunasse Spinnennetze wie Perlenschnüre, und die Tropfen funkelten im Morgenlicht wie aufgereihte Edelsteine. Der September verstrich, Laub fiel von den Bäumen, und die ersten Vorboten der Kälte legten sich über die Welt. Bald war es morgens frostig, und weißer Rauhreif ließ das Gras unter den Schuhen knistern. Michael ging zur Schule. Im Klassenzimmer standen den Kindern weiße Atemwolken vor dem Mund, bis ihre Körperwärme und der Ofen einen angenehmen Mief entstehen ließ.

Der Oktober kam, und die Kälte packte Michaels schläfrige Glieder, wenn er sein Bettzeug zurückwarf; das Wasser in der Waschschüssel war eiskalt. Die ersten Feuer brannten tagsüber im Haushalt, wurden zuerst zögernd angefacht, dann mit beständiger Routine, als der Kälteeinbruch nicht vorüberging. Michael liebte diese Morgen, wenn er zu seinem Porridge in die große Küche hinunterkam, wo viele Menschen am Tisch saßen und sich unterhielten, während die Flammen rot und freundlich in der offenen Feuerstelle loderten. Danach draußen spürte er die frische Kälte der Luft, die die Gerüche des Schulwegs wie gefroren festzuhalten schien: Melasse und Kreosot, Dung und Heu, Hafer und Pfeifenrauch. Sie durchzogen den Morgen wie eine Parfummischung, und über allem lag schwach der Geruch der Kälte, nach fallenden Blättern. Herbst, und in seinem Gefolge der Winter.

Für Michael war es ein Verbrechen, solche Morgen in der Schule zu verbringen. Unruhig wand er sich und zappelte auf seinem Stuhl, stieß lautlose Flüche aus und konnte bald keinen klaren Gedanken mehr fassen. Wenigstens einmal in der Woche bekam er Strafarbeiten auf, weil er nicht richtig aufpaßte, aber das war immerhin angenehmer, als einen Brief an seine Eltern mit nach Hause nehmen zu müssen. Rachel behielt ihn dann am Küchentisch und beobachtete ihn wie ein gut genährter Habicht, bis er die Aufgaben mit den blöden Buchstaben, die Zahlen darstellen sollten, gelöst hatte. Danach war es natürlich schon dunkel, und der Tag war vorüber. Er konnte sich in den Hinterhof vor die Tür stellen, durch die ihm Licht aus dem Haus in den Rücken fiel, und dem entfernten Rauschen des Flusses lauschen, dem Ruf einer Eule, dem Schrei der vorbeisausenden Fledermäuse, die einen letzten Flug vor dem Winterschlaf unternahmen. Dort draußen gehörte er eigentlich hin – mit Cat an seiner Seite. Nachts träumte er von ihr, von dem Druck ihrer Finger an seiner Schulter und vom rhythmischen Miteinander ihrer Körper im Laubbett unter rauschenden Bäumen.

Der Oktober ging ins Land, und dunkel und feucht betrat der November die Bühne. Michael empfand den Oktober immer als einen schönen Monat, eine bunte Abfolge von warmen Tagen mit den ersten Zeichen einer frischen Kälte und dem Ende der langen Tage. Ein Vorbote des Kommenden, aber ein wohlwollender.

November war ein dunkler Monat, ein kalter Monat, in dem mit den ersten Schneefällen gerechnet werden mußte. Michael sah ihn als das Ende des Jahres an, als eine merkwürdige Zwischenphase, die nicht vor Weihnachten – oder Winteranfang, je nachdem wie man es sah – enden würde. Im November setzte die richtige Kälte ein, begannen die Tage, in denen der Weg zur Schule ein kalter Leidensweg war.

In der Nacht eines solchen Tages lag Michael in seinem Bett und lauschte dem Wind, der über die Giebel des Hauses strich. Seit dem Nachmittag war es stürmisch gewesen, und als er sich durch die Böen von der Schule nach Hause gekämpft hatte, war er vollkommen durchnäßt von den Regenschauern, die der Wind vor sich herpeitschte. Seine Wangen glühten, und die Schulbücher wurden vor Feuchtigkeit wellig. Jetzt lag er im Warmen, das Bettzeug bis unter das Kinn gezogen, und betrachtete durch das Fenster am Fußende des Bettes das Schimmern der vorbeiziehenden Wolken über den schwarzen Schatten der Farmgebäude. Ein rechteckiges Lichtmuster fiel durch die Ritzen in der Tür eines der Gebäude – wahrscheinlich Mullan, der sich um

Fancy kümmerte, sie mit einem Büschel Stroh abrieb. Sie schwitzte immer in stürmischen Nächten.

Die anderen Gebäude lagen im Dunkeln. Der Wind fegte über die Farm, heulte um die Dächer und ließ die Balken knacken. Er zerrte an Michaels Fenster, versuchte hineinzugelangen und drehte sich in merkwürdigen Luftzügen über den Boden des Zimmers, denn dies war ein altes Haus, das mit den Jahreszeiten auf vertrautem Fuß stand. Es schien mit dem Wind einen Kompromiß abgeschlossen zu haben, ließ kleine Windwirbel und Zugluft hinein, stemmte sich aber wie ein Fels den schlimmsten Böen entgegen. Wenn Michael die Augen schloß, konnte er sich vorstellen, daß er sich auf hoher See befand, auf einem sturmumtosten Schiff, dessen Rumpf durch die mächtigen Wogen ächzte, aber nicht nachgab, während der Wind die Masten bog. An der Leeseite toste eine weißschäumende, mörderische Brandung gegen eine unbekannte Küste.

Dieses Geräusch aber entstammte nicht seiner Einbildung: ein heftiges Pochen ganz in der Nähe und das Klirren des Fensters.

Er setzte sich auf, und wurde sofort von dem gleißenden, silbrigen Mondlicht geblendet, das durch das Fenster flutete. Der Halbmond war mittlerweile aufgegangen, und die Wolken rasten an ihm vorbei. Draußen auf dem Fensterbrett war ein dunkler Umriß, eine Gestalt, die eine Hand gegen die Scheibe preßte. Zwei grüne Lichter funkelten aus einem Gewirr von kapuzenähnlichem Haar.

»*Laß mich rein, Michael*!«

»Jesus!«

Wieder ein Schlag mit der offenen Hand gegen die Fensterscheibe. Die Gestalt drehte den Kopf, um in den Hof hinunterzublicken, und er erkannte das vertraute Profil. Das Mondlicht schien aus ihren Augen zu funkeln wie das Licht einer Lampe, das sich in den Augen einer Katze widerspiegelt.

»Michael, bitte! Sie sind hier, unter mir. Sie riechen mich. Laß mich rein!«

Er war wie gelähmt. Sie kauerte auf dem Fensterbrett wie ein zum Sprung geducktes Tier, und der schreckliche Glanz in ihren Augen ließ sie wie die eines Untiers leuchten. Das Mondlicht gab ihrem Gesicht einen wilden Ausdruck, verursachte ein Wechselspiel von Hell und Dunkel, um das herum die Haarsträhnen flogen.

»*Bitte!*«

Das Flehen in ihrer Stimme löste den Bann. Er sprang nach vorne über das Bettzeug und fingerte an dem Fensterriegel herum. In dem Gesicht, das nur ein paar Zentimeter vor ihm auf der anderen Seite der Scheibe war, lag Anspannung und Furcht – aber auch noch ein anderer Ausdruck. Triumph?

Er schob das Schiebefenster mit einem Ruck nach oben, und sofort fegte ein heftiger Windstoß in das Zimmer. Cat sah ihn aus ihren brennenden Augen eindringlich an.

Es gibt Schlimmeres als Sünder auf der Welt.

Warum hatte er plötzlich eine solche Angst, warum überlief es ihn heiß und kalt, und warum hockte sie noch immer auf dem Fensterbrett, als würde sie jeden Moment abstürzen?

»Du mußt mich einladen, Michael.«

»Was?«

»Dies ist ein altes Haus, und der Glaube in ihm ist stark. Ich kann nicht hineinkommen, wenn du mich nicht dazu einlädst. Bitte mich hinein! Schnell!«

Ich bin ein gefallenes Mädchen. Ich habe eine Todsünde begangen, Michael.

Warum gingen ihm diese Dinge durch den Kopf?

»Dann ... dann komm herein. Ich lade dich ein.«

In Sekundenschnelle war sie im Zimmer und schlug das Fenster hinter sich zu. Sofort flaute der Sturm ab und wurde zu einem entfernten Rauschen über dem Dach. Michael kroch auf dem Bett zurück, bis er das Kopfteil an seinem

Rücken spürte. Ihre Augen leuchteten immer noch grünlich. Sie sah aus wie ein geschmeidiges Raubtier, die schwarze Mähne fiel ihr ins Gesicht. Ein durchdringender Moschusgeruch ging von ihr aus, der die Sinne benebelte wie ein schwerer Wein. Eine entfernte Stimme in Michaels Kopf fragte ihn ruhig, was für ein Wesen er in das Haus seiner Großeltern eingeladen hatte.

Auf allen vieren kroch sie mit funkelnden Augen über das Bett, hinter sich das Mondlicht. Als sie sich vom Fenster entfernte, erlosch das Licht in ihren Augen. Sie grinste ihn an, und ihre strahlend weißen Zähne blitzten hell in der Dunkelheit. Ihr Haar strich über sein Gesicht, als sie sich auf ihn setzte, sich über ihn beugte und ihr Gesicht an seinen Hals schmiegte, ihn dort leckte und dann so hart auf den Mund küßte, daß er den Druck ihrer Zähne spürte. Ihr Geruch umhüllte ihn, nahm ihm die Sinne.

»Ich habe dir gesagt, daß ich zurückkommen würde.« Ihre Stimme war sanft wie ein Schnurren.

»Wer ist da draußen? Wer ist hinter dir her? Die Wölfe?«

»Ja. Sie treiben sich an den Grenzen deiner Welt herum. Sie haben mich vom Rand des Waldes an verfolgt. Aber das ist jetzt egal. Hier bin ich sicher. Sie können das Haus nicht betreten. Ich muß bis zum Morgen hierbleiben, Michael.«

Sie knöpfte seine Pyjamajacke auf und küßte seine Brust, bewegte sich so auf ihm, daß diese herrliche Erregung über ihn kam, wie eine Ladung statischer Energie.

Er hörte, wie die Wölfe draußen im Hof heulten ... oder war es nur das Heulen des Sturms? Er lauschte angespannt, aber Cat beruhigte ihn mit leisen Worten. Mit einer raschen Bewegung streifte sie ihren Umhang über den Kopf, und er sah ihre dunklen Brustwarzen auf der hellen Haut, den verschwommenen Fleck des Nabels zwischen ihren glatten Bauchmuskeln. Sie war dünn, die Hüftknochen standen deutlich hervor, und ihre Rippen waren sichtbar. Er fuhr mit der Hand darüber, spürte die Knochen.

»Bist du in Ordnung, Cat?«

Sie schwieg für einen Moment lächelnd – ein richtiges Lächeln, ohne den raubtierhaften Zug ihres üblichen Grinsens. Ein Zeigefinger berührte seine Nasenspitze.

»Seltsame Zeiten, Michael. Für jeden. Auf der ›Anderen Seite‹ ist alles in Bewegung, liegt alles mögliche in der Luft.«

»Wirst du mich noch einmal mitnehmen dorthin? Ich möchte es wiedersehen. Ich möchte dorthin zurück.«

Sie wirkte plötzlich erschöpft. Die Spannung erstarb. Ihre Haut fühlte sich unter seiner Hand kalt an.

»Laß mich schlafen. Laß mich heute nacht bei dir liegen.«

Er dachte daran, daß seine Großmutter ihn am Morgen wecken würde. Morgen war ein Schultag. Wieder umfing ihn dieses Gefühl, ein Gefangener zu sein.

Er zog sie an sich heran und zog die Bettdecke über sie. Sie preßte sich an ihn, schob ihren Kopf dicht an seine Schulter.

»Wenn es dämmert, werde ich verschwunden sein«, sagte sie leise.

Wieder fort. »Für wie lange? Wann wirst du wiederkommen, Cat?«

Sie murmelte etwas, schon fast im Schlaf. Draußen im Hof wurde die Stalltür zugeschlagen. Mullan auf dem Weg zurück ins Haus. Der Wind heulte gespenstisch um die Gebäude und rüttelte an seinem Fenster.

»Cat, ich komme mit dir. Ich werde auch fortgehen. Ich möchte nicht mehr hierbleiben. Cat?«

Sie schlief. Er küßte ihr auf den Kopf. Ihr Gesicht war so eng an ihn gepreßt, daß er ihr Lächeln nicht sehen konnte.

Es war in der dunklen Stunde vor der Morgendämmerung. Der Wind fegte immer noch über die Farm, als Michael sich im Kerzenlicht ankleidete. Cat saß nackt auf dem Bett, die Arme um die angezogenen Knie geschlungen, und beobachtete ihn. Sorgfältig wählte er seine Kleidung aus: warme Sachen für das Leben im Freien, dicke Socken und robuste

Stiefel. Er dachte an seine Großeltern, an Mullan, Sean und sogar an seine Tante Rachel.

»Ich werde zurück sein, bevor sie überhaupt merken, daß ich verschwunden bin, nicht wahr, Cat?«

Sie zuckte mit den Schultern und streifte ihren Umhang über. Schließlich mußte er an Rose denken, an ihr teuflisches Grinsen, das so sehr dem Grinsen dieses Mädchens hier glich. Wo mochte sie sein? Gab es jenseits der Dinge einen Ort, wo es sie noch gab, von wo aus sie ihn beobachtete? Vielleicht in einer anderen Art von Hölle. Das war ein weiterer Grund zu gehen.

Cat küßte ihn, nahm seinen Kopf in die Hände und drückte ihm die Lippen auf die Augen.

»Komm. Die Wölfe sind vielleicht noch in der Nähe. Wir müssen schnell machen.«

Zusammen gingen sie in den Flur. Cat glitt geräuschlos über die Bodenbretter, aber Michaels Schuhe polterten laut genug, um ihn zusammenzucken zu lassen. Doch der Wind überlagerte diese Geräusche. Der Regen war weitergezogen, aber der Sturm peitschte immer noch die Bäume unten am Fluß. Bis hierhin hörten sie das Brechen der Zweige und das Ächzen der Stämme.

Dann waren sie in der Küche, hatten die Schläfer oben hinter sich gelassen. In der Feuerstelle war noch ein schwaches Glühen, davor hingen Kleider zum Trocknen. Michael fröstelte bei dem Gedanken daran, die Sicherheit des Hauses gegen den Sturm der Nacht da draußen einzutauschen.

Er nahm die alte Ölhaut an sich, die sein Großvater ihm überlassen hatte, seine Jagdtasche und ein Dutzend Kleinigkeiten, die das Leben an dem Anderen Ort leichter machen würden: Streichhölzer, ein Messer, Kerzen, Seife (Cat hob erstaunt die Augenbrauen) und das Gewehr mit einer Schachtel Patronen (Sie blickte finster).

Cat ging in die Spülküche und stöberte dort herum. Es schepperte und klirrte.

»Was machst du da?« zischte er.

Sie erschien mit einer eisernen Bratpfanne, einem wohlgefüllten Sack und einem Seilende, das sie grob zusammenlegte.

»Verpflegung und so etwas. Nimm das, dann werde ich mal einen Blick vor die Türe werfen.«

Das Gewicht zerrte an ihm, er fühlte sich unbeholfen und behindert und fluchte lautlos.

Cat öffnete die Hintertüre einen Spalt breit und spähte vorsichtig hinaus. Der Wind strich ihr das Haar aus der Stirn. Draußen herrschte eine bläuliche Finsternis, die Nacht war bereit, dem Morgen zu weichen. Der Himmel war klar.

»Ich glaube, sie sind fort«, sagte sie schließlich. »Wir können gehen.«

»Bist du sicher?« Er spürte jetzt ein deutliches Zögern in sich, begriff, daß dies seine letzte Chance war, der Moment der unwiderruflichen Weichenstellung. Wenn er jetzt durch diese Tür ging, würde diese behagliche Küche nie wieder die gleiche Sicherheit geben wie bisher. Seine Welt würde eine andere sein.

»*Komm jetzt*, Michael!«

Cat war schon vor der Tür. Ihr Haar flatterte im Wind, als sei es lebendig, und ihr Umhang blähte sich um ihre Hüften. Laub stob über den Hof wie die Asche eines alten Feuers, und das Ächzen des windgepeitschten Holzes verdichtete sich zu einem beständigen Knirschen.

»Schon gut, schon gut.« Er ging hinaus, und der Wind schlug die Tür hinter ihm zu.

Mit zusammengekniffenen Augen schlichen sie über den Hof. Er dachte an die Wildnis, auf die er schon einmal einen Blick hatte werfen können, und dabei kam ihm eine verrückte Idee.

»Warte eine Sekunde, Cat!« rief er in den Sturm.

»Was ist los?«

Er schob den Riegel an der Flügeltür des Stalls zurück. Ein warmer Duft nach Pferd und Heu schlug ihm entgegen. Fancy stampfte unsichtbar im Inneren des Stalls.

»Wir nehmen ein Pferd mit, Cat. Dann können wir drüben reiten.«

»Michael, warte ...«

Aber die Idee ließ ihn nicht mehr los. Er holte Zaumzeug und Sattel und schob der Stute den Daumen in das Maul, um ihr das Beißstück anlegen zu können. Cats Eile hatte ihn angesteckt, darum arbeitete er, so schnell er konnte. Es war berauschend, dies hier zu tun, diese verrückte Sache, alle seine Bedenken waren verflogen. Er lachte, als er die verwirrte Stute sattelte, den Sattelgurt festzog und sie schließlich in den sturmumtosten Hof führte.

Es begann langsam zu dämmern, das Dunkelblau des Himmels wurde über den Bergen heller. Die richtige Dämmerung würde bald kommen, und sein Großvater würde bald erwachen, wenn er nicht schon aufgestanden war. Cat nahm Michaels Habseligkeiten an sich, und zusammen polterten sie vom Hof wie betrunkene Diebe. Die Stute sträubte sich heftig gegen Michael, der sie am Zügel hinter sich her zog. Sie schien zu wittern, was ihr bevorstand.

»Wo gehen wir hin?« fragte Michael.

»Zur Brücke. Durch die Brücke führt der beste Weg.«

Die Brücke. »Aber Cat ...«

Sie ignorierte ihn und rannte wie ein Blatt, das der Sturm vor sich hertreibt, auf die Senke zu, wo der Fluß weiß in der Dunkelheit schäumte.

»Verdammt noch mal, Cat!« Er rannte ihr nach, die Stute tänzelnd im Schlepptau. Auf dem nassen Gras der Wiese kamen sie nicht mehr so gut voran. Er ließ das Tor hinter sich offen, eine undenkbare Sache, aber er konnte Cat nur noch verschwommen zwischen den Bäumen am Fluß erkennen. Sie ließ ihn einfach zurück.

»Warte!«

Er fluchte, schob einen Fuß in den Steigbügel und schwang sich in den Sattel, während sich Fancy nervös drehte. Dann preßte er ihr die Hacken in die Flanken und trieb sie vorwärts. Die Stute machte einen Satz und galoppierte auf die Bäume zu. Sie kamen wie eine Mauer auf sie zu, aber er verringerte das Tempo nicht. Er beugte sich tief über den Hals des Tieres, als die ersten Äste über seinen Kopf hinwegfegten, und spornte Fancy weiter an.

Der Grund fiel jetzt steil ab, und die Stute rutschte fast auf dem Hinterteil den Abhang hinunter, sprang in kurzen Sätzen über Baumstümpfe und Stämme, die dort lagen. Michael ließ sie sich selbst den Weg suchen. Sie war hellwach, hatte die Ohren angelegt, und in ihren Augen leuchtete das Weiße. Die Hufe rutschten und schlidderten durch Schlamm und Laub.

Dann lief ein Zucken durch das Pferd, und es machte einen mächtigen Satz. Für einen Augenblick hatte er den Eindruck des freien Falls, dann stiegen eiskalte weiße Schaumfontänen um sie herum auf, und Wasser stand ihm bis an die Hüfte. Sie waren an der tiefen Stelle des Flusses, und die Strömung trieb sie schnell auf die Öffnung unter der Brücke zu, die mächtig und massiv wie der Turm einer Festung vor ihnen lag und das Wasser mit ihrem Maul verschlang.

Fancy schlug aus. Sie reckte die Nüstern in die Luft, und Wasser strömte an ihrem Hals entlang. Michael rutschte aus dem Sattel und klammerte sich an ihrer Mähne fest. Das eisige Wasser drohte ihn zu ersticken. Er stieß üble Flüche zwischen seinen klappernden Zähnen hervor, überzeugt davon, daß Cat ihn in Stich gelassen hatte und ihn hierhin geführt hatte, damit er ertrank.

Aber da stand sie am Ufer. Sie hatte seine Sachen umgehängt und sprang in das tosende Wasser.

»Cat!«

Und da war sie, klammerte sich am Sattel fest, die Haare in Strähnen im Gesicht wie Seetang. Er brüllte, um das Toben von Fluß und Sturm zu übertönen.

»Wo bist du gewesen? Warum hast du nicht auf mich gewartet?«

Sie wies zum westlichen Ufer. Er rieb sich das Wasser aus

den Augen und erblickte den Schwarzen Reiter zwischen den Bäumen. Sein Kopf zeichnete sich deutlich vor dem blasser werdenden Himmel ab. Er beobachtete sie.

»Herr im Himmel!«

Dann waren sie vorbei, wurden von der Strömung weitergetragen, in die dunklen Tiefen der Brücke und hindurch in eine andere Welt.

Teil Zwei
Im Wolfswald

KAPITEL ZEHN

Er lag für einen Moment da und beobachtete die Lichtmuster, die die Scheinwerfer der Autos an die Decke zeichneten, lauschte dem Knattern der Motoren und den Stimmen der Menschen, die sogar noch zu dieser späten Stunde zu hören waren; die Geräusche der Stadt.

Er lag allein im Bett. Rücksichtsvoll von ihr, zu gehen, bevor der Morgen die Dinge schwierig machte – jedenfalls, wenn seine Brieftasche nicht mit ihr verschwunden war.

Sie war noch da. Er ging nackt durch das kleine Zimmer und spähte durch die Schlitze der Jalousie. Mit einer Hand tastete er nach den Zigaretten auf der Anrichte. Es war heiß in dem Zimmer, und er spürte klebrigen Schweiß in den Achselhöhlen; aber wenn er die Fenster öffnete, würde das Rauschen des Verkehrs zu einem Dröhnen anschwellen, und Abgasgestank würde die abgestandene Luft schwängern. Dann lieber schwitzen. Noch immer konnten diese nächtlichen Geräusche ihn wach halten, konnte ein Knacken auf dem Flur ihn senkrecht im Bett auffahren lassen.

Wieder der Traum. Er war es, der ihn hatte wach werden lassen.

Er zündete eine Zigarette an und inhalierte dankbar den blauen Rauch. Seine Finger zitterten, die Asche fiel auf den Boden. Nach all dieser Zeit immer noch das gleiche. Wie viele Jahre waren vergangen?

Er fuhr sich mit der Hand durch das Haar. Er war noch immer ein bißchen betrunken, hatte einen säuerlichen Geschmack in seinem trockenen Mund. Er wünschte sich kurz, er könnte nicht so viel vertragen. Diese Expeditionen ins Reich des Alkohols waren ein teurer Spaß, und Gott wußte, daß er sich das kaum leisten konnte. Außerdem hatte er die vage Ahnung, daß auch seine Gesundheit langsam dahin ging. Dieses Husten am Morgen, diese Kurzatmigkeit, die ihn in letzter Zeit überkam, wenn er Treppen stieg oder ein Stück laufen mußte. Vielleicht lag es an der Stadt. Er atmete sie Tag und Nacht ein, absorbierte Betonstaub und Smog, konnte förmlich spüren, wie sich sein Blut verdickte und seine Adern enger wurden. Manchmal dachte er, daß wenn er hier fortginge, zurück zu den Bäumen und Gräsern und all die anderen Pflanzen, daß er das Gift der Stadt dann einfach ausspucken konnte und wieder achtzehn sein würde. Das wäre doch was.

Aber es gab Schatten unter den Ästen der Bäume, erinnerte er sich, und dort leuchtete nachts nur der Mond. »Die Wolfssonne« hatte Cat ihn genannt. Er wandte sich vom Fenster ab und ließ sich wieder auf das Bett fallen. Er wünschte sich jetzt, daß dieses dumme Mädchen geblieben wäre, um ihn durch die dunklen Stunden zu geleiten, um ihn festzuhalten und bis zum Morgengrauen irgendeinen Unsinn zu erzählen.

Es war nicht fair, daß er angenommen hatte, sie hätte ihn bestohlen, dachte er. Sie war süß gewesen, jung und ein bißchen leichtsinnig. Die dunklen Augen waren es gewesen, die ihn eingefangen hatten, die bewirkt hatten, daß seine Nackenhaare sich gesträubt hatten. Eine weitere Verwechslung. Das war nichts Neues. Er war völlig auf ein bestimmtes Aussehen fixiert, auf den Schwung einer Augenbraue, den Farbton von Haaren. Es war zur Gewohnheit geworden.

Wie hatte sie geheißen?

Egal. Der andere Name war zu deutlich in seinem Kopf. Dieses Gesicht, dieses Grinsen. Cheshire Cat und seine Reise durch das Wunderland.

Sie war verschwunden. Er hatte sie zurückgelassen, hatte gesehen, wie ihr Schatten kleiner und kleiner geworden war, während er davontrieb. In seine eigene Welt. Sie hatte ihn durch ein seltsames Land geführt, einen schrecklichen Ort, der sie fast umgebracht hatte, von dem er seitdem träumte. Dieser gräßliche Traum, der ihn zurückbrachte in seine

Kindheit, in ein anderes Land. Jesus, er haßte die Dunkelheit, die offenen Plätze. Nur im hellen Trubel der Stadt fühlte er sich sicher, bis heute. Aber es war merkwürdig – und beunruhigend –, daß die Erinnerungen so schnell und deutlich zurückkehrten. Er erinnerte sich an Dinge, die er längst vergessen oder verdrängt geglaubt hatte. Seltsam.

Vielleicht lag es an den Dingen, die er gesehen und getan hatte. Dem Töten. Oder vielleicht war es nur eine Erinnerung an Cat. Und da war wieder ihr Gesicht.

Er zog noch einmal an der Zigarette. Er hatte Jahre damit verbracht, zu vergessen, zu verneinen, daß es jemals geschehen war (und bei Gott, es hätte genauso gut ein Traum sein können), aber es gab kein Entkommen vor diesem Alptraum. Bruder Nennians Gesicht, bevor er starb. Die Schrekken jenes Tages.

Man kann mit der Erinnerung keinen Handel abschließen, dachte er. Sie hält alle Trümpfe in der Hand. Da gibt es nichts zu gewinnen.

Er sah auf die Uhr. Fast drei. In knapp zwei Stunden würde es dämmern, und am Morgen mußte er zur Arbeit gehen. Großartige Aussicht.

Aber da war noch ein Schluck Whiskey in der Flasche, bemerkte er. Etwas, um seinen Verstand zu betäuben. Er leerte die Flasche in drei Zügen, spürte, wie das feurige Zeug seine Kehle hinunterrann und sich wohlige Wärme in seinem Bauch ausbreitete. Das war besser. Das traf den Punkt.

Mit finsterer Miene legte er sich wieder hin. Hatte er es gestern abend wirklich geschafft, oder hatte er versagt – und sie war deshalb vorzeitig aufgebrochen? Er konnte sich verdammt noch mal nicht daran erinnern.

Zum Teufel damit. Noch ein namenloses Gesicht und noch eine schlaflose Nacht. Das Heulen von Polizeisirenen vor dem Fenster, das sich dann langsam wieder entfernte.

Das Zerbrechen einer Flasche, Lachen und schnelle Schritte. All dies geschieht, dachte er benommen. Es ist alles hier.

Er erinnerte sich an kaltes Wasser und an die Stute, die sich wie ein Hund schüttelte. Er erinnerte sich an Cats glänzendes Gesicht, an den Anblick des ersten Morgenlichts über den Wäldern und Hügeln einer anderen Welt.

»Wir sind da«, sagte sie. »Wieder zurück.«

Er stand auf. Kaltes Wasser stand in seinen Stiefeln und rann seinen Rücken hinunter. Er begann zu frösteln, denn sie standen im Schatten einer Baumgruppe, und die Sonne war noch nicht mehr als ein heller Schimmer hinter ihren Wipfeln. Die Kälte der Nacht lag noch über der Flußsenke. Neben ihm schüttelte Fancy sich und überschüttete ihn mit einem Tropfenregen. Sie wirkte verwirrt.

Sie waren anscheinend aus einer Höhle gekommen. Der Fluß war hier ruhiger als an dem Ort, den sie verlassen hatten. Das Wasser glitt ungebrochen um Steine und Baumwurzeln herum, plätscherte selbstgefällig vor sich hin. Der Höhleneingang war dunkel, tief wie das Maul der Brücke auf der anderen Seite. Er sah irgendwie unheilverkündend aus.

»Komm«, sagte Cat. »Hier werden wir noch erfrieren.«

Sie ging los. Michaels Gewehr, der Sack mit den Vorräten und andere Dinge hingen von ihren schmalen Schultern, und Wasser tropfte aus ihrem Haar. Wortlos nahm Michael die Stute am Zügel und folgte ihr. Das eisige Wasser quietschte in seinen Stiefeln.

Sie stiegen einen steilen, kiefernbewachsenen Abhang hoch, schritten über die weichen, trockenen Nadeln der Bäume, die den Boden bedeckten. Majestätisch hob sich die Sonne aus dem Wald und warf ihr Licht auf die Baumstämme. Das Licht war klar wie Glas und ließ jede Einzelheit der Umgebung deutlich hervortreten. Sie hörten keine Geräusche im Wald, außer denen, die sie selbst verursachten. Die Stille war wie ein Rauschen in Michaels Ohren. Vielleicht war da ein leichtes Säuseln in den Wipfeln der höchsten Kiefern, aber das war alles.

Sie erreichten das Ende des Abhangs. Fancy schnaubte und saugte die klare Luft in ihre Nüstern. Sie rasteten hier, an einem Platz, der der Anfang eines unendlichen Landes zu sein schien.

Der Wald öffnete sich, und die Bäume wurden spärlicher, erstreckten sich in kleinen Gruppen über eine weite Landschaft von zerklüfteten Hügeln und Tälern, die sich vielleicht dreißig Meilen weit vor ihnen ausdehnte. Dann rückten die Bäume wieder zusammen und bildeten einen dichten, zusammenhängenden Wald, der das Land in Richtung Süden so weit das Auge reichte bedeckte. Meilenlange Nebelschwaden hatten sich in den Tälern gebildet, und das Morgenlicht legte einen goldenen Schimmer über sie, so daß der Wald in der Sonne zu dampfen schien. Nebel und Dunst schwebten um jeden Hügel, und die Luft war so klar, daß Michael den Eindruck hatte, jede Lichtung, jede Schneise, ja sogar jeden einzelnen Baum deutlich erkennen zu können. Es war, als betrachtete er ein unglaublich detailliertes Gemälde durch ein Vergrößerungsglas.

»*Weoldwyd*«, sagte Cat.

»Was?«

»Der Wildwald, Michael. Er erstreckt sich fast durchgehend von hier bis zu den großen Bergen im Süden. An den Ausläufern der Berge geht er in den Wolfswald über, einen schlimmen Ort, wo es Werwölfe gibt und böse Kreaturen in den Bäumen lauern. Ich habe dir von den Völkern erzählt, die im Wald leben – die Stämme und die Dorfbewohner, die Wandersippen. Und das Waldvolk natürlich: die Wyrims.«

Ein Wind strich durch die Kiefern, und Michael fröstelte wieder. »Was ist mit dem Schwarzen Reiter? Was kann ihn davon abhalten, auf dem gleichen Weg hierher zu gelangen wie wir und uns zu verfolgen?«

Cat schüttelte den Kopf. »Ich glaube nicht, daß er vorhat, uns zu fangen, keinen von uns. Er beschattet uns, kommt uns aber niemals zu nah. Im Moment beobachtet er nur. Es sind seine Günstlinge, die Wölfe und ähnliche Wesen, die die Arbeit für ihn machen.«

»Großartig«, murmelte Michael. Aber er war seltsamerweise in einer geradezu euphorischen Stimmung. Es war schon damals so gewesen, als er hier gewesen war, obwohl es jetzt greifbarer war. Vielleicht lag es an der kristallklaren Luft, dem Licht auf dem Morgentau; oder an dem Geruch des Kiefernharzes im Wind und dem großartigen Panorama zu seinen Füßen, in dem alles unter der aufgehenden Sonne zum Leben erwachte, als sei es der erste Morgen dieser Welt, und als seien Cat und er die einzigen, die es beobachten konnten. Er hätte vor Begeisterung singen können, aber er küßte statt dessen Cats kalte Lippen und wurde mit ihrem berühmten Grinsen belohnt.

»Wir werden anfrieren, wenn wir noch lange hier stehen. Mir ist nach einem Feuer und einem anständigen Frühstück zumute. Was hältst du davon?«

Er nickte bereitwillig, und sie gingen den Hang hinunter, dahin, wo die Bäume etwas Schutz boten, und wo sie Holz in rauhen Mengen finden konnten.

Diesmal gab es keinen Frischling am Spieß, aber etwas ähnliches: Speck, der in der Pfanne brutzelte, und Brot, um das Fett aufzuwischen. Michael war klug genug gewesen, die Streichhölzer in einer wasserdichten Dose aufzubewahren, und die toten Äste, die überall herumlagen, waren trokken wie Zunder. Ihr Feuer loderte hoch und war fast rauchlos. Um das Feuer herum trockneten ihre Kleider an Ästen, die sie in den Boden gerammt hatten, und sie saßen nackt daneben und genossen die Wärme, während die Stute zufrieden in der Nähe graste. Die Umgebung schien völlig menschenleer zu sein. Es gab Vögel – Michael erkannte den Ruf von Amsel und Drossel –, und ein Hase setzte sich für einen Augenblick auf die Hinterbeine, um sie zu beobachten, aber keine Spur von Menschen. Keine Straßen, kein Rauch, kein Lärm.

»Keine Schule«, sagte Michael glücklich. »Keine Algebra, keine Trigonometrie, keine Grammatik.«

Cat hob fragend eine Augbraue, aber sie war mit dem Speck beschäftigt, zuckte zusammen, als Fett ihr auf die Arme spritzte.

»Ich bin frei«, fuhr Michael fort. »Ich kann tun und lassen, was ich will.«

»Dann könntest du mir zum Beispiel helfen«, sagte Cat. »Halt einmal die Pfanne – hier. Es ist fast fertig.«

Sie frühstückten in der unglaublichen Stille, wischten mit königlicher Geste das Fett mit Brot aus der Pfanne. Ein Distelfink zwitscherte ihnen von einem nahe stehenden Baum aus zu und nahm schließlich seinen Mut zusammen und hüpfte auf der Suche nach Krümeln zwischen ihren Füßen herum. Michaels Lachen verscheuchte ihn. Er stand auf, genoß die Wärme auf seiner Haut, den kobaltblauen Himmelsdom über seinem Kopf und das kühle Gras unter seinen Füßen. Er fühlte sich wie neugeboren, unbesiegbar, und jeder Atemzug war so köstlich wie Wasser aus einer Gebirgsquelle. Cat lachte über ihn, und er warf sich auf sie. Sie rollten kichernd durch das taunasse Gras und liebten sich, als wäre es eine gewohnte Gefühlsaufwallung – schnell und ohne nachzudenken.

»Wohin also?« fragte er, als sie schließlich ruhig mit dem Kopf an seiner Brust lag. »Wohin gehen wir jetzt?«

»Wohin du willst.«

Wohin du willst. Er konnte ein ganzes Leben an diesem Ort verbringen und dann an dem Morgen wieder nach Hause kommen, an dem er aufgebrochen war. Sie hatten alle Zeit der Welt.

»Cat, du weißt doch, wo wir sind, nicht wahr? Du kennst dich doch hier aus?«

»Wir sind in den Hügeln nördlich des Wildwaldes, weit von allem entfernt. Ich kann nicht vorhersehen, wohin sich ein Durchgang öffnet. Die Brücke in deiner Welt ist ein Durchgang, der sich nie verändert, und das gleiche gilt für die Höhle hier auf der Seite, aber die anderen Durchgänge kommen und verschwinden, erlöschen und erscheinen ohne System und Regelmäßigkeit. Wir müssen uns auf den Zufall verlassen.«

»Wie ist es mit dem Rückweg?« fragte Michael. Unwillkürlich spürte er Furcht.

»Um am gleichen Ort und zur gleichen Zeit wieder in deine Welt zu gelangen, müssen wir durch die Höhle schwimmen. Dann kommen wir an der Brücke wieder in deine Welt.«

Das war wenigstens beruhigend. Michael starrte in den leeren Himmel. Es lag Kälte in der Luft, eine herbstliche Kühle, die nicht einmal das prasselnde Feuer vertreiben konnte. Cat lag warm und leicht auf ihm. Fancy graste in der Nähe, als sei sie zu Hause auf der Weide. Es war ein merkwürdig beruhigender Anblick.

Sie verbrachten den ganzen Tag im Schutz der Bäume, trockneten ihre Kleidung und zogen Bilanz, überlegten, wohin sie gehen sollten und was sie unternehmen sollten. Michael hatte das seltsame Gefühl, daß er nicht nur hier war, um sich alles anzusehen. Er war sicher, daß es einen Grund für seine Anwesenheit gab, und er war davon überzeugt, daß dieser Grund sich bald offenbaren würde.

»Du mußt die halbe verdammte Speisekammer ausgeräumt haben«, sagte er zu Cat, als der Nachmittag sich dem Abend zuneigte, und er Abendstern hell und klar an den Himmel stieg. Er kramte in dem Sack, den sie im Haus seiner Großeltern gefüllt hatte. Speck und Brot, Äpfel und Marmelade, Käse, Haferkekse und ein zerdrückter Apfelkuchen, der Stolz seiner Großmutter. »Kein Tee«, sagte er. »Was sollen wir trinken?«

»Wasser. Was sonst?«

»Sicher ... hey, wart mal, Cat. Das ist Diebstahl.«

Sie sah ihn mit unschuldigen Augen an und zog ein Paar

Kniehosen von Onkel Sean über die Hüften. Eines seiner alten kragenlosen Hemden lag neben ihr.

»Ich mußte mal etwas Neues zum Anziehen haben, Michael.« Sie knöpfte die Hosen bis über ihren Nabel zu und band sie mit einer Kordel fest um den Bauch. Ihre Brüste hüpften, als sie sich nach dem Hemd bückte, und sie registrierte mit einem schelmischen Lächeln Michaels unverfrorenen Blick.

»Was ist das für ein Benehmen, mein Lieber?«

Michael murmelte etwas von Schamlosigkeit, schüttelte dann den Kopf und verließ das Feuer, um die Stute näher an das Licht zu holen. Es wurde dunkel. Plötzlich sah er Cat in einem hübschen Kleid vor seinem inneren Auge, mit Schuhen an den Füßen und einem Hut auf dem Kopf, aber unter dem Hutrand war Roses Gesicht. Ihm wurde klar, daß er sich nicht länger sicher sein konnte, daß er Rose vor sich sah. In seinem Kopf waren beide Gesichter zu einem verschmolzen, und dieser Gedanke gefiel ihm nicht.

Fancy schnupperte an ihm, und er fütterte sie mit einem Apfelkern und fuhr ihr mit der Hand durch die Mähne. Für so ein hochrassiges Pferd wirkte sie erstaunlich ruhig. Vielleicht lag es an der Stille hier, obwohl der Wind jetzt wieder etwas auffrischte. Er hörte es in den Ästen. Das Land erstreckte sich in einer unendlichen Leere in den Süden. Keine Lichter, keine Autos; kein Geräusch außer dem der erwachenden Eulen. Mullan würde es lieben. So war die Welt gewesen, bevor der Mensch seine Spuren hinterlassen hatte – schön und unberührt. Und gefährlich, erinnerte er sich. Seltsame Wesen schlichen durch das Mondlicht. Das sollte man besser nicht vergessen.

»Sind wir hier sicher?« fragte er Cat, als er wieder zum Feuer ging. »Gibt es hier etwas, vor dem wir heute nacht Wache halten sollten?«

Sie erhitzte den zerbröselten Kuchen in der fettigen Pfanne, in der sie ihr Frühstück zubereitet hatten, und die

Nachtluft war erfüllt von dem Geruch nach Äpfeln und Gebäck.

»Hier draußen sind wir sicher. In den Wäldern müssen wir aufpassen, wie du wissen solltest.« Sie hob ihr Gesicht in die blaue Nacht und zu den überhängenden Zweigen der Büsche. »Aber hier werden wir Ruhe haben, wenn du keine Angst vor Eulen hast.«

Er setzte sich neben sie, und zusammen fischten sie dampfende Kuchenstücke aus der Pfanne und steckten sie sich mit verbrannten Fingern gegenseitig in den Mund. Cats neue Kleider verströmten einen vertrauten Geruch, obwohl sie im Fluß naß geworden waren. Nach gebügeltem Leinen und Seife. Ihr eigener Geruch – wenn das das richtige Wort war – stieg aus der Halsöffnung des Hemdes, unpassend wie ein Wolf in einem feinen Salon.

Nachdem sie gegessen hatten, betteten sie ihre Köpfe auf Fancys Sattel und hüllten sich in die Satteldecke, während das Feuer vor ihnen knisterte.

»Morgen brechen wir auf zum Wildwald«, murmelte Cat in Michaels Armen. »Dann sind wir endlich wieder unter richtigen Bäumen.«

Michael gähnte. Das offene Land machte ihn müde. Holzrauch und Apfelkuchen, Pferd und Leinen. Die Geruchmischung war so gut wie ein Schlaflied.

»Was immer du sagst«, sagte er zu ihr und schlief augenblicklich ein.

Am Morgen war ihr Haar spröde vor Kälte, und Rauhreif hatte die Umgebung in eine glitzernde weiße Märchenlandschaft verwandelt, auf der die Sonne schimmerte. Michael hüpfte zitternd auf der Stelle, während Cat grummelte, weil er ihr seinen wärmenden Körper entzogen hatte. Ihre rosafarbene Nasenspitze erschien über dem Deckenrand, und sie warf ihm einen mißbilligenden Blick zu.

»Mach um Himmels willen Feuer, Michael, und hör auf herumzuhüpfen wie ein Frosch auf einem heißen Stein.«

Seine Zähne klapperten zu sehr, als daß er hätte antworten können, und große weiße Atemwolken dampften vor ihm in der Luft. Er kniete nieder, um die warme Asche im Herzen des Feuer wieder zum Leben zu erwecken. Ein weiteres der wertvollen Streichhölzer wurde zu diesem Zweck geopfert.

»Erledigt«, sagte er zu Cat. »Du kannst jetzt herauskommen. Es ist ein herrlicher Morgen.«

»Es friert zum Steinerweichen, und ich bleibe liegen, bis der Frost nachläßt.«

Michael zuckte mit den Schultern und begrüßte Fancy, der es gut zu gehen schien. Dann starrte er nach Süden, wo der frostbleiche Teppich des Waldes die Hügel überzog.

Der Wildwald.

Cats Arme umfingen ihn, er spürte kalte Finger auf seinem Bauch und warmen Atem an seinem Ohr.

»Er ist wild, Michael. Wir müssen immer daran denken. Er ist nicht wie die Wälder in deiner Welt. Der Mensch ist dort nicht der Herrscher. Es gibt in den Tiefen des Waldes Wesen, die älter sind als die Menschheit, und nicht alle von ihnen sind gutartig.« Sie küßte ihn im Nacken.

»Was bist du, Cat? Bist du eines dieser Wesen, ein Wechselbalg oder so etwas?«

Sie ließ die Arme sinken und gab ihn frei. »Das geht dich nichts an.« Sie wandte sich dem Feuer zu. »Du sattelst am besten dein Pferd. Wir haben heute einen ganz schönen Weg vor uns.«

Er beobachtete sie, während sie die Pfanne mit rauhreifüberzogenem Gras auswischte. »Weißt du, warum ich hier bin, Cat? Warum geschieht das mit mir?«

Sie schwieg für einen Moment und kaute auf ihrer Lippe. »Ich weiß, daß der Schwarze Reiter irgendwie mit dir in Verbindung steht. Er will etwas von dir.«

»Was?«

»Woher soll ich das wissen? Ich bin nicht gerade häufig in seiner Gesellschaft.« Für einen Moment hatte er den Eindruck, daß sie noch mehr sagen wollte, aber dann preßte sie die Lippen zusammen, und ihr Mund wurde zu einem schmalen Strich.

»Wer ist er?«

»Der Teufel.«

»Bist du dir dessen sicher, Cat? Weißt du, was der Teufel ist?«

Sonnenlicht fing sich in ihren Augen, als sie ihn ansah, und sie schimmerten smaragdgrün. Die Pupillen waren nicht größer als Stecknadelköpfe.

»Man sagt, daß er der Vater aller Wyrims im Wildwald ist, daß wir seine Kinder sind. Die Leute aus den Dörfern behaupten das.«

»Wyrims?« fragte er.

»Einigen bist du schon begegnet. Dem Troll. Dem Werwolf. Sie gehören beide zu den Wyrims. Und denk an den Morgen, als ich den Frischling erlegt habe. An dem Tag hat das Baumvolk dich beobachtet, aber sie haben dich in Ruhe gelassen, weil du mit mir unterwegs warst.«

Er erinnerte sich an das heulende Gelächter in den Ästen, an die spinnenhaften Glieder, an das spitze Gesicht, das er kurz gesehen hatte.

»Wozu gehörst du denn, Cat? Du siehst aus wie ich. Normal.« Meistens jedenfalls, fügte er in Gedanken hinzu.

»Ich gehöre zu ihnen, Michael. Ich gehöre auch zu diesem Land; sein Lebenssaft fließt in meinen Adern. Baumsaft und alter Zauber – das ist der Stoff, aus dem ich gemacht bin. Ich weiß nicht, wann ich geboren wurde, oder ... oder von wem, was für ein Zuhause ich hatte, oder wie lange ich schon auf der Erde bin.« Sie betrachtete für einen Moment ihre schlanken Hände. »Es gibt noch mehr von meiner Sorte. Die Dorfbewohner nennen uns Geister, Wechselbälger. Sie meiden uns, wenn sie einmal Kenntnis von unserer wahren Natur haben – aber ich bin so wirklich wie ich sein kann, wenn du hier bist. Ich liebe dich, Michael. Genügt das nicht?«

Tränen brannten wie grünes Feuer in ihren Augen. Überrascht bückte Michael sich und nahm sie in die Arme.

Sie war real; er spürte ihre Muskeln und Knochen unter seinen Händen. Sie war aus warmem Fleisch und Blut, und er würde ihr bis zum Tor der Hölle folgen, wenn es sein mußte.

Abwechselnd ritten sie Fancy auf ihrem Weg nach Süden. Einer ging immer neben dem Pferd durch das feuchte Gras der Hügel, während der andere wie ein Fürst auf Fancys Rücken thronte. Die Sonne stieg am Himmel empor, und es wurde wärmer; ein feiner, klarer Tag, der an einen frühen Septembertag erinnerte.

Sie sahen Rehe, die in Rudeln an den Flanken der Hügel grasten. Über ihnen zogen Turmfalken ihre Kreise, und Hasen schreckten aus dem Gras auf, wenn sie sich näherten.

»Keine Menschen«, sagte Michael. Es war merkwürdig, so gutes Land ungenutzt zu sehen. Keine Hecken, keine Felder. Er staunte die ganze Zeit.

»Niemand lebt so weit im Norden, weil es hier die meisten Durchgänge zwischen den beiden Welten gibt. Manchmal kommen merkwürdige Wesen durch die Öffnungen – nicht nur Menschen, wie die Brüder, sondern auch fremdartige Bestien. Für die Menschen des Waldes ist dies hier eine verhexte Gegend.«

Michael zog die Stirn in Falten und schüttelte den Kopf.

»Was ist los?« fragte Cat.

»Jetzt weiß ich, woher die ganzen Sagengestalten kamen. Sie stammen von hier, gehören zu diesem Waldvolk, von dem du erzählt hast, sind Werwölfe und all das. Bei uns zu Hause gibt es sie nur noch in den alten Mythen, aber hier sind sie wirklich, aus Fleisch und Blut.«

»Aus Fleisch und Blut«, wiederholte Cat. Sie schien nicht

bei der Sache zu sein, blickte hinüber zu der dunklen Linie des Waldes am südlichen Horizont.

Sie marschierten und ritten den ganzen Tag weiter, aßen unterwegs Haferkekse und tranken aus Bächen. Cat gelang es, mit einer blitzschnellen Handbewegung eine Forelle aus einem Bach zu fischen. Michael staunte mit offenem Mund. Mullan hatte immer behauptet, daß das möglich war, aber er hatte es nie geglaubt.

Sie zogen weiter, als die Schatten länger wurden, und hielten schließlich am Rande des Wildwaldes an. Unter den Bäumen war es stockfinster, wenn man vom Leuchten der Glühwürmchen und dem Phosphoreszieren des Mooses absah. Michael wurde wachsamer. Trotz Cats finsterem Blick lud er das Gewehr. Als Abendessen verzehrten sie ihre Forelle zusammen mit dem restlichen Brot und Käse. Dann lagen sie eng umschlungen vor dem Feuer und lauschten den Geräuschen des Waldes, während Fancy nervös im Laub scharrte und in der Luft schnupperte.

»Sie sind hier, Michael«, sagte Cat.

»Was? Wer?« Seine Hand fuhr zum Gewehr, aber sie packte ihn am Handgelenk und hielt ihn mit erstaunlicher Kraft fest.

»Sei ruhig, Liebster. Dir passiert nichts, solange ich hier bin.«

»Wer ist es, Cat?«

Sie antwortete ihm nicht. Das Haar auf seinem Kopf sträubte sich, und das Herz klopfte ihm bis zum Hals. Er begann ein Vaterunser zu murmeln.

Cat wand sich wie vor Schmerz. »Nein! Hör auf damit! Sei still!« Sie hielt ihm eine Hand vor den Mund.

In den Bäumen gab es ein Geräusch, ein Rascheln wie von einer plötzlichen Brise.

»Mirkady«, sagte Cat mit weicher Stimme.

»Ich bin hier, Schwester«, sagte eine Stimme aus der Dunkelheit. Michael zuckte zusammen. Auf einmal ertönte überall um ihn herum ein Raunen und Kichern, zum Teil mit den hohen Stimmen von Kindern, zum Teil in tiefem Bariton.

»Was hast du getan, Schwester?« fragte jemand.

»In welcher Gesellschaft sie reist!« gurgelte ein anderer.

»Seht, wie er um sich blickt«, warf ein dritter ein.

»Ich rieche Eisen an ihm«, sagte eine tiefe Stimme, und dann herrschte wieder Stille. Aber Michael spürte ein Huschen und Gleiten in der Dunkelheit, hörte das leise Rascheln von Bewegungen. Und es glühten viele Augen aus der Nacht jenseits des Feuerscheins. Einige waren groß wie Golfbälle, andere winzig wie Glühwürmchen. Sie bewegten sich ununterbrochen, blinzelten und zwinkerten ihm zu. Er sah sich mit wildem Blick um und bemerkte, daß sie aus den Baumwipfeln auf ihn hinunter starrten. Ein Zweig sauste durch das Licht der Flammen und traf ihn am Kopf. Fröhliches Gekicher ertönte. Cats Arme umschlossen ihn.

»Laßt ihn in Ruhe. Er gehört mir.«

Etwas zog an seinem Fuß. Er erblickte für eine Sekunde eine dürre schwarze Gestalt von der Größe eines Kindes. Wieder erhob sich Gelächter.

»Hör auf, Mirkady«, sagte Cat, und ihre Augen glühten jetzt so hell wie die in den Bäumen. »Laß ihn in Ruhe.«

»Was spielst du für ein Spiel, Schwester Catherine?« flötete Mirkady mit piepsiger Stimme. »Warum bringst du einen eisentragenden Sterblichen in den Wildwald? Haben wir dir nichts beigebracht?«

»Ich möchte seine Augen«, sagte eine Stimme.

»Seine Zähne gehören mir – für eine Halskette.«

»Nein«, sagte Cat mit fester Stimme.

»Er ist aus der Welt, aus der die kahlen Männer gekommen sind. Ich kann es an ihm riechen.«

Ein langgezogenes kollektives Knurren ertönte zwischen den Bäumen. Michael riß sich aus Cats Umarmung los und sprang auf die Beine. Sein Instinkt befahl ihm loszurennen, aber bevor er einen Schritt gemacht hatte, zischte etwas über seinen Kopf, und eine Art Lasso legte sich um seinen Oberkörper und schnürte ihm die Arme an den Rumpf. Er wurde nach vorne gerissen, während ein wildes Durcheinander aus Rufen und Schreien ertönte und hinter ihm Cat wütend ihre Stimme erhob. Mit dem Kopf voran stürzte er in das Laub, modrige Erde drang ihm in Nase und Mund. Er kämpfte gegen seine Fessel an, während knochige Hände ihn zwickten und an ihm zerrten, schmerzhaft an seinen Ohren zogen und Finger in seine Augen stachen. Er war jetzt genauso wütend wie verängstigt, kam auf die Knie und brüllte seine Quälgeister zornig an. Glockenhelles Gelächter brandete um ihn, und er wurde wieder zu Boden gezogen. Diesmal schlug er mit der Stirn auf eine Wurzel, und helle Blitze fuhren durch seinen Kopf. Er roch Blut. Er stöhnte vor Schmerz und spürte ein Gewicht auf sich; es schien ein Kind zu sein, das auf seinem Rücken einen Steptanz aufführte. Dann ertönte ein Kreischen, und der unsichtbare Tänzer verschwand. Hände halfen ihm auf die Beine, rücksichtsvoll, aber mit unglaublicher Kraft. Er blinzelte die Tränen aus den Augen, bis er wieder etwas sehen konnte.

Da war Cat. Sie hielt einen lodernden Ast aus dem Feuer in der Hand und sah wütend aus. Neben ihr stand ein phantastisches, vogelscheuchenartiges Wesen, das höchstens einen Meter groß war. Es hatte schwarze Haut und senkrecht stehende schlitzförmige Augen, die grün leuchteten. Die scharfgeschnittene Nase wirkte wie aus dem Gesicht gemeißelt, die Ohren waren spitz und lang, und die lockigen Haare auf seinem Kopf waren so dünn, daß sie wie eine Moosschicht wirkten. Das Wesen trug derbe Kleidung aus pelzbesetzten, gefärbten Fellen, die mit zahlreichen glänzenden Perlen, Quarz- und Bernsteinbrocken und den Schädeln kleiner Tiere verziert waren – Mäuse, Maulwürfe und Eichhörnchen. Es stank nach modrigem Laub und Erde, nach Herbst, hatte den Geruch des Waldes selbst an sich.

Michael richtete seine Aufmerksamkeit auf die Hände, die ihn aufrecht hielten. Sie waren kräftig, vierfingrig und behaart, mit dicken, scharfen, klauenähnlichen Nägeln. Er verdrehte den Kopf, um den Besitzer dieser Hände zu sehen, und sah hinauf – und noch weiter hinauf – in ein breites, häßliches Gesicht mit einer gewaltigen Nase, zwei strahlenden Augen, spitzen Ohren und einer Unterlippe, die feucht hinunterhing, weil zwei große Fangzähne aus dem Mund ragten.

»Jesus, Maria und Josef«, sagte er.

»Ich bin Mirkady«, sagte die kleine Gestalt. Sie grinste, und Michael konnte gleichmäßige, gelbe Zähne sehen, die sich von einem spitzen Ohr zum anderen zu erstrecken schienen. »Mein Freund hier heißt Dwarmo, ein gutherziger Geselle, wenn er auch nicht der Hellste ist. Schwester Catherine hat uns dazu überredet, dir etwas mehr Achtung entgegenzubringen.«

Er nickte der riesigen Gestalt hinter Michael zu, und das dünne Seil löste sich und fiel zu Boden.

»Sie hat uns auch zu verstehen gegeben, daß ihr hier im Wildwald ein wenig Unterstützung gebrauchen könntet, und ich denke mir, wir sollten ein Häppchen essen und ein Schlückchen trinken und erst dann ein wenig plaudern, wenn die Bedürfnisse des Körpers befriedigt sind. Was sagst du dazu, großer Mann?«

Cat schien besorgt und angespannt zu sein, so als wollte sie etwas sagen, aber ihre Fackel warf zuckende Schatten auf ihr Gesicht, so daß man nicht sicher sein konnte. Michael tastete nach den Fußabdrücken auf seinem Rücken.

»Nun gut, einverstanden.«

Das Grinsen verstärkte sich, und Mirkadys Gesicht schien nur noch aus Zähnen und glühenden Augenschlitzen zu bestehen. »Dann werden wir dich nach Hause einladen ...« Im Hintergrund plapperten Stimmen, die sofort zum Schweigen gebracht wurden. » ... und dir die Gastfreundschaft des Waldvolkes anbieten.« Damit verbeugte er sich tief, setzte sein dünnes Bein einen Schritt vor und senkte den Kopf, bis die Nase fast die Kniescheibe berührte. Ohne Vorwarnung erlosch Cats Fackel, und man sah nur noch das

Glühen des Lagerfeuers, das merkwürdig weit entfernt zu sein schien. In dem schwachen Licht wirkten Mirkadys Züge abstoßend wie die eines Wasserspeiers. Er trat einen Schritt vor und winkte Michael mit seinem langen, krummen Zeigefinger zu sich herunter.

»Deine Gefährtin sorgt sich um dich, weißt du. Man verärgert sie besser nicht. Sie ist ein feines Mädchen, aber ein bißchen zu impulsiv.« Er legte den Finger an seine Nase und zwinkerte Michael verschwörerisch zu.

»Was?«

Aber Mirkady hatte sich schon abgewandt.

»Nach Hause, nach Hause – zu Gallows Höhle!« schrie er, und der Ruf wurden von vielen Stimmen aufgenommen. Hinter Michael stimmte Dwarmos tiefer Baß ein. Er kicherte wie ein gutmütiger Bär. Cat ergriff Michaels Hand.

»Cat, was geht hier vor? Wer sind diese Leute? Sie kennen dich.« *Schwester Catherine*.

Sie drückte seine Finger, bis die Knochen knackten.

»Es sind Freunde, Michael. Bleib in meiner Nähe, und es wird dir nichts geschehen.«

»Nach Hause, nach Hause, zu Gallows Höhle!«

»Müssen wir mit, Cat?« Sein Aberglaube, tief verwurzelt wie eine Religion, schnürte ihm fast die Kehle zu.

Sie blieb stehen, nahm seinen Kopf zwischen die Hände, und küßte ihn ruhig auf den Mund. »Wir haben keine andere Wahl.«

»Nach Hause, nach Hause, zu Gallows Höhle!«

KAPITEL ELF

Feen. Diese Wesen mußten Feen sein. Allerdings waren sie ganz anders als die Feen in den Büchern, die Michael gelesen hatte. Sie hatten keine hauchdünnen Flügel, keine durchsichtigen Kleidchen und keine zarten, blassen Glieder. Waren keine schmetterlingshaften Jungfrauen, die Nektar anboten. Diese Wesen hier waren handfest und verwachsen wie die Figuren auf einem Gemälde von Bosch. Sie sprangen, hüpften und tanzten durch den Wald, so daß Cat und Michael weiterzogen, als bewegten sie sich durch eine fieberhafte Rackham-Illustration. Dieser Eindruck wurde noch von den Tausenden von Glühwürmchen verstärkt, die um sie herumschwärmten wie winzige chinesische Papierlaternen, die zum Leben erwacht waren.

Kobolde, beschloß Michael. Es waren Kobolde. Und Trolle, dachte er, und blickte auf den riesigen Dwarmo mit seinem langzähnigen Grinsen.

Mirkady hatte Cat ›Catherine‹ genannt.

Stundenlang wanderten sie Hand in Hand. Michael zog die Stute am Zügel hinter sich her. Sie schien von der phantastischen Gesellschaft unbeeindruckt zu sein und scheute nicht einmal, wenn sich die ungestümsten Gesellen des Waldvolkes dicht über ihrem Kopf durch die Äste schwangen. Es war, als würden sie gar nicht existieren. Cat hingegen drückte Michaels Hand, bis sie schmerzte. Er hätte geschworen, daß sie Angst hatte, hätte er jemals erlebt, daß sie sich vor etwas fürchtete – und das, obwohl sie diese Wesen als ihre Freunde bezeichnet hatte.

»Laßt das Pferd hier«, befahl Mirkady.

»Was?« Sie waren stehengeblieben. Michael konnte vor lauter Staunen kaum klar denken, sein Verstand war stumpf wie ein abgenutztes Messer.

»Laßt das Pferd hier. Es kann nicht mit in die Höhle, es ist ein Geschöpf der Sonne. Jetzt kommt, Sir, seid ihr denn so unwissend?«

»Dumm wie junges Holz«, sagte jemand.

»Wirklich. Ein Trottel«, sagte eine andere Stimme.

»Ich lasse es nicht hier am Ende der Welt einfach stehen«, sagte Michael. Er wurde langsam wütend. Es hing ihm zum Hals heraus, zum Dummkopf gemacht zu werden.

Cat nahm ihn am Arm. »Es wird ihr nichts geschehen, Michael. Niemand kann ihr in der Umgebung der Höhle etwas anhaben.«

»Außer Kreuz-Zauber, Latein und Weihwasser«, quietschte eine Stimme.

»Ruhe!« brüllte Mirkady. Das unheimliche Leuchten der Glühwürmchen war überall um sie herum, und ein Geruch von frischer Erde lag in der Luft, wie der eines frisch geschaufelten Grabes. Doch da war noch ein anderer, süßlicher Geruch, ein Hauch von Verwesung, der Michael die Nase rümpfen ließ.

»Ich sehe keine Höhle.«

Gelächter in den Bäumen.

»Das kann schon sein!«

»Öffnet doch die Eingangstür für ihn!«

Mirkady verbeugte sich wieder tief, und die Glühwürmchen schwärmten um seine Schläfen wie ein brennendes Stirnband.

»Entschuldigt. Unser Benehmen ist nicht so, wie es sein sollte. Laß mich dich als erster in Gallows Höhle willkommen heißen, Michael ...?« Er ließ es wie eine Frage klingen.

»Fay«, sagte Michael. Im gleichen Moment raubte ihm ein Rippenstoß von Cat den Atem.

»Fay.« Mirkady sah merkwürdig nachdenklich aus. »Nun, das ist ein Name, der Wunder bewirken kann. Ich frage mich, ob er zu dir paßt?« Seine schaurigen Augen studierten Michael mit einer Art Ernsthaftigkeit.

»Du weißt jetzt, wie er heißt, Mirkady«, knurrte Cat. »Er

hat dir seinen Namen in blindem Vertrauen gesagt. Wenn du dieses Vertrauen mißbrauchst, drehe ich dir den Hals um.«

Mirkady hielt seine lange Hand hoch. »Keine Angst, Cat. Vielleicht weiß ich mehr über dieses ganze Drama als du.« Er zeigte ein warmes Lächeln, das beinahe menschlich wirkte. »Öffnet das Tor.«

Augenblicklich wurde es still, und Michael erkannte durch den Schimmer der Glühwürmchen, daß sie sich am Fuße eines Hügels befanden. Er war dunkel und fast unbewachsen, frei von dem Laub, das ringsum den Waldboden bedeckte. Auf dem Gipfel stand ein mächtiger alter Baum, dessen Stamm dick und rund wie ein Heuschober war. Die Äste ragten über den Hügel, und dunkle Bündel hingen an ihnen herunter, kleine und große – und von diesen ging der süße Fäulnisgeruch aus.

Leichen.

Einige waren von Menschen, zum Teil klein genug, um von Kindern zu sein; aber es gab auch Hunde und Katzen, Schafe, sogar ein Pferd. Alles Kadaver, die von den dicken Ästen des Baumes hingen. Lange Moosstreifen und Efeuranken hingen daneben wie zerrissene Leichenhemden, und an manchen Stellen erkannte Michael im Gras kleine Erhebungen, Überreste anderer Opfer, die wie überreife Früchte aus den Zweigen gefallen waren.

Aber dann veränderte sich etwas. Ein Licht erschien aus dem Inneren des Hügels wie ein verirrter Sonnenstrahl. Musikfetzen ertönten, fein wie das Klingeln von Silberglöckchen. Das Licht wurde stärker, tauchte Michael und die anderen in hellen Glanz und warf lange Schatten in die Bäume hinter ihnen. Eine lichtüberflutete Tür erschien in dem Hügel, und die ganze Zeit erklang diese verrückte, schöne Musik, anziehend und beschwörend. Michael ging hinein in das Licht, hatte nichts anderes mehr im Kopf als diese Musik, bemerkte nur noch, daß dort eine große Menge durcheinander wimmelte, sich an ihn drängte und ihn willkommen hieß.

Er erinnerte sich an hohe, kreideweiße Mauern, die im Sonnenlicht emporragten. Es gab Zinnen und flatternde Fahnen und Männer in glänzenden Rüstungen, die auf großen Pferden ritten. Eine Brücke überspannte einen breiten, glitzernden Fluß, in dem schlanke Mädchen badeten. Und da war eine riesige Halle, an deren Wände goldene Gobelins und schimmernde Waffen hingen und auf einem langen Tisch silberne Pokale und funkelnde Kristallgläser standen. Das Brot, das er aß, schmolz in seinem Mund, und der Met brannte in seinem Bauch. Die Menschen waren schön: würdevoll und königlich. Mirkady war ein weiser König, grauhaarig und ehrwürdig. An seinen Fingern funkelten Ringe, und sein Kopf war mit bronzefarbenen Eichenblättern umkränzt. Dwarmo war ein breitschultriger Ritter, dessen dunkle Locken auf einen glänzenden Brustharnisch fielen. Er stieß mit Mirkady an und lachte schallend. Lords und Ladys saßen in hermelin- und biberfellbesetzter Kleidung am Tisch, trugen dünne, goldene Stirnreife auf dem Kopf. Die Männer waren athletisch, die Frauen scheu und anmutig wie halbgezähmte Rehe, und sie warfen heimliche Blicke auf Mirkadys Gäste am Ende des Tisches.

Nur Cat war die gleiche geblieben. Sie trug ihre gestohlenen Kleider und roch nach Schweiß und Erde. Rabenschwarzes Haar umhüllte ihren Kopf wie eine Kapuze, und ihre grünen Augen funkelten aus dem rauchverschmierten Gesicht.

Waldland. Er hatte es gefunden.

Alles wurde undeutlich. Er erinnerte sich daran, daß er sich an Dwarmo lehnte. Sie waren beide völlig betrunken, eine weiche, gleitende Trunkenheit, die Michael die Zunge löste. Sie standen hinter den Zinnen eines Festungswalls, der hinaus auf ein Meer, ein Ozean von Bäumen, zeigte, das sich vor ihnen ins Unermeßliche erstreckte. Michael hatte den Eindruck, daß er *tiefer* gekommen war, daß er durch einen Tunnel an einen weit entfernten Ort gereist war, und er wußte plötzlich mit Gewißheit, daß es unendlich viele solche Orte gab, vielleicht einen für jeden Träumer auf der Welt. Aber der Moment war erfüllt mit Gelächter und der Nähe von Cat, die warm, aber unnachgiebig neben ihm war. Das ernüchterte ihn irgendwie.

»Wo sind wir hier?«

Es war der König, Mirkady, der antwortete.

»Im Wildwald, wo sonst?« Er lächelte, als er Michaels verwirrtes Gesicht sah. Seine Augen waren grün wie Cats, aber von einem dunkleren Grün, wie Algen, die in einem abgestandenen Teich treiben.

»Stell dir die Welt als einen Handschuh vor«, sagte er. »Ein Kleidungsstück, viele Finger, und jeder führt an einen eigenen Ort, aber der Handschuh selbst ist für eine größere Sache als einen Finger bestimmt.«

Das ergab keinen Sinn, und Michaels ausgelassene Fröhlichkeit wurde von Verwirrung gedämpft.

»Die Welt ist der Boden unter deinen Füßen. Solange er dort bleibt, kannst du über ihn laufen. Sie ist eine Straße, genau wie jede andere.« Das kam von Dwarmo. Er sah aus wie eine aus Silber gehauene Statue, und der Pokal in seiner derben Faust wirkte winzig wie ein Eierbecher. Als er lächelte, sah Michael, daß seine Eckzähne länger waren, als sie sein sollten. Verwirrt dachte er, daß er auf dem Fest nicht so viel Met hätte trinken sollen.

Fest?

»Wer kann schon sagen, wo er ist?« sagte Mirkady leichthin. »Es gibt Leute, die sagen, daß es für jede erzählte oder nicht erzählte Geschichte eine eigene Welt gibt, und daß so etwas wie das Hier und Jetzt nicht existiert, nur eine unbegrenzte Anzahl von Möglichkeiten, die alle an irgendeinem Ort die Wirklichkeit sind.«

»Was heißen würde, daß es so etwas wie Fehler nicht gibt«, sagte Dwarmo amüsiert.

Michael war verloren. Die Zinnen, der Wald, diese Gefährten, all dies verschwamm vor seinen Augen, als stünde es kurz vor einer Metamorphose. Er löste seinen Blick davon.

»Cat.« Wenigstens sie war wirklich, unverändert. Sie wirkte in dem goldenen Licht ernst wie eine Nonne – wie die Nonnen, die Rose in dem schwarzen Auto weggebracht hatten. Dem Auto, mit dem der große Priester in die Nacht gefahren war ...

Rose.

Er konnte sich nicht mehr an das Gesicht seiner Tante erinnern. Wenn er es versuchte, erschien immer wieder Cats Gesicht vor ihm. Sie waren fast Zwillinge für ihn. Aber Rose war tot – oder nicht?

Sie war gestorben, als sie das Baby bekam, von dem sie ihm erzählt hatte. Sie war nie mehr nach Hause gekommen.

Eine Stimme sang ein Klagelied in den Bäumen ... Tote Liebe, verlorene Geliebte.

Ich habe eine Todsünde begangen, Michael. Ich bin ein gefallenes Mädchen.

Der Met (war es wirklich *Met* gewesen?) umnebelte seinen Verstand. Er spürte, daß er kurz vor einer Erkenntnis stand. Sie war am Rande seines Bewußtseins, hockte dort wie ein Schwimmer kurz vor dem Start.

Es hatte niemals eine Beerdigung gegeben. Warum nicht?

Weil sie gar nicht tot war? Weil sie einfach irgendwohin verschwunden war?

Michael riß die Augen auf. Die anderen drei betrachteten ihn mit ernsten Mienen. Kam es ihm nur so vor, oder hatte König Mirkady spitze Ohren, war sein Mund zu breit, um menschlich zu sein?

Rose.

»Sie ist hier«, sagte er. Das plötzliche Wissen platzte aus ihm heraus. »Hier haben sie sie hingebracht. Sie haben sie an diesen Ort gebracht.«

»Wen?« fragte Dwarmo. Seine Rüstung schimmerte nicht mehr wie vorher, war an den Kanten abgenutzt.

»Du hast von Rose gewußt, Cat. Darum hast du mich hergebracht. *Du hast es gewußt*!«

Wieder diese Ähnlichkeit, dieses Fast-Erkennen.

Es gab keine Zinnen mehr, keine weißen Mauern. Sie standen in einer Erdhöhle. Wurzeln ragten aus der Decke wie alte Knochen. Sie hielten Holztassen in den Händen, und alte Felle und Pelze bedeckten den Erdboden der Höhle. Darauf befanden sich Tonteller und -krüge, abgenagte Knochen und andere Speisereste. Eine Schar von alptraumhaften Wesen hockte um ein loderndes Kaminfeuer. Ihre Augen leuchteten grün wie Jade, und ihr Gebrabbel vermischte sich zu einem unverständlichen Lärm.

»Bravo«, sagte Mirkady und zwinkerte Michael zu.

»Mein Gott«, sagte Michael mit schwacher Stimme, und der Lärm am Feuer wurde leiser.

»Dein Gott«, stimmte Mirkady zu. »Nicht unserer.«

Michael ignorierte ihn. Er packte Cat am Unterarm. »Wer bist du, Cat? Woher kommst du?«

»Ich bin nicht getauft worden«, sagte Cat. »Das ist alles, was ich weiß. Darum konnten die Wyrims mich aufnehmen.«

»Ungewollte und verfluchte Säuglinge, die die Dorfbewohner zum Sterben aussetzen, beanspruchen wir für uns«, sagte Mirkady. »Der Schwarze Reiter hat Schwester Cat hier vor der Höhle abgesetzt. Er rief den Namen ›Catherine‹ in die Bäume und ritt davon. Aber er kommt immer zurück und beansprucht die Seinen, Michael *Fay.*« Mirkadys Stimme war schneidend geworden. »Du machst unsere Schwester sterblich, so daß sie Kälte und Hunger spürt. Du machst sie menschlich, und darum jagt der Schwarze Reiter sie.«

»Stimmt das, Cat? Hast du das gewußt?«

Aber sie sah ihm nicht in die Augen. Ihr Anblick in den Kleidern seines Onkels verwirrte ihn, sie wirkte gleichzeitig verführerisch und kindlich.

»Der Schwarze Reiter hat sie erzeugt, so wie er uns alle einst erzeugte«, fuhr Mirkady unerbittlich fort. »Wir sind Verwandte der Wölfe in den Wäldern. Alle Geschöpfe im Wildwald gehören hierher, außer dir und deinesgleichen.«

»Die Brüder«, murmelte eine Stimme am Kamin, und zustimmendes Raunen ertönte.

»Die Stämme, die Dorfbewohner. Sie alle sind gleichen Ursprungs, Überreste eines stolzen Volkes, das aus einem Land jenseits der großen Berge vertrieben wurde und von einem verkrüppelten Mann vor so langer Zeit in den Wildwald geführt wurde, daß sie sich selbst nicht mehr daran erinnern. Also fällen sie Bäume, nennen den Boden ihr Eigentum, verbrennen ihn und rauben ihm die Ernte, während wir, Angehörige des dunklen Volkes, das schon immer hier gewesen ist, in den finstersten Teil des Waldes verdrängt werden, wo wir unser Leben in düsteren Behausungen fristen müssen. Einige verehren uns als die Geister des Waldes und der Erde und hängen ihre Opfergaben in die Bäume, aber die meisten hassen uns und fürchten uns als die Kinder des Teufels.«

»Dann nenn mich doch Wechselbalg«, sagte Cat bitter und löste sich aus Michaels Griff. Aber er bemerkte es kaum, nahm sie alle kaum wahr.

Rose war irgendwo hier, lebte noch. Er war sich ganz sicher. Er konnte sie finden und nach Hause bringen.

»Darum bin ich hier«, sagte er benommen. Cat stand auf, setzte sich an den Kamin und trank aus einer herrenlosen Tasse. Sie starrte finster in die Flammen.

»Wir müssen aufbrechen«, sagte Michael zu Mirkady. »Ich muß sie finden, wenn sie hier ist. Sie ...« Er warf Cat einen Blick zu. »Sie gehört zur Familie.«

»Blut ist dicker als Wasser«, sagte Mirkady. Seine Mund war ein lippenloser Strich in einem dreieckigen Gesicht. »Ist es eine Angewohnheit von Mitgliedern deiner Familie, zwischen den Welten zu wandern?«

»Sie wurde hierher gebracht. Meine Tante. Vor Jahren schon. Sie erwartete ein Kind und wurde fortgebracht.«

Mirkadys Interesse schien plötzlich zuzunehmen. »Der Vater?«

Michaels Gesicht brannte. »Ein Arbeiter, der bei uns

beschäftigt war.« Thomas McCandless. Soviel hatte er erraten, als er älter geworden war. Der junge Protestant, den sein Großvater aus dem Haus geworfen hatte.

Der Mann, der im Wald auf Rose gelegen hatte, sie mit seinen Stößen in das Laub gepreßt hatte.

»Es hat also den Anschein, als hättest du in dieser Welt einen Auftrag zu erledigen, junger Freund. Vielleicht, eine Jungfrau zu retten. Aber was ist mit unserer Schwester?«

Michael schluckte, hielt dem Blick aus den grünen Augen aber stand. »Ich liebe sie.«

»Tatsächlich! Wie großzügig von dir. Hast du eine Vorstellung davon, wie der Wildwald zu einem wandernden Sterblichen sein kann, lieber Freund? Ich glaube nicht. Nicht einmal die Stämme wissen genau, was alles im Dickicht lauert, welche Schatten sich dort herumtreiben. Alpträume ziehen durch die Bäume dieses Landes, und der Schwarze Reiter wird dich jagen. Er ist dir von deiner Welt in diese gefolgt. Ich glaube, er hat Pläne mit euch beiden. Und sein Roß ist schnell wie der Wind.«

»Wir werden es überleben«, sagte Michael mit mehr Überzeugung, als er verspürte. Er fragte sich, ob er träumte und gleich aufwachen würde, um den Wind um die Giebel heulen zu hören. Es war zu seltsam, sogar nach allem, was er schon gesehen hatte. Es war eine Traumszene. Doch er konnte die Erde der Höhlenwände riechen, den Rauch aus dem Kamin und das Fleisch, das dort briet. Dieses Land war fester Boden unter den Füßen. Dwarmo hatte recht gehabt.

»Kannst du uns helfen?« fragte er Mirkady, und der kleine Kobold lachte.

»Ich habe mich schon gefragt, wann das kommen würde! Du bittest uns also um eine Gefälligkeit, oder um mehrere, wenn du dich traust. Und du liebst unsere Schwester.«

Er schwieg, und Michael bemerkte, daß die anderen in der Höhle still waren, und Cat ihn mit fast schmerzlicher Intensität ansah. Er schämte sich fast ein wenig bei ihrem Anblick.

»Wir sind keine Weisen und auch keine Seher, auch wenn einige der Dorfbewohner das von uns denken mögen. Wir können euch keine Zauberkraft auf euren Weg mitgeben, keinen Schutzbann über euch legen. Aber ein paar Sachen können wir euch überlassen, unserer Schwester zuliebe.«

Mirkady sprach jetzt mit nüchterner Stimme, die Fröhlichkeit war von ihm gewichen.

»Verpflegung, etwas Ausrüstung und sogar die eine oder andere Waffe, damit du nicht dieses eiserne Monstrum benutzen mußt, das am Sattel deines Pferdes befestigt ist. Und Kleidung. Es wird kalt, und solange unsere Schwester an deiner Seite wandelt, ist sie menschlich wie du.«

»Sie ist sowieso menschlich«, sagte Michael.

Mirkady schüttelte den Kopf. »Trotz deines vielversprechenden Namens mußt du noch viel lernen, Michael Fay. Catherine ist unsere Prinzessin, und wir schätzen sie sehr. Ich möchte nicht, daß ihr etwas zuleide getan wird.« Seine Stimme hatte einen warnenden Unterton. »Wenn die Leute, denen ihr begegnen werdet, merken, welches Blut in ihren Adern fließt, wird man euch meiden. Vielleicht wird man euch angreifen. Unsereins ist nicht sehr beliebt unter den Christen dieser Welt.«

Michael schüttelte den Kopf. »Wer seid ihr? Das Schloß, das ich gesehen habe. Die Halle und die Ritter. Du warst ein König.«

Dwarmo kicherte und wischte sich über die dicken Lippen. »Was glaubst du, bekommt ein Sterblicher zu Gesicht, der mit dem Wyr-Volk in einer seiner Höhlen tafelt?«

»So ist es«, sagte Mirkady. »Wir können für dich alles sein, was du willst oder was du von uns erwartest. Bei Cat ist es anders, weil ein Teil von ihr menschlich ist. Sie und ihresgleichen sind zwischen den schlimmsten Teilen beider Welten gefangen. Und es ist noch schlimmer, wenn sie mit einem Sterblichen zusammentreffen, in den sie sich ... verlieben. Dann verlieren sie den Schutz, den das Blut des Waldes ihnen verleiht, und der Schwarze Reiter verfolgt sie.« Er schwieg und sah Michael genau an. »Und sie beginnen zu altern.«

Abrupt hob er sein scharfgeschnittenes Gesicht und blickte an die wurzeldurchzogene Decke.

»In der Welt draußen wird es dunkel. Bald kommt die Nacht. Da du es eilig hast, diese Sache auf dich zu nehmen, werden wir aufbrechen, wenn die Sonne untergeht.«

»Wir?«

»So ist es. Sprich mit unserer Catherine – oder mit deiner Catherine, sollte ich vielleicht besser sagen. Ich habe Dinge zu erledigen.« Und er verschwand im Schatten.

Deiner Catherine.

Als er sich am Kamin zu ihr setzte, leuchteten gelbe Flammen in ihren Augen, wie in denen eines Wolfes. Er wußte jetzt, daß es zwischen ihr und dem Werwolf eine Verbindung gab, daß sie mit jeder monströsen Kreatur, die er bisher gesehen hatte, verwandt war, aber dieser Gedanke störte ihn nicht mehr. Er legte ihr die Hand auf den Nacken und streichelte das weiche Haar dort. Zu seiner Erleichterung lehnte sie sich gegen seinen Arm.

»Erzähl mir von dieser Tante«, sagte sie.

»Ich dachte, du weißt von ihr.«

»Nur ein bißchen. Nur das, an was der Wald sich erinnert. Sie war dunkelhaarig, groß und liebte das Land. Sie kam hierher, um etwas zu suchen, verirrte sich aber, und der Schwarze Reiter nahm sie mit.«

»Wohin, Cat? Wo hat er sie hingebracht?«

Sie zuckte mit den Schultern. »Es heißt, daß es im Wolfswald einen Ort gibt, an dem der Schwarze Reiter ein Schloß hat, in dem er Seelen gefangenhält. Aber dies ist im düstersten Teil des Wildwaldes, in seinem schlimmsten Teil, und sogar das Wyr-Volk fürchtet sich davor, dort hinzugehen.«

»Ich habe keine Angst«, sagte Michael.

»Ich habe dich nicht deshalb hierher gebracht, Michael.«

»Warum dann?«

»Was glaubst du wohl? Du wolltest kommen, und ich wollte dich hier haben – um dir das Land zu zeigen, seine Schönheiten und seine Wunder. Ich kann in deiner Welt nicht leben, also brachte ich dich in meine, um sie mit dir zu teilen. Und jetzt gibst du bekannt, daß du einen Auftrag zu erledigen hast, diese Lady retten mußt.« Etwas von der alten Schärfe war in ihrer Stimme, und ihre Augen blitzten. Michael grinste.

»Du bist eifersüchtig, Cat.«

»Eifersüchtig! Diese Frau ist eine Verwandte von dir, und sie ist älter.«

»Das ist sie.« Aber unwillkürlich sah er Rose im Fluß vor sich, glitzerndes Wasser auf ihren nackten Schultern.

Als sie die Höhle verließen, erklang keine Musik, strahlte kein Licht, ertönten keine Stimmen. Die Erde öffnete sich vor ihnen zu einem immer weiter werdenden Kreis, und die Nacht mit ihrem Geruch nach Regen und Lehm lag vor ihnen. In den Bäumen rauschte der Wind, und feiner Sprühregen umnebelte sie. Michael kniff schützend die Augen zusammen. Fancy stand geduldig am Fuß des Hügels, die Ohren angelegt und ihr Gepäck am Sattel. Er fühlte sich schuldig und rannte durch Regen und Wind zu ihr, stellte aber fest, daß sie kaum feucht war. Sie schnupperte interessiert an seiner neuen Kleidung.

»Wie lange waren wir dort drin?« rief Michael Mirkady zu, der gerade die Tür zu der Höhle schloß. Noch während er hinübersah, wurde der Eingang enger und zog sich zu wie ein Vorhang. Ein letzter Lichtstrahl fiel zwischen die Bäume, und dann waren sie allein mit dem Wald und der stürmischen Nacht.

»Einen Augenblick, oder zwei, mehr nicht. In meinem Königreich können wir dir soviel Zeit geben, wie du willst!« Er grinste diabolisch. Seine schwarze Haut sah im Regen aus wie nasses Ebenholz.

»Ja, sicher«, murmelte Michael.

Er und Cat trugen engsitzende Lederwämse, die bis zur Hüfte reichten. Sie schienen aus einer Art derbem Wildleder gefertigt zu sein, aber die Regentropfen perlten an ihnen ab wie Murmeln. Weite Kapuzen hingen über die Schultern – Cat hatte ihre über den Kopf gezogen –, die man mit einer Schnur um den Hals herum zuziehen konnte. Die Wämse saßen perfekt. Ein Teil von Mirkadys *Gefälligkeiten*. Cat trug ein gefährlich aussehendes Messer aus schwarzem Stein in einer Scheide an ihrer Hüfte und einen Lederbeutel unbekannten Inhalts auf dem Rücken. Sie sah mittelalterlich aus. Ihr Kurzbogen und der lederne Köcher mit den vielen schwarzgefiederten Pfeilen, die mehr als zwei Fuß lang waren, verstärkten diesen Eindruck noch. Michael hatte sich die Pfeile angesehen, und die grausam geformten Spitzen und die Runen und Symbole auf den Schäften hatten ihm einen Schock versetzt. An seiner eigenen Hüfte hing ein Bronzedolch mit einer breiten Klinge. Klinge und Griffstück waren aus einem durchgehenden Stück geschmiedet, und um den Griff war ein Lederband gewickelt. Es war eine schwere, plumpe Waffe, und die Scharten in der grün angelaufenen Klinge verrieten, daß sie häufig benutzt worden war. Er hatte Mirkady danach gefragt, und der kleine Kobold hatte ihn belustigt angesehen. Einen ›Leichenschäler‹ hatte er es genannt, und danach hantierte Michael noch vorsichtiger damit als zuvor schon.

Er fühlte sich plötzlich verloren und hilflos, und ein Anflug von Heimweh überkam ihn, als er da im regennassen, finsteren Wald neben seinen ›nicht-ganz-so-menschlichen‹ Begleitern stand. Er dachte an sein Bett zu Hause, an den Ofen in der Küche, auf dessen Platte der Tee kochte, an seine Großeltern. Mullan. Er hatte einen Kloß im Hals und versuchte, die Gedanken an zu Hause zu verscheuchen, zog die Kapuze über den Kopf und rieb sich den Regen aus den Augen. Der Weg hatte sich gegabelt: er hatte sich für die eine Richtung entschieden und konnte nie mehr zurückgehen und die andere einschlagen. Er war dreizehn Jahre alt.

Sie marschierten durch die Nacht. Wenn Michael fragte, wo sie hin gingen, nach seinem Dafürhalten eine durchaus vernünftige Frage, wurde er ignoriert. Also trottete er mit, die Stute am Zügel hinter sich. Die nasse Vegetation am Boden durchnäßte seine Hose. Es war fast unmöglich, irgend etwas zu hören oder zu sehen. Der Wind ließ nach einer Weile etwas nach, aber immer noch prasselte der Regen auf das Laubdach über ihnen. Schon bald fluchte Michael vor sich hin, stolperte über unsichtbare Hindernisse und klammerte sich Cats Wams fest, um sie nicht zu verlieren. Sie und Mirkady schienen im Dunkeln sehen zu können. Wenn der Kobold sich nach Michael umsah, sah der seine wilden, grünen Augen leuchten. Auch Cats Augen schienen zu funkeln. Ihr Glanz verwandelte ihr Gesicht in das eines Tieres, unberechenbar und wild.

Die Morgendämmerung sickerte wie eine kalte Flüssigkeit zu ihnen hinunter, wurde langsam durch die Bäume gefiltert, trennte Schatten von Gegenstand, Einbildung von Wirklichkeit. Unsichtbare Vögel zwitscherten in den Wipfeln, und der Regen hörte auf. Immer noch lief und tropfte überall Wasser aus den Ästen, gluckerte in kleinen Rinnsalen an ihren Füßen vorbei. Michael war erschöpft und müde. Er mußte sich gegen das Pferd lehnen, sonst wäre er getaumelt.

Cat und Mirkady schienen sich zu beraten. Sie hatte sich über ihn gebeugt, die Kapuze zurückgeworfen, das Ohr dicht an seinem Mund, und sah für jedermann aus wie eine Hausfrau, die Rat bei einem Heinzelmännchen sucht. Michael kicherte bei dieser Vorstellung; er war überglücklich, daß die Nacht vorbei war. Was jetzt? fragte er sich.

»Ein Reittier«, sagte Mirkady, als sie zusammensaßen und Feenbrot aßen (das mehr Substanz hatte, als sein Name vermuten ließ) und dunkelroten Wein aus einem Lederbeutel tranken. Hinter ihnen probierte Fancy Feengerste, und den Freßgeräuschen nach zu urteilen, war sie genauso nahrhaft wie das Brot.

»Wir haben ein Reittier«, sagte Michael mit vollem Mund.

Mirkady seufzte. »Aber wir sind mehr als eine Person.«

Trotzig sagte Michael: »Der Wald ist zu dicht, um zu reiten. Man müßte den ganzen Tag den Kopf auf den Sattelknauf legen. Ich dachte, ein Pferd sei nützlich für unser Gepäck.«

»Der Wald ist nicht überall so dicht wie hier«, warf Cat ein. Der Wein hatte ihre Lippen dunkelrot gefärbt.

»An anderen Stellen ist er lichter, und es gibt Lichtungen und Schneisen. Und dann gibt es die Wege, die die Menschen angelegt haben. Wir können ihnen folgen.«

Michael zuckte mit den Schultern. »Na gut. Wo bekommen wir eins her? Und wovon sollen wir es kaufen?«

»Mit Eisen«, sagte Mirkady.

»Was? Man kann kein Pferd für ein Stück Metall kaufen. Und außerdem haben wir kein Eisen.«

»Man kann und wir haben«, sagte Mirkady selbstgefällig. »Eisen ist hier selten, ein wertvolles Metall. Und diese Eisenkeule mit dem hölzernen Kopf, die dort an deinem Sattel befestigt ist ...«

»Nein«, sagte Michael, der sofort begriff. »Das hat meinem Urgroßvater gehört. Ich werde es keinem Wilden überlassen, damit er es als Keule benutzt. Es ist eine moderne Feuerwaffe. Man braucht dafür einen Waffenschein und alles.«

»Der Lauf ist hier sein Gewicht in Gold wert, Michael«, sagte Cat ungeduldig. »Wir brauchen es.«

»Ihr bekommt es nicht.«

Sie sah ihn an. Mirkady lachte nur. »Dann werdet ihr arm bleiben und euch die Füße wundlaufen.«

»Wir werden eins stehlen«, sagte Cat.

»Wir können doch nicht ...« Michael brach den Satz unter ihrem Blick ab. Er hatte den dringenden Wunsch, ihren Kopf in die Hände zu nehmen und sie fest zu küssen, aber das ging nicht in Mirkadys Gegenwart. Cat lächelte ihn an, und ihre Augen leuchteten, als hätte sie seine Gedanken gelesen.

»Wir stehlen es in dem nächsten Dorf, an dem wir vorbeikommen. Am besten das Pferd eines Priesters. Sie haben immer die besten.«

Ihr Übermut steckte Michael an. Er grinste. »Wir sollen also Pferdediebe werden? In Ordnung. Wie finden wir ein Pferd?«

»Kein Problem«, sagte Mirkady. »Wir sind in der Nähe eines Dorfes, ein paar Meilen entfernt von der Südstraße, die fast durch den ganzen Wildwald verläuft. Wir können dort sein, bevor es Mittag wird.«

»Die Dunkelheit ist die beste Zeit zum Stehlen«, sagte Cat, und der kleine Kobold nickte.

»Die beste Zeit für unsereins, um unterwegs zu sein, aber jetzt, da wir das Gebiet der Höhle verlassen haben, müssen wir wachsam sein. Alle möglichen Wesen treiben nachts in den Wäldern ihr Unwesen, Jäger und Gejagte. Mich selbst werden die meisten von ihnen in Ruhe lassen, aber ihr beide habt den Geruch von Menschenblut an euch. Ein süßes Getränk für viele der Nachtwesen.«

Michael hatte das Gefühl, daß Mirkady ihn anstacheln wollte, also schwieg er. Der Bronzedolch hing schwer und kalt an seiner Hüfte, aber er konnte sich nicht vorstellen, ihn zu benutzen. Er beschloß, das Gewehr bei einer günstigen Gelegenheit zu laden, bei einer zivilisierten Waffe zu bleiben.

»Und wir finden besser etwas Wolfsmilch, um unsere Klingen damit einzureiben, für alle Fälle«, fügte Mirkady hinzu.

KAPITEL ZWÖLF

Wolfsmilch.

Der Pub war zu dieser Tageszeit überfüllt. Alle Tische waren besetzt, und auch zwischen den Tischen standen Gäste. Ihr Lärm und ihre Wärme erfüllten die Luft, und Zigarettenrauch schwebte wie eine Wolke über ihnen in der Abendsonne, deren Strahlen durch die Fenster fielen.

Er schwitzte, nahm drei Bestellungen gleichzeitig entgegen und betätigte den Zapfhahn, so daß das Bier schäumend in das Glas schoß. Er addierte Rechnungen zusammen, versuchte sich alle Bestellungen zu merken und rechnete aus, wie viele Stunden er noch arbeiten mußte. Er roch das Bier und den durchdringenden Geruch seines Schweißes, den Rauch in der Luft. Seine Füße schmerzten vom langen Herumstehen. Einen halben Meter entfernt von ihm preßten sich die Kunden an den Holztresen, das Geld in der geballten Faust, und versuchten, seine Aufmerksamkeit auf sich zu ziehen. Ein ganz normaler Samstag.

Doch er war froh, daß es voll war. Er haßte die Stille ebenso sehr wie die Dunkelheit. Der Druck der Körper war beruhigend. Nichts konnte ihm hier etwas anhaben; nichts, das nicht aus der Welt der Bürgersteige, des Asphalts, der Büros und des Tabakqualms stammte. Er war sicher.

Er war auch müde, und sein Bauch hing ihm über den Gürtel. Zuviel Bier, dachte er, während er ein schäumendes Glas auf den Tresen stellte und zum nächsten griff. Zuwenig Bewegung. Er hatte schon immer den Eindruck gehabt, daß sein Körper am besten funktionierte, wenn ihm nur das Nötigste zugeführt wurde. So aber verwertete er jeden Speisekrümel, profitierte von jeder Erholungspause und verschwendete nichts. Alles war im Überfluß vorhanden – es war einfach zuviel. Weich war er geworden – ein großer weicher Mann mit roten Wangen und einem Doppelkinn. Mit einem Bauch, für den er noch zu jung war, und einem Herzen, das genauso strapaziert war wie seine zigarettengeschwärzte Lunge.

Hier gab es keine Frischlinge am Spieß, dachte er und nahm mit unbewegtem Gesicht die Bestellung, die ein Kunde ihm entgegenbrüllte, auf. Nichts war geblieben von der Schärfe der Sinne, mit der er durch die Andere Welt gereist war. Er war dort wie ein Tier gewesen, reduziert auf das, was zum Überleben notwendig gewesen war, wie eine Speerspitze aus Stein, und obwohl es ihm das letzte abgefordert hatte, hatte es ihn an Leib und Seele hart gemacht und seinen Gedanken eiskalte Klarheit verliehen – und eine Angst, die ihn fast nie verließ.

Seine Lunge sehnte sich nach einer Zigarette, und er kniff die Lippen zusammen, so daß sein Mund nur noch ein Strich war, und konzentrierte sich wieder auf die Arbeit. Er preßte Longdrinkgläser an die Füllventile der Schnapsflaschen, langte in den Eimer mit den Eiswürfeln, zapfte immer wieder Bier und betätigte geräuschvoll die Registrierkasse, deren Schublade ihm jedesmal gegen den Bauch stieß, wenn er sie öffnete, wie um ihn daran zu erinnern, daß er noch da war.

Noch da. Er spürte, daß es noch in ihm drin war – nicht irgendwo anders, sondern mitten in seinem Körper –, ein anderer Mann, ein anderes Leben als Erwachsener. Er war zweimal erwachsen geworden. Beim ersten Mal war er zu einem Waldläufer, einem Krieger geworden, der mit Wilden und Märchenfiguren Umgang hatte.

Märchenfiguren. So eine kindische Bezeichnung. Die Wyrims. Merkwürdig, wie schwer es gewesen war, sich daran zu erinnern. Einige Dinge hatte er vergessen, so wie er die Waldsprache verlernt hatte, je weiter er sich aus dem Herzen des Waldes entfernt hatte.

Aber das hier war sein anderes Leben als Erwachsener, sein echtes Leben, rief er sich barsch in Erinnerung. Dies war die Wirklichkeit der Welt, in der er bleiben und schließlich sterben würde: die drängenden Gesichter jenseits des Tresens, der Biergestank, das Rauschen des Verkehrs draußen. Dies war seine eigene Welt, ohne Wunder, grau und eintönig; eine bierbäuchige, kurzatmige Welt. Der schlanke, überaus gefährliche Mann, der er einmal gewesen sein mochte, war so tot wie ein halbvergessener Traum. Und überhaupt, er wollte nicht zurückgehen. Die Nächte waren so schon schlimm genug, hier in diesem Großstadtlabyrinth, diesem gezähmten Ort.

Nach vier Stunden konnte er eine Pause machen und verließ den Pub durch die Hintertüre, um etwas frische Luft zu schnappen. Schon im Hinausgehen fingerte er nach seinen Zigaretten. Hier draußen waren Wände aus Backstein und überfüllte Mülltonnen, eine Katze putzte sich die Pfoten. Der Himmel war fast zugemauert, nur ein kleiner, kondensstreifendurchzogener Auschnitt war zu sehen. Das Tageslicht wich rasch der Dunkelheit, die nur gelegentlich vom Licht der Straßenlaternen durchbrochen wurde. An allen Seiten ragten Gebäude empor, an deren Feuerleitern Wäsche zum Trocknen hing. Irgendwo ertönten Kinderstimmen, das Schreien eines Säuglings, das Lachen einer jungen Frau.

Er rauchte die Zigarette bis zum Filter, setzte sich auf einen Mülleimer und zündete sich noch eine an. Es würde noch eine lange Nacht sein. Er würde bis zum Schluß bleiben, die letzte Schicht, und eine seiner Aufgaben würde es sein, die Betrunkenen, die kein Ende finden konnten, vor die Tür zu setzen. Der Besitzer hatte ihm den Job wegen seiner stattlichen Größe gegeben. Nie fingen sie Streit mit ihm an. Vielleicht war da noch immer etwas in seinen Augen, das auch dem Streitlustigsten zeigte, daß es besser war zu gehen. Der Gedanke gefiel ihm. Ein letztes Zeichen von Härte, von dem Mann, der Cats Liebhaber gewesen war, Ringbones Freund. Jemand, der andere Männer getötet hatte.

Es war ein ruhiger Abend in der Stadt. Irgend etwas – eine Katze – sprang von einem Mülleimer, ließ den Deckel scheppern und jaulte laut. Die Straße führte, gesäumt von Unrat, stehenden und liegenden Mülltonnen, in die Schatten der Dämmerung. Ein paar Meter weiter stand ein verlassener, ausgeschlachteter Lieferwagen.

Seine Zigarette glühte dämonisch, als er daran zog. Penner schliefen oft an dieser Straße, eingehüllt in alte Zeitungen. Sie durchstöberten im Wettstreit mit den Ratten die Mülleimer und waren genauso haarig und übelriechend wie die Nager. Vielleicht war jetzt einer von ihnen da draußen, lag zusammengekauert in seinem Lager aus Müll und beobachtete ihn.

Kaum zu glauben, daß ihn nur eine Ziegelmauer von der Menge trennte, die trank und redete und die Dinge tat, die Leute in der Stadt gerne machen. Es war so ruhig hier, ruhig wie ein Wald in einer mondlosen Nacht. Aus den benachbarten Häusern schienen ein paar schwache Lichter, und an der Decke einer Wohnung sah er das bläuliche Schimmern eines Fernsehapparates. Aber es schien fast, als herrschte eine besondere Stille, eine gedämpfte Ruhe, hier unten, wo er zwischen dem ganzen Unrat saß: den Zeitungen und Zigarettenkippen, den Essensresten und Verpackungen von Chips und Süßigkeiten. Das Strandgut der Straßen.

Er stieß Rauch aus, der in der Dämmerung verschwand. Etwas bewegte sich die Straße hinunter, verstohlen, schleichend. Als er wieder zu seiner Zigarette griff, fiel Asche auf sein Hemd. Seine Finger zitterten.

Einer von den Pennern, die nach einem Schlafplatz oder den Überresten einer Mahlzeit suchten.

Irgend etwas *beobachtete* ihn. Er konnte den Blick spüren, der über seinen plumpen Körper glitt. Er wußte, daß er nicht allein in der Straße war.

Hinter ihm, aus den Fenstern des Pubs, ertönte lautes Gelächter. Sie waren jetzt gelbe Lichtflecken, die die Straße noch dunkler wirken ließen. War er so lange hier draußen gewesen? Er ging besser wieder hinein, bevor er wegen Bummelei abgekanzelt wurde.

Da war etwas, im Schatten.

Er wich zurück, die Zigarette hing an seiner feuchten Lippe. Er stieß polternd mit dem Absatz gegen die Mülltonne und fluchte leise.

Nicht hier. Nicht jetzt. Das war vorbei.

Ein Knurren ertönte aus dem Schatten, ein tiefes, kehliges Grollen aus den Tiefen einer mächtigen Brust. Die Zigarette fiel ihm aus dem Mund. Er drehte sich um und rannte in die Sicherheit des überfüllten Pubs.

Sie kamen zur Mittagszeit zu dem Dorf und stiegen sofort in der Nähe auf Bäume – Michael mit dem Gewehr auf dem Rücken –, um sich ein Bild von der Lage zu machen und um herauszubekommen, womit sie es zu tun hatten. Fancy hatten sie zu Michaels Unwillen eine halbe Meile entfernt angepflockt zurückgelassen, aber Mirkady hatte ihm gesagt, daß kein Wyrim ein eisenbeschlagenes Pferd anrühren würde. Schon gar nicht, wenn noch Eisen in den Steigbügeln war und ein Strauß Stechginster – sie hatten im Dickicht welchen gefunden – am Sattelknauf hing. Das Tier war sicher vor allen nicht-menschlichen Waldbewohnern, die es entdecken würden, und Menschen entfernten sich nur selten so weit von den Dörfern oder der großen Südstraße. Cat hatte Mirkadys Argumente unterstützt, und Michael hatte nachgegeben, obwohl ihm schon der Gedanke an die ganz normale Fauna dieser Gegend Unbehagen bereitete. Löwen und Tiger, Bären. Nichts würde ihn mehr überraschen. Und er setzte wenig Hoffnung auf die stechend riechende Pflanze, die Mirkady auf der Klinge seines Dolches zerdrückt hatte.

Die Häuser des Dorfes standen in der Biegung eines schnellen, klaren Flusses. Die Bäume waren bis in hundert Meter Entfernung von den Häusern am Außenrand der Siedlung gerodet worden, der Boden war von Baumstümpfen übersät und von Farn, Brennesseln und Dornenranken überwuchert. Entlang des Flusses konnte Michael weitere Lichtungen erkennen, Weiden, auf denen Vieh graste. Blaugraue Rauchfahnen hingen über dem Dorf, und von einem Misthaufen ging der Geruch von Dung und Unrat aus.

Die Hütten bestanden aus mit Lehm beworfenem Flechtwerk oder aus Holzstämmen, die mit Flußschlamm verputzt waren. Sie waren mit Grassoden und Borke gedeckt. Vor den Türen hingen Tierfelle, die mit Steinen beschwert waren.

Eines der Gebäude unterschied sich jedoch von den anderen. Die Kirche war aus zugeschnittenen Brettern gebaut und mit Schindeln gedeckt und stand auf einer kleinen Anhöhe nördlich des Dorfes. Daneben stand eine große, solide Hütte, die dem Priester gehören mußte. Auf dem Giebel der Kirche waren Kreuze befestigt. Die Fenster waren mit Buntglas ausgestattet, und in einem kleinen Turm, der nicht einmal so hoch war wie die umstehenden Bäume, blinkte eine Messingglocke.

Friedliche Stille lag über dem Dorf. Die Männer arbeiteten wahrscheinlich auf den kleinen Feldern oder jagten im Wald. Kinder, die Kleidung aus ungefärbtem Leinen und Wolle trugen, spielten barfuß und verdreckt am Fluß, ein paar Frauen schöpften Wasser. Ihre Unterhaltung klang merkwürdig klar durch die Stille. Andere Frauen arbeiteten an großen Webstühlen, die in Verschlägen standen, die man an die Häuser angebaut hatte, oder beackerten kleine Gemüsegärten mit primitiven Hacken. Ein alter Mann rauchte vor einem der Häuser aus einer Tonpfeife. Gelegentlich spuckte er zufrieden aus und trat nach den schnüffelnden Schweinen, wenn sie ihm zu nahe kamen.

Schweine, Hühner und Hunde liefen durcheinander und mischten sich unter die Kinder. Die Tiere waren mager, die Schweine halbwild, die Hühner dünn und streitlustig, die Hunde schlank und zäh, nur ein paar Generationen von den Wölfen entfernt.

Das Dorf war von einem primitiven Zaun aus zugespitzten Pfählen umgeben, die manchmal einen Fußbreit auseinander standen. Er zog sich um die Hütten am Außenrand des Dorfes herum, überquerte den Fluß und mündete in ein Tor, das mit Lederbändern befestigt war und jetzt offenstand. Es war unbewacht. Der Ort erschien friedlich und schläfrig.

»Wie für uns gemacht«, flüsterte Mirkady erfreut.

»Aber wo sind die Männer?« fragte Cat.

Entferntes Rufen beantwortete die Frage. Seine Quelle lag hinter der Flußkrümmung und entzog sich ihrem Blick. Michael sah, daß die Frauen am Fluß ihre Arbeit unterbrachen und sich aufrichteten. Eine von ihnen schüttelte den Kopf.

»Da geht was vor«, sagte er voller Neugier.

»Nichts, was uns interessiert«, meinte Mirkady. »Siehst du den grauen Wallach in dem Pferch hinter der Kirche? Das ist er, danach haben wir gesucht. Ein edles Tier, doch leider auf geweihtem Grund. Ich kann ihn nicht betreten. Du mußt dich von hier an auf deine eigenen Fertigkeiten verlassen.«

»Hört doch!« sagte Cat. Sie hatte ihnen gar nicht zugehört.

Hufschlag und viele Stimmen. Mirkadys Augen leuchteten.

»Es gibt Ärger. Das ist die Gelegenheit ...«

Eine Menschenmenge – teils beritten, teils zu Fuß – tauchte am hinteren Ende des Dorfes auf. Die zwei an der Spitze schienen zu stolpern und zu taumeln – nein, sie wurden von hinten gestoßen. Ein großer Kahlkopf in einem braunen Gewand ruderte mit den Armen. Er rief etwas von Teufelsanbetern und Wilden.

»Ich kann verstehen, was sie sagen«, hauchte Michael.

Weder Cat noch Mirkady schienen ihn gehört zu haben.

»Einer von den Brüdern«, zischte Mirkady. Es klang wie ein Fluch. Seine dünnen Finger krümmten sich in Richtung der herannahenden Menge.

Rufe erklangen, diesmal aber konnte Michael sie nicht verstehen. Die Fähigkeit, sie zu verstehen kam und ging. Er war sich bewußt, daß sie in einer merkwürdigen Sprache redeten. Die Bedeutung der Worte lag in seinem Unterbewußtsein verborgen, aber manchmal blitzte ihr Sinn plötzlich in seinem Kopf auf, wie die Sonne, wenn sie die Wolken durchbricht.

Die Dorfbewohner wateten durch den Fluß. Es waren ungefähr drei oder vier Dutzend, und der große Priester führte sie an. Gegenstand ihrer Beschimpfungen waren zwei barbarisch aussehende Gestalten in zerlumpten Kleidern, die jetzt in das aufspritzende Wasser gestoßen wurden. Michael sah, daß sie gefesselt waren. Man hatte ihnen die Arme fest an die Seiten gebunden.

Es waren Fuchs-Männer.

»Der Priester hat also Anklage gegen ein paar Stammesangehörige erhoben«, murmelte Mirkady. »Wie wird wohl das Urteil lauten? Ertränken, Verbrennen oder nur Auspeitschen?«

Die Reiter sprengten in den Fluß, bückten sich im Sattel, packten die zwei Fuchs-Männer und schleppten sie ans Ufer. Die beiden wehrten sich nur schwach. Ihre Gesichter waren blutverschmiert, der eine hatte seinen Kopfschmuck verloren.

Sie wirkten nicht mehr furchteinflößend, sondern seltsam verletzlich, wie mißhandelte Vogelscheuchen. Sie hatten kaum noch Ähnlichkeit mit den schrecklichen Schatten aus Michaels Vergangenheit.

»Warum machen sie das?« fragte er. Instinktiv schlug er sich auf die Seite der Schwächeren.

»Die kahlköpfigen Brüder mögen die Stämme nicht«, sagte Mirkady. »Und die Stämme fürchten die Brüder wegen ihres Kreuzzaubers, der die Wyrims in Schach hält. Manchmal gibt es Streit, aus tatsächlichen oder bloß eingebildeten Gründen. Wegen einer Beleidigung oder eines Diebstahls zum Beispiel. Die Stämme und die Dorfbewohner haben unterschiedliche Vorstellungen von Gut und Böse. Deshalb passiert so etwas hier. Die Fuchs-Männer können sich glücklich schätzen, wenn sie den nächsten Morgen erleben.«

Wut stieg in Michael hoch. »Sie werden sie töten? Das können wir nicht zulassen. Wir müssen etwas unternehmen.«

Cat und Mirkady sahen ihn an.

»Wir sind hier, um sein Pferd zu stehlen, oder hast du das vergessen?« fragte Mirkady spöttisch. »Und außerdem, siehst du die Männer auf den Pferden?«

Es war ungefähr ein halbes Dutzend. Ihr Pferde waren kaum größer als Ponys, gedrungene, struppige Tiere. Die Reiter trugen pelzverzierte Lederrüstungen, auf denen Bronzebeschläge glänzten, und derbe Helme aus Leder und Horn, von denen Schutzbügel um die Augen und über die Nasen liefen. Sie wirkten verwegen und tüchtig. Ihre Bewaffnung bestand aus Holzlanzen mit Bronzespitzen und langen Dolchen. Einem von ihnen hing ein Schwert in einer Scheide aus Wolfsleder an der Hüfte. Auf die Wämse von allen Reitern war ein rotes Kreuz gemalt, rostfarben wie altes Blut.

»Wer sind sie?« Es war etwas Urwüchsiges an den Reitern, etwas Hemmungsloses. Sie lachten, während sie um die Stammesangehörigen, die ausgestreckt am Boden lagen, herumritten. Wenn einer der Fuchs-Männer versuchte, auf die Knie zu kommen, wurde er mit dem Lanzenschaft wieder niedergestoßen. Der Priester predigte mit erhobenen Armen, und die Dorfbewohner wurden ruhig. Trotz der Entfernung konnte Michael ihre Gesichter erkennen. Manche freuten sich, andere schienen sich unbehaglich zu fühlen.

»Es sind die Patrouillenritter, der militärische Arm der Brüder«, informierte ihn Mirkady. »Die Beschützer der Dörfer und die Retter der Kirche. Sie sind Tiere.«

»Sie kennen kein Erbarmen, Michael. Man geht ihnen am besten aus dem Weg«, sagte Cat. Doch ihre Augen waren auf die Szene unter ihnen fixiert.

»Sie töten sie«, protestierte Michael. Mit Schrecken beobachtete er, wie Lanzenhiebe auf die ausgestreckten Fuchs-

Männer niederhagelten. »Was ist das für ein Priester, der dabei zusieht, wie sie Leute ermorden?«

»Die Brüder stammen aus allen Völkern«, sagte Cat. »Aus guten und schlechten. Sie sind schon lange hier – vielleicht seit Jahrhunderten. Manche von ihnen gehörten früher selbst zu einem der Stämme. Die meisten betrachten die Stämme jedoch als Wilde. *Hiethyn* ist das Wort, das sie für sie gebrauchen. Sie haben etwas dagegen, daß die Dorfbewohner Umgang mit ihnen haben.«

»Hey, seht nur!« sagte Mirkady plötzlich aufgeregt. »Sie werden unruhig. Ich habe das Gefühl, gleich werden hier die Fetzen fliegen.«

Irgend etwas hatte die Dorfbewohner und die Ritter alarmiert. Der Priester gestikulierte noch wilder als zuvor. »Die Stämme kommen!« konnte Michael verstehen. Dann erschien etwas Schwarzes am Hals des Priesters, und er fiel nach hinten.

Die Dorfbewohner blieben für eine Sekunde wie erstarrt stehen, und stoben dann fluchtartig auseinander. Die Reiter hatten mit ihren Pferden zu kämpfen, um sich einen Weg durch die Menge bahnen zu können. Sie fluchten und hieben mit ihren Lanzen auf die Flüchtenden ein. Michael sah Bewegungen am Waldrand, dann erhob sich eine Reihe von Fuchsleuten aus der Deckung und stürmte schreiend über die mit Baumstumpfen übersäte Lichtung. Eine brennende Fackel flog über den Zaun auf eine der Hütten, und sofort fing das Dach Feuer. Das Gras und die Rinde wurden schwarz, und Rauch stieg in den Himmel. Die Fuchsmänner blieben an der primitiven Schutzwehr stehen und schossen Pfeile durch die Lücken zwischen den Stämmen. Die Dorfbewohner suchten hinter ihren Hütten Schutz oder rannten davon. Zwei mutige Männer versuchten, den Priester vom Flußufer wegzuziehen.

Die Reiter galoppierten flußaufwärts, näher an Michaels Baum heran. Sie hielten auf das Tor zu, wollten die Stammesangehörigen in der Flanke fassen, indem sie um den Zaun herumritten. Michael konnte das gezogene Schwert ihres Anführers in der Sonne aufblitzen sehen. Ein Eisenschwert, nicht das gelbliche Blinken von Bronze.

Er sprang aus seinem Baum, und die Reiter hielten kurz an, galoppierten dann aber weiter. Er hörte Cat hinter sich schreien, ignorierte sie aber. Das Blut rauschte ihm durch die Adern. Er fühlte sich leicht und feurig wie ein Funke im Wind und verstand den Ruf des Anführers der Ritter: »*Bleibt zusammen, laßt keinen durch*!« Es war so deutlich, als hätte Cat zu ihm gesprochen. Ein Ruck ging durch ihn, und sein Entschluß stand fest. Automatisch lud er das Gewehr, als er auf das Tor zurannte.

Er traf auf die Ritter, als sie gerade aus dem Tor sprengten, sah den starren Blick des Anführers hinter dem Augenschutz, und dann explodierte die Brust des Mannes, als der erste Schuß ihn mitten ins Brustbein traf. Michael hatte weder den Knall noch den Rückstoß wahrgenommen, registrierte aber das unglaublich laute Knacken, als er den Hahn wieder spannte, während der nächste Ritter an seinem gefallenen Anführer vorbei mit gezückter Lanze auf ihn zuritt.

Diesmal traf er höher. Der Schuß riß dem Mann den oberen Teil des Kopfes weg. Der Helm wurde zerfetzt, und Teile davon flogen zusammen mit Knochensplittern und Gehirn- und Blutspritzern durch die Luft. Das Pferd galoppierte an Michael vorbei, während sein toter Reiter aus dem Sattel rutschte.

Die vier restlichen Reiter schrien auf, ihre Pferde scheuten vor dem Dröhnen des Gewehrs. Ruhig öffnete Michael das Gewehr, warf die beiden rauchenden Hülsen aus und lud nach. Es war wie ein Traum.

Weitere Rufe, diesmal aus dem Dorf. Eine Rauchwolke hing in der Luft, Flammen prasselten, Frauen schrien. Michael ging einen Schritt vor und schoß wieder – zu tief. Der Schuß traf ein Pferd seitlich am Kopf, und es ging sofort zu Boden. Der Reiter wurde nach vorne auf die Erde geschleudert. Das Pferd zuckte noch einen Moment, der zerschmetterte Kopf schwankte auf dem Hals wie eine Blume am Stengel, und ein warmer Blutregen ging auf Michael nieder. Der freigelegte Schädelknochen des Tieres glänzte, und Blut quoll in großen Blasen daraus hervor. Ein Übelkeit erregender Schlachthausgeruch lag plötzlich in der Luft. Michael zögerte, die Euphorie wich von ihm. Auch sein nächster Schuß verfehlte sein Ziel, und die Waffe glitt aus seiner zitternden Hand, als der Ritter, der vom Pferd geschleudert worden war, mit gebleckten Zähnen und funkelnden Augen auf ihn zu stürzte –

– und mit erhobenem Dolch auf einmal stehenblieb. Dunkle Schatten glitten an Michael vorbei, Alpträume der Kindheit im hellen Tageslicht. Überall um ihn herum waren die Fuchsmänner.

Der Ritter vor ihm knurrte und wurde dann von einer Flut wild herumfuchtelnder Arme begraben. Dumpfe Geräusche ertönten, dann rannten die Fuchsmänner schreiend weiter und ließen eine Leiche hinter sich zurück.

Der letzte der Ritter riß sein Pferd herum und flüchtete in das Chaos des brennenden Dorfes. Michael beugte sich vor. Der blutgetränkte Boden bereitete ihm Übelkeit. Es geschah alles so schnell. Zu schnell.

Er lud nach und erschoß das verstümmelte Pferd. In seinen Augen standen Tränen, und Rauch brannte in seinem Hals. Das Schwert des toten Anführers lag vor ihm, und er hob es auf. Er versuchte, die leblosen Augen und die schimmernden Knochen seines Opfers zu ignorieren. Seine Brust war völlig aufgerissen. Michael ging zum Tor und blickte in das Dorf hinein.

Weitere Häuser brannten jetzt. Die Fuchsmänner hatten die Kirche in Brand gesteckt, und Flammen kletterten den Turm hoch. Ein quiekendes Schwein rannte ein verängstiges Kleinkind über den Haufen. Schatten kämpften in den Rauchschwaden miteinander, Pferde wieherten und scheuten, Metall klirrte, Männer und Frauen schrien und riefen.

Im Fluß trieb ein Körper. Asche stob durch die Luft wie schwebende Krähen.

»Mein Gott!«

»Dein Gott«, sagte Cat, und er wirbelte herum, das Schwert in der einen Hand, das Gewehr in der anderen.

»Du stinkst nach Blut und Eisen«, sagte Cat voller Abscheu.

Er wendete sich kopfschüttelnd wieder dem schrecklichen Geschehen zu. »Warum, Cat? Warum dieses Gemetzel?«

»Das ist eben der Lauf der Welt. Dieser Welt. Gefällt dir nicht, was du siehst, Michael?«

»Ich habe es geliebt. Für einen Moment habe ich es geliebt, Cat. Es ist wirklich wahr.«

Der Kampf schien zu Ende zu gehen. Das Knistern und Prasseln der brennenden Gebäude war das lauteste Geräusch. Der Kirchturm fiel mit einem lauten Krachen in sich zusammen. Giebelbalken flogen in alle Richtungen. Rauch zog wie Nebel durch das Dorf und brannte auf Michaels Lippen. Ruß und trocknendes Pferdeblut bedeckten seine Haut.

Ein Schatten mit aufgerissenen Augen kam keuchend aus dem Rauch getrabt. Cat fing ihn ein und stieß ein Lachen aus, das Michael von ihr noch nicht kannte. Sie beruhigte den verängstigten grauen Wallach und warf Michael einen Blick zu.

»Jetzt haben wir jedenfalls, was wir hier holen wollten.«

Weitere Schatten lösten sich aus dem Rauch: eine Reihe Männer. Michael wich zurück.

»Cat ...«

Fuchsmänner. Sie trugen vier ihrer Kameraden auf den Schultern und wirkten durch die bestialischen Masken auf ihren Köpfen und die langen, spitzen Ohren unglaublich groß. Sie waren rauchgeschwärzt, und ihre Augen leuchteten weiß aus den bemalten und verdreckten Gesichtern. Abgetrennte Köpfe hingen blutend an ihren Gürteln, und sie zogen weinende Mädchen an den Haaren hinter sich her. Als sie Michael erblickten, stießen sie Rufe aus, und begannen zu laufen.

Sie kamen ihn holen. Er hatte es gewußt, seit er sie an jenem Abend zum ersten Mal unten am Fluß gesehen hatte. Jetzt hatten sie ihn.

»Cat!« Voller Verzweiflung. Er konnte sich nicht bewegen.

Sie umringten ihn mit blitzenden Zähnen. Aus der Nähe wirkten sie kleiner – kleiner als er selbst. Knochenschmuck klapperte an ihrer Kleidung; an ihren Steinbeilen klebten Blut und Haare. Michael drehte sich der Magen um, aber er schluckte es herunter. Das Gewehr war ein totes, glattes Gewicht in seiner Hand, das Schwert hing wie ein Bleibarren in der anderen.

»Hilf mir, Cat.«

»Du brauchst keine Hilfe, Michael. Ich glaube, sie wollen dir danken.«

Sie redete schnell in der seltsamen Sprache, die Michael nur halb verstand. Er sei ein Soldat, sagte sie; ein berühmter Krieger aus einem fernen Land. Ein Freund der Wyrims.

Der größte der Fuchsmänner ging auf ihn zu. Die anderen machten ihm Platz. Für einen Augenblick hörte man nichts als das erstickte Schluchzen der Frauen und das Knistern des Feuers.

Der Fuchsmann sagte etwas, das Michael nicht verstand. Cat übersetzte für ihn.

»Das Schwert. Er sagt, es ist ein gutes Schwert; ein Eisenschwert von der Art, wie Ulfberht sie geschmiedet hat.« Sie grinste. »Du sollst darauf aufpassen. Es ist gut dazu geeignet, Wyrims zu töten, wenn der Zauber aus deinem Feuerstock einmal versagt.«

Der Fuchsmann legte eine Faust auf die Brust und sagte noch etwas.

»Er sagt, daß er *Oskyrl* heißt und ein Kriegsführer seines Volkes ist. In deiner Sprache würde er Ringbone heißen.«

Sie überließen das Dorf den Flammen und verschwanden im Wald, während die überlebenden Einwohner versuchten zu retten, was noch zu retten war. Es war erschreckend zu sehen, wie die Fuchsmänner sich durch den Wald bewegten. Sie schienen nur aus Knochen, Muskeln und Sehnen zu bestehen, bewegten sich ausdauernd und unermüdlich wie Wölfe und völlig geräuschlos. Sie schritten in mehreren Reihen parallel zueinander durch den Wald, die gefangenen Frauen jeweils in der Mitte. Die Frauen waren jetzt still. Ihre Augen waren rotgeweint, ihre Gesichter rauchgeschwärzt. Resigniert folgten sie ihren Bewachern, als seien sie zu schockiert oder zu müde, um etwas anderes zu tun. Wenn eine von ihnen stolperte, half ihr ein Bewacher meist mit einer schnellen Armbewegung wieder auf die Beine. Manchmal wurde sie allerdings einfach an ihrer zerfetzten Kleidung hochgerissen. Niemand sprach ein Wort. Wie ein Windhauch bewegten sie sich durch den Wald.

»*Michael. Michael Fay.*«

Ein Flüstern wie das Summen einer Biene an seinem Ohr. Er drehte den Kopf und erblickte das Schillern einer Libelle, die auf seiner Schulter saß. Er zuckte zusammen und wollte sie gerade abstreifen, als die dünne Stimme wieder erklang.

»Ich bin es, du Narr, Mirkady.«

»Mirkady! Zum Teufel noch mal!«

»Nicht so laut. Diese Stammesleute haben Ohren wie Luchse. Und sie mißtrauen den Wyrims fast so sehr wie die Dorfbewohner.«

»Was gibt es? Was willst du?«

»Ich will dir noch ein paar Ratschläge geben. Ich gehe jetzt. Du scheinst ein paar neue Freunde gefunden zu haben, und sie werden dir nützlicher sein, als irgend jemand vom Waldvolk es jemals sein könnte. Hör mir jetzt zu. Cat ist verschwunden.«

»Ich weiß. Wohin?«

»Sie holt deine Stute. Sie wird weiter vorne im Wald auf euch warten. Aber ich muß dir etwas sagen: ihr werdet gejagt. Meine Leute haben im Wald Dinge gespürt, die hinter euch her sind. Und der Schwarze Reiter ist in der Nähe. Du wirst beobachtet, kleiner Michael, und Cat ebenso. Und solange sie bei dir ist, ist sie auch nur ein Mensch – jedenfalls in fast jeder Hinsicht. Ihr müßt vorsichtig sein. Lerne soviel wie möglich von den Fuchsleuten. Sie sind treu bis in den Tod und das tapferste Volk im Wildwald. Das liegt an ihrer Abstammung.«

Er schwieg einen Moment.

»Es gibt Magie an diesem Ort, Michael. Der Wildwald ist voll davon. Nur in den Zufluchtsorten der Brüder, die von Kreuzen beschirmt sind, bist du sicher. Denk an das Dorf, das hinter dir liegt: wenn der Priester tot ist, wird morgen bei Sonnenaufgang die Hälfte der Überlebenden Aas sein.«

»Warum?«

Wenn man sagen kann, daß eine Libelle mit den Schultern zuckt, dann tat es diese hier. Ihre Augen funkelten wie ein Prisma im Licht.

»Rache vielleicht. Sogar mein eigenes Volk wird froh sein, daß wieder ein Stück Wald zurückerobert wurde, daß der Kreuzzauber erloschen ist. Die Bestien werden heute nacht über sie kommen.«

»Und du?«

»Ich bin manchmal furchtbar weichherzig. Das kommt davon, wenn man Halblinge wie deine Catherine ins Herz geschlossen hat.«

»Mirkady, es gibt Dinge, die ich wissen muß. Ich bin sicher, daß es einen Grund dafür gibt, daß ich hier bin.«

»O ja. Nichts geschieht ohne Grund.«

»Der Schwarze Reiter. Folgt er mir?«

»Zweifellos.«

»Aber ...«

»Ich muß jetzt gehen, kleiner Michael. Ich bin kein Seher, den man zu den Geheimnissen des Wildwaldes befragen kann. Nicht einmal die Wyrims wissen alles. Manche Dinge mußt du selbst herausfinden. Ich werde ein paar von meinen

Leuten den Auftrag geben, euch im Auge zu behalten, wenn ich kann, und auch einmal selbst nach euch sehen. Aber dieses Schwert, das du trägst – du lernst besser, damit umzugehen. Eisen ist der zuverlässigste Todbringer in diesem Land, zuverlässiger noch als dieser donnernde Feuerstock, den du trägst. Und vergiß nicht, daß Stechginster und Wolfsmilch deine Freunde sind. Auch Hahnenfuß. Es hält die Hexen in Schach. Und Schafgarbe heilt Wunden, die Eisen schlug. Denk an diese Dinge, Michael.«

Die Libelle schlug schwirrend die Flügel.

»Mirkady, warte noch eine Sekunde ...«

Das Insekt erhob sich, schlug schelmisch die Flügel und flog hinauf zu den Wipfeln der hochragenden Bäume.

Nach ungefähr drei Meilen trafen sie auf Cat. Sie stand zwischen Fancy und dem gestohlenen Wallach. Ein warmer Sonnenstrahl fiel durch die Bäume auf das Trio. Sie wirkten wie ein goldenes Altarbild aus einem anderen Zeitalter. Aber dann verblaßte die Sonne, und er sah den Schmutz auf ihren Wangen und ihrem Wams. Sie lächelte.

»Jetzt werden wir stilecht reisen.«

KAPITEL DREIZEHN

Reisen.

Sie waren schon lange unterwegs, so lange, daß es schien, er habe nie etwas anderes getan, als sich unter Bäumen aufgehalten, nachts ins Feuer gestarrt, den harten Boden unter seinem Rücken gespürt und rußbeschmiertes Fleisch gegessen. Eine lange Zeit – lang genug, um den Geruch des brennenden Dorfes und die Rache der Ritter weit hinter sich zu lassen. Lang genug, um die jugendliche Weichheit aus seinem Gesicht verschwinden zu lassen und den Muskeln seines einst schlaksigen Körpers neue Proportionen zu verleihen. Zügel, Messergriff und Schwertknauf hatten Hornhaut auf seine Handflächen gebracht, und seine Schultern waren breiter geworden.

Ringbone brachte ihm viel bei: einen Weg durch dichten Wald zu bahnen; Tierfährten zu erkennen; Anpirschen. Töten. Und so wie nach und nach immer mehr Wörter der Waldsprache in Michaels Bewußtsein auftauchten, so wuchs er mehr und mehr in die Welt des Wildwaldes hinein. Er eignete sich die Verhaltensweisen in der Wildnis an und stellte dabei fest, daß die meisten von ihnen schon in ihm geschlummert hatten, genau wie die Sprache. Eine verborgene Knospe blühte auf. Er sah es und lernte; und dabei alterte er.

Das schnell wachsende Haar an seinem Kinn lenkte seine Aufmerksamkeit auf diesen Umstand. Ringbones Leute waren nach alter Stammessitte immer glattrasiert und kurzgeschoren, und so herrschte kein Mangel an Steinklingen und Gänsefett, um sich zu rasieren. Aber sein Bart wuchs immer schneller, wurde dicht, borstig und kratzig. Schließlich ließ er ihn wachsen, obwohl Cat dagegen war, und verwandelte sich noch vor seinem vierzehnten Geburtstag in einen bärtigen Mann. Das erschreckte ihn, aber Cat weigerte sich, mit ihm darüber zu sprechen. Bei dieser Gelegenheit erzählte sie ihm die Parabel von der Zeit und dem See. Er fragte sich, ob die Zeit wirklich so unerschöpflich war, ob nicht dieser Ort hier ihm die Jahre entriß.

Sie folgten Ringbones Stamm auf seiner Jagd hinter dem Wild her durch die Jahreszeiten. Er erlebte, wie der Morgenfrost dem Schnee wich, der den tiefen Wald in ein unberührtes, einfarbiges Wunderland verwandelte, in dem weiße Eulen auf nächtliche Jagd gingen, und Wölfe mit eisverkrusteten Fellen durch die Schneewehen pirschten. Er erlegte einen Bären – ein denkwürdiger Tag –, und aus dem Fell entstand Kleidung für Cat und ihn. Er holte Eichhörnchen aus ihren Nestern, grub Kaninchen aus ihren Höhlen und schnallte den Gürtel in der unergiebigen Jahreszeit enger. Ringbones Volk verbrachte den Winter an einem halbzugefrorenen Fluß, weit entfernt von irgendwelchen Dörfern, Kirchen oder Stationierungsorten der Patrouillenritter. Hier errichteten sie Unterkünfte aus Ästen, Fellen, Grassoden und allem möglichen anderen Material, was sie zu Händen hatten. Die entführten Frauen aus dem niedergebrannten Dorf fügten sich überraschend gut in ihr neues Leben. Sie lernten von den Frauen des Stammes – von denen einige selbst bei vergangenen Raubzügen entführt worden waren. Sie räucherten Fleisch, gerbten Felle, sammelten Feuerholz und holten Wasser, ohne sich zu beklagen, obwohl es immer kälter wurde, als die Tage kürzer wurden. Die Wölfe strichen nachts um die Hütten herum, und einmal schoß einer durch eine offene Tür und schnappte sich ein schlafendes Kind. Die Tiere des Waldes hatten auch Hunger.

Doch es gab noch andere Wesen in dem verschneiten Wald. Die Männer versammelten sich in der größten Hütte um das Feuer, schmiedeten Pläne für das Frühjahr und erzählten lange Geschichten von vergangenen Wintern, aus der schrecklichen, finsteren Zeit. Vor vier Wintern war ein Werwolf in ihr Dorf geschlichen und hatte eine Frau getötet. Sie hatten ihn bis in den Frühling hinein verfolgt, und bevor sie ihn mit Speeren töteten, deren Klingen mit Wolfsmilch vergiftet waren, hatte er Fuinos gebissen. Fuinos hatte noch gelebt, aber Werwolfblut lief schwarz durch seine Adern, und als er sich verwandelte, mußten sie ihn töten. Danach hatten sie aus Respekt vor dem Mann, der er einmal gewesen war, die Bestie, in die er sich verwandelt hatte, gefressen und deren Überreste verbrannt.

Es hatte auch andere Probleme gegeben. Einmal war ein großer Trupp Ritter erschienen, um die Stämme nach Süden in die verwunschenen Wälder zu treiben, und Ringbones Leute standen schließlich mit dem Rücken zu einem Fluß.

Um ihn überqueren zu können, mußten sie mit einem Troll verhandeln, der die Furt kontrollierte. Sie mußten Rätsel lösen, die er ihnen stellte, während der Feind immer näher kam. Der Troll war aber von der freundlichen Sorte gewesen. Es machte ihm genauso viel Spaß, ihnen die Antworten zu verraten, wie die Fragen zu stellen. Und so hatte er sie passieren lassen – die Wyrims hatten für die Stämme mehr übrig als für alle anderen Menschen – und beschäftigte sich dann mit den heransprengenden Rittern. Drei von ihnen ertränkte er, sie hatten versucht, den Fluß zu überqueren, ohne über seine Rätsel nachzudenken.

Das Winterlager, in dem der Stamm sich bis zum Wechsel der Jahreszeiten aufhalten würde, war klein, und Michael erfuhr, daß die Gruppe, die das Dorf angegriffen hatte, nicht nur aus Fuchsleuten bestanden hatte. Es waren auch Angehörige des Dachsstammes und des Hirschstammes dabei gewesen. Sie alle bildeten letztendlich ein gemeinsames Volk, das sich in längst vergangener Zeit aufgespaltet hatte. Sie haßten die Dorfbewohner nicht. Manchmal halfen sie ihnen sogar, wenn der Bruder, der bei ihnen lebte, ein vernünftiger Mann war und keine Ritter in der Nähe waren. Aber meist herrschte nur ein zerbrechlicher Waffenstillstand zwischen den Völkern. Die beiden Fuchsmänner, die im Dorf gefangengenommen worden waren, waren zum Handeltreiben gekommen. Sie waren von den Dorfbewohnern betrogen worden, und bei der anschließenden Auseinandersetzung hatten sie einen der Dörfler verletzt. Die Dorfbewohner hatten sie verbrennen wollen, da die Ritter zufällig zur Stelle waren. Zu einem anderen Zeitpunkt und bei einem weniger fanatischen Priester hätte die Sache vielleicht friedlich geregelt werden können. Aber so hatten die Fuchsleute eilig Boten zu den benachbarten Stämmen geschickt und den Angriff mit einer großen Streitmacht von wenigstens vierzig Männern unternommen. Der Fuchsstamm zählte nur ungefähr sechzig Köpfe, von denen weniger als zwanzig Krieger waren. Sie wurden immer weniger, berichteten sie, genau wie die anderen Stämme. Die Bestien und die Ritter forderten immer neue Opfer, und bald würden sie verschwunden sein.

Sie waren ein merkwürdiges Volk, überzeugt vom bevorstehenden Untergang, aber nicht bereit, sich einer fremden Macht zu unterwerfen. Schon vor Jahrzehnten hätten sie seßhaft und Dorfbewohner wie die anderen werden können, aber aus einer alten Tradition heraus, deren Herkunft unklar war, hatten sie sich geweigert. Sie seien Krieger, sagten sie, und betrieben keinen Ackerbau. Doch die Frage, woher sie das wußten, konnten sie nicht beantworten.

Michael stellte fest, daß Ringbone der perfekte Lehrmeister war. Er war ernst und nüchtern, aber unendlich geduldig. Nur selten glitt ein Lächeln über sein bemaltes Gesicht, ließ ihn dann jünger aussehen. Es war unmöglich zu sagen, wie alt er war, und das galt auch für alle seine Leute, wenn man von den ganz alten und den ganz jungen einmal absah. Alle waren schlank und dunkel, aber breit in den Schultern und unglaublich gewandt, bewegten sich flink und sicher wie wilde Tiere. Die Frauen waren von schmaler Gestalt und hatten ebenfalls einen dunklen Teint. In ihren jungen Jahren waren sie hübsch, alterten aber rasch. Geschwollene Gelenke und Rheuma plagten die alten Leute, und sie verschwanden in den Wäldern, wenn sie spürten, daß ihre Zeit gekommen war. Manchmal fand man ihre Leichen und verbrannte sie, doch manchmal tauchten sie nie mehr auf, wurden ein Festmahl für die Tiere. Die Fuchsleute waren kein sentimentales Volk, obwohl sie ihre Kinder über alles liebten.

Cat war eine genau so gute Jägerin wie jeder von ihnen und nahm an ihren Beratungen teil. Ihr bleiches Gesicht bildete einen lebhaften Kontrast zu ihren dunklen Gesichtern und Michaels wucherndem Bart. Sie war ihnen nicht ganz geheuer, denn sie konnte schneller rennen als mancher von ihnen und hatte ein einzigartiges Verhältnis zu den Tieren des Waldes. Wegen ihr Liebe zum Wald hielten sie sie für so etwas wie eine Hexe. Sie sagten, die Bäume sprächen zu ihr. Sie und Michael waren unzertrennlich. Sie war sein Schatten, die zweite Hälfte seines Lebens.

Michaels ›Feuerstock‹ blieb unbenutzt, obwohl die Männer ihm wegen des Gewehrs und des Schwertes viel Respekt entgegenbrachten. Dieser Respekt überstand sogar seine ersten ungeschickten Versuche bei der Jagd und beim Fallenstellen. Er war eine Art Zauberer für sie. Vielleicht lag das daran, daß sie Bewegungen in den Bäumen bemerkten, wenn er mit ihnen unterwegs war, oder fern im Wald Gelächter hörten. Die Wyrims wachten über ihn, sagten sie. Und sie priesen ihn glücklich dafür.

Er fand gelegentlich Dinge, wenn er im Wald unterwegs war – einen Strauß wilder Stiefmütterchen, einen Fasan, der an einem Ast hing, einen zum Kreis gewundenen Zweig, ein paar Elsterfedern –, und er wußte, daß Mirkady sein Wort hielt. Das Waldvolk war da draußen, beobachtete ihn und Cat, die schließlich fast eine von ihnen war.

Einmal sah er den Schwarzen Reiter, als er in der dunklen Stunde vor der Morgendämmerung auf der Jagd war. Er saß unbeweglich auf einer Lichtung unter den verblassenden Sternen, sein Pferd wie eine schwarze Statue unter sich. Werwölfe duckten sich vor ihm am Boden, und Krähen kreisten um seinen kapuzenverhüllten Kopf. Michael hatte sich zitternd davongeschlichen. Er war also nicht verschwunden. Er würde nie verschwinden. Die geheimnisvolle Nabelschnur, die ihn mit ihm verband, war noch nicht durchtrennt worden.

So verging die Zeit, unmerklich und ohne besondere Ereignisse. Er verlor das Gefühl für den Ablauf der Monate, empfand aber eine merkwürdige Unruhe. Etwas fast Vergessenes nagte in seinem Unterbewußtsein, und als der Schnee schmolz, die ersten Knopsen erschienen und Vogelgezwitscher wieder den Wald erfüllte, verstärkte seine Unruhe sich. Er mußte weiterziehen und sich dem Kern der Sache nähern. Er war immer noch überzeugt davon, daß seine

Tante Rose hier irgendwo war; vielleicht in dem Schloß des Schwarzen Reiters, von dem Mirkady gesprochen hatte. Sein Auftrag ließ ihn nicht mehr los.

Die Männer des Stammes trafen sich in der größten der Hütten, um zu beraten, wie es im Frühjahr weitergehen sollte. Die Hütte war überfüllt, es roch nach Rauch und ungewaschenen Körpern, aber von den dicht gedrängten Männern ging eine angenehme Wärme aus. Die Flammen eines kleinen Feuers gaben das einzige Licht. Cat war auch da, dicht an Michaels Seite gedrängt. Einige der jüngeren Männer, halbe Kinder noch, um die Wahrheit zu sagen, hatten keinen Sitzplatz mehr gefunden, und standen an den Wänden der Hütte, die Köpfe wegen der niedrigen Decke eingezogen. Borkenstücke und Lehmbröckchen fielen unablässig aus der Decke; die Mäuse waren mit dem Wechsel der Jahreszeit wieder aus ihren Löchern aufgetaucht. Ringbone hielt das für ein gutes Zeichen. Es bedeutete einen milden Frühling, ein ertragreiches Jahr.

Die Männer waren hagerer als je zuvor, und ihre Köpfe wirkten im Licht des Feuers fast wie Totenschädel. Die Augen lagen tief in ihren Höhlen, die Wangenknochen standen vor. Es war kein besonders harter Winter gewesen, aber so nah am Herzen der Natur litten alle Lebewesen in der dunklen Jahreszeit. Früher hatte Winter für Michael einmal Schneeballschlachten und Schlittenfahren bedeutet, und danach war er im Dunklen nach Hause gekommen, zu heißem Kakao und einem glühenden Ofen. Jetzt bedeutete der Winter mehr. Er spürte die Jahreszeit in den Knochen, in den Linien, die seine Rippen unter der Haut zeichneten. Er konnte sie in Cats eingesunkenem Gesicht sehen. Und mindestens drei der sehr alten und sehr jungen Stammesangehörigen hatten sie nicht überstanden. Das war der Lauf dieser Welt.

Die Beratungen verliefen völlig demokratisch. Die Männer wußten, daß Ringbone der Mann war, der am besten wußte, wo die Ritter sich wahrscheinlich aufhielten und wie sie sich nach der Schneeschmelze verhalten würden. Semuin war der beste Jäger, er kannte alle Tierpfade, die Wanderungen der Hirschrudel waren wie auf einer Landkarte in seinem Kopf verzeichnet. Der alte Irae kannte die Orte, die man am besten mied, weil sie den Wyrims heilig waren. Er wußte, welche Opfer dem Waldvolk gebracht werden mußten, um ihre Grenzen und Gebiete sicher überqueren zu können, und er schien ein wenig ungehalten über Cats Anwesenheit zu sein, weil sie über diese Dinge wahrscheinlich besser Bescheid wußte als er.

Niemand erteilte einem anderen Befehle. Es gab nur Vorschläge, die angenommen oder abgelehnt wurden. Alle denkbaren Gesichtspunkte wurden erörtert, nach und nach äußerten die erfahrensten Männer des Stammes ihre Meinungen. Die Ritter würden bald in großer Zahl ausrücken, um die Zerstörer des Dorfes aufzuspüren. Das Fuchsvolk konnte daher in diesem Frühjahr keinen Handel mit den Dörfern der Umgebung treiben, sondern mußte in die wildreicheren Wälder des Südens ziehen, auch wenn das bedeutete, daß man näher an den Wolfswald herankam. Bis dorthin würden ihnen die Ritter nicht folgen.

Einige der jüngeren Männer, die sichtlich vor Selbstbewußtsein strotzten, meinten, daß man nicht vor den Rittern weglaufen sollte; sie konnten jederzeit in einem Kampf besiegt werden; besonders mit dem Feuerstock des Weitgereisten.

Nach dieser Bemerkung herrschte einen Augenblick lang Schweigen. Sie nannten Michael *Utwychtan*, den Weitgereisten, so wie sie Cat *Teowynn* nannten, die Baum-Jungfrau – ein Name, der ihr ausnehmend gut gefiel.

Es war nicht gut, den Weitgereisten in einen Streit hineinzuziehen, der nur ihr Volk etwas anging, sagte Ringbone. Vielleicht wollte der Weitgereiste eines Tages wieder seiner eigenen Wege gehen, und dann war es besser, wenn nicht eine Horde von Rittern hinter ihm her war. Er sähe nicht mehr aus, wie der Junge der im Herbst die Ritter getötet hatte, und sie würden ihm jetzt nichts antun. Dabei bliebe es besser.

Ringbone sah Michael über das Feuer hinweg in die Augen, und Michael wußte, daß der Fuchsmann nicht von ihm erwartete, noch einen Winter mit dem Stamm verbringen. Er konnte gehen, wohin er wollte.

»Ich werde mit dem Stamm nach Süden gehen«, sagte er und dachte daran, daß er ohnehin in diese Richtung wandern mußte, zögerte jedoch, sich allein mit Cat auf den Weg zu machen. Er fühlte sich in diesem Land wie ein Kind und wußte, daß er noch viel zu lernen hatte.

Er spürte, daß sie ihn ansah. Sie ergriff ihn am Arm.

»Bist du froh darüber, nach Süden zu gehen?«

Er konnte nicht antworten.

»Niemand betritt oder verläßt den Wolfswald außer diejenigen, die sich in der Gewalt des Schwarzen Reiters befinden«, sagte sie, als könne sie seine Gedanken lesen. »Nicht einmal die Wyrims gehen dorthin. Und sein Schloß ist vielleicht nur eine Legende, eine Sage. Niemand kennt es.«

»Es existiert. Ich weiß es.«

»Woher?«

Er lächelte. »Weil es in Märchen immer ein Spukschloß gibt.«

»Du Narr.« Aber sie ließ ihn nicht los und legte ihren Kopf auf seine Schulter.

Durch den letzten Schnee zogen sie nach Süden, begleitet vom Gluckern des Schmelzwassers. Sechzig Seelen, ihre Habseligkeiten, ihr ganzes Hab und Gut, ihre Existenz auf dem Rücken oder auf den beiden Pferden. Die Tiere waren abgemagert, die Knochen stachen aus dem langen, struppigen Fell, sie waren ein einziges Bild des Hungers.

Um vor Feinden geschützt zu sein, gingen Männer voraus, an den Seiten des Zuges und bildeten eine Nachhut. Wenn jemand sie durch die Bäume hätte herankommen sehen, in Felle und Pelze gehüllt, die barbarischen Fuchsmasken auf dem Kopf, hätte er sie für aufrecht gehende Affen halten können. Wenn ihre Späher beobachtend in die Knie gingen, verschmolzen sie mit den schwarzen Baumstämmen, und wenn jene ein leises Trillern ertönen ließen, erstarrte die ganze Kolonne, Frauen, Kinder und alte Leute, und wartete geduldig ab. Cat flüsterte dann leise auf Fancy und den Grauen ein, damit sie sich ruhig verhielten.

So vergingen die Tage, und langsam aber sicher veränderte sich der Wald. Er wurde dichter, dunkler, und es gab mehr Eiben und Fichten, Stechpalmen und Kiefern, auf den Höhen auch Birken. Es wurde langsam wärmer, sie konnten ihre verdreckten Pelze ausziehen, und Cat badete in einem kleinen See, auf den sie stießen, obwohl sie dabei vor Kälte zitterte. Sie verbrachten die Nacht am Ufer des Sees, saßen an den Feuern und kauten geräuchertes Wildbret, während ein paar der jungen Männer zum Schutz vor den Bestien das Lager umkreisten.

Doch der Wald schien verlassen zu sein. Sogar Vögel bekamen sie kaum zu Gesicht. Es gab Gemurre, ob es sinnvoll sei, in eine Gegend zu ziehen, in der es so wenig Wild gab.

Mitten in der Nacht wurde Michael wach und starrte empor zu den Sternen und den schwarzen Ästen der umstehenden Bäume. Cat lag an ihn geschmiegt, neben ihnen glühten die Reste des Feuers. Die Umrisse der anderen lagen neben der Glut anderer Feuer. Es war schneidend kalt, und er war auf einmal hellwach.

Was hatte ihn geweckt?

Er schob sich unter dem Bärenfell hervor, und Cat murmelte unwillig. Er küßte sie auf das Ohr und erhob sich vorsichtig, tastete in der Dunkelheit nach seinem Dolch.

War da etwas? Aber das hätten die Wachtposten bemerkt. Er durchschritt das Lager, nickte einem der Krieger zu, der am Fuße eines Baumes hockte, ein dunkler, verschwommener Umriß.

»Taim mae, Utwychtan. Aelmid na sytan.« Der Speer des Wächters signalisierte ihm, daß er passieren konnte.

Er setzte die Füße vorsichtig auf die gefrorenen Nadeln des Waldbodens und zog seinen Dolch. Er wünschte, er hätte das Ulfberht mitgenommen. Eisen konnte ihm hier vielleicht nützlicher sein als Bronze.

Nichts. Er stand in zweihundert Meter Entfernung vom Lager in der pechschwarzen Nacht. Über ihm funkelten schweigend die Sterne, und blasse Atemluft stieg vor seinem Gesicht auf.

Er benahm sich wie ein Anfänger. Warum war er nicht in der Wärme neben Cat liegengeblieben? Die Kälte schlug ihm auf die Blase, und er pinkelte gegen den Stamm des nächsten Baumes. Dampf stieg auf, und das Plätschern drang laut durch die Stille.

Dann sah er es: ein Umriß vor ein paar helleren Zweigen. Die Ohren ragten wie spitze Hörner in die Luft, darunter leuchteten zwei Augen.

Der Schatten kam leise auf ihn zu, im schwachen Licht der Sterne erkannte er die lange Schnauze, das Maul mit den vielen Zähnen, die wulstigen Stirnknochen und das dichte Fell auf dem riesigen Kopf. Loses Fell hing ihm unter dem Kinn bis auf die Brust. Michael spürte die massige Kraft des Wesens, das schwarz zwischen den Bäumen aufragte. Dann richteten sich die unheilvollen Augen auf ihn und verengten sich zu kleinen, glühenden Punkten.

Unwillkürlich trat er einen Schritt zurück, hilflos vor Angst. In den Augen lag soviel Boshaftigkeit, soviel konzentrierter Haß und Gier, daß er den Blick fast wie einen körperlichen Stich empfand.

Als die Bestie auf ihn zu sprang, schrie er aus vollem Hals, drehte sich um und rannte davon.

Der Wald flog an ihm vorbei. Dornenranken griffen nach seinen Beinen, und niedrige Äste fegten durch sein Gesicht. Er fühlte sich, als habe er keinen Bodenkontakt mehr, als flöge er, als treibe irgendein seltsamer Sturm ihn vor sich her. Keuchend atmete er die kalte Luft ein und aus. Er hörte ein schreckliches, knurrendes Heulen an seiner Schulter und sah im gleichen Augenblick die roten Lichter der Lagerfeuer vor sich. Der Wachtposten stellte sich ihm rufend in den Weg.

»*Wyrwulf*!« brüllte Michael, und dann fetzte ein heftiger Schlag über seinen Rücken, verfing sich in dem Wams, das Mirkady ihm gegeben hatte, zerriß ihn wie nasses Papier und schleuderte Michael zu Boden. Die Luft wurde ihm aus der Lunge gepreßt, als er auf den Boden prallte. Er lag dort und nahm nichts mehr wahr, als den Gestank um ihn herum, widerlich süßlich wie Verwesungsgeruch – und den großen Schatten, der über ihm aufragte.

Rufe ertönten, zu weit entfernt, um eine Rolle zu spielen. Das Monster beugte sich über ihn, streckte einen Arm nach ihm aus. Michael spürte, wie eine klauenbewehrte Pfote mit schrecklicher Zärtlichkeit über sein Gesicht strich. Der grauenhaft stinkende Atem des Wesens verschlug ihm so den Atem, daß sein Herz raste und er nach Luft rang wie ein Fisch auf dem Trockenen. Der Magen drehte sich ihm um, und Panik schickte Adrenalin in seine Adern. Die Augen waren jetzt nur noch zehn Zentimeter vor ihm, und er erkannte, daß die Hornhaut gelb leuchtete und von dünnen roten Linien überzogen war. Die schwarzen Pupillen waren schlitzförmig wie die einer Katze. Die Augen wirkten riesig, groß wie Tennisbälle, und die Bosheit in ihnen brannte auf Michaels Gesicht wie die Strahlen einer schaurigen Sonne. Das Maul öffnete sich.

Plötzlich richtete sich die Bestie blitzschnell auf und wehrte mit einer schnellen Armbewegung einen Speer ab. Rufe erklangen, und unregelmäßiges Licht von Fackeln näherte sich. Die Bestie hielt für einen Moment inne und zog die schwarzen Lippen über den langen Zähnen hoch. Ein weiterer Speer verfehlte sein Ziel. Ein Mann näherte sich mit einem Kurzspeer, die Bestie reagierte sofort.

Sie sprang vor, stieß den Speer des Mannes zur Seite,

wand ihn aus seinem Griff. Er stolperte zurück, tastete nach dem Dolch an seiner Hüfte, doch die Bestie zog ihn mit einem Arm zu sich heran und biß zu.

Das Knacken und Knirschen klang laut durch die Nacht. Der Mann sank mit halb durchgebissenem Genick zu Boden. Rufe der Trauer und der Wut erhoben sich bei den anderen Fuchsmännern. Sie eilten herbei, umringten die Bestie und stachen mit ihren langen Speeren auf ihn ein. Der *Wyrwulf* schnappte nach einem und biß die Steinspitze der Waffe ab, packte dann einen anderen, zog seinen Träger daran zu sich und durchtrennte dessen Rückgrat mit einem krachenden Biß. Den Körper schleuderte er zurück zu den anderen, einer der Männer wurde davon zu Boden geschleudert. Der Ring war durchbrochen. Die Bestie stürmte vor, zerfetzte das Gesicht eines dritten Mannes mit einem schnellen Schlag seiner krallenbewehrten Pfote und lief davon. Mehrere Speere flogen hinter ihr her, aber es war in der Dunkelheit unmöglich zu sagen, ob sie trafen. Äste brachen, als die Bestie in den Wald sprang, dann war sie verschwunden.

Michael setzte sich im Bett auf, zitternd und schweißüberströmt. Das Gesicht – mein Gott – dieses Gesicht nur ein paar Zentimeter vor seinem eigenen, dieser grauenhaft stinkende Atem.

Es war still im Zimmer. Die Leuchtziffern der Uhr verrieten ihm, daß es halb vier war. Sogar der Verkehr hatte jetzt nachgelassen. Die Stadt schlief. Er langte nach seinen Zigaretten, tastete über den Nachttisch und knipste dann die Lampe an, so daß eine helle Ecke im Zimmer war, eine Oase in der Nacht.

Der Rauch der Zigarette ließ ihn ruhiger atmen, besänftigte sein rasendes Herz. Werwölfe. Verflucht noch mal.

Er hatte Angst, mehr Angst, als er jemals gehabt hatte, seit er durch den Wald, der von Wölfen heimgesucht wurde, gezogen war. Denn dieser Wald, diese Welt, griff hier nach ihm. Er war sich sicher. Zu viele Dinge – das Knurren des unbekannten Tieres auf der Straße an jenem Abend, diese Träume, die alle möglichen Ereignisse wieder wachriefen, die er vergessen hatte – erinnerten ihn daran, wie es gewesen war, fast so, als sollte er auf etwas vorbereitet werden.

Auf was? Darauf, dorthin zurück zu gehen? Gott bewahre!

Vielleicht war alles Einbildung. Eine Art Verfolgungswahn, der ihm Streiche spielte. Jeder hatte Alpträume, und das Wesen in der Straße konnte ein Hund gewesen sein. Er hatte es nie zu Gesicht bekommen.

Trotzdem war er mit dem Taxi nach Hause gefahren. Er hatte den Gedanken unerträglich gefunden, eine halbe Meile durch die Dunkelheit zu gehen. Dabei war es gar nicht wirklich dunkel, es gab hier Straßenlampen und Autos. Es herrschte aber ein städtisches Zwielicht, eine Halbwelt. Verrückt. Hier drüben konnte man es sich noch weniger vorstellen. Das war in Irland schon leichter, dem Land mit den schweigenden Wäldern, den kleinen Feldern, den leeren Straßen. Er hätte nicht gedacht, daß es ihn in der Stadt pakken würde. Und jetzt lag er hier, zündete um fast vier Uhr morgens die dritte Zigarette an, zitterte so, daß Asche auf sein Bettzeug fiel, und starrte angsterfüllt zum Fenster.

Diese Augen. Er konnte sie immer noch vor sich sehen. Sie schienen aus dem Lichtkegel der Lampe zu steigen. Seltsam, wieviel er über die Jahre vergessen hatte. An Ringbone, Mirkady oder Bruder Nennian hatte er sich kaum noch erinnern können. Cat und Rose jedoch hatte er nie vergessen. Sie hatten zu tief in seine Seele geschnitten, als daß Heilung möglich gewesen wäre; alles andere aber war verblaßt, hatte sich in eine kindliche Traum- und Phantasiewelt verwandelt. So war es jedenfalls bis vor kurzem gewesen. Dann war ihm mit jedem Tag wieder mehr eingefallen, im Schlaf und wenn er wach war. Und dann hatte er diese Dinge gesehen ... In der vergangenen Woche, im Gedränge der U-Bahn zum Beispiel.

Sie hatten zusammengequetscht wie die Ölsardinen im

Zug gestanden, sich gegenseitig in die Gesichter geatmet und die Ellbogen in die Rippen gestoßen. Es war eng und heiß, und dennoch hatten ein paar Narren versucht, die *Financial Times* zu lesen. Es war lustig gewesen, sie dabei zu beobachten, wie sie sich die großen Seiten inmitten der dichten, schwankenden Menschenmasse zurechtgefaltet hatten. Er selbst hatte wie immer abgeschaltet, starrte aus dem dreckigen Fenster. Schwarze Tunnel, schummrige Bahnsteige, schwarze Tunnel, schummrige Bahnsteige, und Ebbe und Flut der ein- und aussteigenden Menschen.

Dann ein keilförmiges Gesicht auf der anderen Seite der Scheibe, die Augen leuchtende Schlitze, ein rötlich grinsender Mund …

Er wurde kreidebleich, und der Hals schnürte sich ihm zu. Einer der Wyrims, hier in der Stadt.

Zwei, drei Fuß entfernt.

Die Tür. Mit einem Knurren drängte er die neben ihm stehenden Leute beiseite, brachte drei Pendler wie aktentaschenbewehrte Dominosteine zum Stolpern und bahnte sich mit den Ellbogen seinen Weg durch die Menge.

Die Türen schlossen sich.

Er stürzte sich unter Schreckensrufen und Beschimpfungen nach vorne, stieß jeden zur Seite, der ihm im Weg stand, und erreichte den harten Betonboden des Bahnsteigs mehr fallend als gehend, blickte wie wahnsinnig um sich. Leute wichen vor ihm zurück. Der Zug fuhr an. Es war nicht da! Wo war es?

Dann war das Gesicht lachend an ihm vorbeigeglitten, die weißen Zähne gebleckt. Hinter dem Fenster eines Zuges verschwand es im Dunkel des Tunnels. Er hörte Heulen und fröhliches Gelächter.

Keuchend hatte er die Arme auf die Knie gestützt, als jemand in einer blauen Uniform erschien und ihn fragte, was zum Teufel er hier für eine Vorstellung gab.

Das war vor drei Tagen gewesen.

Das Produkt fieberhafter Einbildung? Ein Nervensystem,

das kurz vor dem Zusammenbruch stand? Oder einfach der Alkohol, der seinem Gehirn zunehmend zusetzte?

Was geschah mit ihm? Begann es von neuem? Der kleinste Kratzer eines Werwolfes bringt den Tod, da er das Opfer ansteckt. Michael war dem Tod in jener Nacht nur um Haaresbreite entgangen. Nur Mirkadys dicker Wams hatte ihn gerettet, obwohl er ihm vom Rücken gerissen worden war.

So nah war er dem Tod ständig gewesen, war zusammen mit Cat immer am Rande des Abgrunds gewandert. In der Anderen Welt war der Tod nie weiter entfernt gewesen, als man spucken kann, und dieser Abstand war das Leben gewesen, ein erfülltes, auf das Wesentliche konzentriertes Leben, in dem er keine Skrupel gekannt hatte. Ein vorbeifliegendes Leben, erfüllt von Angst und so von Gewalt durchzogen, daß diese zu seiner zweiten Natur geworden war. Ein Mensch, den man in die Enge treibt, unterscheidet sich kaum noch von einem wilden Tier.

Aber das lag jetzt hinter ihm – und das war in diesen Tagen sein Mantra. Die Muskeln, die sich zum zweiten Mal entwickelt hatten, waren nicht mehr die gleichen wie einst. Er war ein anderer Mann; sogar der Bart war verschwunden. Diese Wesen hatten kein Recht dazu, wieder in seinem Leben aufzutauchen. Werwölfe, Herr im Himmel! Kein Recht. Cat. Obwohl schon eine entfernte Ähnlichkeit ihm das Herz zusammenkrampfte, wollte er dieses Karussell nie wieder besteigen. Auch wenn sie da gewesen war, war es kein Zuckerschlecken gewesen. Es war nicht leicht für ihn gewesen, wenn ihre nicht-menschliche, ihre Wyrim-Seite zutage getreten war.

Er betete, daß es nicht wieder begann.

KAPITEL VIERZEHN

Nachdem sie die Toten verbrannt hatten, zogen sie weiter nach Süden, folgten den spärlichen Wildpfaden durch das Dickicht des Waldes. Sie waren jetzt noch wachsamer als zuvor und hielten nach Wolfsmilch Ausschau, um die Wirksamkeit ihrer Waffen zu verbessern. Michael hatte das unerklärliche Gefühl, daß er in der Nacht, als der Werwolf angegriffen hatte, *gerufen* worden war, und er konnte nicht vergessen, wie die Klauen der Bestie fast liebevoll über sein Gesicht geglitten waren, bevor die Fuchsmänner sie angegriffen hatten.

Der Frühling war mit ganzer Kraft angebrochen. Die letzten Schneereste unter den Bäumen wichen einem Teppich von Osterglocken, Maiglöckchen und hellen Primeln. Der Wald wurde heller, erwachte vor ihren Augen wieder zum Leben, und die Nächte wurden kürzer. Nachdem der erste Schock des Angriffs überwunden war, bemächtigte sich eine fröhliche Stimmung des Stammes. Zwei Wochen später kreuzten sie einen breiten Wildpfad, und ein paar Männer zogen los, um ihr Jagdglück zu versuchen, denn das geräucherte Fleisch blieb ihnen bald im Halse stecken. Michael ging nicht mit ihnen. Mit jeder Meile, die sie weiter nach Süden zogen, wuchs ein Angstgefühl in ihm. Er verließ mit Cat das Lager und stieg auf einen bewaldeten Hügel, der ein langgezogenes Tal überragte, das nach Westen führte. Ein Meer von Bäumen erstreckte sich wie in einer Schüssel nach allen Seiten.

»Keine Menschen, keine Häuser, keine Straßen – nichts.«

»Wir sind in der Wildnis, Michael. Was hast du erwartet?«

Er sah sie an. Cat kam mit den Fuchsleuten gut zurecht, hatte aber keine Freundschaften geschlossen. Sie hatten immer noch ein bißchen Angst vor ihr, dachte er; sie nahmen den Wyrim-Teil von ihr wahrscheinlich deutlicher wahr als er. Für ihn war sie reizvoll wie immer, gertenschlank und durchtrainiert. Sein Herz schlug schneller, wenn ihre Lippen sich zu einem Lächeln verzogen und diese grünen Augen ihn anblitzten. Sie trug eine Hemd aus weichem Hirschleder, aus dessem Ausschnitt ihre weiße Haut leuchtete. Im Gürtel trug sie das Steinmesser.

»Keiner der Dorfbewohner kommt so weit in den Süden«, fuhr sie fort. »Der Wald ist hier zu gefährlich, es gibt zu viele Bestien, und nachts zieht der Schwarze Reiter durch die Täler. Selbst die Stämme jagen selten hier unten. Wir sind nur noch ein paar Meilen vor dem Wolfswald.«

»Wie ist es mit deinem Volk? Leben sie hier, oder trauen sie sich auch nicht hier her?«

Sie grinste ihn an, aber ihre Augen blieben ernst. »Sie alle gehören zu meinem Volk, die Wölfe genauso wie die Waldgeister. Wir sind alle Teil einer Familie.«

»Das ist nicht wahr, Cat.«

»Tatsächlich nicht? Frag einen der Brüder, oder die Händler, die mit ihren Eskorten über die großen Straßen ziehen. Frag die Ritter. Wir sind alle vom gleichen Schlag.« Sie rieb sich die Augen, als sei sie müde. »Es gibt hier Trolle, Nachttrolle, die das Tageslicht nicht vertragen. Und ... Kobolde, wie du sie nennen würdest. Sie haben Stützpunkte in einigen der Täler. Es sind unheimliche Wesen. Mirkady sagt, daß sie alles fressen, was sich bewegt, und ihre Waffen aus Knochen schnitzen, aber vielleicht hat er nur gescherzt. Sie jagen manchmal zusammen mit den Wölfen.«

»Weiß Ringbone darüber Bescheid?« Der Wald erschien ihm mit einemmal geheimnisvoll und hinterhältig. Er beobachtete einen Falken, der unablässig über den Baumwipfeln seine Kreise zog, und bildete sich auf einmal ein, überall in den Bäumen Schatten zu sehen.

»Natürlich. Er lebt hier.«

»Und ich nicht.« Er war und blieb ein Fremdling. Ein Teil von ihm würde immer der kleine Junge von der Farm bleiben. Das wußte er. Aus diesem Grund war er nicht mit den anderen Männern auf die Jagd gegangen. Er war nicht mit ganzem Herzen bei der Sache.

Sie küßte ihn auf den Hals, während er zusah, wie der Falke auf eine Beute niederstieß.

»Diese Brüder. Sie passen nicht hier hin«, sagte er.

»Ich glaube, sie kommen aus deiner Welt. Vielleicht aus einem anderen Zeitalter, aber sie haben die gleiche Luft geatmet wie du. Ringbone könnte dir wahrscheinlich mehr darüber erzählen als ich.«

»Ringbone und seine Leute sind voller Mythen und Legenden. Wenn man ihm zuhört, könnte man glauben, daß sie von Prinzen oder Kriegsfürsten abstammen. Sie sind Wilde, Cat.«

Sie zupfte ihn am Bart. »Und was sind wir dann?«

»Fremde. Ausländer. Du bist hier nicht mehr zu Hause als ich.«

»Mein Zuhause ist hier – an deiner Seite. Ich bin damit zufrieden, warum kannst du es nicht sein?«

Er starrte sie hilflos an, sah, wie sie errötete.

»Dieses verfluchte Weib, von dem du glaubst, daß es hier ist«, sagte sie. »Hast du sie immer noch im Kopf?«

»Mirkady glaubte, daß sie hier ist.«

»Mirkady würde auch versuchen, einem Fuchs das Fliegen zu erklären. Nicht alles, was er sagt, hat Wahrheit in sich. Er hat nicht immer nur dein Wohlergehen im Sinn oder das eines anderen. Das ist eben die Art seines Volkes.«

»Deines Volkes«, sagte er lächelnd, aber sie lächelte nicht zurück.

»Wenn diese Verwandte von dir wirklich hier ist, Michael, dann ist sie verloren, für immer verschwunden. Dieses Land wird kein Zugeständnis machen, um ein Happy-End zu ermöglichen. Du wirst nichts als den Tod finden, wenn du diese Suche immer weiter treibst.«

»Ich liebe dich, Cat.«

Sie schwieg überrascht. In ihrem Gesicht kämpften

Freude und Verärgerung miteinander, bis sie schließlich laut lachte.

»Du Narr.« Sie küßte ihn fest auf die Lippen.

»Ich möchte, daß du mich zum Schloß des Schwarzen Reiters bringst.«

Sofort wurde sie wieder ernst – und wütend.

»Bist du taub? Hörst du nicht, was ich dir sage? Es ist unmöglich, Michael.«

»Trotzdem«, sagte er hartnäckig.

»Du fürchtest dich. Ich kann deine Angst riechen.«

Diesmal blieb er stumm.

»Welcher Teufel läßt dich diese Pläne schmieden? Ist das der einzige Grund, warum du mit mir hergekommen bist?«

»Nein, Cat, natürlich nicht.« Er sagte ihr nicht, daß einer der Gründe dafür, daß er gekommen war, die Tatsache gewesen war, daß sie diese Welt als eine Art mittelalterliches Wunderland geschildert hatte, und nicht als die rauhe, brutale Welt, die sie tatsächlich war.

Ruhelos gingen sie im gleichen Augenblick weiter und schlurften durch die Blätter, die vom vergangenen Jahr übrig geblieben waren, als schlenderten sie durch einen Park. Sie verließen ihren Hügel und begannen den südlichen Talhang zu erklimmen, hielten in unausgesprochenem Einverständnis nicht an, bis sie den Bergkamm erreicht hatten und in die dicht bewachsene Talmulde hinabblicken konnten, aus der an einigen Stellen der Fluß zu ihnen heraufblinkte. Fast senkrecht stiegen die Rauchsäulen des Lagers durch die Bäume.

Michael stolperte über etwas und schob mit dem Fuß Laub und Erde beiseite. Er bückte sich, und hob es neugierig auf. Es war ein menschlicher Oberschenkelknochen, an dem noch Fleisch- und Knorpelreste hingen. Angewidert ließ er ihn fallen. Überall Tod und Verwesung. Gewaltsamer Tod – der Knochen war an einem Ende zersplittert. Er schleuderte ihn mit dem Fuß beiseite. Cat starrte für einen Moment darauf und verfiel dann in ihre Waldläuferhaltung und suchte schnuppernd die Hangkante ab.

»Cat, komm jetzt. Wir sollten besser umkehren.«

»Warte einen Augenblick.«

Er ging zu ihr. Sie bahnte sich einen Weg durch ein Wirrwarr aus toten Ästen und abgestorbenen Efeuranken.

»Was suchst du denn da?«

»Ich rieche etwas.«

Und dann roch er es auch: ein schwacher Gestank lag in der Luft. Verwesungsgeruch, alt, aber unverwechselbar.

Sie erreichten einen kleinen offenen Platz, wo der Boden fast unbewachsen war und über dem die Äste sich so dicht zusammengeschoben hatten, daß sie sich auf einmal im Halbdunkel befanden und die Augen zusammenkneifen mußten, um sich an das Licht zu gewöhnen.

Eine uralte Eiche, so alt, daß sie eigentlich nur noch ein Stumpf war, von Fäulnis ausgehöhlt, aber hart wie eine Fossilie. Efeu und Heckenrosen hatten sie zottig werden lassen. Um die Wurzeln wanden sich Nachtschattengewächse. Der Gestank von Fäulnis und Verwesung wurde überwältigend, und Michael hielt sich den Ärmel vor die Nase. Cat schien unbeeindruckt.

Auf dem Boden lagen Knochen. Einige schimmerten weiß, an anderen klebte grünlich-graues Gewebe. Ein Schädel grinste sie unter einem schwarzen Haarschopf an, und eine Skeletthand lag da wie eine versteinerte Spinne. Lange Schenkelknochen waren zersplittert worden, um an das Mark zu gelangen, und überall lagen Wirbelknochen wie zackige Steine. Der Ort wirkte wie eine Mischung aus einer Friedhofsschändung und der Stätte einer Kannibalenmahlzeit.

»Michael. Hier.«

Er folgte Cat in das Dickicht jenseits der Lichtung. Dort stand ein größerer Baum, eine Buche, die noch ein paar kupferfarbene Blätter trug, die den Winter überstanden hatten. Hier war es noch finsterer, Bäume standen wie eine Mauer um sie herum, ihre Äste bildeten ein dunkles Dach. Es war so still und dämmrig wie in einer Kirche.

Ein Mann war an dem mächtigen Stamm der Buche gekreuzigt worden.

Nägel aus schwarzen Hartholz waren ihm durch Hand- und Fußgelenke getrieben worden. Sein Bauch war aufgeschlitzt, in der klaffenden Wunde glänzte es dunkel wie Brombeeren. Er stank, aber nicht sehr schlimm, denn es war noch immer kalt. Michael schätzte, daß der Mann weniger als eine Woche tot war. Sein Gesicht war noch immer menschlich, obwohl Krähen sich über seine Augen hergemacht hatten. Schnitte und Verbrennungen an Ellbogen, Knien und Unterleib zeigten, daß er gefoltert worden war.

»Diesen hier haben sie nicht gegessen«, murmelte Michael.

Auf dem Boden befanden sich die Überreste eines Feuers. Nach der Menge der Asche zu urteilen, mußten sie ihn lange bearbeitet haben.

Man hatte Schwarzdornzweige zu einer Krone gewunden und ihm auf den Kopf gepreßt, bis die Dornen tief in die Haut gedrungen waren.

Michael lief es kalt den Rücken hinunter. Er ging näher heran. Was er für die Zunge gehalten hatte, war in Wirklichkeit ein Stück Holz, das man dem Mann in den Mund gesteckt hatte. Er zog behutsam daran. Ein Kreuz.

»Er war einer der Brüder«, sagte Cat mit tonloser Stimme. »Darum haben sie ihn nicht gefressen. Sie hatten Angst vor ihm, also haben sie ihn so getötet, wie sein Gott getötet wurde, um seinen Zauber zu zerstören.«

»Zauber!« schnaubte Michael. Unendliche Wut stieg in ihm auf. »War das dein verfluchtes Waldvolk? Mirkady und seinesgleichen?«

Sie schüttelte den Kopf. »Das ist kein guter Ort, Michael. Wir sollten gehen. Wir müssen den Stamm warnen.«

»Wovor warnen?«

»*Grymyrchs*. Kobolde. Vielleicht beobachten sie uns in diesem Moment.«

Er riß das Ulfberht aus der Scheide.

»Laß sie nur kommen, die Bastarde.«

»Sei nicht dumm. Wenn sie dich haben wollten, würden sie dich in der Nacht holen, oder wenn du allein bist. Ein einzelner von ihnen ist nicht gefährlich, aber wenn sie viele sind, sind sie tödlich. Und sie würden dich in Massen angreifen. Wir müssen gehen.«

»Einen Moment noch.«

Er zog die Nägel aus dem Holz und ließ die Leiche auf den Boden fallen. Es war nicht leicht, die Arme an den Körper zu legen, und als er spürte, wie sich die Haut des Mannes unter seinem Griff löste, mußte er innehalten und die bittere Galle wieder herunterschlucken, die ihm in den Hals gestiegen war. Er bedeckte den Leichnam mit Blättern und Zweigen und steckte ein Kreuz in den Boden, das er aus verbrannten Scheiten und Efeu zusammengebunden hatte. Merkwürdig, wie sehr es ihn erzürnte, daß ein Priester auf diese Weise sterben mußte. Es hatte ihm kaum etwas ausgemacht zu sehen, wie dieser andere Priester in dem Dorf mit einem Pfeil im Hals gestorben war. Vielleicht lag es an der Einsamkeit dieses Sterbens, der Gewißheit, daß der Mann allein gestorben war – denn die Knochen, die weiter vorne lagen, waren viel älter. Vielleicht lag es aber auch an der barbarischen Art seines Todes.

Immer noch der Junge von der Farm, dachte er mit einem bitteren Lächeln. Immer noch konnte ihm etwas einen Schock versetzen. Die Gewalttätigkeit lag ebenso greifbar in der Luft wie der Verwesungsgeruch. Ihm war übel, und er war außer sich vor Zorn. Wer war der Mann gewesen? Ein Eremit, der Erleuchtung suchte, oder ein Missionar, der Seelen retten wollte?

Sie verließen das Dickicht und atmeten befreit die frische, kalte Luft des Tals. Der Tag neigte sich, und sie beeilten sich, zurück zum Lager zu kommen. Einmal blieb Cat stehen, um mit geneigtem Kopf zu lauschen. Aber es war nur der Wind, der durch die Bäume strich. Und das Klopfen auf den Blättern stammte nur von den ersten schweren Tropfen eines Regenschauers, der bis nach Einbruch der Dunkelheit anhielt.

Wasser fiel durch die kahlen Bäume und bildete Pfützen. Die Frauen befestigten Felle als Regenschutz an den Ästen und nährten schweigend die Feuer, während sie auf die Männer warteten. Die Krieger, die als Wache zurückgeblieben waren, stützten sich auf ihre Speere, während der Regen von ihren Nasen tropfte und ihre Gesichtsbemalung verlaufen ließ. Ein Säugling schrie, bis ihm die Mutter die Brust gab. Michael und Cat saßen wortlos vor ihrem Feuer, während langsam die blaue Nacht anbrach und dunkle Wolken sich über dem Tal sammelten. Sie hatten dem alten Irae, der auch im Lager zurückgeblieben war, gesagt, daß vielleicht *Grymyrchs* in der Nähe waren, deshalb umkreiste er wachsam das Lager.

Der Wald wirkte an diesem Abend unheilverkündend, voller bedrohlicher Schatten. Michael fühlte, daß sich der Stamm in einer Gegend aufhielt, der Menschen besser fernblieben. Er hoffte, daß die Jäger in Sicherheit waren.

Grymyrchs. Sie waren Wyrims, erklärte ihm Cat, aber doch auch wieder nicht. Sie gehörten zu einem Zweig des Waldvolkes, der sich schon lange von ihren Artgenossen abgespaltet hatte, und einen anderen, dunkleren Weg eingeschlagen hatte. Mirkadys Leute waren auch zu einem Gemetzel in der Lage, aber sie konnten genauso gut einen Außenseiter, einen Menschen tolerieren oder sogar willkommen heißen, je nach dem, wie er ihnen gefiel, oder ihren Verstand herausforderte. Sie waren ein kapriziöses, verspieltes Volk, launenhaft wie das Wetter, während die *Grymyrchs* durch und durch böse waren, kaum mehr als Tiere. Die Wyrims und die *Grymyrchs* waren Feinde geworden, die sich haßten, ein Haß, der noch davon angestachelt wurde, daß sie einige ihrer Wesenszüge bei dem jeweils anderen Volk wiedererkannten.

Für die Fuchsleute waren Kobolde mythische Wesen, eine Legende, wie alle die anderen, die sie im Kopf hatten. Das Waldvolk kannten sie; es war ein vertrauter Bestandteil des Wildwaldes. Aber als Michael von diesen neuen, unsichtbaren Monstern erzählt hatte und Cat sie nachher beschrieben hatte, hatte Irae grau und besorgt ausgesehen. Insgesamt zog er die Gefahren, die von den Rittern ausgingen, den Risiken diese Gegend, dieser unbekannten Waldregion vor, sagte er Michael. Die Stämme waren seit der Großen Wanderung nicht mehr so weit im Süden gewesen. Damals waren sie in großer Zahl nach und nach aus den Bergen im Süden hinauf in den Norden gezogen, wo der Wald freundlicher war. Das war gewesen, bevor die Dorfbewohner sich absonderten, um Siedlungen zu errichten, bevor die Ritter oder die Brüder aufgetaucht waren, bevor die vier großen Straßen gebaut worden waren.

Für einen Augenblick erinnerte er Michael in seiner Art zu erzählen unwillkürlich an Mullan, und er hätte genauso gut sehnsüchtig von den Pferdekolonnen erzählen können, die sich 1915 auf Ypern zubewegten. Die Ähnlichkeit war verblüffend, doch dieser Eindruck ging schnell vorüber, und Irae war wieder ein grauhaariger Wilder mit fleckiger Haut, einem wettergegerbten Gesicht und fauligen Zähnen.

Am späten Abend kehrten die Jäger zurück. Sie grinsten zufrieden, als sie von den Frauen begrüßt wurden, freuten sich über die Beute, die sie an Stangen gebunden mit sich brachten. Drei Rehe, mager, aber ausgewachsen. Der Stamm würde für ein paar Tage reichlich zu essen haben.

Ringbone kam zu Michael und Cat ans Feuer. Er kaute auf rohem Fleisch herum, und Blut lief ihm das Kinn hinunter. Der Fuchsmann bot Michael einen Bissen an, der ihn höflich annahm. Er biß in das weiche Fleisch und spürte, wie ihm das Blut die Kehle hinunterlief.

An den anderen Feuern wurden die Rehe zerlegt. Die

Tiere waren schon ausgeweidet worden. Messer blitzten auf, als die Frauen das Wild fachgerecht abhäuteten. Gelegentlich steckten sie dabei ein Stück Fleisch in den Mund. Die älteren Kinder stellten die Tongefäße bereit, die der Stamm besaß, während zwei Männer Holz in das Räucherzelt brachten. Fröhliche Betriebsamkeit herrschte im Lager, und Semuin wirkte erleichtert. Die Jagd machte ihm am meisten Sorge, und wenn es damit nicht klappte, würde man ihn zumindest teilweise dafür verantwortlich machen.

Ringbone setzte sich gegenüber Michael ans Feuer, nahm seinen Kopfputz ab und kratzte sich an seinem kurzgeschorenen Kopf. Er fand eine Laus und warf sie ins Feuer. Sein Gesicht war ernst geworden. Er wischte sich das Blut vom Kinn und sagte Michael, daß er mit Irae gesprochen hatte. Der alte Mann war unruhig. Das hier sei kein gutes Land, hatte er gesagt; es gäbe hier zu viele Bestien und andere merkwürdige Dinge. Sie sollten besser zurück nach Norden gehen und sich mit den Rittern herumschlagen. Was sagten *Utwychtan* und *Teowynn* dazu?

Michael zögerte. Es stimmte, sagte er Ringbone, daß es in diesem Teil der Welt seltsame Bestien und Menschen gäbe, und daß der Stamm besser auf der Hut sei, da wahrscheinlich *Grymyrchs* in der Nähe wären. Er berichtete, was er und Cat auf der Höhe über dem Tal gefunden hatten.

Das Gesicht des Fuchsmannes wurde ausdruckslos, wie immer, wenn er über etwas nachdachte. Er fragte Cat, was sie über diese *Grymyrchs* wußte. Konnten sie einer Gruppe von Kriegern wie der Seinen gefährlich werden? Was waren ihre Gewohnheiten, und was glaubte sie, wie nah sie waren?

Cat antwortete nur kurz. Sie wußte nicht viel mehr, als sie Michael und Irae schon erzählt hatte. Ringbones Gesicht wurde wieder ausdruckslos. Er mußte eine Weile darüber nachdenken, sagte er – mindestens bis morgen.

Dann sagte Michael hastig, daß er mit Cat den Stamm verlassen würde, um weiter nach Süden zu ziehen. Er würde in den Wolfswald gehen. Er spürte Cats Blick auf seinem Gesicht, als er das sagte.

Das Feuer knisterte, Scheite fielen knackend in sich zusammen. Es war eine ruhige Nacht, jetzt, nachdem der Regen aufgehört hatte.

Was der *Utwychtan* für Pläne hatte, ging nur ihn etwas an. Niemand konnte einem anderen vorschreiben, wohin er gehen sollte, meinte Ringbone, aber er sah Michael aus seinen schwarzen Augen ernst an. Für eine Sekunde dachte Michael, daß er seine Zurückhaltung einmal ablegen würde und ihn mit Fragen überschütten würde, aber der Fuchsmann blieb still, starrte ins Feuer und schüttelte unmerklich den Kopf. Als er wieder aufsah, lag Trauer in seinem Gesicht. Er streckte die Hand über das Feuer, und Michael schlug ein. Die Flammen versengten die kleinen Härchen an ihren Armen.

Man würde ihnen Verpflegung, Kleidung und Decken mitgeben, und ihre Pferde würden die letzte Gerste bekommen. Dann erhob sich Ringbone rasch und ging hinüber zu den anderen, die immer noch mit den Rehen beschäftigt waren und schmausten.

»Du wirst es also tun, egal wie ich darüber denke?« fragte Cat mit leiser Stimme.

»Ich muß es tun. Ich glaube nicht, daß ich eine andere Wahl habe. Ich glaube, daß ich aus diesem Grund hier bin.«

Die Erinnerung an Rose stieg in ihm auf. *Du wirst nach mir suchen, egal was sie dir erzählen? Versprich es*! Sie war also hier. Irgendwie hatte sie gewußt, was mit ihr geschehen würde.

»Es tut mir leid, Cat.«

»Du wirst mir den Tod bringen, Michael.«

»Sag nicht so etwas.«

Es wurde jetzt richtig dunkel in dem windstillen Wald. Michael liebte und fürchtete ihn gleichzeitig. Es gab den Schwarzen Mann tatsächlich, nicht nur im Märchen, er zog wirklich durch die Dunkelheit jenseits des Feuerscheins. Aber es war eine Schönheit in den Bäumen und dem Rauch des Lagerfeuers, der um ihre Stämme zog, ein Frieden, den er nicht einmal in der stillen Landschaft von Antrim verspürt hatte. Er fragte sich, ob er jemals wieder woanders ein zufriedenes Leben führen konnte.

Michael war in das leichte Dösen gefallen, das ihm in den vergangenen Monaten den Schlaf ersetzt hatte. Plötzlich wurde er durch Cat geweckt, die ihn sanft schüttelte. Sofort fuhr er hoch und tastete blinzelnd nach seinem Schwert. Schweigende Gestalten bewegten sich im Licht der niedergebrannten Feuer über das Lager auf den Waldrand zu. Die Krieger.

»Was ist los?« fragte er Cat flüsternd. Dann sah er es.

Lichter. Flackernde blaue Lichter in den Bäumen. Sie tanzten und hüpften wie Kerzenflammen, brannten aber stetig mit eisblauem Schein.

»Signallichter«, murmelte Cat. Sie hatte sie natürlich früher schon einmal gesehen, aber noch nie in einer solchen Anzahl. Michaels Großmutter hätte sie als Irrlichter bezeichnet und ihm erzählt, daß sie Reisende in den Tod lockten. Hier im Wildwald waren es die Spielzeuge des Waldvolkes, harmlos, wenn man sie ignorierte. Aber jetzt leuchteten Hunderte von ihnen, und als Michael aufstand, sah er, daß sie das Lager umringten wie die Wachfeuer einer Belagerungsarmee.

Er suchte Ringbone, während sich Cat Bogen und Köcher über die Schulter streifte und getrockneten Hahnenfuß auf den Pfeilspitzen zerdrückte. Es war keine sehr wirkungsvolle Pflanze, aber die beste, die sie hatten. Die effektivste Waffe im Lager war Michaels Eisenschwert.

Eulen riefen in den Bäumen, und einmal hörte Michael das Heulen eines Wolfes in weiter Entfernung, sonst aber blieb es still. Die Fuchsleute zündeten große Feuer an, bis der Lagerplatz taghell erleuchtet war. Die Frauen versammelten sich um die Kinder, während die Männer im Umkreis des Lagers patrouillierten.

Eine Stunde verging, ohne daß etwas passierte. Michael

begann zu schwanken, die Augen fielen ihm zu. Cat jedoch blieb wachsam. Die Fuchsleute stützten sich auf ihre Speere und unterhielten sich leise oder setzten sich mit dem Rükken an Baumstämme. Die Feuer brannten langsam nieder. Sie hatten kein Holz mehr, und Ringbone ließ nicht zu, daß jemand das Lager verließ, um welches zu sammeln. Ein paar Frauen hatten grüne Zweige auf die Feuer gelegt, doch das hatte nur zur Folge, daß dichter Qualm aufstieg. Die meisten der Kinder waren eingeschlafen, lagen eingehüllt in Felle und Pelze eng beieinander. Die Spannung hatte nachgelassen.

Jemand schrie, ein heller Schmerzensschrei, der plötzlich abbrach. Sofort sammelten sich die Krieger an der Stelle, an der der Schrei ausgestoßen worden war und suchten nach seiner Quelle. Sie fanden einen Speer auf dem Boden und daneben eine Blutlache. Etwas weiter entfernt lagen drei Finger madenweiß im Laub.

»Jesus«, sagte Michael.

Die flackernden Signalfeuer erloschen. In dem Augenblick, den er brauchte, um seine Augen der plötzlichen Finsternis anzupassen, spürte er den rasenden Schlag seines Herzens.

Dann brach der Wahnsinn los.

Eine Flut von gedrungenen, dunklen Umrissen schien sich rings um das Lager aus dem Boden zu erheben und stürmte auf sie zu. Die Gestalten waren pechschwarz, breit wie Baumstämme und bewegten sich auf dünnen Beinen und überlangen Armen affenartig vorwärts. Sie trugen Waffen und Schmuck aus Knochen und gaben keinen Laut von sich.

Einer der Krieger wurde von der Horde gepackt und sofort umringt. Sie schwärmten um ihn herum wie schwarze Heuschrecken. Er ging sofort zu Boden, nur noch sein Arm mit der Keule ragte aus dem Getümmel. Die Horde näherte sich dem schwachen Licht der Feuer mit erschreckender Geschwindigkeit, wo sich Ringbones Krieger ihnen entgegenstellten: Während die Frauen sich und die Kinder auf den Bäumen in Sicherheit brachten, bildeten die Männer einen schnell schrumpfenden Kreis und kämpften um ihr Leben.

Für Michael war es ein unwirklicher Alptraum aus schattenhaften Umrissen und klauenbewehrten Gliedern. Die herandrängenden Kobolde reichten ihm bis zur Hüfte und hatten so schwarze Haut, daß er sie trotz des schwachen Feuerscheins nicht genau erkennen konnte. Er spürte das Kratzen von Krallen, schmerzhafte Bisse und trat schwere, kompakte Körper zur Seite, die ein glattes Fell hatten, wie Kaninchen. Er sah schwarze, pupillenlose Augen glänzen und ließ unablässig sein Schwert niedersausen, wieder und wieder. Knochen barsten, Fleisch zerfetzte, seine Hosen wurden von Blut durchtränkt. Nur wenn sie verwundet wurden, gaben die Bestien Geräusche von sich, ein dünnes, hohes Quietschen, wie ein Hase in der Falle. Nachdem er drei schnell hintereinander getötet hatte, begannen sie das tödliche Eisen seines Schwertes zu meiden – ein kleiner Kratzer bedeutete den Tod für sie – und konzentrierten ihren Angriff an anderen Stellen. Er ließ seinen erschöpften Arm sinken und riskierte einen schnellen Blick zu den Fuchsmännern, die Seite an Seite mit ihm kämpften.

Sie wurden überrannt. Er sah Cat, die mit ihrem Steinmesser um sich hieb. Er beobachtete sie voller Sorge dabei, wie sie einem Angreifer den Hals aufschlitzte, einen anderen zur Seite trat und einem dritten das Messer in das Herz rammte. Dabei wich sie ganze Zeit dem tödlichen Schimmer der Knochenspieße aus, mit denen viele der Kobolde bewaffnet waren.

Daneben kämpfte Ringbone mit grimmiger Entschlossenheit und konzentriertem Gesicht. Er hatte seinen Kopfputz verloren und war blutbesudelt. Ob es von ihm oder einem seiner Gegner stammte, konnte Michael nicht erkennen.

Semuin stürzte. Ein Kobold sprang auf ihn und stieß ihm einen Knochendolch ins Auge. Michael nahm seinen Platz ein und spaltete einen langohrigen Schädel, stieß den Schwertknauf in ein verzerrtes Gesicht und rammte dann die Klinge einem anderen Angreifer ins Maul. Knurrend wichen sie zurück. Sogar ihre Fangzähne waren schwarz wie Ebenholz.

Der Kreis der Verteidiger schrumpfte schnell. In ihrem Rücken standen die Bäume im Zentrum des Lagers, und auf den Ästen saßen die Kinder und Frauen. Einige der Frauen hatten Waffen ergriffen und kämpften Schulter an Schulter mit den Männern. Michael sah, wie eine Frau in die dunkle Masse der Angreifer hineingezogen wurde und dann schreiend von einem Dutzend von ihnen fortgetragen wurde. Ihr Mann stürzte ihr nach, aber sein verzweifelter Ansturm brachte ihn nur mitten unter die Feinde, und sie hieben auf ihn ein, bis er zusammenbrach.

Wir werden hier sterben, dachte Michael mit plötzlicher Klarheit. Er kämpfte jetzt neben Cat, und sein Körper reagierte wie von selbst. Erregung erfüllte ihn, während er um sich schlug, stieß und trat. Vielleicht lag es an der unwirklichen, alptraumhaften Situation, aber er glaubte, daß er an einem Herbstmorgen zu Hause in seinem Bett aufwachen würde, wenn er hier starb.

Er war erschöpft. Seine Kräfte ließen jetzt schnell nach. Er wehrte mehr Angriffe ab, als er selbst führte, schlug weniger kraftvoll zu, so daß die Bestien vor ihm seinen Hieben ausweichen konnten. Eine klauenbewehrte Hand packte ihn am Arm und zog ihn nach vorne auf die aufgerissenen Mäuler zu. Er stolperte, schlug um sich, riß sich die Fingerknöchel an Zähnen auf und sank auf dem schlammigen Boden in die Knie, war nicht mehr in der Lage, sein Schwert richtig zu schwingen. Ein Knochenmesser wurde mit unglaublicher Wucht in seinen Oberschenkel gerammt, und er schrie vor Schmerz und Angst, fiel hilflos vornüber und spürte, wie sich die schwarzen Körper auf ihn stürzten.

Aber dann waren Cat und Ringbone zur Stelle und fegten die Bestien zur Seite. Er wurde zurückgezogen. Mit einer

Hand umklammerte er den Knochen, der obszön aus seinem Schenkel ragte, in der anderen hielt er den Schwertgriff.

Jetzt. Er schrie wieder auf, als er mit einem Ruck den Knochendolch herauszog. Blut spritzte aus der Wunde. Für einen Moment wurde ihm schwarz vor Augen. Ringbone und Cat hatten sich schon wieder in den Kampf gestürzt.

Er hörte Kinder über sich jammern, und als er aufblickte, sah er, daß die Kobolde schon auf den unteren Ästen der Bäume waren. Die Ring war durchbrochen worden. Pferde wieherten panisch, und Fancy schlug wie verrückt aus; ein schwarzer Umriß hing an ihrem Hals. Die Verteidiger bildeten nicht länger eine durchgehende Linie, sondern waren in kleine Gruppen aufgespalten, die von ganzen Scharen der bestalischen Monster bedrängt wurden. Ein Kind wurde aus einem Baum in die wimmelnde Masse geschleudert. Ein Krieger hieb auf das Maul ein, das sich um seinen Unterarm geschlossen hatte. Ein Mann, dem ein Kobold an der Schulter hing, versuchte seinen bewußtlosen Freund in Deckung zu zerren.

Das war's, dachte Michael. Es ist vorbei.

Ein lautes Brüllen erhob sich über den Kampfeslärm, und ein mächtiger Schatten mit glühenden Augen ragte hinter den Kobolden auf. Seine langen Arme verrichteten ein schreckliches Vernichtungswerk unter ihnen. Er packte zwei der Kobolde und benutzte sie als Keulen, fegte die anderen Angreifer damit zur Seite. Als die ersten beiden zerfielen, packte er zwei neue. Die Angreifer zogen sich fluchtartig zurück, und Michael hörte ein paar von ihnen angsterfüllt schreien.

Über ihnen glitt ein grünes, elektrisch wirkendes Licht schimmernd über die Stämme und Äste der Bäume, Die Kobolde, die Kinder angegriffen hatten, brüllten verzweifelt, als es sie berührte. Rauch stieg aus ihrem Fell, sie begannen zu brennen, fielen flammenumzüngelt in die Tiefe und flüchteten lodernd ihren Gefährten nach. Es roch nach verbranntem Fleisch. Als die grüne Flamme den Rest der Kobolde erreichte, sprang sie von einem zum anderen, als sei sie lebendig. Das schaurige Licht der brennenden Kobolde, die sich qualvoll aufbäumten und schreiend am Boden wanden, erfüllte den Wald. Den Bäumen schien das Feuer nichts anzuhaben.

Der Angriff war niedergeschlagen. Dutzende der Monster brannten, und viele flohen wie wahnsinnige Glühwürmchen in den Wald. Die große, struppige Gestalt, die so unter ihnen gewütet hatte, war jetzt deutlich zu erkennen. Ein fröhlicher Ausdruck lag auf ihrem brutalen Gesicht, grüne Augen leuchteten unter wulstigen Brauen, und lange Fangzähne ragten aus dem Unterkiefer.

»Dwarmo!« rief Cat erfreut. Ein Zweig berührte Michael am Kopf, und als er aufsah, erkannte er Mirkady, der von einem der Äste auf ihn hinunterblickte.

»Ich sagte dir ja, daß ich dich im Auge behalten würde«, schnatterte er. Grüne Flämmchen tanzten harmlos über die Rinde in seiner Nähe.

»Ja, das hast du gesagt«, murmelte Michael. Die Welt verschwamm vor seinen Augen. Die Schreie der flüchtenden Kobolde verklangen im Wald. Dunkle Gestalten näherten sich, und er registrierte, wie Cat schnell beruhigend auf die überlebenden Krieger einredete. »*Cymbr*«, sagte sie immer wieder: »Freund«. Auf Dwarmos Trollgesicht lag immer noch ein breites Grinsen. Die Frauen aber weinten, und es roch nach Blut und verbranntem Fleisch. Der Geruch nahm Michael den Atem, und dann wurde es dunkel um ihn.

KAPITEL FÜNFZEHN

Es war ein heißer, wolkenloser Tag. Die Sonne schien vom smogverhangenen Himmel, Verkehrslärm brandete zwischen den Häusern. Mit jedem Atemzug sog er Abgase in die Lungen. Er ging langsam durch die Straßen, wurde herumgestoßen wie eine Flipperkugel. Große Schritte, kleine Schritte, nie konnte er ungestört weitergehen. Der Gehweg, übersät mit Abfall, reflektierte die Hitze der Sonne in seinem Gesicht. Große Schritte, kleine Schritte.

Die Zeit rast dahin, dachte er. Nein, sie rast nicht; sie wird weggespült und nimmt so viel mit sich. Doch die Erinnerungen bleiben, ob man will oder nicht. Es sind Flecken, die man niemals herauswaschen kann. Ein Nachgeschmack, der nie vergeht.

Bilder der Vergangenheit überfluteten ihn. Er blieb stehen, die Hand an der Flasche in seiner Tasche. Er vergaß die brennende Sonne, registrierte die Blicke der Passanten nicht, denen er im Weg stand. Er war wieder in den kühlen Wäldern, und ihre düsteren Gerüche umnebelten sein Gehirn.

Er blickte zurück in die Menge und auf den tosenden Verkehr – Doppeldeckerbusse zwischen Autogewimmel. Unmöglich zu sagen, ob er verfolgt wurde.

Der Wildwald war hier, in der Stadt. Wölfe in den Alleen. Ein Kobold in der U-Bahn. Er lachte rauh und setzte sich wieder in Bewegung.

Nachts schleppte er sich mühsam die Treppen zu seiner Wohnung hoch, und sie wartete oben auf dem Treppenabsatz auf ihn.

Ihm stockte der Atem, als er das pechschwarze Haar sah, die bleichen Wangen im blassen Licht der Glühbirne an der Decke. Schlagartig wurde er nüchtern, der Alkohol eines ganzen Abends verflog in einem Moment.

Wenn sie sich dann umdrehte, verbrannten das angstvolle Staunen und die aufkeimende Freude zu Asche. Es war schon wieder dieses verdammte Mädchen. Vielleicht hatte sie ihren Lippenstift vergessen. Er spürte, wie die Nebel des Alkohols ihn wieder zu umwehen begannen.

»Mike! Da bist du ja.« Der Gebrauch seines Vornamens klang gezwungen, war ungewohnt aus ihrem Mund.

»Hier bin ich.«

Er erreichte schwer atmend das Ende der Treppe und setzte ein verzerrtes Grinsen auf. Seine Lachmuskeln waren in letzter Zeit nicht überbeansprucht worden.

»Gutes Timing. Ich bin gerade gekommen. Ich war mir nicht mehr ganz sicher, ob du in diesem Stockwerk wohnst.« Sie wirkte scheu und nervös und sah ihm nicht in die Augen, als sie mit ihm sprach.

»Es ist schon spät«, sagte er mit rauher Freundlichkeit; ein letzter Versuch, sich anständig zu benehmen.

»Ich weiß.« Sie wies auf die verschlossene Tür. »Kann ich hereinkommen?«

Er zuckte mit den Schultern. Dann kam sie eben mit herein.

Er dachte verlegen an das Durcheinander in dem Zimmer, knipste eine schwache Lampe an und schleuderte mit dem Fuß ein Kissen beiseite, als er durch den Raum zum Fenster ging und es weit öffnete. Für ein paar Sekunden starrte er hinunter auf das Gewimmel der Stadt, auf die orangefarbenen Straßenlampen und die Lichter der Autos. Er fragte sich, wo die Wölfe heute nacht waren, wo der *Wyrim* war, ob er überhaupt hier war, oder ob ihm sein Verstand nicht Streiche spielte.

Ein Hüsteln. Er drehte sich um und lächelte entschuldigend. »Entschuldigung, ich habe geträumt. Setz dich. Ich hole dir einen Drink.«

Sie setzte sich auf die Kante des großen Sofas. Er schlängelte sich zu der Kommode, auf der die Flaschen standen, überlegte es sich anders, seufzte und setzte sich zu ihr. Da wären wir also, dachte er.

Jung. Sie wirkte so unglaublich jung, wie sie in ihren Stadtkleidern da saß. Glänzende Schuhe, glatte Strumpfhosen und ein elegantes Jäckchen. Und ein Aktenkoffer, Herr im Himmel. Sie hielt ihn auf dem Schoß wie eine Geheimwaffe. Hatte sie bis jetzt gearbeitet?

Schwarzes, dichtes Haar bis knapp auf die Schultern. Große dunkle Augen unter Brauen, die dichter gewesen wären, wenn sie sie nicht ausgezupft hätte. Ein rundes Gesicht mit einem hübschen Näschen und sorgsam geschminkten Lippen. Keine Geschäftsfrau. Mehr ein Geschäftskind. Er versuchte sich daran zu erinnern, wie sie unter den Kleidern der Macht aussah. Vage Erinnerungen an weiße Kurven, weiche Glieder. Große Brüste. Er hatte seinen Kopf zwischen sie gelegt, war für einen Moment fast zufrieden gewesen.

Sie redete auf ihn ein.

»... normalerweise nicht, und als du nicht angerufen hast, dachte ich, daß ...«

»Warum bist du mitten in der Nacht gegangen?«

Sie zögerte. Es war nicht sehr hell, aber er glaubte, sie erröten zu sehen. »Du warst betrunken. Du hast Unsinn geredet, über Bäume und Feen und Katzen. Und dann hast du Unverständliches von dir gegeben, wie in einer fremden Sprache. Ich hatte Angst. Ich dachte, es ist vielleicht Gälisch oder so etwas. Ich dachte, ich bin mit einem Verrückten ins Bett gestiegen.«

Unwillkürlich mußte er lächeln, und diesmal lächelte sie zurück.

»Haben wir ...?«

»Nein, du warst zu betrunken. Es war richtig süß. Du hast dich immer wieder entschuldigt.«

»Verstehe.«

Schweigen. Nur die Geräusche der Stadt. Plötzlich wollte er, daß dieses Mädchen bei ihm blieb, die Nacht mit ihm verbrachte. Aber es gab noch eine weitere Peinlichkeit.

»Ich habe deinen Namen vergessen.«

Die Augen blitzten kurz temperamentvoll auf. Er erwartete, daß sie aufstand und ging, aber statt dessen sagte sie ruhig: »Clare.«

Er nickte.

»Ich hatte es dir zusammen mit meiner Telefonnummer aufgeschrieben. Den Zettel habe ich neben das Bett gelegt.«

»Warum bist du zurückgekommen?« Er war zu müde, um um den heißen Brei herumzureden.

»Ich weiß es nicht. Ich glaube, um zu sehen, ob du wirklich ein Verrückter bist.«

Sie sahen sich an, Fremde, die sich vergangener Intimitäten schämten. Intimitäten, die aber gleichzeitig seltsamerweise ein Zusammengehörigkeitsgefühl schafften.

»Wie wär's mit einem Drink?« fragte Michael, als schlüge er einen Waffenstillstand vor. Sie schüttelte den Kopf. »Aber ich würde gerne einen Kaffee trinken.« Zum ersten Mal verschwand der Aktenkoffer von ihrem Schoß.

Sie war zwanzig Jahre alt. Ihr Akzent verriet eine teure Schulbildung und ihr Geruch ein teures Parfum. Er ließ sie reden, war sich seines zerknitterten Aussehens bewußt und hoffte, daß sie weder die leere Flasche in der Manteltasche noch seinen Bauch registrieren würde. Die Eitelkeit, dachte er belustigt, ist eine irrationale Sache.

Es wurde spät, und die Stadt fiel in ihren kurzen Schlaf. Müdigkeit zupfte an seinen Augenlidern, und er merkte, daß er nicht mehr darauf achtete, was sie erzählte. Er nahm nur noch ihre angenehme, kultivierte Stimme wahr, die die Stille vertrieb. Er war bereit, die ganze Nacht hier zu sitzen und den Schlaf zu verdrängen, nur um weiter diese Stimme zu hören. Solange sie dort mit ihrem eleganten Duft saß, kam der Wald nicht in das Zimmer, und seine Geister blieben tief in der Erinnerung, wo sie hingehörten.

Schließlich aber hörte sie auf zu reden. Sie balancierte die leere Kaffeetasse auf ihrem Knie, als befände sie sich im Salon eines Monarchen, streckte eine Hand nach dem Aktenkoffer aus und berührte ihn, als sei er ein Talisman.

»Ich muß morgen früh zur Arbeit.«

»Ich auch.« Schweigen, ein Moment der stummen Kommunikation.

»Ich habe einen Wecker. Er funktioniert meistens.«

Wieder Schweigen. Diese dunklen Augen fixierten ihn. Mit plötzlicher Klarheit begriff er, daß sie auf ihre Weise eine einsame Nacht genauso fürchtete wie er. Aber sein Gesicht blieb unbewegt. Er war sicher, daß er eine Grenze überschritten hatte, einen unausgesprochenen Vertrag mit seiner Anspielung verletzt hatte.

Schließlich lächelte sie; ein breites, wohlwollendes Lächeln.

»Versprichst du mir, daß du im Schlaf nicht Gälisch sprichst?«

»Versprochen.«

Diesmal war er nicht zu müde oder betrunken. Sie liebten sich vorsichtig und rücksichtsvoll, bemüht, den anderen nicht zu bedrängen. Es war nichts Weltbewegendes, aber danach legte er den Kopf an ihre Brüste und genoß das Gefühl, in ihren Armen zu liegen. Keine Wildnis hatte sie abmagern lassen, keine Narben bedeckten ihre Haut. Er preßte sein Gesicht an ihren reifen Körper, als er könne sich darin vergraben, während draußen die Dämmerung anbrach und in finsteren Straßenecken die Geschöpfe des Waldes ihre Wache hielten.

Für lange Zeit schien er durch eine unbestimmbare Welt zu schweben, eine Traumwelt, durch die bekannte und unbekannte Gesichter kreisten. Cat war da, aber sie hatte sich irgendwie verändert, war füllig geworden und hatte große Augen bekommen. Sein Großvater war auch da – der alte Pat. Und Rose war da. Sie weinte.

»Komm und hol mich, Michael. Bring mich nach Hause.«

Nach Hause.

Der Schwarze Reiter schob sich wie eine dunkle Wand vor

sie. Er war riesig und schwarz wie eine sternlose Nacht. Immer höher wuchs er empor, wurde groß wie ein Hügel – und verwandelte sich in ein hoch aufragendes, halb verfallenes Schloß auf einer Felsspitze. Es lag so hoch, daß Wolken über seinen Zinnen lagen und graue Nebel die Mauern befeuchteten. An den Mauern wuchsen riesige alte Bäume mit wirr verschlungenen Ästen und Wurzeln, die sich tief in den felsübersäten Lehmboden gruben. Ihr Laubdach war so dicht, daß es wie ein festgewebter Teppich für Riesen wirkte. Aus den dunklen Tiefen des Schlosses klang das Heulen Tausender Wölfe.

Mit einem Schrei öffnete er die Augen, und Cat beruhigte ihn, drückte ihn an sich.

»Ist ja gut, Liebster. Alles ist gut.«

Es war Tag. Er roch den durchdringenden Brandgeruch, der in der Luft lag, und irgendwo erklang das Klagelied einer Mutter. Leute gingen umher, unterhielten sich murmelnd.

»Mirkady«, krächzte er aus trockener Kehle.

»Hier, mein Freund.« Das diabolische Gesicht tauchte grinsend vor ihm auf.

Michael schloß die Augen wieder und lehnte sich in Cats Arme zurück. In der Nähe vernahm er Ringbones Stimme. Geschäftiges Treiben war zu hören. Er öffnete die Augen und sah Cat an.

»Sie brechen auf, nicht wahr? Sie gehen zurück nach Norden.«

Sie nickte. Hinter ihr erschien eine klotzige Gestalt mit mächtigen Fangzähnen.

»Dieser Teil der Welt ist kein Ort für Menschen«, sagte Dwarmo. »Sie haben viele Opfer bringen müssen.«

»Sie werden noch mehr Opfer bringen müssen, bis sie wieder zurück in die Wälder der Menschen kommen«, meinte Mirkady mit einem Augenzwinkern. Michael hätte ihn am liebsten geschlagen. Statt dessen setzte er sich auf. Der glühende Schmerz in seinem Schenkel nagelte ihn am

Boden fest, und darüber hinaus hatte er noch drei oder vier andere schmerzhafte Wunden an Armen und Beinen. Das Ulfberht lag neben ihm.

Er sah sich um und erblickte die Scheiterhaufen, die zum Anzünden bereit waren. Daneben die dunkleren Hügel mit den gefallenen Feinden. Es mußten Hunderte sein. Die Überlebenden von Ringbones Volk packten ihre kümmerlichen Habseligkeiten zusammen. Die Frauen hatten rote Augen, und manche bluteten aus tiefen Schnittwunden, die Männer wirkten wie wandelnde Leichen. Nicht mehr als vierzig waren mit dem Leben davongekommen. Michael zählte weniger als ein Dutzend Männer, die noch stehen konnten. In der Mitte des Lagers standen die zwei Pferde, Risse und Bißwunden auf den Flanken. Wenigstens hatten sie überlebt.

Ringbone setzte sich zu ihm. Am Unterarm und am Bizeps trug er Verbände aus Baumrinde. Niemand im Lager schien unverletzt davongekommen zu sein, Cat eingeschlossen.

»*Cadyei*?« fragte ihn der Fuchsmann. Er sagte, daß es ihm gutging. Ringbone blickte für einen Augenblick zu Boden und fragte, ob er und Cat immer noch nach Süden gehen wollten.

Michael sah sie an, und sie blinzelte ihm zu, obwohl Mirkadys Augen sich verdunkelt hatten. Ringbone ignorierte die beiden *Wyrims*.

Sein Volk ging nach Norden, sagte er. Sie würden nicht überleben, wenn sie hierblieben. Er hielt inne, und Michael sah an seinem normalerweise unbewegten Gesicht, daß er mit sich kämpfte.

Sollten doch *Utwychtan* und *Teowynn* mit seinem Volk zurück in den Norden ziehen, sagte er, als sei ihm die Idee gerade erst gekommen.

Michael schüttelte den Kopf.

Ringbone nickte, und auf seinem Gesicht erschien sein seltenes Lächeln. Wenn sie denn später wieder nach Norden kämen, würden sie sein Volk vier Tagesmärsche westlich des verbrannten Dorfes antreffen. Man hatte entschieden, daß es besser war, sich den Rittern zu stellen als dem Waldvolk – und an dieser Stelle warf er einen Seitenblick auf den schweigenden Mirkady.

»*Dhanweyr moih*«, sagte er schließlich. Michael wünschte ihm ebenfalls eine gute Reise. Dann stand Ringbone in einer raschen Bewegung auf und verschwand, um den Aufbruch seiner verbliebenen Leute zu organisieren.

Sie machten sich auf den Weg, verschwanden der Reihe nach zwischen den Bäumen. Vierzig Seelen auf der Suche nach einer Zuflucht. Michael hatte den Eindruck, daß er ein altes, schon oft geübtes Ritual beobachtete. Es war so natürlich wie der Wechsel der Jahreszeiten, daß Menschen weiterzogen, nach einem besseren Ort zum Leben suchten. Auch wenn sie dabei in ihren Untergang liefen.

Es wurde still, als der letzte der Fuchsleute verschwunden war. Michael, Cat, Mirkady und der riesige Dwarmo gingen den Talhang hinauf, weg vom Gestank der Toten und dem Rauch der Scheiterhaufen. Sie zündeten ein Feuer an, um Wasser zu kochen und ihre Wunden zu behandeln.

Die Nacht umfing sie. Am Rande ihres Lagers hielt Dwarmo unbeweglich Wache und sah dabei wie ein wuchtiger Megalith aus, während Mirkady mit zuckenden Ohren den Geräuschen des Waldes lauschte.

Michael und Cat tranken Waldmohnextrakt, um den Schmerz ihrer Wunden zu lindern, und brannten sich gegenseitig die Verletzungen mit einer glühenden Messerklinge aus. Michael war klar, daß Narben zurückbleiben würden, als er die Blessuren an Cats Beinen behandelte, und er war traurig darüber, daß ihre makellose Schönheit davon beeinträchtigt werden würde. Sie war dünn und abgemagert wie ein Windhund, und ihre Brüste wirkten winzig – kaum größer als die dunklen Brustwarzen. Er küßte ihren Nabel, nachdem er ihre Wunden mit dem Messer behandelt hatte, und legte ihr Verbände an.

»Du mußt mehr essen, Cat.«

»Und was ist mit dir? Du siehst mit deinem Bart aus wie ein halbverhungerter Prophet, obwohl deine Schultern fast so breit sind wie Dwarmos. Wie bist du so groß geworden?«

»Das habe ich geerbt.«

Sie aßen aufgewärmtes Wildbret und Waldzwiebeln und tranken etwas von dem Roggenschnaps, den Ringbone Cat gegeben hatte. Es war ein feuriges Getränk, das für den Stamm von großem Wert war, da man es nur durch Handel mit den Dorfbewohnern bekommen konnte, eine klare Flüssigkeit, die aber einen kräftigen Geschmack hatte, wie Methylalkohol mit einem Schuß von Getreide und Sommerstaub. Sie tröpfelten etwas davon mit angespannten und schmerzverzerrten Gesichtern auf ihre Wunden, und Mirkady mußte kichern. Er lehnte es ab, von dem Schnaps zu trinken, und erinnerte sie an den süßen Met, den sie in seiner Höhle genossen hatten.

Sie fachten das Feuer ordentlich an, als die Nacht richtig anbrach. Von Westen her schoben sich schwere Wolken vor die Sterne und versprachen Regen vor Tagesanbruch. Die Bäume schwankten unbehaglich im Wind, ihre Wipfel bewegten sich wie die Wogen eines großen, dunklen Meeres. Ihr Lagerfeuer war ein einsam funkelndes Juwel inmitten des düsteren Waldes, denn die Scheiterhaufen waren mittlerweile zu Asche zerfallen, und die Toten von Ringbones Stamm hatten sich wie ein Mottenschwarm in die Luft erhoben, der sich auf ein fernes Licht zu bewegt.

»Ihr wollt also nach Süden«, sagte Mirkady schließlich mit ernster Stimme. Michael nickte. Cat lag in seinen Armen, und sein Kinn ruhte auf ihrem Haar. Ihre kalten Finger hielten die seinen umklammert.

»Ich weiß nicht, ob ihr eine Vorstellung von dem Land habt, das ihr betreten werdet«, fuhr der Wyrim fort. »Es heißt nicht umsonst Wolfswald. Und Wölfe sind noch mit das Harmloseste, das euch dort begegnen wird.«

»Das wissen wir«, sagte Michael mit fester Stimme. Er spürte, wie Cat zitterte, und umarmte sie noch fester.

»Tatsächlich? ... Schwester Catherine, du weißt doch Bescheid. Du kennst die Geschichten. Kannst du diesem Mann diesen Wahnsinn nicht ausreden?«

Cat löste sich aus Michaels Armen, beugte sich vor und stocherte mit einem Stock im Feuer herum.

»Man kann nicht mit ihm reden. Er meint, daß er einen Auftrag erledigen muß, und ist dazu fest entschlossen.« In ihrer Stimme war eine müde Bitterkeit.

»Die Verwandte, die der Schwarze Reiter entführt hat. Ich verstehe. Du hoffst also, sie zu finden, *Utwychtan*.«

Michael schwieg.

»Laß mich dir eine Geschichte erzählen, Weitgereister, eine alte Geschichte, die deine Lady hier vielleicht noch nicht kennt. Wie alle guten Geschichten ist es eine wahre Geschichte, und sie könnte dir einen Eindruck davon vermitteln, in was du dich hineinstürzen möchtest.

Vor einigen Jahren – vielleicht neunmal fünfzig oder etwas weniger – eine winzige Zeitspanne im Wildwald – beschlossen die Brüder, die Menschen in den Wäldern zu ihrer Philosophie zu bekehren, und sie schickten Missionare in die entlegensten Ortschaften. Die Dorfbewohner waren leicht zu überzeugen, denn die Kreuze und die heiligen Worte hielten die Bestien in Schach. Und so wurden die Männer, die jetzt die Stämme bilden, und die man früher die *Myrcaner* nannte, überflüssig. Diese Männer hatten bis zu diesem Zeitpunkt die Dorfbewohner beschützt. Sie waren ein stolzes Volk und sind es immer noch. Als sie nicht mehr gebraucht wurden, wandten sie sich von ihren einstigen Schützlingen ab. Die Leute begannen, ihnen zu mißtrauen, denn sie waren damals unvergleichliche Krieger, vollendete Soldaten, die sogar von den *Wyrims* respektiert wurden. Sie wurden geächtet und degenerierten zu dem Nomadenvolk, das wir heute kennen.

Aber wir schweifen von der Geschichte ab, die ich erzählen möchte. Diese Brüder strebten in ihrer Arroganz danach, die ganze Welt zu bekehren. Sie wurden immer mehr, und viele Männer erklärten sich bereit, ihnen zu dienen. Schon bald war es so, daß Dörfer, die zögerten, sich bekehren zu lassen, oder die weiterhin dem Schutz der *Myrcaner* vertrauen wollten, mit Gewalt überwunden wurden. Die Soldaten der Brüder des Waldes wurden ›Patrouillenritter‹ genannt.

Sogar das Waldvolk, das die Brüder haßt und verachtet, weil sie den Wald mit ihren Heiligtümern vergiften, kannte vernünftige Männer unter ihnen, die Harmonie predigten und mit jedermann in Frieden leben wollten, das Waldvolk eingeschlossen. Anfangs gab es viele solcher Männer. Doch die Zeit verging, und die Toleranz schwand auf beiden Seiten. Zuerst waren es die *Wyrims*, die von der Kanzel aus angeprangert wurden, jetzt sind es die Stämme. Es herrscht ein richtiger Krieg im Wildwald.

Aber ich schweife schon wieder ab. Verzeiht mir. Die *Wyrims* sind ein weitschweifiges Völkchen, wenn sie einmal in Fahrt geraten. Eine Geschichte ist für sie wie ein guter Wein und muß ausgiebig genossen werden. Es ist etwas, das man ausgiebig erörtern und bei jedem Erzählen einschmelzen und neu schmieden muß.

Nun, wie ich schon sagte, die Arroganz der Brüder und ihrer Rüstung tragenden Handlanger war also so groß, daß sie beschlossen, ihre frohe Botschaft in jedes Tal des Waldes zu tragen, und sie waren der Ansicht, daß dies auch für die verbotenen Gegenden des Südens zu gelten hatte, in denen die Bestien ungestört ihr Unwesen trieben. Damals war dieser Teil des Waldes noch nicht so gefährlich wie heute, und Menschen jagten hier und bearbeiteten den Boden. Sie lebten in so kleinen Siedlungen, daß sie kaum der Erwähnung wert waren. Einige wagten sich sogar ganz in den Süden, in den Wolfswald selbst – und tauchten nie wieder auf. Man wußte damals nicht, was für ein Ort der Wald war. Man kannte nur die alten Legenden, die Mythen über die Wyrims und die Geschichten über die Männer, aus denen sich die Stämme gebildet hatten. Und doch wurden auch immer noch die alten Geschichten aus der Zeit erzählt, in denen die

Menschen auf ihrem Weg von den Bergen im Süden durch diesen Wald gezogen waren. Es war ein schrecklicher Ort, hieß es. Niemand konnte dort überleben. Warum, wußte keiner zu sagen.

Die Brüder waren nicht durch die Berge gekommen, Weitgereister. Sie kamen aus deiner Welt oder einer ähnlichen; sie kamen durch ein Tor im Norden und hatten keine Ahnung von den Schrecken und Mühen einer Reise durch die Wälder des Südens. Sie sagten, daß ihre Kreuze alle Bestien in Schach halten würden, und daß sie den Dorfbewohnern ihren Aberglauben bezüglich des Wolfswaldes schon austreiben würden. Sie würden ihn unter die Obhut ihrer Kirche nehmen.

Und so wurde eine Expedition vorbereitet, und ein Bruder mit dem Namen *Bischof*, der einen hohen Rang bei ihnen bekleidete, führte eine Abteilung nach Süden in die verbotenen Wälder.

Fünfundzwanzig Brüder zogen los, und mit ihnen fünfzig Ritter sowie eine mehr als doppelt so große sonstige Gefolgschaft. Sie hatten Maultiere und Pferde für ihr Gepäck und führten Schaf- und Rinderherden mit sich, da sie eine große Siedlung errichten wollten – halb Festung, halb Kirche. Es gibt Gerüchte, daß sie auch ein Stück vom Fleisch ihres Gottes als Talisman bei sich hatten, aber ich bezweifle, daß selbst die Brüder so barbarisch sein könnten.

So brachen sie an einem Frühjahrsmorgen singend auf und verschwanden in den Wäldern, zweihundert Seelen. Man hat sie nie wieder gesehen.

Mit den Jahren kamen die Gerüchte in die Dörfer. Sie hätten eine Festung gebaut und wären dort belagert worden. Sie wären genauso verwildert wie die Stämme. Die *Wyrims* hätten sie getötet oder die Kobolde. Der Zauber der Brüder hätte in der Tiefe des Waldes versagt. Sie wären immer weiter in den Süden gezogen, in das Land hinter den Bergen. Der Schwarze Reiter hätte sie in sein Schloß gebracht.

Zwei Jahre später wurde eine zweite Expedition ausgesandt. Nur drei Brüdern gingen mit, junge Männer, von denen einer früher ein *Myrcaner* gewesen war: Phelim, Finn und Dermott. Vierzig Ritter begleiteten das Trio. Auch sie verschluckte der Wald.«

Das Feuer knackte und prasselte vor ihnen, ein heller Schein vor der dunklen Umgebung. Dwarmo rührte sich nicht, aber auch er hatte den Kopf geneigt und lauschte Mirkadys Erzählung.

»Das war das Ende der Expeditionen in den Süden. Von diesem Zeitpunkt an mieden die Menschen diese Gegend. Gelegentlich verließen Menschen die Wälder an der Grenze des Wolfswaldes – die Gegend, in der wir uns jetzt befinden. Es wurde von schwarzen Schatten in den Bäumen gemunkelt, von Vampiren, die Kinder entführten und dem Vieh das Blut aussaugten. Von *Ghouls*, die Jagd auf Menschenfleisch machten.«

»Kobolde«, sagte Michael.

»*Grymyrchs*. Ja. Sie waren damals noch vorsichtiger. Heute sind es viel mehr geworden, und sie haben mehr Selbstvertrauen bekommen. Dafür hat der Schwarze Reiter gesorgt. Es heißt, daß die Geister der verschwundenen Expeditionen noch immer zwischen den Bäumen wandern, daß ihre Seelen im Schloß des Schwarzen Reiters gefangengehalten werden.«

»Was ist mit ihnen geschehen?« fragte Michael. Er war sicher, daß der *Wyrim* die Antwort kannte.

Mirkady lächelte unbehaglich. »Warum glaubst du, daß ich das weiß?«

»Dein Volk scheint alles zu wissen.«

»Nun, das stimmt auch«, sagte Mirkady leichthin. »Es ist nur so, daß wir nicht jedem alles erzählen.«

»Was geschah?« wiederholte Michael.

Das kleine Wesen starrte in die Flammen.

»Unser Volk begleitete ihren Zug für eine Weile. Die Kreuze und Messen und diese Dinge hielten uns auf Abstand. Sie kamen zu abgelegenen Siedlungen, Farmen, kleinen Dörfern, deren Bewohner wir kannten und die wir in Ruhe gelassen hatten. Einige von uns kannten sogar die einzelnen Bewohner. Es waren kühne Seelen. Und das mußten sie auch sein, lebten sie doch in einer Gegend, die damals die Ausläufer des Wolfswaldes bildete. Diese Menschen wurden zum Glauben der Brüder bekehrt, entweder durch Überredung oder durch Gewalt. In den größeren Siedlungen blieben ein Bruder und ein paar Ritter zurück, um dafür Sorge zu tragen, daß der Glaube auch Wurzeln schlug. Der Rest der Kolonne zog weiter.

Als sie endlich in den eigentlichen Wolfswald eingedrungen waren, hatten sie schon mehr als zwanzig Mann zurückgelassen. Am Ende jedes Tagesmarsches errichteten sie ein Holzkreuz, das sie in einen Steinhaufen steckten. Eines Tages sollte entlang dieser Kreuze eine Straße gebaut werden. Sie weihten die Kreuze mit Weihrauch und Weihwasser, und vielleicht stehen sie immer noch, denn die Brüder benutzten Eichenholz und verankerten die Kreuze fest.

An den ersten Tagen hatten sie keine größeren Probleme. Sie sahen die Signalfeuer und ignorierten sie. Jeden Abend errichteten sie ein befestigtes Lager, was in diesem Dickicht keine leichte Sache war. Aber dann geschahen merkwürdige Dinge. Das Vieh ließ sich kaum noch vorwärts treiben, und einige Tiere gingen verloren. Männer, die das Lager nachts verlassen hatten, verschwanden spurlos. Zwei Ritter kehrten von der Suche nach ihnen nicht mehr zurück.

Danach wurden sie vorsichtiger. Sie mußten ihr Vieh schlachten, um sich zu ernähren, denn es gab kein Wild, und sie konnten nicht einzeln auf die Jagd gehen. Große Wolfsrudel folgten ihnen, und die Brüder mußten nachts Wache stehen, um sie zu vertreiben. Erschöpfung machte sich breit, und die ständig erforderliche Aufmerksamkeit setzte ihrer Moral zu.

Sie waren jetzt tief im Wolfswald und erblickten merkwürdige Tiere, die sie nie zuvor gesehen hatten. Die Trolle beschatteten sie, und Kobolde spähten von den Bäumen auf sie herab. Die Leute, die sich der Expedition angeschlossen hatten, begannen gegen die Brüder zu murren, sagten, daß sie in einer sinnlosen Mission unterwegs wären und im Wald nichts als den Tod finden würden. Einige wollten umkehren, aber Bischof und der Anführer der Ritter ließen ihre Argumente nicht gelten. In dieser Nacht verließen viele das Lager, nachdem sie zwei der Brüder und einige der Ritter dazu angestiftet hatten, sie zu begleiten. Sie verschwanden im Wald, in der Absicht, den gleichen Weg zurück zu gehen und wieder in die Wälder der Menschen zu gelangen. Keiner von ihnen erreichte sein Ziel.

Die Wochen vergingen, und jeden Morgen versammelten sich weniger Expeditionsteilnehmer zur Morgenandacht. Als sie kaum noch hundert zählten, entschied Bischof, daß sie am besten umkehrten, und seine Entscheidung wurde mit Freude aufgenommen. In dieser Nacht aber senkte sich dichter Nebel auf sie nieder. Einige Männer wurden von Panik ergriffen und rannten in den Wald. Andere wurden von den Rittern getötet, als sie versuchten, die Vorräte zu plündern. Die Brüder selbst wurden von Todesangst erfaßt, und durch ihre Angst wich ihre Macht von ihnen. Bestien drangen auf das Lagergelände vor, und die Männer irrten hilflos durch den Nebel und wurden einzeln von ihnen überwältigt. Nur ein paar der jüngeren Brüder verloren ihren Glauben nicht, und um sie herum sammelten sich die Tapfersten der Ritter und der sonstigen Begleiter. Am Morgen lebten kaum noch zwanzig von ihnen, der Bischof selbst war verschwunden. Das Lager war voller Blutspuren, vernichteter Vorräte und toter Tiere, doch sie fanden keine einzige menschliche Leiche.

Es ist unklar, was danach geschah. Der Glaube der Überlebenden war stark, und sie stritten nicht untereinander. Die *Wyrims* überließen sie den *Grymyrchs*, aber ich habe gerüchteweise gehört, daß dieser kleine Trupp zusammenblieb und weiter nach Süden zog. Sie suchten das Ende des Waldes, um wieder einmal offenen Himmel über sich zu sehen.

Einige aus meinem Volk glauben, daß sie entkommen sind, daß die Kobolde in den Tiefen des Waldes ihre Spur verloren, sie schließlich den Weg zu den Bergen am Ende der Welt gefunden haben. Aber das ist reine Spekulation. Eines ist jedoch sicher: niemand kam jemals wieder in diese Wälder. Höchstwahrscheinlich ruhen ihre Knochen in einem der namenloser Täler, in denen selbst die Kobolde sich nicht wohl fühlen, oder der Schwarze Reiter hat sie erwischt. Das gleiche Schicksal erlitt die zweite Expedition, die, die von den drei Brüdern angeführt wurde. Der Wolfswald hat sie alle verschlungen.«

»Du redest, als seist du dabei gewesen«, sagte Michael und sah Mirkady forschend ins Gesicht.

Der *Wyrim* lachte: ein sprödes, gefährliches Lachen.

»*Wyrims* halfen den Kobolden, den Wölfen, den Werwölfen. Schließlich sind wir letztendlich Kinder des gleichen Vaters.«

Sie schwiegen. Dwarmo kam zum Feuer und bediente sich aus dem großen ledernen Weinschlauch, den Ringbones Leute ihnen überlassen hatten. Er nahm große Schlucke und schmatzte mit seinen dicken Lippen. Ein wonniger Ausdruck erschien auf seinem Gesicht.

»Du weißt nun, wohin du gehen willst, Weitgereister. Wohin du unsere Schwester mitnehmen willst«, sagte Mirkady mit weicher Stimme.

»Sie beobachten uns«, fügte Dwarmo hinzu. »Sie fürchten die Wyr-Flammen, sonst wären sie schon vor Stunden über uns hergefallen.«

Michael sprang auf, und der Schmerz in seinem Schenkel ließ ihn aufstöhnen. Er zog sein Schwert, aber als er sich umsah, konnte er nur die undurchdringliche Mauer der Bäume erkennen. Eine Eule rief, und irgendwo ertönte der heisere Ruf eines Fasans. Wären die Bäume nicht so hoch gewesen, hätte es auch der Wald bei ihm zu Hause sein können. Sie waren hier riesig, ihre Stämme waren dicker, als er groß war. Er steckte das Schwert wieder in die Scheide und rieb gedankenverloren Fancys Nase. Die Pferde waren in der Nähe des Feuers fest angepflockt, und wenn man den Wahnsinn der vergangenen Nacht bedachte, waren sie erstaunlich ruhig.

»Ich werde trotzdem gehen, und wenn ich allein gehen muß.«

»Du wirst nicht allein gehen«, sagte Cat mit belegter Stimme. Mit düsterer Miene blickte sie in den Wald.

»So sei es denn«, sagte Mirkady und spuckte in das Feuer.

Es zischte überlaut, als sein Speichel die Glut traf, und das Feuer knisterte laut. Michael fuhr herum.

»Was tust du da?«

»Ich sorge dafür, daß ihr möglichst lange ungeschoren bleibt. *Wyr*-Feuer, Michael Fay. Ich tue euch einen Gefallen.«

Das Feuer wurde größer, hüfthoch, schulterhoch, und dann war es höher als Michaels Kopf, eine dünne Flammenspirale, die schnell dunkler wurde. Sie wurde erst blau, dann grün, und plötzlich wurden ihre Gesichter in ein flakkerndes, unterwasserartiges Licht getaucht. Das Feuer hatte jetzt die gleiche Farbe wie die Flammen, die die Kobolde verschlungen hatten.

»*Wyr*-Feuer«, sagte Mirkady. »Ein Geschenk des Waldes an die Wyrims. Das Mark der Erde in Flammenform.«

Er beugte sich vor, so daß die Flammen sein scharfgeschnittenes Gesicht umschmeichelten, durch seinen Haarschopf strichen, um seine Augen leckten. Das smaragdgrüne Leuchten seiner Augen war fast identisch mit dem Feuerschein. Für ein paar Sekunden sah es aus, als weinte er glühende Tränen. Dann atmete Mirkady scharf ein. Seine schmale Brust dehnte sich enorm, und das grün flackernde Feuer wurde durch seinen offenen Mund gesaugt, rann ihm wie Wasser durch die Kehle. Das Lagerfeuer nahm wieder seine gewöhnliche Gelbfärbung an, aber Mirkady stand zum Bersten angeschwollen vor ihnen. Zuerst ging er zu Cat hinüber und preßte plötzlich seine schwarzen, lederartigen Lippen auf ihren Mund. Michael fuhr zusammen. Dann schien Mirkady auszuatmen. Cat zuckte zurück, aber die Finger der kleinen Kreatur krallten sich in ihre Schulter und hielten sie fest. Eine größere, schwerere Hand in Michaels Nacken hinderte ihn daran, aufzustehen, und hinter ihm sagte Dwarmo mit seiner polternden Stimme: »Du brauchst keine Angst zu haben. Mirkady erweist euch eine Wohltat, wahrlich einen großen Gefallen. Sitz still.«

Mirkady gab Cat frei, und sie stolperte blinzelnd rückwärts. Michael wand sich mit aller Kraft, aber Dwarmos gewaltige Kraft hielt ihn fest.

Mirkadys laubtrockene Lippen legten sich leicht auf seinen Mund. Er fühlte sich, als würde ihm plötzlich ein Sturm durch den Mund wehen; ein heißer Hauch schoß durch seine Kehle und wärmte seinen Schlund wie Wein. Er raste durch jeden Nerv und jede Ader seines Körpers, und Michael dachte, daß er vielleicht aufglühen würde wie ein Neonschild, wie ein übermäßig mit Kerzen bestückter Weihnachtsbaum. Das Feuer explodierte in seinem Gehirn und schoß durch alle Neuronen, in jede Zelle – und der Wald war in dem Licht, in seinem Bewußtsein. Er schoß aus heißer Finsternis durch Fels und Lehm und Erdschichten, durch Wurzelgewirr und Baumstämme, spürte die Jahreszeiten vorbeirasen wie einen Windhauch auf der Rinde, hinaus in die raschelnden Blätter, ins warme Sonnenlicht, die laue Luft wie Blut in seinen Adern. Er wurde losgerissen, schwebte zu Boden, zurück zur Erde, in den Lehm und den Felsboden, um den Kreislauf wieder zu beginnen.

Das Feuer schien ihm warm und gelb ins Gesicht, und das Gewicht auf seiner Schulter war Dwarmos Hand, die verhinderte, daß er stürzte. Benommen sah er sich um. Mirkady saß wieder am Feuer, wirkte gleichzeitig amüsiert und ernst. Cat sah so durcheinander aus, wie er sich fühlte. Sie schüttelte den Kopf, als wollte sie eine Fliege vertreiben.

»Was hast du getan?« fragte er Mirkady. Er schwankte, als Dwarmo ihn endlich losließ.

»Ich habe euch ein Geschenk gemacht, das die Waldwesen

im Umkreis von Meilen riechen können. Ihr könnt es jetzt selbst entfesseln, du und Catherine, aber nur ein einziges Mal. Die Geschöpfe des Waldes werden euch für *Wyrims* halten, bis ihr das Feuer freigelassen habt. Wenn es euch verläßt, werdet ihr wieder menschlich sein, reines Schlachtvieh in diesem Teil der Welt. Vergeßt das nicht.«

»Wie können wir es entfesseln?«

»Das wirst du dann spüren, Weitgereister, wenn die Notwendigkeit es gebietet. Aber denk daran, daß ihr es nur einmal benutzen könnt.«

Dwarmo erhob seinen dunklen Baß.

»Es ist ... eine Ehre, die euch widerfährt. Es ist keine Sache, mit der unser Volk freigebig ist.«

»Warum hast du es dann getan?« fragte Michael Mirkady.

»Weil ich deine Lady liebe.« Mirkady und Cat starrten sich an. Michael sah den *Wyrim* betroffen an.

»Und weil ich glaube, daß ihr etwas Wichtiges vorhabt. Etwas, das geschehen soll. Ich glaube nicht, daß es nur eine Laune des Zufalls war, die dich hierher gebracht hat; ich glaube auch nicht, daß du selbst den Grund dafür kennst. Es steckt mehr dahinter.«

Das *Wyr*-Feuer war nur noch ein leises Kribbeln in Michaels Knochen.

»Kennst du den Weg zum Schloß des Schwarzen Reiters?«

Mirkady nickte. »Wir alle kennen ihn. Auch Cat. Du weißt, daß es existiert, daß es real ist?«

Sie sagte nichts. Ihre Lippen waren verärgert zusammengepreßt, der Mund nur ein Strich.

»Wie weit?« fragte Michael Mirkady.

»Einen Alptraum weit entfernt. Entfernung sind eine unsichere Sache in diesem Land, und es wäre albern, an einen direkten Weg zu glauben. Ihr werdet wandern, bis ihr es findet – alle, die hierher kommen, finden es früher oder später, wenn der Schwarze Reiter es will. Es kann eine Meile entfernt sein, oder zehntausend. Ihr werdet es finden, wenn er will, daß ihr es findet. Wenn er glaubt, daß ihr dazu bereit seid.«

»Wozu bereit?«

»Bereit, ihm eure Seelen zu überlassen.«

Als der Morgen kam, waren Mirkady und Dwarmo verschwunden. Ein lächelndes Gesicht war in der Nähe des Feuers in den Boden gezeichnet worden. Michael lauschte für einen Weile. Dichter Nebel schwebte wie ein Meer unten im Tal, und die Bäume ragten daraus hervor wie zottige Riesen, die an Land waten. Es war still im Wald, und eine blasse Sonne schickte ihre ersten Strahlen über den östlichen Horizont und zeichnete Regenbögen in die dunstige Luft.

Cat lag auf der anderen Seite des erloschenen Feuers und beobachtete ihn. Es war kalt gewesen ohne die Wärme ihres Körpers, aber seit ihr das *Wyr*-Feuer eingehaucht worden war, hatte sie sich distanziert verhalten. Bildete Michael es sich nur ein, oder hatte sie sich irgendwie verändert – war die Seite, die von ihr zu Mirkadys Volk gehörte, stärker geworden als ihre menschliche Seite? Konnte es sein, daß ihre Augen enger und ihre Ohren länger und spitzer geworden waren?

Aber als sie aufstand und ihre Pelze beiseite warf, schämte er sich für seine absurden Gedanken. Sie war das gleiche schlanke und hübsche Mädchen, das sie immer gewesen war, und er sehnte sich nach ihr.

»Cat?« Sie rollte ihr Bettzeug zusammen.

»Was?« sagte sie, ohne aufzublicken.

Er berührte sie am Arm, und sie hielt inne, ohne ihn anzusehen.

»Nein, Michael.«

»Warum nicht? Es ist schon ewig her.«

»Wir werden uns nicht lieben, solange du deine Seele für eine andere Frau verkaufen willst.«

Sie weinte, und die Tränen liefen ihr über die Wangen, ihr Gesicht aber blieb hart und unbewegt.

»Sie ist mit mir verwandt. Verdammt, noch mal, Cat, ich dachte, das sei geklärt. Ich dachte, du machst dir keine Gedanken mehr darüber. Du bist es, die ich liebe.«

»Dann hilf mir, meine Seele zu finden, Michael.«

»Was?«

»Wenn ich ein Wechselbalg bin, dann ist auch meine Seele im Schloß des Schwarzen Reiters. Wirst du sie für mich suchen?«

Er konnte ihr nicht antworten. Er fühlte sich erledigt, war völlig ratlos. Sie war undurchschaubar wie das Wetter. Er wußte nicht, wie er sie versöhnlich stimmen konnte.

Er wandte sich ab. »Ich werde Frühstück machen«, knurrte er verletzt. Nichts war in dieser Welt so, wie es zu sein schien. Er fing an zu bedauern, daß er nicht Ringbones Einladung, nach Norden zu gehen, gefolgt war.

Wenn Ringbone überhaupt noch lebte. Er und seine Leute konnten jetzt genausogut ein Berg von Leichen sein.

Cats Hand legte sich auf seinen Nacken, und er drehte sich um. Sie küßte ihn. Sie preßten sich sehnsüchtig aneinander, und er riß ihr kurzerhand den Wams vom Leib.

»Es tut mir leid«, sagte er, als er in sie eindrang, und sie wiederholte es, und dann wiederholten sie es beide immer wieder, während sie sich liebten, verwandelten es in eine Litanei, bis es schien, daß ihnen alles leid tat, was je gewesen war und noch kommen würde. Es tat ihnen leid, daß die Dinge so werden würden, wie sie werden würden.

KAPITEL SECHZEHN

Es war eine ruhige Nacht. Er war bei der Arbeit, zapfte Bier hinter dem Tresen; oder vielmehr hätte er es getan, wenn jemand danach verlangt hätte. Der Pub war fast menschenleer, nur ein paar Unentwegte starrten in ihre Gläser, und in der Ecke wurde Darts gespielt. Alte Männer, die sich viel Zeit dafür nahmen, zur Scheibe und zurück zu schlurfen.

Draußen neigte sich ein langer Tag einer klaren blauen Nacht entgegen, und der verhaßte Berufsverkehr hatte nachgelassen. Ab und zu hörte man das Dröhnen eines der roten Busse, die durch die Straßen pflügten.

Er lehnte sich an den Tresen und zündete sich eine Zigarette an, obwohl die Besitzerin es verboten hatte.

Clare. Das war eine Sache für sich.

Es war keine gute Idee, etwas mit einem zehn Jahre jüngeren Mädchen anzufangen, das an wahre Liebe und Ehre und so etwas glaubte.

Aber es war nett.

Er mochte ihre Eleganz, ihre städtische Erscheinung. Ihr Make-up war fehlerlos. Die Stadt bedeutete ihr ein und alles.

Ein Gesicht erschien kurz am Fenster des Pubs. Ein breites Grinsen, zwei grüne Schlitzaugen, spitze Ohren.

Mirkady?

Er stürzte hinter dem Tresen hervor, riß die Tür auf und blickte hinaus in die ruhige Nacht, auf die Straße im Schein der Laternen.

Nichts.

Sein Herz hämmerte, drohte ihm die Brust zu sprengen. Er preßte die Faust auf sein pochendes Brustbein, während sein Blick verschwommen wurde, die Straßenlampen sich in Sterne verwandelten.

Schwankend ging er zurück hinter den Tresen. Erstaunte Blicke folgten ihm.

Ein eisernes Band hatte sich um seinen Brustkorb gelegt, schnürte ihn unerträglich ein und preßte seine Lungen zusammen. Er ging hinüber zu den Flaschenreihen und schob ein Glas unter das Füllventil des Brandys. Dann rann das Zeug ihm wärmend durch die Kehle.

Ein paar Gäste am Tresen fragten, ob er Hilfe brauchte. Er winkte ab. Herr im Himmel, dachte er, ich werde alt. Ich sterbe hier.

War es Mirkady gewesen, da draußen auf der Straße? Er war sich nicht mehr sicher. Nach so langer Zeit sah ein boshaftes Gesicht aus wie ein anderes. Sein Mund verzerrte sich zu einem schaurigen, freudlosen Grinsen. Der Druck auf seiner Brust ließ nach, seine Lungen atmeten wieder. Die Welt beruhigte sich, und er konnte über die Besorgnis der alten Kerle lachen, sich darüber lustig machen. Der Rest des Brandys tat ein übriges, und einer der Rentner spendierte ihm noch einen. War nicht böse gemeint. Er hob dankend das Glas.

Was geschah mit ihm? In jedem Schatten sah er ein Monster. Die Stadt hatte nach Einbruch der Dunkelheit etwas, das ihn an den Wildwald erinnerte. Etwas Beobachtendes. Es war nicht nur Einbildung. Als er mit Clare abends spazierengegangen war, war ihnen etwas gefolgt. Er hatte weiche Pfoten hinter sich auf dem Bürgersteig gehört. Zu sehen war natürlich nichts gewesen.

Und dann war da die Nacht gewesen, in der ihn Hufschlag auf der Straße vor seiner Wohnung geweckt hatte. Ohne das Geräusch von Hufeisen. Die Hufe waren nicht beschlagen gewesen; kein Pferd war im Wildwald beschlagen.

Er hörte früher auf zu arbeiten; seine Entschuldigung, daß er sich nicht wohl fühlte, wurde von den Kunden bestätigt. Die Besitzerin sah ihm nur kurz ins Gesicht und ließ ihn dann zu seiner Überraschung ohne eine Bemerkung gehen. Er begriff erst, als er auf dem Weg nach draußen sein Spiegelbild in dem Spiegel hinter der Bar sah, ein Anblick, den er in letzter Zeit zu hassen begonnen hatte. Sein Gesicht war aufgedunsen wie immer, das Haar schien noch dünner geworden zu sein, aber er war kalkweiß im Gesicht, und seine Augen waren schreckensgeweitet. Voller Selbstekel und Angst verzog er den Mund, als er den Pub verließ.

Hinaus in die Dunkelheit und den Verkehr, in die lange Straße, in der nur wenige Menschen waren, die zum Teil vorbeieilten, zum Teil schlenderten.

Es war einfach zu ruhig hier, selbst wenn Mirkady hier irgendwo über ihn wachte.

Würde er überhaupt über ihn wachen? Er und seine Artgenossen hatten sich zurückgezogen, hatten Cat und ihn nach den Ereignissen im Wolfswald allein gelassen. Vielleicht hatte er sich mittlerweile mit den Werwölfen und dem Schwarzen Reiter verbündet.

Vor ein paar Jahren wären ihm solche Gedanken nicht gekommen. Die Erinnerungen waren damals nicht so deutlich gewesen. Sie waren tief in seinem Bewußtsein begraben, und der Gedanke an Feen oder Kobolde wäre absurd gewesen. Das war jetzt anders. Es war kein Märchen.

Er guckte ängstlich in dunkle Winkel, als er nach Hause ging, aber niemand belästigte ihn. Nur als er einen völlig einsamen Platz überquerte, hatte er den Eindruck, daß sich hinter ihm im Schatten etwas bewegte. Er blieb stehen und sah genauer hin. Aber es war nichts.

Clare öffnete ihm die Tür und zog ihn hinein in das Licht. Es roch appetitlich nach Essen.

Sie war Vegetarierin, und als sie bei Kerzenlicht ihre Nudeln aßen, mußte er schmunzelnd daran denken, was Cat – oder auch er selbst – damals von einem solchen Essen gehalten hätten. Clare sprach über ihre Arbeit, ihre Chefs, über das Wetter. Seine Schweigsamkeit machte die Unterhaltung schwerfällig. Aber er lächelte und prostete ihr mit dem Rotwein zu – leichterer, dünnerer Wein als der, den er im Wildwald getrunken hatte – und das schien sie glücklich zu machen. Dennoch war sie ihm besorgte Blicke zu, wenn sie dachte, er merke es nicht.

Später lagen sie auf dem Sofa, und der Fernseher flackerte wie ein bläuliches Lagerfeuer vor ihnen. Sie lag seltsam schwer auf ihm, und er dachte, daß ihr Körper merkwürdig weich war, ohne harte Muskeln.

Er fing an zu blinzeln und glitt dem Schlaf entgegen. Erinnerungen umnebelten ihn in einer Mischung aus Tagtraum und Alptraum. Er dachte, daß er mit offenen Augen in eine dunkle Ecke starrte, und daß Cat in dieser Ecke saß und ihn beobachtete. Er versuchte aufzustehen, doch Clares Gewicht fesselte ihn an das Sofa. Sie schien zu schlafen.

Cats Augen leuchteten grün aus der Finsternis, und ihre Ohren hoben sich aus den Haaren, lang wie die eines Rehs.

Er schob Clare von sich, und sie fiel mit einem dumpfen Geräusch auf den Boden. Er taumelte in die Ecke. Nichts. Ein Traum. Eine Erinnerung aus lang vergangenen Zeiten, in denen er Umgang mit Waldgeistern gehabt hatte. Waldgeister! Himmel, er wurde verrückt, das war es. Er hatte Halluzinationen, lebte noch einmal irgendwelche Kindheitsphantasien durch.

»Was, zum Teufel, sollte das?«

Clare. Er drehte sich um. Sie rieb sich die Hüfte und sah ihn verärgert und verwirrt an.

»Tut mir leid. Ich hatte einen … einen schlechten Traum. Er hat mich völlig durcheinandergebracht …«

»Schon wieder?« Jetzt war sie besorgt. Sie strich ihm mit der Hand über das Gesicht. »Ich dachte mir schon, daß etwas nicht in Ordnung ist, als du zu Tür hereinkamst. Du warst so blaß, Michael. Du hast ausgesehen, als sei dir ein Geist begegnet.«

Fast hätte er laut gelacht, lächelte aber nur und küßte sie auf den Mund. Sie zog ihn näher heran. Große dunkle Augen, wirres Haar, Haut wie Porzellan. Pfirsichhaut, dachte er. Englische Rosen. Er bezweifelte, daß sie schon jemals in ihrem Leben eine Nacht im Freien verbracht hatte.

Der Fernseher lief weiter, als sie jetzt ihre Kleider abstreiften, und für einen Augenblick tauchte er ihren Körper in grünes Licht, das aussah wie das *Wyr*-Feuer im Wald. Aber es dauerte nur eine Sekunde. Sie bewegte sich jetzt auf ihm, die Augen geschlossen, und die Unterlippe zwischen den Zähnen, als löste sie im Kopf eine Rechenaufgabe. Ihre vollen Brüste mit den dunklen Höfen schwangen im Rhythmus ihrer Bewegungen. Er legte ihr die Hände auf die Hüften und schloß die Augen, als die gewohnte Erregung ihn ergriff. Aber während sein Körper auf ihren reagierte und sie gemeinsam dem ersehnten Höhepunkt zustrebten, hatte er in einem Teil seines Bewußtseins Cats Gesicht im Licht eines Lagerfeuers vor sich. Er sah sonnenbeschienene haushohe Bäume, spürte den kalten Frühlingswind auf seinem Gesicht.

Er erinnerte sich klar und deutlich an alles. Alles, was im Wolfswald geschehen war.

Sie waren nach Süden gezogen. Jeden Morgen ging die Sonne links von ihnen auf, und das erste Licht sickerte langsam durch die Äste der riesigen Bäume. Es wurde von den ersten Ästen in große Lichtbalken zertrennt, zersplitterte sich an den kleinen Zweigen und knospenden Blättern in einzelne Strahlen und übersäte schließlich den Waldboden mit einem Wirrwarr von Lichtflecken.

Der Wald wurde immer dichter, je weiter sie vordrangen, die Äste wuchsen ineinander, und die Baumwipfel kämpften gegeneinander um einen Platz am Licht. Nach einer Weile bewegten sie sich in einem ständigen Zwielicht. Die Hufe der Pferde klangen dumpf im weichen Humus, und nachts war es stockfinster, denn die Sterne waren unsichtbar, wurden von dem Dach der Bäume verdeckt.

Es war kühl und klamm in dieser Unterwelt, so als hielten die Bäume das Ende des Winters fest, seine kalte Luft und seine Feuchtigkeit. Lichtmangel ließ die unteren Äste absterben und verfaulen, und das tote Holz stank wie nasses Papier. Es wurde fast unmöglich, trockenes Feuerholz zu finden, und oft schmiegten sich Cat und Michael in der endlosen Dunkelheit der Nacht unruhig aneinander, die Pferde um sich herum.

Sie hatten Schwierigkeiten, sich zu orientieren. Obwohl Cat die ungefähre Richtung angab, die sie einzuschlagen hatten, wenn sie gedrängt wurde, spürte Michael das Bedürfnis, jeden Sonnenstrahl und jeden Stern, den sie erspähen konnten, als Anhaltspunkt zu nutzen. Er hatte Angst, daß sie sonst im Kreis gehen würden, bis ihre Knochen irgendwo im Laub verbleichen würden. Er markierte in dem verzweifelten Versuch, die Richtung beizubehalten, Bäume mit dem Ulfberht, obwohl er schließlich das Gefühl bekam, daß das überflüssig war, daß sie einen Kurs einschlugen, der schon vor langer Zeit für sie festgelegt worden war.

Einmal stieg er auf einen Baum, um die Sonne zu sehen. Dreißig Meter hoch kletterte er auf den alten Waldriesen. Er grub die Finger in die faulende Rinde, und schwarzer, übelriechender Moder setzte sich unter seinen Fingernägeln fest. Er sah einen Lichtschimmer über sich und wußte, daß irgendwo da oben die Welt ihren normalen Gang ging. Dort ging jeden Morgen die Sonne auf, und jeden Abend der Mond. Aber die höchsten Äste waren zu dünn, um sein Gewicht zu tragen, und er mußte wieder hinuntersteigen. Maden und Milben hatten sich in seiner Kleidung und in seinem Haar festgesetzt.

Sie hatten genug Trockenfleisch und Wurzeln in ihren Satteltaschen, um sich ein paar Wochen lang ernähren zu können, und das war auch gut so, denn es schien keine Tiere im Wald zu geben. Kein Vogel sang an den Morgengrauen, kein Wild kreuzte ihren Weg. Es war, als saugten die mächtigen Stämme der Bäume das Leben aus dem Land, als ließen sie keinen Platz für andere Geschöpfe. Michael äußerte diesen Gedanken, als er eines Abends mit Cat fröstelnd an ihrem kümmerlichen Lagerfeuer saß. Sie nickte.

»Spürst du es nicht?«

»Was?«

»Die Macht hier. Sie liegt förmlich in der Luft. Die Bäume sind ein Teil davon, sie strotzen davor, aber sonst läßt diese Macht nichts zu, außer es handelt sich um eine Bestie oder um den Schwarzen Reiter. Dieser Ort ist verdorben von einem mächtigen Zauber, Michael. Er ist krank davon, wie ein Tümpel ohne Abfluß.«

Die Versorgung mit Wasser wurde zum Problem. Es gab kleine Flüßchen im Wald, schlammig und von Wurzeln überwuchert, und ihr Wasser war wie dunkles Bier. Sie tranken es trotzdem, doch nach zwei Wochen wurde Michael krank davon. Er erinnerte sich später nur verschwommen daran, was geschehen war, nachdem er von Fancys Rücken geglitten war und den Boden auf sich zukommen gesehen hatte. Sein Verstand schien sich von seinem Körper gelöst zu haben. Cat erzählte ihm später, daß er Krämpfe bekommen hatte. Er hatte sich dabei ein Stück Zunge abgebissen, und die Wunde an seinem Schenkel war wieder aufgeplatzt wie die Schale einer verfaulten Frucht.

Zwei Tage verbrachte er in diesem Zustand. In der Nacht des zweiten Tages erwachte er, roch seinen eigenen Gestank und spürte den Geschmack von Blut und Erbrochenem in seinem Mund. Cat saß mit roten Augen wie eine Puppe neben ihm. Um sie herum ragten die Bäume mächtig und schweigend wie immer empor, und der Gestank des Waldes schien noch schlimmer zu sein als sein eigener.

Danach kochten sie das Wasser ab, obwohl Cat es zu vertragen schien, und tranken nur noch in kleinen Schlucken. Michael hatte andauernd Durchfall, und das ständige Reiten war eine Qual für seine offene Wunde und seinen wunden Hintern. Er aß etwas von den Roggenkörnern für die Pferde, was ein wenig half. Die Pferde selbst magerten langsam ab, weil sie nicht genug zu fressen hatten. Das spärliche Unterholz sagte ihnen nicht zu, und sie knabberten an Borkenstücken und dem kümmerlichen Farn, der sich auf dem düsteren Waldboden zu behaupten suchte. Dicke Blutegel saugten sich an ihnen fest, die – wenn man sie in Ruhe ließ – zu Fingergröße anschwollen, bevor sie gesättigt abfielen.

Cat fing in den ungesunden Bächen Frösche; sie häuteten sie ab und aßen sie vorsichtig. Obwohl sie für Michael wie verdorbenes Schweinefleisch schmeckten, waren sie nicht giftig, und schon bald hielten sie jedesmal an, um ihr Glück zu versuchen, wenn sie das Gluckern von Wasser hörten.

Eines Tages jedoch hörten sie das klare Plätschern von frei strömendem Wasser. Es klang ganz anders als das Geräusch der langsam fließenden, versumpften Bäche, die sie bisher angetroffen hatten. Sie fanden ein kristallklares Flüßchen, dessen Ufer mit Gras und Büschen bewachsen war. Verwundert hielten sie an und tranken von dem erfrischenden, sauberen Wasser, das ihnen nach der Brühe, die sie in letzter Zeit getrunken hatten, besser schmeckte als Wein. Am erstaunlichsten aber war, daß über dem Fluß eine Lücke in dem geschlossenen Laubdach der Bäume war, so daß sich tatsächlich Sonnenstrahlen auf dem Wasser spiegelten. Michael lachte vor Freude, aber Cat war still, und plötzlich erbrach sie sich, wurde von Krämpfen geschüttelt.

»Was ist los? Was ist mit dir?« Er selbst fühlte sich prächtig, so als habe das klare Wasser den Schlamm des Waldes aus seinem Körper gewaschen.

»Das Wasser«, stöhnte sie. »Es brennt so. Es verbrennt mich. O Michael, es ist *heiliges Wasser.*« Wieder erbrach sie sich unter Krämpfen.

Bestürzt und beunruhigt untersuchte er das Flüßchen, roch an dem Wasser und sah dann das Kreuz aus schwarzen Steinen im Flußbett.

»Das haben die Brüder gemacht, als sie hier vorbeikamen. Sie haben das Wasser vergiftet«, keuchte Cat. Speichel rann ihr vom Kinn.

»Sei nicht dumm, Cat. Es ist gutes Wasser, das beste, das wir in dieser gottverlassenen Einöde je getrunken haben.«

»Dein Gott hat diese Gegend verlassen, nicht meiner.« Sie begann wieder zu würgen.

Verwirrt, fast wütend stand er vor ihr. Die Pferde hatten sich gierig über das Gras hergemacht. Mit ihnen war alles in Ordnung. Er legte Cat die Hand auf die Schulter, aber sie schüttelte sie ab, gab sich ganz ihrem Leiden hin. Michael fluchte und wandte sich ab.

Ein Umriß zwischen den Bäumen. Dort stand jemand im Schatten.

»Cat!« Er zog sein eisernes Schwert.

Es war kein Mensch, nicht einmal ein menschenähnliches Wesen. Es war eine große, schlanke, pechschwarze Figur. Cat reagierte nicht.

»Verdammt, Cat.«

Ein Pfahl, größer als er, stand wie ein dünner Megalith zehn Meter von dem Fluß entfernt.

Es war ein Kreuz gewesen. Totes Gestrüpp und Geißblattranken überwucherte es. Am Fuß des Pfahls lag der abgefaulte Querbalken und verrottete mit der trotzigen Langsamkeit von Eichenholz. Er fühlte ... Erleichterung? Vielleicht einen Rest von Frömmigkeit, ein Überbleibsel aus der Zeit, in der er als Kind in die Kirche gegangen war. Fast zärtlich berührte er das alte Holz. Die Brüder und die Ritter waren also vor Jahrhunderten auch hier entlang gekommen. Sie hatten aus dem Fluß getrunken und ihre Markierung hinterlassen.

»Alles in Ordnung, Cat. Wir sind hier sicher.«

»Du vielleicht. Dieser Ort ...« Sie brach ab, mußte wieder würgen. Besorgnis und Verärgerung kämpften in Michael.

Es war nur eine kurze Erholungsfrist für ihn. Am nächsten Tag ließen sie den Fluß und den Pfahl hinter sich, und Zwielicht und Feuchtigkeit umfingen sie wieder. Cat war blaß und schweigsam, wurde immer noch gelegentlich von leichten Krämpfen geschüttelt. Michael hingegen hatten seinen Trinkschlauch mit dem köstlichen Wasser gefüllt.

Sie war also wahrhaftig anders. Er hatte sich lange dagegen gesträubt, in ihr etwas anderes als ein normales Mädchen zu sehen; vielleicht ein wildes, feuriges, aber doch ein

Mädchen. Er war nicht mehr davon überzeugt, daß das stimmte.

Der Wald nahm kein Ende, und die Stille klang in ihren Ohren wieder, wurde selbst zu einem Geräusch, das nie verstummte. Michael sehnte sich nach Liedern, nach Gelächter, nach irgend etwas, das nicht Bestandteil des riesigen modrigen Waldes war. Irgend etwas, das diese Stille durchbrach. Aber da war nichts. Obwohl diese Gegend Wolfswald hieß, hatten sie wochenlang keinen einzigen Wolf zu Gesicht bekommen, was sogar in den bewohnten Teilen des Waldes ungewöhnlich gewesen wäre. Michael begann sich zu fragen, wie viele der Legenden und Geschichten, die sich um diesen Ort rankten, auf Unwissenheit und Einbildung beruhten. Diese völlige Leere, die nur von der niederdrükkenden Gegenwart der Bäume erfüllt war, war irgendwie schwerer zu ertragen als alle Wölfe und Kobolde dieser Welt.

Cats Übelkeitsanfälle gingen schnell vorüber, aber Michael litt weiter, trotz des guten Wassers in seinem Schlauch. Er verlor immer mehr Gewicht, fühlte sich schwach und lethargisch. Cat mußte ihm abends dabei helfen, die Pferde abzusatteln und abzureiben. Es war, als würde der Wald in seinen Körper eindringen und ihn auslaugen.

Eines Morgens nahm Cat seinen Kopf zwischen die Hände und sah ihn traurig und voller Sorge an.

»Was ist denn?«

»Dein Haar. Der Bart. Sie werden grau, Michael.«

Er schwieg für einen Moment, während ihre kalten Finger über seine Wangen strichen.

»Ich werde alt, Cat. Ich werde an diesem Ort zu schnell alt. Ich sollte kaum fünfzehn sein und fühle mich wie ein alter Mann. Es ist der Wald. Es ist der verdammte Wald.«

»Nein«, sagte sie. »Es ist der Schwarze Reiter. Er herrscht hier, und er weiß, daß wir kommen.« Sie blickte ihn eindringlich an, und er wußte, was sie ihn fragte.

»Ich werde nicht umkehren. Nicht jetzt. Ich bin mir auch nicht sicher, ob es überhaupt möglich wäre.«

Sie stand auf und warf die Pelze beiseite. »Es ist deine Sache, Michael. Ganz allein deine. Ich folge dir nur noch.«

Sie zogen weiter, Michael voran, Cat hinter ihm; sie sprachen nicht mehr viel miteinander.

Sie fanden noch zwei weitere der Kreuze, die die Expedition der Brüder hinterlassen hatte, und kreuzten noch einen klaren Bach, aus dem Michael trinken konnte, doch die meiste Zeit war der Wald düster und monoton. Efeu und Moos hingen von den mächtigen Stämmen, und Pilze zogen sich wie Treppenstufen über das Holz oder wucherten zwischen den Wurzeln; nachts kam das einzige Licht oft von dem verfaulenden, phosphoreszierenden Holz.

Eines Nachts küßte Michael Cat, und ihre Körper fanden zueinander. Danach fiel ihr Haar zurück, und im Licht des kleinen Feuers sah er, daß ihre Ohren spitz und lang waren. Feine Härchen wuchsen darauf. Und in ihren Augen schimmerte es smaragdgrün.

Mirkady hatte sich geirrt, dachte er. Er hatte gesagt, daß Michaels Liebe Cat in ein menschliches, sterbliches Wesen wie ihn selbst verwandeln würde, aber hier im Wolfswald bekam die andere Seite ihres Wesens wieder Überhand. Sie begann, ihre menschliche Seite zurückzulassen.

Sie entdeckten Zeichen von Leben zwischen den Bäumen. Michael stieß auf Spuren, die von einem großen Hirsch stammen mußten, und Cat hielte ihren Bogen bereit für den Fall, daß sie auf Wild stoßen sollten. Manchmal scharrte und raschelte nachts etwas jenseits des Lagerfeuers, und einmal sahen sie kurz Augen glühen.

Am Morgen, nachdem sie die Augen gesehen hatten, ritten sie schweigend hintereinander her, als Michael etwas vor ihnen bemerkte: Bewegungen zwischen den Bäumen, Schreie in der Ferne, die ersten Stimmen außer ihren eigenen, die sie seit Wochen hörten. Sie hielten sofort an und stiegen vorsichtig ab.

»*Grymyrchs*«, zischte Cat.

»Bist du sicher?« Michael konnte nichts erkennen.

»Ich rieche sie.«

Langsam gingen sie weiter. Ein dunkler Haufen der Kreaturen zankte sich und knurrte vor sich hin. Es waren vier oder fünf von ihnen. Michael zog sein Schwert, und aus dem Augenwinkel sah er, wie Cat die Sehne ihres Bogens zurückzog.

Es zischte etwas durch die Luft, einer der Kobolde schrie auf und torkelte zur Seite. Ein Pfeil ragte hinten aus seinem Hals. Die anderen richteten sich auf, während Michael mit dem Ulfberht in der Hand auf sie zusprang. Er zerfetzte ein blutbesudeltes Gesicht mit langen Zähnen mit der Klinge und brach dem zweiten Monster das Genick durch, als es sich zur Flucht wandte. Das dritte wollte ihm an die Kehle springen, doch er trat es zur Seite und spießte es auf, als es versuchte, wieder auf die Beine zu kommen. Ein weiterer Pfeil traf die letzte Bestie ins Auge. Cat legte blitzschnell einen neuen Pfeil ein und ließ den Blick über die umstehenden Bäume schweifen, aber der Wald schwieg wieder. Michael bückte sich, um zu untersuchen, worüber die Kobolde sich gestritten hatten.

Eine Ziege, oder besser ihre Überreste. Die Kobolde hatten sie gerade der Länge nach aufgeschlitzt. Ein silbriges Glitzern erregte Michaels Aufmerksamkeit, und als er an das klebrige Fell faßte, hielt er einen klingelnden Metallgegenstand in der Hand.

Ein Bronzeglöckchen, das an den Überresten eines Halsbands aus Wildleder hing. Die Ziege hatte es getragen.

Jemand hielt im Wolfswald Ziegen? Er schüttelte den Kopf.

»Hier sind Spuren«, sagte Cat. Sie betrachtete den Boden in der Umgebung der toten Kobolde. »Sie führen nach Westen. Sie sind aus dieser Richtung gekommen.« Fragend sah sie Michael an, er nickte.

Nach einem einstündigen, vorsichtigen Ritt kamen sie in eine Art von Wald, dessen Existenz sie schon nicht mehr für möglich gehalten hatten. Die Bäume standen weiter auseinander, und zwischen ihnen wuchsen Farne, Sträucher,

Schafgarbe, Butter- und Glockenblumen, blühende Primeln – die sie daran erinnerten, das Frühling war – und purpurrote Waldanemonen. Am auffälligsten aber war das Licht: Das Dach der Bäume war hier dünner, und Sonnenstrahlen überfluteten wie ein Segen den Boden, so daß Michael laut auflachte und glücklich sein Gesicht zum Himmel hob. Sonnenschein nach all den Wochen der Düsternis. Es war berauschend wie ein Schluck Wein.

Cat fiel es zuerst auf. Ein schwacher Geruch in der Luft.

»Feuer.«

»Wo?«

»Geradeaus.«

Sie stiegen ab, banden die Pferde an, die gierig zu grasen anfingen, und gingen mit gezückten Waffen weiter.

Ein primitiver Zaun, Ziegengeruch. Der Wald wurde noch lichter. Ordentlich gestapeltes Feuerholz und eine Axt mit einer Bronzeklinge. Kleine Holzbauten auf einer winzigen Lichtung, von denen einige an die Äste der mächtigen Bäume angebaut waren. Die Hütten hatten Dächer aus Rinde und Grassoden, wie die Hütten in den Dörfern des Nordens, und dicke Äste dienten als Stützpfosten. Keine Wände. Die Hütten waren kaum mehr als Unterschlüpfe, die man von allen Seiten betreten konnte. Eine von ihnen mußte eine Schmiede sein; ein quadratisch gehauener Felsbrocken diente als Amboß, und neben einem Steinofen lag ein Blasebalg aus Leder.

Sie scheuchten ein herumlaufendes Huhn auf, worauf es beleidigt gackerte. Michael und Cat starrten es für eine Sekunde hungrig an.

»Michael?«

»Was ist?«

»Ich rieche das Werk der Brüder an diesem Ort. Es ist eine ihrer Siedlungen.«

Skeptisch hob er eine Augenbraue. So tief im Wolfswald?

Sie blieben wie angewurzelt stehen. Aus dem Stamm eines der Bäume hatte man eine tiefe Ausbuchtung herausgeschnitten, und aus der Ausbuchtung erhob sich ein Kreuz, an dem sich noch die Rinde befand. Vor dem Baum stand mit erhobenen Armen ein Mann in einer Wollkutte, der ihnen den Rücken zuwandte. Cat hob den Bogen, ließ ihn aber mit finsterer Miene wieder sinken, als Michael sie ansah.

Sie warteten, und es kam ihnen wie eine Ewigkeit vor, bis der Mann sich bekreuzigte und zu ihnen umdrehte.

»*Pax vobiscum*.«

Sie starrten sich gegenseitig an. Michael wußte, daß sie nach den Wochen des Reisens und des Kämpfens einen wüsten Anblick bieten mußten. Ihre Kleider waren zerrissen und voller Dreck, ihr Haar verfilzt. Pferde- und Schweißgeruch umwehte sie wie Nebel, und in den Händen hielten sie Schwert und Bogen. Er fühlte sich merkwürdig unbehaglich, so als habe ihn seine Großmutter an einem Sonntagmorgen mit einem ungewaschenen Gesicht erwischt.

Der Mann lächelte. Er hatte ein rundliches Gesicht mit rosigen Apfelbäckchen, und die Schultern unter der grobgestrickten Kutte waren breit wie die eines Mannes, der viel körperliche Arbeit verrichtet. Er war klein und stämmig und hatte kurze dicke Finger. Zu Hause in Antrim hätte er einen guten Torfstecher abgegeben, wenn nicht die lebhaften, intelligenten Augen gewesen wären, die kleinen Fältchen in ihren Winkeln. Er breitete die Arme aus.

»Seid willkommen, ihr Reisenden. Hier braucht ihr eure Waffen nicht.«

Es war Michael, als würde ihm eine Zentnerlast von der Seele genommen. Er steckte das Ulfberht in die Scheide. Cat zögerte, steckte dann aber den Bogen in den Köcher, obwohl ihr Gesicht mißtrauisch blieb.

»Ich bin Bruder Nennian«, sagte der Mann. »Ich kann euch wenig genug anbieten, aber was ich habe, soll auch das eure sein.«

Bei dem Gedanken an die Hühner und Ziegen lief Michael

das Wasser im Munde zusammen. Er kam sich vor wie ein Wilder, wie ein Barbar an einer Festtafel.

»Danke«, sagte er mit soviel rauher Höflichkeit, wie er zustande brachte. »Wir haben einen langen Weg hinter uns.«

KAPITEL SIEBZEHN

Weiter hinten im Wald hatte Bruder Nennian eine solidere Unterkunft, eine lange, niedrige Hütte. Michael mußte sich bücken, wenn er sie betrat. Es hatte leicht zu regnen begonnen, und Nebel stieg aus dem Wald. Sie kümmerten sich zunächst um die Pferde, sattelten sie ab und rieben sie trokken, während der Bruder schweigend einen halben Sack voll Gerstenkörner an sie verfütterte.

Bruder Nennians Wohnhaus war nicht viel anders als die Hütten, die Michael bei den Stämmen gesehen hatte, aber sie war sauberer und luftiger, vor allem dank der Fenster, die sich in den Wänden aus Grassoden und Lehm befanden. Aufgespannte Tiermägen ersetzten die Verglasung. In einer Ecke befand sich ein Stapel Feuerholz, in einer anderen stapelten sich Ziegenfell und in der dritten stand ein solide gezimmerter Holztisch, auf dem das unvermeidliche Kreuz stand. In der Mitte des Raumes war eine Feuerstelle in den Boden eingelassen, in der Kohlen glühten. Daneben befanden sich allerlei Gerätschaften, von denen erstaunlich viele aus Bronze hergestellt waren, wie Michael bemerkte, und verschiedene Tongefäße. Der Raum war dunkel und verräuchert, es roch nach altem Essen und alten Feuern, aber der Boden, aus dem an manchen Stellen Baumwurzeln hervorwuchsen, war sauber gefegt. Es gab auch kein Ungeziefer wie in den Hütten der Fuchsleute. Michael hoffte, daß er und Cat nicht zu viele einschleppten.

Cat setzte sich mit unbewegtem Gesicht, den Köcher immer noch auf dem Rücken. Sie vermied es, zu dem Kreuz auf dem niedrigen Tisch zu blicken, und betrachtete die Tontöpfe am Feuer mit einer Mischung von Sehnsucht und Besorgnis.

Der Bruder schürte kräftig das Feuer, hängte einen schweren Bronzekessel über die Glut und rührte seinen Inhalt um. Die Flammen warfen von unten Licht auf sein Gesicht und ließen es gleichzeitig engelhaft und dämonisch wirken. Michael hörte den Regen jetzt heftig auf das Dach und gegen die trüben Scheiben prasseln.

»Ziegeneintopf«, sagte Bruder Nennian plötzlich. »Ihr seid zur richtigen Zeit erschienen. Normalerweise gibt es Porridge oder Käse mit Brot, aber eins meiner Tiere ist gestern gestorben und bereichert heute den Speiseplan.«

»Waren es Kobolde?« Michael griff in die Tasche und brachte die Glocke zum Vorschein, die schwarz war von geronnenem Blut.

Bruder Nennian schwieg einen Moment. »Das muß Meif gewesen sein. Sie neigte immer schon zum Streunen. Ja, die *Grymyrchs* treiben sich gerne an den Grenzen des heiligen Bezirks herum, in der Hoffnung auf ein verirrtes Tier. Sie sind in den letzten Wochen sehr rege gewesen. Irgend etwas im Wald muß sie aufgescheucht haben. Aber fürchtet euch nicht. Hier sind wir sicher.«

»Wir fürchten uns nicht«, sagte Cat kühl.

Bruder Nennian lächelte. »Ich glaube dir, Kind. Jemand, der von so weit her gekommen ist, muß eiserne Nerven haben.«

»Jemand, der allein in der Tiefe des Wolfswaldes wohnt, kann daran auch keinen Mangel haben«, sagte Michael. Es klang wie eine Frage.

Der Bruder neigte den Kopf ein wenig und rührte weiter in dem dampfenden Kessel herum.

»Wir haben alle unseren eigenen Weg zu gehen. Ich habe meinen Glauben. Ich glaube, du hast etwas anderes«, sagte er zu Cat. »Vielleicht anderes Blut in deinen Adern. Aber das macht keinen so großen Unterschied, glaube mir.«

»Es macht uns zu Feinden«, sagte Cat. Ihre Ohren ragten durch das schwarze Haar, und ihre Augen leuchteten wie Katzenaugen. Sie sah kaum noch menschlich aus. Schokkiert begriff Michael, wie sehr er sich an ihr Aussehen gewöhnt hatte. Erst jetzt, in Gegenwart dieses ruhigen, normal aussehenden Mannes, wurde ihm klar, wie seltsam sie wirkte.

»Ich habe euch in meinem Haus willkommen geheißen, obwohl ich das *Wyrim*-Blut in dir gerochen habe. Kann ich dafür nicht etwas Vertrauen erwarten?« fragte Nennian.

»Leute wie du verfolgen seit Jahrhunderten die Stämme und die *Wyrims*. Glaubst du, wir können das einfach so vergessen?«

»Cat ...«, fing Michael an, aber sie ignorierte ihn.

»Wir sind das Waldvolk. Und wozu macht uns das in euren Augen? Ihr verseucht sogar das Wasser im Wald. Ich kann riechen, was diesen Ort für dich heilig macht und die Bestien in Schach hält. Mich hält es nicht in Schach, heiliger Mann, denn ich bin halb menschlich, ein Wechselbalg, und meine Seele ist schon verloren.«

Bruder Nennian starrte Cat an; die Fröhlichkeit war aus seinem runden Gesicht gewichen. Statt dessen wirkte er traurig.

»Kind, wir drei hier sind doch nur Funken in der Finsternis des Waldes. Er würde uns zermalmen, wenn er könnte. Ich sehe in euch beiden etwas, was nicht da sein sollte. Vielleicht hat es euch bis hier hin beschützt, aber paßt auf, daß es euch nicht am Ende zerstört.«

Sein ruhiger Blick fiel auf Michael, der stumm aber angespannt da saß, bereit, einen Angriff von Cat jederzeit abzufangen. Sie hockte am Boden wie eine Leopardin, die man in die Enge getrieben hatte, und kratzte mit den Fingern in der

Erde. Draußen trommelte unablässig der Regen. Er klopfte auf das Dach wie ein lebendiges Wesen, ein Lakai des Waldes, der versucht, sich den Weg in die Hütte zu bahnen.

»Du«, sagte der Bruder zu Michael. »Du bist nicht aus dieser Welt, obwohl du etwas von ihr in dir trägst. Ich spüre eine alte Frömmigkeit in dir, mein Freund. Kannst du deiner Lady nicht klarmachen, daß ich nichts gegen sie habe?«

»Es ist wahr, Cat. Er sagt die Wahrheit, ich bin mir ganz sicher.«

Cat sah ihn nur an.

»Bitte, Liebling.« Er nahm das wilde Gesicht zwischen seine Hände und suchte nach dem Mädchen, das er liebte. Sie wand sich und packte ihn am Handgelenk, um seinen Arm wegzuziehen. Einmal wäre es ihr fast gelungen, aber trotz seiner Schwäche in der letzten Zeit hatte der Wald ihn stark gemacht, und sie schaffte es nicht. Er küßte sie und zog ihren Kopf an seine Schulter. Er spürte, wie sie zitterte.

»Alles ist gut«, murmelte er. »Wir sind hier sicher.«

Er hörte, wie der Regen etwas nachließ und wußte, daß der kritische Moment überstanden war. Mirkadys Geschenk war ein zweischneidiges Schwert, dachte er.

»Paß auf, daß er nichts mit dem Essen macht«, murmelte Cat. »Ich habe Hunger.«

»Es ist normales Essen, nicht gesegnet und unberührt«, sagte Bruder Nennian. »Eßt mit mir und seid willkommen, egal wer oder was ihr seid. Es gibt nicht so viele Reisende in diesem Teil der Welt, daß ich mir meine Gäste aussuchen könnte.« Er lächelte wieder, und der appetitliche Duft des Essens zog sich durch die Hütte.

Rüben und Kohl waren in dem Eintopf, und dazu gab es Brot und Buttermilch. Sie aßen schweigend, während der Regen weiter nachließ. Der Nachmittag neigte sich seinem Ende entgegen. Sie hörten im Wald einen Wolf heulen, den ersten, seit sie die Fuchsleute verlassen hatten, und Michael fuhr aus Angst um die Pferde zusammen, aber Bruder Nennian schüttelte den Kopf.

»Nichts wird den heiligen Bereich betreten, wenn ich es nicht will. Eure Tiere – und die meinen – sind in Sicherheit.«

»Wie kommt es, daß du allein so tief im Wald lebst? Besonders in diesem Wald.«

Bruder Nennian kaute auf einem Stück Haferbrot. »Ich kam vor langer Zeit hierher, und ich war nicht allein. Ich hatte einen jungen Novizen bei mir, aber er hat mich verlassen. Wenn er noch lebt, müßte er jetzt wieder in den Wäldern der Menschen sein.«

Michael erinnerte sich an die gefolterte Leiche, die er und Cat in der Nähe des Lagers der Fuchsleute gefunden hatten, sagte aber nichts. Er spürte den forschenden Blick des Bruders auf sich.

»Warum gerade im Wolfswald?«

»Ich bin allein hier, und ich liebe die großen Bäume. Es ist ein guter Ort zum Nachdenken. Außerdem habe ich lange versucht, das Schicksal einer Expedition zu ergründen, die vor langer Zeit hierher geschickt wurde. Manchmal streife ich durch die Wälder und suche nach Spuren. Hin und wieder habe ich alte Knochen gefunden, die nie begraben worden sind, sondern einfach so auf dem Waldboden lagen.«

Bruder Nennian schien nicht die Absicht zu haben, weitere Erklärungen abzugeben, aber Michael war sicher, daß er ihnen nicht alles gesagt hatte. Da war noch etwas anderes, etwas, das den Mann hierhergebracht oder getrieben hatte.

»Auch ihr seid tief im Wolfswald«, sagte der Bruder. »Und weit weg von zu Hause, wenn ich mich nicht irre.« Sein Blick glitt über Michaels Schwert.

»Vielleicht.«

»Zwei Dinge halten einen Mann hier am Leben. Glaube, oder der Zauber des Waldes. Ich frage mich oft, ob nicht beides ineinander übergeht. Schließlich wurde unser Herr an einem Baum gekreuzigt. Und zwei Möglichkeiten gibt es, weshalb ein Mann hierher kommt: entweder er flieht vor etwas, oder er verfolgt etwas. Auch diese beiden Dinge verschmelzen im Wolfswald miteinander; der Jäger wird zum Gejagten. Es ist ein seltsamer Ort. Die Wurzeln dieser Bäume reichen tief. Sie reichen bis zum Mittelpunkt der Erde. Jemand, der mutig genug ist, danach zu suchen, und etwas Glück hat, kann hier Weisheit finden. Und Macht. Es gibt hier soviel Macht, daß die meisten der Bestien sie nicht ertragen können.«

»Manche ertragen sie«, sagte Cat unerwartet. »Manche werden aus ihr geboren.«

»Tatsächlich?«

»Die *Wyrims* sagen, daß der Wald die Braut des Schwarzen Reiters ist, und daß sie seine Kinder und die der Bäume sind, ein Teil des Landes.«

»Und du, mein Kind, was glaubst du, was du bist?« fragte der Bruder voller Anteilnahme.

Cat sah ihn wütend an. »Ich habe dir gesagt, daß ich nichts bin. Ich bin das, was die Wyrims einen Halbling nennen, und die Dorfbewohner einen Wechselbalg.«

»Es muß schwer sein, zwischen zwei Welten gefangen zu sein.«

Cat antwortete nicht. Sie senkte den Kopf zu der Schüssel mit Buttermilch. Der Bruder sah Michael an und blickte wieder auf das Ulfberht.

»Wie ein Soldat siehst du aus, aber irgend etwas sagt mir, daß du keiner bist. Die Stämme haben immer noch etwas Soldatisches an sich: einen Stolz, eine Zähigkeit, den die Patrouillenritter nicht kennen ... Bist du unseren Patrouillenrittern schon einmal begegnet?«

»Ich weiß von ihnen«, sagte Michael knapp. Er fing an, diesem heiligen Mann zu mißtrauen. »Sind unsere Antworten die Bezahlung für deine Gastfreundschaft?«

Bruder Nennian schien ehrlich zerknirscht zu sein. »Vergebt mir. Ich stecke meine Nase in Angelegenheiten, die mich nichts angehen. Das passiert, wenn man so selten mit jemandem spricht. Ich versuche dann, soviel wie möglich zu erfahren, damit ich darüber nachdenken kann, wenn ich wieder alleine bin.«

Schweigend aßen sie zu Ende. Wieder hörte Michael einen Wolf in der Dämmerung heulen. Es klang verzweifelt. Eine einsame Seele, verloren in der Tiefe des Waldes.

Cat half dem Bruder beim Abwasch. Sie legte einen merkwürdigen Trotz an den Tag, als wollte sie ihn herausfordern, mit ihr zu streiten. Sie wischte die kleine Wasserlache auf, die sich an der Tür gebildet hatte, und legte dann die hölzerne Schwelle wieder an ihren Platz. Draußen war die Lichtung von Pfützen übersät, deren Oberfläche der Wind kräuselte. Michael sah die beiden Pferde unter einem Verschlag stehen, sah die Bewegungen der Ziegen in ihrem Gehege und das Flattern von Hühnern in den Balken einer anderen Hütte. Eine friedliche Nacht schien vor ihnen zu liegen. Wenn die unglaubliche Höhe der Bäume nicht gewesen wäre, hätten sie sich an jedem anderen Ort im Wildwald befinden können.

Wie konnte ein Mann jahrein, jahraus an diesem Ort leben, an dem die einzige Abwechslung der Wechsel der Jahreszeiten und des Wetters war? Michael hatte einmal gedacht, daß seine Reise ihn durch eine Idylle führen würde, mit Schlössern und Rittern, Feen und Kobolden. Es war anders gekommen, als er es sich vorgestellt hatte.

Er dachte an zu Hause, an die Farm. Es schien so lange her zu sein. Eine andere Welt.

Für zwei Penny würde ich jetzt zurückgehen, dachte er mit plötzlicher Vehemenz. Einfach alles vergessen und nach Hause gehen. Vergiß die Märchenwelt.

Und Cat? Und Rose?

Es war alles so kompliziert. Diese Welt berührte sich mit der, die er seine eigene nannte. Darum war er letztendlich hier. Er war nicht bloß ein Besucher.

Als er wieder in das Innere der Hütte zurückkehrte, sah er zu seiner Überraschung, daß Bruder Nennian aus einer langen, weißen Tonpfeife rauchte, die rußbefleckt und abgegriffen war. Der heilige Mann grinste und zeigte dabei kräftige, aber lückenhafte Zähne.

»Das Kraut ist eine Schwäche von mir. Ich baue es selbst an, aber es gibt nur eine kleine Ernte.«

Michael mußte an Mullans herrliche Peterson denken, rot wie frisches Blut. Die Rauch aus der Pfeife des Bruders roch erstaunlich würzig. Er erklärte, daß er Kräuter unter den Tabak mischte und dann alles mit Honig tränkte, um ihm mehr Geschmack zu geben. Weiter hinten auf der Lichtung hatte er eigene Bienenstöcke. Bienen waren etwas, das das Waldvolk immer schätzte. Und die Bären, aber die waren hier selten. Einmal hatte ein Troll einen ganzen Morgen an der Grenze des heiligen Bezirks gesessen und ihm für etwas Honig eine Geschichte erzählt. Aus dem Bienenwachs konnte man außerdem die besten Kerzen der Welt machen. (An dieser Stelle wies er auf die schlanken, bleichen Gegenstände auf einem Regal unter der Decke.) Aber unterhalten konnte man sich am besten an einem Feuer.

»Abends sitze ich hier, allein mit dem Feuer und den Bäumen. Ich weiß, daß ich kein guter Priester bin. Das wird mir dann klar. Mein Glaube ist aber stark genug, um die Bestien in Schach zu halten, wenn es wirklich Glaube ist. Manchmal frage ich mich, ob ich den Wald nicht auch trotz all seiner Schrecken liebe. Hier zu leben, ohne eine Seele, mit der man sich unterhalten könnte, in diesem tiefen, schwarzen Wald, das ist für mich Friede ... Vielleicht ist es sogar wie ein Gebet.« Er warf Cat einen scharfen Blick zu. »Was ihr – du und dein Volk – über diesen Ort sagt, ist die Wahrheit. Der Wald lebt, besonders hier im Süden. Er erinnert sich an Dinge.«

Ein Bild von Rose, rücklings im Laub, unter einem Mann. Michael blickte zu Boden. Der Bruder fuhr fort:

»Ich habe hier an düsteren Tagen das Ende der ersten Expedition der Brüder gesehen. Ich habe sie bei ihrem letzten Kampf um das Kreuz geschart gesehen, habe gesehen, wie die Bestien sie abschlachteten. Ich habe das heidnische Festmahl gesehen, das diesem Kampf folgte. Und ich habe den Schwarzen Reiter gesehen, der darüber wachte.«

Die Miene des Bruders hatte sich verdüstert. Trotz seiner rundlichen Gemütlichkeit wirkte er jetzt grimmig und abweisend. Das Licht des Feuers warf scharfe Schatten in sein Gesicht.

»Er kommt ab und zu hierher, sitzt am Rande der Lichtung auf seinem Pferd und beobachtet mich bei der Arbeit. Kein Kreuz und kein Gebet kann ihn vertreiben. Ich habe ihn mitten in der Nacht gesehen, wenn der Mond aufgegangen war. Werwölfe ducken sich dann zu Füßen seines Pferdes, und hinter ihm lauern dunkel und schweigsam Kobolde. Er sitzt nur da und beobachtet. Aber in diesem Moment muß ich an die Erinnerungen des Waldes denken, die ich gesehen habe: mein eigenes Volk, das wie Vieh abgeschlachtet wird, Dutzende von Leichen, grausam geschändet und verstümmelt, und das gibt mir Kraft. Ich kann diesen gesichtslosen Blick ertragen, kann mich ein paar Schritte entfernt von ihm hinknien und beten ... meine Pfeife ist erloschen.«

Er bückte sich, um die Pfeife mit einem Ast aus dem Feuer wieder zu entzünden. Es war für einen Moment still, und sie hoben die Köpfe und lauschten. Ein Geräusch im Wind, weit entfernt. Nennian stieß gelassen Rauchwolken aus, aber seine Augen funkelten unter den Brauen.

»Das ist er«, sagte er so leise, daß es fast ein Flüstern war.

Hufschlag, in weiter Entfernung, aber er näherte sich. Ein galoppierendes Pferd.

»Wenn man vom Teufel spricht ...«, murmelte Michael. Ein alter Spruch seines Großvaters.

Das Geräusch kam immer näher. Sie blickten zum Dach der Hütte hinauf, begriffen, daß der Hufschlag in der Luft über ihren Köpfen ertönte, in Höhe der Baumwipfel. Für einen Augenblick schien es, daß er direkt über ihnen war, ein sanftes Beben, und Michael hatte den Eindruck, daß das Dach gezittert hatte. Dann entfernte sich der Hufschlag wieder, verlor sich im Wald.

Nennian kicherte. »Er kommt fast jede Nacht vorbei, auf dem Weg zu seinem Schloß. Ich glaube, ich bin ihm ein Dorn im Auge. Ein Jucken, doch ihm hilft kein Kratzen.«

»Sein Schloß?« wiederholte Michael. Er spürte, daß Cat ihn mit ihren grünen, nicht-menschlichen Augen ansah.

»Ja. Es ist nicht sehr weit von hier entfernt. Ich habe es einmal durch die Nebel, die es umhüllen, gesehen. Ein finsterer Ort, hoch wie ein kleiner Berg, dicht von Bäumen umwuchert. Ich versuchte, näher zu kommen, aber ich bekam Angst, und mein Glaube wich von mir. Ich mußte umkehren. An diesem Ort herrscht unendliche Traurigkeit und Macht. Es ist, als hätte die Welt dort eine Öffnung, aus der die schwärzesten Zauber strömen. Und doch ... und doch ...«

Er brach ab.

»Ihr wollt dorthin, ist es nicht so? Zum Schloß des Schwarzen Reiters?«

Cat legte Michael eine Hand auf den Arm, wie um ihn vom Reden abzuhalten, aber er achtete nicht darauf.

»Ja. Dorthin sind wir unterwegs. Wir haben dort etwas zu erledigen.«

»Etwas zu erledigen.« Der Humor kehrte in das Gesicht des Bruders zurück. »Etwas sehr Wichtiges, glaube ich, wenn es euch bis hierher gebracht hat.«

»So ist es.«

Das Feuer knisterte. Bruder Nennian nahm die Pfeife aus dem Mund und sprach weiter.

»Ihr seid willkommen und könnt meine Gäste sein, so lange ihr wollt, um Kraft für das zu sammeln, was vor euch liegt.« Aber er sah dabei ins Feuer, und Michael hatte für einen Moment den Eindruck, daß er eigentlich etwas anderes hatte sagen wollen.

Der nächste Morgen war grau und naß. Die Lichtung hatte sich in eine Schlammwüste verwandelt, auf der sich nur die Sandalenabdrücke des Bruders abzeichneten. Michael fühlte sich zerschlagen und benommen, das Resultat der ersten Nacht unter einem festen Dach seit Wochen. Durch das Fenster sah er Nennian die Tiere füttern. Er hatte einen Lederbeutel um die Schulter geschlungen, und eine Hühnerschar folgte ihm erwartungsvoll. Der Hahn krähte immer wieder seinen Morgengruß, und die Pferde fraßen freudig aus ihrem Trog. Ihr Atem dampfte in der kalten Luft. Der Winter war auf dem Rückzug, aber es schien, daß er hier eine Nachhut zurückgelassen hatte, die um jeden Tag kämpfte.

Cat rieb ihre Nase an Michaels Nacken. Sie mußte sich dazu auf die Zehenspitzen stellen. Ihre Hand fuhr ihm zwischen die Beine. Er war sofort erregt, entzog sich aber ihrem Griff.

»Nicht, Cat. Nicht hier.«

»Warum nicht? Ist dieser Ort zu heilig für uns?«

»Es ist nicht richtig, in seiner Gegenwart. Dies ist sein Haus, und er ist ein Priester.«

Sie lachte verächtlich, tätschelte ihn noch einmal und ging, um ihre Sachen zu packen.

»Reiten wir heute weiter?« fragte sie.

Er blickte hinaus auf die Lichtung. Nebel zog in dichten Schwaden durch die Bäume. Er roch, daß es weiter regnen würde; seine Wunde schmerzte, und die Krankheit steckte ihm noch in den Knochen. Er fühlte sich alt, furchtbar alt, und völlig erledigt. Er wäre am liebsten wieder unter die Pelze gekrochen, um den grauen Morgen zu verschlafen.

»Nein. Wir bleiben heute hier. Die Pferde können eine Pause gebrauchen.«

»Die Pferde«, wiederholte sie mit einem boshaften Lächeln. »Natürlich.«

»Ach, halt den Mund«, flüsterte er schwach.

Zum Frühstück gab es Brot mit Honig, eine Mahlzeit, die sogar Cat mundete. Nennian wendete sich kurz ab, um seine Speise zu segnen, während Cat das Essen sofort hinunterschlang. Michael versuchte, sein Frühstück etwas gesitteter zu sich zu nehmen, aber auch er war schon lange fertig, als der Bruder immer noch kaute. Nennian holte ihnen wortlos noch mehr frisches Brot und füllte ihre Krüge erneut mit schäumender Buttermilch. Der Geschmack der Milch rief Erinnerungen an die Frühstücke am warmen Herd in Antrim hervor, bei denen Farmarbeiter kamen und gingen. Aber das war weit entfernt, wie etwas, das man durch ein trübes Fenster sieht.

»Ich war so frei, mir dein Schwert anzusehen, während du geschlafen hast«, sagte Nennian mit vollem Mund.

»Weshalb?«

»Die Rand der Klinge ist blau angelaufen. Sie muß abgeschreckt werden. Das Eisen wird weich.«

»So?«

»Ich werde das für dich erledigen. Ich habe hier eine ordentliche Schmiede und kann ein gutes Feuer anblasen.«

Michael untersuchte das Ulfberht. Die feinen Linien, die das Streifenschmieden hinterlassen hatte, tanzten wie ein Wasserstrudel auf der Klinge. Er hatte vor langer Zeit über dieses Verfahren gelesen. Eisenstäbe werden zusammengeschmiedet und immer wieder erhitzt, um dem Metall möglichst viel Kohlenstoff zu entziehen und es hart wie Stahl zu machen. Aber das Metall muß ab und zu abgeschreckt werden, damit es nicht weich wird.

»In Ordnung«, sagte er.

Cat wollte mit der Schmiede nichts zu tun haben und schlenderte statt dessen über die Lichtung und sprach zu den Tieren. Michael dagegen half dem heiligen Mann, ein Holzkohlenfeuer anzufachen. Dann schichtete Nennian eine halbe Stunde lang feuchten Lehm aufeinander – nach dem nächtlichen Regen war daran kein Mangel –, bis er einen Hügel bildete, der so hoch war, wie die Schwertklinge lang.

»Die Scharte hier kann ich ausbessern, und die Klinge ist insgesamt nicht mehr ganz richtig ausbalanciert. Diese Waffe hat einiges hinter sich.« Prüfend fuhr er mit dem Daumen über die Schneide. Für einen Augenblick verschwand der Priester in ihm hinter dem Handwerker. Er trug eine Lederschürze über seiner Kutte, und sein Gesicht glühte von der Arbeit im Freien. Er hatte rote Wangen wie der Weihnachtsmann.

»Es war die Waffe eines Ritters. Ich habe ihn getötet«, sagte Michael. Er hatte das Versteckspiel satt.

»Ich weiß.«

Nennian legte die Klinge in die glühende Kohle, und Michael betätigte den primitiven Blasebalg. In dem Steinofen begann eine rot-weiße Sonne zu glühen, und Michael stand bald der Schweiß auf der Stirn. Die Hitze drang durch seinen Wams. Cat sang irgendwo auf der Lichtung ein Lied. Die Kohlen hatten sich in eine weiße Glut verwandelt.

»Genug.«

Nennian zog die Klinge aus der Glut und legte sie auf seinen Felsamboß. Dann griff er zu einem überraschend kleinen Bronzehammer und begann vorsichtig zu klopfen, das Gesicht dicht über dem glühenden Klingenrand. Funken stoben auf, aber er kümmerte sich nicht darum. Er kniff die Augen zusammen und betrachtete sein Werkstück abschätzend. Sein Gesicht war schweißnaß. Schließlich schob er die Klinge wieder in die Glut und wischte sich den Schweiß von der Stirn. Michael betätigte wieder den Blasebalg.

»Woher wußtest du es?«

Der Bruder lächelte – sein normaler Gesichtsausdruck, wie Michael mittlerweile fand. »Niemand außer den Rittern und ein paar Adligen führt eine so prächtige Waffe. Ulfberht ist schon seit einer Generation tot. Diese Waffen sind Erbstücke geworden, die nur vom Vater auf den Sohn übergehen. Ich könnte dir vielleicht drei Familien nennen, die im Besitz einer solchen Waffe sind.«

»Es scheint dich nicht sonderlich zu stören, daß ich einen Ritter deiner Kirche getötet habe.«

»Blutvergießen stört mich immer, aber du scheinst mir kein Mörder zu sein. Unsere Ritter sind manchmal übereifrig. Du und deine Lady, ihr seht aus wie Leute, die bei den Stämmen gelebt haben. Ich habe den Verdacht, daß ihr in eine Auseinandersetzung hineingezogen worden seid, die nicht euere eigene war.«

»Da könntest du recht haben«, gab Michael zu.

Wieder wurde das Schwert aus der Glut gezogen, und diesmal stieß Bruder Nennian die Klinge in den Lehmhügel, den er aufgehäuft hatte. Es zischte und blubberte, und eine kleine Dampfwolke stieg auf. Der Bruder sah zufrieden aus.

»Im Wasser bildet sich zu schnell eine trennende Dampfschicht, und das Metall kühlt nicht schnell genug ab. Lehm ist besser. Urin übrigens auch. Man sagt, das beste Mittel zum Abschrecken sei Blut.«

Michael wischte sich den Schweiß aus den Augen. Heiße Luft flimmerte über dem Schmiedefeuer.

»Warum bist du wirklich in den Wolfswald gekommen?«

»Das könnte ich dich auch fragen. Ich könnte dich auch fragen, *woher* du gekommen bist.«

Diesmal mußte Michael lächeln. »Soweit ich weiß, bin ich aus der gleichen Gegend, aus der die ersten Brüder hierher kamen. Ein Land, das Irland genannt wird.«

Es hatte eine Weile gedauert, bis ihm das klar geworden war, aber mittlerweile war er sich sicher, daß es stimmte. Diese Mönche oder Priester stammten aus seiner eigenen Welt, aus seinem eigenen Land. Die Scheiteltonsur, die größer war als die der englischen Mönche dieser Zeit, bewies es. Sie kamen aus einem weit zurückliegenden Jahrhundert – vielleicht aus der Zeit der Wikingerraubzüge –, aber sie waren genauso leicht durch das Tor in diese Welt geschlüpft wie er selbst. Vielleicht hatte sich ihre Gemeinschaft auf der Flucht vor den Nordmännern befunden. Die Geschichten, die er im Wildwald gehört hatte, sprachen davon, daß sie vor irgend etwas geflüchtet waren.

Bruder Nennian dachte in Ruhe über Michaels Bemerkung nach. Er zog das Schwert aus dem Lehm und legte es wieder in das Feuer. Mit unbewegtem Gesicht ließ er den Hammer immer wieder auf den Steinamboß fallen.

»Was wirst du tun, wenn du sein Schloß erreichst?«

»Ich suche jemanden aus meiner Welt. Ich bin sicher, daß er sie dorthin gebracht hat. Er hat ihre Seele.«

Der Bruder warf ihm einen schnellen Blick zu, ergriff dann aber wortlos das Schwert und stieß es erneut in den Lehm. Cat sang immer noch und schlenderte vor einer Hühnerschar her, die sie mit Gerstenkörnern fütterte.

»Du hast also für diesen Schwarzen Reiter keine Sympathien? Du oder deine Lady?«

Michael war verwirrt. »Natürlich nicht. Wer hat die schon?«

Nennian blickte hinüber zu dem schlanken, dunkelhaarigen Mädchen, das am Waldrand vor sich hin sang. Sie hatte einen Großteil ihrer dicken Kleidung abgelegt, und ihre Arme waren nackt. Sie sah wie ein feingliedriges Tier aus, wie eine anmutige Gazelle. Ihr Haar war über ihre spitzen Ohren gefallen, und im Tageslicht fiel das Leuchten in ihren Augen kaum auf.

»Sie kommt aus zwei Welten, deine Lady, und je tiefer sie in den Wald gelangt, desto mehr wird die Welt der Bäume und des Schwarzen Reiters von ihr Besitz ergreifen. Ich habe in den Erinnerungen des Waldes Dinge gesehen. *Wyrims* und *Grymyrchs* als Kampfesgefährten, Wölfe und Waldvolk Schulter an Schulter, um die erste Expedition auszulöschen. So nahe am Mittelpunkt dieser Welt gibt es keinen Unterschied zwischen ihnen. Es ist, wie sie sagt: sie sind Kinder des gleichen Vaters. Ich glaube, das ist es, was euch beide beschützt hat.«

»Ich bin keiner von ihnen. Ich kann nicht einmal das Wasser in diesem Wald trinken.«

Nennian lächelte sein gewohntes Lächeln, warm, aber ein wenig herablassend. »Dennoch fließt auch in dir *Wyrim*blut. Es ist noch nicht fest verwurzelt, aber es ist da.«

Wyrimblut. Michael schüttelte hilflos den Kopf. »Was willst du damit sagen? Daß wir uns in Lakaien des Schwarzen Reiters verwandelt haben werden, wenn wir sein Schloß erreichen, in besonders schöne Kobolde?«

»Nein. Du nicht. Du hast, wie gesagt, eine alte Frömmigkeit in dir, die sehr tief geht. Aber die Lady da ...«

Michael packte ihn an der Schürze und schüttelte ihn, aber der heilige Mann zuckte nicht mit den Wimpern. »Was willst du, *Bruder*?«

»Mit euch kommen.«

Michael ließ ihn los. Er war nicht sonderlich überrascht. »Warum?«

»Wir können uns gegenseitig helfen, du und ich. Das *Wyrim*blut deiner Lady wird uns bis zum Schloß bringen, und mein Glaube könnte helfen, ihre menschliche Seite zu bewahren, wenn wir einmal dort sind. Wir können den Teufel in seinem eigenen Unterschlupf stellen.«

»Das ist es. Das ist der Grund, warum du in den Wolfswald gekommen bist. Um den Schwarzen Reiter zu stellen.«

»Ja. Aber alleine bin ich zu schwach, und mein Novize war ein junger Narr, ein Feigling ohne festen Glauben.«

»Er ist tot.«

»Daran habe ich keinen Zweifel.«

»Für einen Priester wirkst du nicht sehr fromm.«

»Ich bin fromm genug, um diesen Wald überlebt zu haben. Und ich kenne den Weg zum Schloß. Ich kann euch dorthin führen. Ohne mich würdet ihr vielleicht durch den Wald irren, bis ihr an Altersschwäche sterbt oder bis der Schwarze Reiter bereit ist, euch zu empfangen. Er lenkt die Schritte von allem, was hier kreucht und fleucht, außer von denen, die gläubig sind.«

»*Gläubig*!«

»Ja. Gläubig. Glaube hat mich hier zwölf Jahre lang am Leben gehalten. Es ist mir nicht immer gutgegangen, aber ich war immer noch stark genug. *Laß mich mit euch kommen*. Ich kann euch nicht schaden, aber vielleicht von großem Nutzen sein.«

»Du würdest ihm gegenübertreten, nicht wahr? An Selbstvertrauen mangelt es dir nicht ... Aber Cat würde dich niemals mitkommen lassen.«

»Sag ihr einfach, daß ich euer Führer bin, sonst nichts.«

Michael zögerte. Er dachte an die Veränderungen, die in Cat vorgegangen waren, die Art und Weise, in der sie sich in jemand anderen zu verwandeln schien. Er wollte, daß das aufhörte. Er wollte nicht, daß sie sich gegen ihn stellte, wenn er irgendwann dieses verdammte Schloß doch noch erreichen sollte. Der Gedanke daran war nicht auszuhalten.

Und dennoch konnte er Bruder Nennian nicht trauen. Er war nicht so weit gekommen, um sich von jemand anderem benutzen zu lassen.

»Ich werde einmal hören, was Cat davon hält«, sagte er schließlich.

Bruder Nennian verbeugte sich leicht, und zog dann mit einer schnellen Bewegung das Ulfberht aus seinem Lehmbett. Er betastete die Schneide mit dem Daumen.

»Du könntest dich jetzt damit rasieren. Die richtige Waffe für einen Kreuzritter.«

Michael fand Cat bei den Pferden. Die kurze Rast tat ihnen sichtlich gut. Sie mußten aufpassen, daß Fancy nicht zuviel fraß; das Tier neigte dazu, sich zu überfressen. Nennians Heu war durch den Regen des Winters feucht geworden und von keinem großen Nutzen. Cat schüttete die Gerstenkörner des Bruders in den Futtertrog, als seien sie Wasser. Michael mußte sie bremsen; zuviel von dem Zeug, und die Tiere würden eine Kolik bekommen. Sie mußten nach der kargen Kost der letzten Wochen erst wieder an reichhaltigere Nahrung gewöhnt werden.

Cat und Michael lehnten sich gegen das Holzgeländer vor dem Unterstand für die Pferde. Der Nebel war noch dichter geworden, und kleine Tropfen glänzten in Cats Haar. Die weißen Schwaden verwandelten Spinnenweben in ein Geflecht von Perlenketten und verhüllten die Wipfel der höchsten Bäume. Die Baumstämme sahen aus wie Bohnenstangen, die zu einem Schloß über den Wolken emporragen.

Cat hatte eine Gänsehaut, und Michael umarmte sie von hinten, vergrub seine Nase in ihren Haaren.

»Nun, auf einmal bist du nicht mehr so schüchtern an diesem heiligen Ort? Hat der Priester dir etwa seine Erlaubnis gegeben?« Aber sie entspannte sich in seinen Armen, drehte den Kopf zur Seite, so daß er sie seitlich auf den Hals küssen konnte.

»Wir werden bald aufbrechen«, murmelte er.

»Mmhmm.«

»Bruder Nennian wird uns begleiten.«

»*Was*?« Sie wand sich aus seinen Armen und sah ihn an. »Was hast du gesagt?«

Gereizt erklärte er ihr, daß der Bruder den Weg kannte. Er würde ihr Führer sein, sonst nichts. Andernfalls würden sie herumwandern müssen, bis der Schwarze Reiter bereit war, sie zu empfangen.

»Warum ist er so wohltätig, obwohl er über mich Bescheid weiß? Er will etwas, Michael. Ich sehe es in seinen Augen. Er tut das nicht uns zum Gefallen.«

»Vielleicht. Aber wir brauchen ihn, Cat. Wir können seine Hilfe brauchen.« Als er merkte, daß sie das nicht überzeugte, sagte er: »Wir trennen uns von ihm, sobald wir das Schloß sehen. Wir verlieren ihn einfach im Wald. Er wird nicht bis zum Schluß bei uns sein.«

Das schien sie ein wenig zu besänftigen.

»Was geschieht mit dir, Cat?«

»Was meinst du?«

»Nichts, nichts.« Wieder diese Müdigkeit, dieses Gefühl, die Last vieler Jahre auf den Schultern zu tragen. Jahre, die erst noch kommen mußten.

Cat zupfte zärtlich an seinem Bart. Sie sah ihn liebevoll an. »Du bist grau, mein kleiner Junge, grau und erschöpft. Der Wald hat dich in einen Mann, einen Krieger verwandelt. Du gehörst jetzt hierher, Michael.«

Er bringt mich um, fauchte er im stillen, beugte sich aber ihrem Kuß entgegen. Sie preßte sich an ihn – hart und weich, Knochen und Brust. Er wollte sich in ihr vergraben und vergessen, daß er jemals von Schlössern, Schwarzen Reitern und Kobolden gehört hatte.

Und von dem Wald. Den wollte er am meisten vergessen, wollte das Moos der Erinnerung abkratzen.

KAPITEL ACHTZEHN

Noch eine Nacht in der verräucherten Hütte, eine Mahlzeit aus den Resten des Ziegeneintopfs. Als Michael am nächsten Morgen erwachte, fiel strahlender Sonnenschein durch die rechteckigen Fensterluken in seine vom Schlaf verklebten Augen. Cat lag in seinen Armen. Er blies ein Staubkörnchen aus ihrer Wimper, sah es durch das Sonnenlicht fallen und lächelte in diesem Augenblick einfachen Glücks.

Es war kalt und frostig. Er stand auf, streckte sich und sah hinaus. Der Schlamm auf der Lichtung war hart gefroren, die Pfützen vereist, obwohl das Eis an den Stellen, wo die Sonne darauf schien, nur noch hauchdünn war. Es war immer noch neblig, aber es war ein dünner, durchsichtiger Nebel. Er zog sich in ein paar Metern Höhe in langen Bahnen durch den Wald, wobei die Baumwipfel sich kristallklar vor dem blaßblauen Himmel abzeichneten. Er sah, wie sich am Fluß am anderen Ende des Tals ein Reiher in die Lüfte erhob. Bruder Nennian sprach mit seiner ruhigen Stimme zu den Ziegen. Seine Worten klangen glockenhell durch die Stille. Nach einer Weile kam er zur Hütte. Er zog ein Tier, das aussah wie ein großer Esel, an einer Leine hinter sich her und trug einen Korb.

»Frühstückseier«, sagte er grinsend.

Ein paar Stunden später brachen sie auf, den Bauch voll warmen Essens und Sonnenschein im Gesicht. Nach einer

Stunde veränderte sich der Wald wieder, die Sonne wurde von Baumwipfeln verdeckt. Michaels Stimmung sank, als das Morgenlicht verschwand und der Waldboden wieder kahl und düster wurde. Er hatte das Gefühl, durch eine endlose Höhle zu reiten, die tiefer und tiefer in den Wald hinein führte, ein Tunnel ohne Ende.

Zahlreiche Proviantbeutel hingen an ihren Sätteln. Brot, Honig, Käse, geräuchertes Fleisch und getrocknetes Gemüse ebenso wie Schläuche mit dem gesegneten Wasser, das Cat nicht trinken konnte. Auch ein Beutel mit dem würzigen Tabak des Bruders fehlte nicht. Von Nennians Esel, einem geduldigen, fliegenumschwärmten Tier, ging ein ständiges Geklapper aus, das Michael ärgerte. Ein Kupferkessel und verschiedene Gerätschaften aus Bronze hingen am Sattelknopf des Tiers. Bruder Nennian sah aus wie ein reisender Händler.

»Was ist mit den Tieren?« hatte Cat ihn kühl gefragt, als sie die sonnige Lichtung verlassen hatten. Nennian hatte das Gatter zu dem Ziegenpferch geöffnet, bevor sie aufgebrochen waren.

»Sie werden herumstreunen, doch es gibt gutes Gras im Tal, und die meisten von ihnen sind schlau genug, um nicht weit in den Wald zu laufen. Der Ziegenbock wird dafür sorgen, daß sie zusammenbleiben, und an ein paar Stellen habe ich Gerstenkörner ausgestreut. Die Hühner können für sich selbst sorgen.«

»Du wirst es nicht leicht haben, wenn du zurückkommst«, sagte sie zu ihm.

»Jeder muß Opfer bringen.«

Sie waren wieder unterwegs. Der Rhythmus ihrer Wanderung holte sie schnell wieder ein, so als hätten sie nie in Bruder Nennians Anwesen Rast gemacht. Sie waren von der direkten Route abgewichen, um zu seiner Lichtung zu gelangen, und jetzt übernahm der rundliche Bruder die Führung.

Er führte sie wieder auf den Pfad nach Süden, aber soweit Michael es feststellen konnte, wich er nach einer Weile in süd-östliche Richtung ab. Schon nach einem Tag war Michael zur Orientierung auf Vermutungen und die paar Sterne angewiesen, die er erspähen konnte, der Priester aber führte sie unbeirrt weiter, als sei der Sitz des Schwarzen Reiters ein Leuchtfeuer, das deutlich vor ihm steht.

Kleinigkeiten gingen Michael auf die Nerven. Er konnte in Nennians Gegenwart nicht unbefangen mit Cat umgehen, und sie konnten sich zu seiner Enttäuschung nicht nachts neben dem Feuer lieben. Morgens mußten sie auf den Priester warten, wenn dieser sich abwandte und sein Gebet verrichtete. Michael war diese Zeremonie merkwürdig fremd, als sei sie ein Relikt aus einer Zeit, die weit hinter ihm lag. Doch immerhin war noch genug Frömmigkeit in ihm, um Cats Proteste abzuwehren und den Priester ungestört beten zu lassen, auch wenn es sie Zeit kostete. Er und Nennian hatten genug zu essen, aber Cat bestand aus irgendeinem Grund – wahrscheinlich Trotz – darauf, ihr eigenes Essen zu suchen, und sie warfen skeptische Blicke auf die Wurzeln und abgehäuteten Frösche, von denen sie sich ernährte. Nur den Honig verschmähte sie nicht und schlang genießerisch dick bestrichene Brote herunter, während sie alles andere ablehnte. Das Wasser im Wald trank sie unbekümmert. Es war, als hätten die Bäume sie wieder in ihren Bann gezogen. Nachdem sie die vorübergehende Zivilisation von Nennians Zuflucht hinter sich gelassen hatten, fiel sie sofort wieder in ihr Waldleben zurück. Michael machte sich Sorgen. Wenn er nachts neben ihr lag, meinte er zu spüren, daß sie sich sogar im Schlaf, in seinen Armen, veränderte. Sie zuckte und schüttelte sich, und manchmal glaubte er, sie knurren zu hören.

Mirkadys Geschenk, dachte er. Es war nicht so großzügig gewesen, wie es zunächst den Anschein gehabt hatte. Gelegentlich hatte er den Eindruck, daß es auch in seinem Körper arbeitete, Verachtung für den stämmigen Priester auf seinem Esel auslöste und das klare Wasser in seiner Kehle blubbern ließ.

Die Lebenszeichen, die sie bemerkt hatten, als sie sich Nennians Tal genähert hatten, verschwanden wieder, und der Wald verwandelte sich in einen leeren, abweisenden Ort, eine Halle mit einem Dach aus starken Ästen, das von den Säulen der Stämme gestützt wurde. Der Frühling drang nicht bis hierher vor, und sie bewegten sich durch die unveränderliche Dunkelheit des Winters. Kalte Böen bliesen durch die Baumwipfel, das Laub von tausend Herbsten moderte am Boden und wurde zu einem Sumpf, der sich an den Hufen der Pferde festsaugte und ihnen die Kräfte raubte, so daß die Reisenden absteigen und die müden Tiere durch den klebrigen, schwarzen Schlamm, der erst knöcheltief war, dann aber bis zu den Waden reichte, am Zügel hinter sich herziehen mußten. Es dauerte nicht lange, und der ordentliche Priester begann wie ein Vagabund auszusehen. Die Wangen schienen einzufallen, und die schlammbesudelte Kutte fiel lockerer um seinen Bauch. Er stopfte Lumpen in seine Sandalen, um seine Füße vor der Kälte zu schützen, und seine Augen sanken tief in die Höhlen. Cat nahm diese Verwandlung mit grimmiger Zufriedenheit zur Kenntnis, als sei es ein Beweis dafür, daß der Zauber des heiligen Mannes der Macht des Waldes nicht gewachsen war.

Ihre nächtlichen Lager wurden tagsüber herbeigesehnt, waren aber gleichzeitig alles andere als bequem. Am Ende der kurzen Tage waren sie erschöpft genug, um da einzuschlafen, wo sie niedersanken, aber vorher mußten sie noch die Pferde versorgen, dem feuchten Wald ein Feuer abringen und den dicksten Schlamm von der Kleidung entfernen. Auf den Stämmen der Bäume schimmerte immer Nässe; sie trieb die Milben aus der Rinde – blinde, weiße, bohrende Dinger, die schmerzhaft zubissen.

Die Reisenden legten sich auf modrig riechende, schlammverkrustete Felle, durch die die Feuchtigkeit drang, und starrten in das Feuer, bevor der Schlaf sie übermannte.

Sie teilten Wachen ein; jeder mußte nachts ein paar Stunden lang wach bleiben. Michael hatte den Verdacht, daß Nennian den größen Teil seiner Wache schlafend verbrachte, aber er selbst war immer so müde, daß es ihm nie gelang, wach zu bleiben, um sich vergewissern, ob seine Vermutung zutraf.

Sie sprachen wenig, nahmen schweigend ihr Frühstück zu sich. Cat aß von den Pilzen, die am Fuß der Bäume im Überfluß wucherten. Sie sahen todgiftig aus, doch sie aß sie fast mit Genuß und trank das stinkende Wasser aus den abgestandenen Tümpeln, ohne zu Schaden zu kommen. Es war, als sei sie dazu geschaffen worden, an solch einem Ort zu existieren, oder als sei der Ort für sie geschaffen.

»Ich möchte verdammt noch mal wissen, warum man diese Gegend ›Wolfswald‹ nennt«, sagte Michael. »Es gibt hier weniger Wölfe, weniger von allen Lebewesen als an irgendeinem anderen Ort dieser Welt, den ich kenne. Es gibt hier nichts. Nichts.«

»Es gibt die Bäume«, sagte Cat mit dunkel leuchtenden Augen.

Sie saßen im Dunkeln, denn der Zunder hatte sich ihren Anstrengungen widersetzt, ihn zu entzünden. Ein paar Meter neben ihnen schnaubten die Pferde und bewegten sich unruhig, und noch ein Stück weiter entfernt hörten sie Bruder Nennian seine Gebete murmeln. Ein leichter Wind rauschte durch die Bäume, aber ansonsten gab es kein Geräusch im Wald.

Michael fragte sich, ob die erste Expedition so weit gekommen war. Er bezweifelte es. Es gab hier kaum Fressen für Pferde, geschweige denn für Vieh. Es gab nichts, was ein Mann mit einem gesunden Verstand hier tun konnte, außer Bäume zu fällen, um etwas Licht zu haben. Michael begann, die Bäume zu hassen, aber er behielt es für sich, denn er bemerkte die Ehrfurcht und Achtung, mit der Cat sie betrachtete.

Das *Wyr*-Feuer war da, in ihnen beiden. Michael fühlte,

daß er sich genau wie Cat von Pilzen und abgestandenem Wasser würde ernähren können, wenn er sich dem Wald ergeben würde; doch er zog es vor, so lange wie möglich von Nennians Vorräten zu leben und einen unabhängigen Verstand zu behalten.

Der Priester beendete sein Gebet und kam wieder zu ihnen. Er zitterte, als er sich setzte, doch sein Gesicht war ruhig und unbewegt. Nicht ein einziges Mal schien er über den Weg, den sie einzuschlagen hatten, unsicher zu sein, nicht einmal in den tiefsten Sümpfen und an den finstersten Stellen des Waldes. Es war, als habe er einen inneren Kompaß, der untrüglich die Richtung auf ihr Ziel wies. Michael kam langsam an den Punkt, an dem es ihm egal war, ob sie ihr Ziel erreichten oder nicht, wenn sie nur bald zu sauberen Betten und vernünftigem Essen zurückkehren konnten.

»Wie weit noch?« fragte er Nennian. Er hatte ihm diese Frage in den letzten Tagen schon oft gestellt. Der Zufluchtsort des Priesters lag fast zwei Wochen hinter ihnen, doch es gab noch kein Anzeichen für eine Veränderung im Wald.

Der Gesichtsausdruck des Bruders war in dem dämmrigen Licht schwer zu erkennen, aber Michael bemerkte die Unsicherheit in seiner Stimme.

»Weiter als ich dachte. Als ich es das letzte Mal versucht habe, war ich nach einer Woche in Sichtweite des Schlosses. Wir sind auf dem richtigen Weg. Ich kann mich unmöglich irren. Ich spüre die Macht dieses Ortes wie das Licht einer schwarzen Sonne auf meinem Gesicht. Aber er scheint zurückzuweichen, oder der Wald wird größer, während wir ihn durchwandern ... ich weiß es nicht.«

Er klang müde und verwirrt. Von seinem ständigen Lächeln war nicht viel geblieben. Cat schnaubte verächtlich.

»Folgen wir hier einem Irrlicht in einer braunen Kutte, oder unternimmt er mit uns eine Rundreise durch den Wolfswald?«

»Cat«, sagte Michael warnend, aber er war zu deprimiert durch Nennians Unsicherheit, um sich mit ihr zu streiten.

Die ganze Zeit über hatte er sich selbst gesagt, daß es nicht mehr weit war, daß sie fast am Ziel waren. Jetzt konnten sie genauso gut noch tausend Meilen vor sich haben. Er hätte vor Enttäuschung und Verzweiflung heulen können.

»Es war besser, als wir noch allein waren. Wir sind besser vorangekommen, und der Wald hat sich kaum um uns gekümmert. Seit er bei uns ist, beobachtet der Wald uns. Kannst du es nicht spüren?«

Michael hatte das gleiche Gefühl. Es war ein stummes Betrachten, ein augenloses Starren, das ihn die Schulterblätter hochziehen ließ, als erwartete er einen Schlag. In der Luft des Wolfswaldes lag etwas, das es schwer machte, sie einzuatmen, das Gegenteil der dünnen Luft eines Hochgebirges. Schwere, abweisende, machtgeladene Luft.

»Ich spüre nichts«, sagte Nennian. »Ich lebe seit einem Dutzend Jahren in dieser Gegend, und ich habe nie so etwas gespürt. Der Wolfswald kennt mich, und ich kenne ihn.«

»Du bist ein Narr«, sagte Cat verächtlich, und Michael sah, wie Verärgerung sich im Gesicht des Priesters breitmachte.

»Hört auf«, sagte er. Ihre Streitereien gingen ihm auf die Nerven. »Wie lange werden unsere Vorräte noch reichen?« Er richtete die Frage an Nennian, der zusammengesunken dasaß und in seiner Kutte wie ein moosüberwachsener Fels wirkte.

»Wir haben noch Wasser für zwei, vielleicht drei Tage. Und Essen für vier Tage.«

»Pilze und Tümpelwasser«, lachte Cat. »Bald wirst du es herunterschlingen, wenn du nicht auf deinen Sandalen herumkauen willst.«

»Halt den Mund«, zischte Michael. Sein giftiger Tonfall überraschte seine Begleiter. »Keine Streiterei mehr. Wir werden das Wasser des Waldes abkochen, sobald wir ein Feuer machen können, und essen, was wir finden. Wenn es sein muß, Käfer. Aber wir gehen weiter, selbst wenn das bedeutet, daß wir bis zu den großen Bergen im Süden ziehen müssen, die angeblich das Ende der Welt sind. Jeder Wald hört einmal auf, und wir werden nicht aufgeben, selbst wenn wir unsere Pferde fressen müssen und uns die Füße blutig laufen.«

Sein Ausbruch brachte seine Gefährten zum Schweigen. Cat drehte ihm in dieser Nacht schroff den Rücken zu, aber es war ihm egal. Er konnte spüren, wie die Ranken und Wurzeln des Waldes sich durch ihn zogen, seinen Willen erobern wollten. Der Versuch, sich dagegen zu wehren, war genauso anstrengend wie die endlose Reise. Der Wald raunte ihm zu, daß er den Bruder verlassen sollte, ihn hier im Stich lassen sollte, wo die Bäume sich um ihn kümmern konnten. Er drängte ihn, ohne eine bestimmte Richtung weiter zu gehen, den Einfluß des Waldes auf sich hinzunehmen, sich von ihm verändern zu lassen, um für das bevorstehende Zusammentreffen besser gerüstet zu sein. Manchmal glaubte er, den Wald tatsächlich sprechen zu hören, mit einem hörbaren Flüstern, das das Knarren der Bäume übertönte. Er mußte sich selbst aufgeben, alles vergessen, was er in seinem früheren Leben gelernt hatte, um ein Teil des Anderen Ortes zu werden. Er mußte Irland vergessen, sein Zuhause, die Sonntagsmesse, seine Familie. Er war nur ein einsames Waisenkind, und er mußte den Wald in seinen Adern haben, um von ihm akzeptiert zu werden. *Gib auf; gib nach,* sagte der Wald. Man ertrinkt leichter, wenn man nicht dagegen ankämpft. Du kommst so schneller an dein Ziel und wirst am Ende der Reise ein glücklicher Mann sein. Die Botschaft war so anhaltend und störend wie ein Ohrgeräusch.

Die Gegend wurde unebener, und auf den bewaldeten Hügeln fanden sie trockenere Plätze zum Rasten. Hier und da ragten moosbewachsene Steine aus dem Humus und dem Laub, als stießen die Knochen des Landes durch seine verwesende Haut. Nennian war überzeugt davon, daß diese Hügel die Ausläufer der schrecklichen Berge des Südens waren, und daß sie sich dem Ende des Waldes näherten. Es konnte nicht mehr weit sein, versicherte er ihnen, und in seiner Stimme lag wieder etwas von seiner alten Zuversicht. Cat ignorierte ihn, und selbst Michael achtete kaum noch auf seine Worte.

Die Bäume veränderten sich auf seltsame Weise. Sie wurden kleiner, obwohl ihr Laubdach so dicht wie eh und je war. Sie sahen aus, als hätten sie eine lepraähnliche Krankheit. Anstatt senkrecht nach oben zu wachsen, krümmten sie sich wie arthritische Finger, und stellenweise war die Rinde wie Schorf abgeblättert, und man sah das schwarze Holz der Stämme. Wurzeln zogen und wanden sich über den dünner werdenden Erdboden, ringelten sich um Steine. Sie verwandelten sich in verzerrte, gepeinigte Wesen, die um ihr Leben kämpften, und in Michaels Phantasie wurden die mißgestalteten Stämme zu gesprenkelten Gesichtern und Körpern, zu verrenkten Gliedern.

»Könnt ihr es fühlen?« fragte Cat flüsternd. Ihr Gesicht war voller Ehrfurcht.

»Was fühlen?« fragte Nennian verärgert.

»Die Macht hier. Die Luft knistert förmlich davon. Nicht einmal die Bäume können ihr widerstehen. Es ist wie ein heißer Windhauch. Michael, kannst *du* es spüren?«

Er konnte. Es war wie ein leiser Trommelschlag hinter seinen Schläfen, ein fernes Wispern. Der Wald lebte und beobachtete sie. Er hatte das Gefühl, daß sie in das offene Maul eines gefräßigen Monsters wanderten, durch ein Land, das intelligent war und Empfindungen hatte. Das feindselig war. Es saugte die Kraft aus seinen Gliedern und nahm ihm allen Mut, den er besaß; es war, als wäre er wieder sieben Jahre alt und sähe schreckensbleich die dunklen Gestalten im Dämmerlicht den Fluß überqueren.

»Heilige Mutter Gottes«, murmelte er. Bruder Nennian rezitierte mit leiser Stimme etwas Lateinisches.

Sie errichteten ihr Lager am Fuße eines Felsenhügels. Das Feuer spiegelte sich auf dem nassen Stein. Um sie herum war Finsternis, der Wald, und in der Nacht konnten sie die

Gegenwart der Bäume spüren, als seien sie eine schweigende Schar von verachtungsvollen und mißbilligenden Zuschauern. Sie *lebten*. Michael konnte keinen anderen Begriff finden, der die Sache besser traf.

»Wir sind nah, sehr nah«, sagte Bruder Nennian. Er starrte auf seine kalte Pfeife. Cat beruhigte die Pferde, sprach ihnen besänftigend ins Ohr und wischte den Angstschweiß von ihren Flanken.

»Bist du nicht durch diese Gegend gekommen, als du dich damals dem Schloß genähert hast?« fragte Michael den Priester.

»Nein. Es ist ... es ist eine Gegend, die ich nicht kenne, aber ich schwöre, daß ich damals genau diesen Weg genommen habe. Es ist, als könne der Wald sich bewegen und verschieben, das Land sich selbst verändern.«

»Er will nicht, daß wir ihn finden«, sagte Michael. »Er verzögert unsere Reise, läßt die Bäume für sich arbeiten. Glaubst du, daß die Expedition damals so weit gekommen ist?«

Nennian blickte in die Finsternis ringsum. »Das kann ich mir nicht vorstellen. Ich glaube, wir haben die Stelle ihres letzten Kampfes schon passiert. Sie muß nördlich von uns sein. Ich glaube, kein Mensch ist jemals so weit gekommen. Es ist ein unheiliger Ort.«

Sie schwiegen eine Weile, und Cat setzte sich zu ihnen. Obwohl die Atmosphäre auch ihre Stimmung etwas gedämpft hatte, war sie bei weitem nicht so besorgt wie Michael oder Bruder Nennian. Gleichgültig kaute sie auf einem Pilz, und für einen Moment haßte Michael sie dafür, daß sie ihre Angst nicht teilte.

Sie schliefen nur wenig in dieser Nacht, erholten sich kaum, obwohl im Wald Grabesstille herrschte. Ohne besondere Ereignisse ging ihre Reise weiter, und die Vorräte schmolzen dahin. Als das Wasser zur Neige ging, kochten sie die widerliche Brühe der Bäche ab, und als sie keine Nahrung mehr hatten, fing Cat ihnen kleine Tiere. Nennian weigerte sich zunächst, davon zu essen, und sogar Michaels abgehärteter Magen krampfte sich beim Anblick der Kadaver von Mäusen, Schlangen und Molchen zusammen, aber sie wurden mit jedem Hungertag appetitlicher, und Ziegeneintopf, Buttermilch und Honig wurden ein Traum, ein heller Glanz in Michaels Erinnerung. Sein Bauchumfang schrumpfte, und er konnte förmlich spüren, wie er unweigerlich abmagerte. Nennians Gesicht sah immer mehr wie das eines Totenschädels aus. Nur Cat ging es weiterhin gut, obwohl auch sie sehniger wurde und ihre Fingerknöchel deutlicher hervortraten.

Den Pferden fiel es zunehmend schwer, ihre Reiter zu tragen, und schließlich führten sie die Tiere am Zügel hinter sich her. Nur Nennians Esel war noch in einem besseren Zustand, da er Baumrinde besser vertrug als Fancy oder der Graue. Nennian übernahm mit dem Esel jeden Morgen die Spitze, führte sie über felsige Abhänge, die trotzdem dicht von den verkümmerten Bäumen bewachsen waren, oder durch schwarze Sümpfe, die sich zwischen den Hügeln erstreckten.

Sechsundzwanzig Tage, nachdem sie mit Nennian aufgebrochen waren, fing es wieder an zu regnen. Der Regen prasselte durch die Bäume und verwandelte den Boden in Schlamm. Sie stampften hindurch, den Blick auf den Schwanz des Pferdes vor ihnen gerichtet; manchmal mußten sie sich sogar daran klammern, um in dem zähen Schlamm weiterzukommen. Oft mußten sie mit vereinten Kräften eines der Pferde aus dem sumpfigen Boden befreien, indem sie die Hufe aus dem Schlamm zogen und das arme Tier mit Schlägen vorwärts trieben. Sie rutschten und schlitterten, stürzten oft, und waren bald von Kopf bis Fuß mit dem schwarzen, teerähnlichen Schlamm bedeckt, während der Regen unaufhörlich niederprasselte. Für Michael wurde diese Reise zu einem Alptraum, zu etwas, das einfach nicht in Wirklichkeit sein konnte. Er war so müde, daß sogar die Strapazen, die er täglich zu erleiden hatte, nicht an ihn herankamen. Sein Bedürfnis auszuruhen, die Augen zu schließen, richtig zu schlafen, überlagerte alles andere. Die Müdigkeit wurde zu einem physischen Schmerz, und er mußte alle Kraft zusammennehmen, um nicht laut aufzuschluchzen, während er weiterstolperte.

Der Regen erfüllte den Wald mit Geräuschen, dem Prasseln im Laubdach und dem Glucksen der Rinnsale auf dem Boden. Wasser fiel ihm ins Gesicht, tropfte von der Nase, lief ihm in die Augen. Er öffnete den Mund und versuchte, davon zu trinken, aber es war so widerlich wie das Wasser der Bäche, weil es den Geschmack der Blätter mitbrachte, von denen es heruntertropfte. Er verzog das Gesicht und spuckte die Brühe wieder aus.

Nennian hatte vor einem anscheinend undurchdringlichen Dickicht angehalten. Der Priester beugte sich vornüber und stützte schwer atmend die Hände auf die Knie. Michael taumelte zu ihm, während Cat ihm folgte, den Grauen hinter sich her ziehend. Das schwarze Haar, das in ihrem Gesicht klebte, gab ihr ein wildes Aussehen.

»Wir können nicht weiter«, keuchte der Bruder. Das Prasseln des Regens übertönte beinahe seine Worte. »Wir müssen anhalten, ausruhen.«

»Wir können hier nirgendwo ausruhen. Der Boden ist zu naß. Es geht nicht. Wir müssen einen höher gelegenen Ort finden«, hörte Michael sich sagen, obwohl er selbst sich nach einer Pause sehnte, einer Unterbrechung dieser schrecklichen Strapaze.

»Ich kann ... ich kann nicht mehr. Herr im Himmel ...«

Noch während sie da standen, flossen die Pfützen auf dem Schlamm ineinander, wurden zu einem einzigen See. Der Boden schien sich unter ihren Füßen zu verflüssigen, saugte an ihren Beinen. Michael hatte noch nie in seinem Leben einen solchen Regen erlebt. Er war betäubend, wie ein Trommelfeuer. Schon fielen Zweige von den Bäumen und trieben über das Wasser, und durch das Prasseln des Regens hörten sie das Brechen der schwächeren Äste. Sturzbäche schossen von felsigen Hügeln, und das Wasser stieg immer höher.

»Michael!« Es war Cat, sie riß ihn am Arm. »Die Bäume! Sieh dir die Bäume an!«

»Was ist damit?« Er kniff die Augen zusammen, wischte sich ungeduldig das Wasser aus dem Gesicht. Was wollte sie jetzt schon wieder?

Gesichter. Gesichter in der Rinde.

»Jesus!« Er tappte mit ihr vorwärts, ließ Nennian vornüber gebeugt im Schlamm stehen. Die Baumstämme waren knorrig und glänzten vor Nässe, aber in ihrer rauhen, knotigen Oberfläche konnte man Gesichtszüge erkennen, Gesichter voller Qualen und Todesangst. Als er näher hinsah, erkannte er die Umrisse von Händen, Armen und Beinen, Andeutungen von Kleidern – aber die Gesichter waren am deutlichsten. Aufgerissene, schreiende Münder, über die das Regenwasser strömte, Augenhöhlen, aus denen der Regen wie Tränen rann. Es war, als seien Männer von dem Holz umschlossen worden, versteinert wie Dinosaurier in Gesteinsschichten.

Die obersten Äste wurden von dem immer stärker werdenden Wind hin und her gepeitscht, und die Regentropfen stachen Michael auf den Wangen. Er konnte nur noch mit Mühe die Augen geöffnet halten; es schien kaum noch Luft zum Atmen zu geben.

»Das ist aus den letzten Überlebenden der Expedition geworden«, schrie Cat, und in ihrer Stimme lag eine merkwürdige Erregung.

Der Sturm wurde stärker. Donnernd duckte er den Wald, ließ die Bäume wie Schilfhalme schwanken. Michael fühlte sich völlig benommen. Die Sturmböen fuhren ihm ins Gesicht, wirbelten unter dem Laubdach durch die Bäume und ließen den See, der sich auf dem Waldboden ausbreitete, aufschäumen. Er hatte den Eindruck, daß der Sturm vom Wald selbst ausging, daß die Bäume es waren, die ihn vorwärts peitschten. Der Wind wurde immer stärker, wuchs zu einem dröhnenden, wahnsinnigen Luftstrom. Zweige flogen Michael ins Gesicht, daß er die Hand vor die Augen halten mußte. Er taumelte ein Stück zurück, schwankte und berührte mit der Hand eines der hölzernen Gesichter. Voller Abscheu zog er die Hand zurück. Dann *schob* der Sturm ihn vor sich her, stieß ihn zurück. Er stürzte in das Wasser und den Schlamm, und der Wind fegte die aufspritzende Brühe über ihn.

»Cat! Hilf mir!«

Er wälzte sich im Morast und spürte dann Cats kräftigen Griff unter dem Arm. Ein dicker Ast fiel neben ihm ins Wasser, und die Spritzer trübten seinen Blick.

»Er kommt, Cat. Er macht das!«

Es war ihr Sturm, nur für sie tobte er. Es war, wie Nennian einmal gesagt hatte; die Dinge konnten sich im Wolfswald plötzlich wenden. Nicht mehr sie waren die Jäger, wenn sie es überhaupt jemals gewesen waren.

Cat sah ihm aus ein paar Zentimetern Entfernung ins Gesicht, versuchte ihn zu verstehen. Doch ihre Augen hatten sich verändert. Sie waren zu engen Schlitzen geworden, die sich in den Winkeln nach oben in Richtung des Haaransatzes zogen. Grünes Feuer brannte in ihnen. Ihre Ohren waren so lang geworden wie Hörner. Sie grinste, und ihre Zähne schienen sich über das ganze Gesicht zu erstrecken. Michael schrie auf und gab ihr einen Stoß, so daß sie ins Wasser stürzte.

»Was ist denn?« rief sie ihm zu.

Konnte sie es nicht mehr selbst in sich spüren? Hatte der Wald schon so sehr von ihr Besitz ergriffen, daß sie von ihm geblendet wurde?

»Nennian!« Michael schrie laut, aber der Wind riß ihm die Worte von den Lippen.

Hier, jetzt. Der Schwarze Reiter war hier. Er war gekommen, um sie zu holen. Ein dumpfes Pochen, das ein Ast verursacht haben mochte, der gegen einen Baumstamm prallte. Doch es hörte nicht auf, ertönte regelmäßig. Wie ein Herzschlag.

Es war ein Herzschlag. Es war das Geräusch des lebendigen Waldes, und es wurde lauter und lauter.

Nennian versuchte, die Tiere unter Kontrolle zu bringen, aber sie wieherten panisch und scheuten vor ihm. Michael stampfte zu spät zu ihm hinüber. Die Braune stieß den Priester beiseite, und die drei Tiere galoppierten in den Wald. Cat rannte ihnen nach, aber nach zehn Metern blieb sie im Schlamm stecken und sank bis zur Hüfte ein. Verzweifelt versuchte sie sich zu befreien.

»Michael! Hilf mir!«

Bruder Nennian bewegte sich mit letzter Kraft, zog mühsam die Füße aus dem Morast. Sein Gesicht war pechschwarz, und die Augen leuchteten weiß daraus hervor.

»Michael!« schrie Cat.

Er war wie erstarrt, blieb unbeweglich stehen, angewurzelt wie einer der Bäume. Der Herzschlag des Waldes dröhnte rhythmisch in seinem Kopf. Um ihn herum ächzten die Bäume und bogen sich in dem unnatürlichen Hurrikan. Die Luft war erfüllt von Wasser und fliegenden Ästen, Borkenstücken und toten Blättern, und das Licht wurde mit jedem Moment schwächer. Bald würde es völlig dunkel sein, während das Wasser immer höher stieg, und der Schlamm an ihren Beinen zerrte.

Du kannst nicht kämpfen. Du kannst nicht gewinnen. Verschmelz mit dem Wald.

Nennian versuchte, Cat aus dem Schlamm zu ziehen. Sie schrien sich etwas zu, das Michael nicht verstehen konnte. Immer noch stand er unbeweglich da. Das Wasser stand ihm jetzt bis zu den Knien. Er war durch völlig durchnäßt. Der Regen ließ nicht nach, sondern traf ihn mit unglaublicher Wucht, prasselte auf die Wasseroberfläche und ließ kleine Fontänen aufspritzen.

Cat war frei. Sie kam mit Nennian auf ihn zu getaumelt. Sie waren kaum zu erkennen, waren über und über mit Schlamm bedeckt.

Michael wußte es. Einen Moment bevor es geschah, löste

sich die Erstarrung, die ihn befallen hatte, und konnte einen Warnruf ausstoßen.

»Paßt auf! Er ist *hier*!«

Eine Fontäne aus Schlamm und Wasser schoß wie ein Geysir in die Luft und wurde sofort vom Sturm weggerissen. Michael sah einen unförmigen schwarzen Umriß mit weit aufgerissener Schnauze, der auf Cat und Nennian zu schoß.

Er zog das Schwert und watete durch das dunkle Wasser vorwärts, doch dann erhob sich eine weitere Fontäne, und er wurde niedergeschleudert, als ihn ein steinharter Stoß an der Brust traf. Für eine Sekunde spürte er ein gewaltiges Gewicht auf sich, das ihn unter Wasser drückte, aber er rollte sich zu Seite, und obwohl er mit dem schlammigen Wasser in den Augen kaum etwas sehen konnte, schwang er die Klinge und hörte sie mit einem scharfen Knirschen aufprallen. Es klang wie eine Axt, die auf Holz trifft.

Holz.

Er wischte sich das Wasser aus den Augen, und sah Cat, die mit ihrem Steinmesser um sich hieb. Nennian wurde von einer schwarzen Bestie angegriffen und war halb in den Schlamm eingesunken. Sein Gesicht war verzerrt vor Angst. Weitere Schlammfontänen explodierten um sie herum, und noch mehr der vierbeinigen schwarzen Gestalten erschienen. Sie waren in dem aufspritzenden Wasser und Morast nur undeutlich zu erkennen, sahen wie Hunde aus, oder Wölfe, und waren überall.

Michael stürzte mit dem Schwert in der Hand vorwärts und versuchte, zu seinen Gefährten zu gelangen, aber die Bestien wichen seinen Hieben aus und schnappten nach ihm. Es klang wie das Geräusch brechenden Holzes. Fluchend schlug er nach einem der Angreifer und traf ihn in der Seite. Mit seltsamer Deutlichkeit sah er, daß der Hieb schwarze Holzsplitter losgerissen hatte. Das Wesen krümmte sich, als die eiserne Klinge zustieß. Es fiel in das tosende Wasser und versank unnatürlich schnell darin.

Einer seiner Kameraden sprang vor und schnappte nach

Michaels Arm, aber er erwischte nur den Ärmel der Pelzjacke, die Michael trug, zerrte daran und brachte ihn aus dem Gleichgewicht. Er schrie auf, als die Zähne einer anderen Bestie sich um seinen Fuß schlossen, und trat heftig nach ihr, bis sie losließ. Dann fand er sein Gleichgewicht wieder und stieß mit dem Schwert nach einem der Angreifer, verfehlte ihn aber. Die nächste Bestie versuchte knurrend, ihm an den Hals zu springen, aber er riß seinen freien Arm hoch und stieß sie mit einer Kraft zurück, die er nicht in sich vermutet hatte. Andere stürmten auf ihn ein. Verzweifelt schwang er das Schwert, doch sie attackierten ihn mit schnellen Vorstößen. Schon tropfte sein Blut aus zahlreichen Wunden in das Wasser.

Er sah kurz nach Cat, die wütend gegen die Angreifer kämpfte. Nennian stand bis zu Hüfte im Wasser und schwang einen abgebrochenen Ast. Seine Kutte war an einer Schulter aufgerissen, und Blut strömte aus seinem Hals. Dann traf ein gewaltiger Schlag Michael von hinten, und er wurde ins Wasser geschleudert. Er tauchte unter, spürte eine Schnauze an seinem Nacken, und in dem glitschigen Schlamm rutschte ihm das Ulfberht aus der Hand. Sein Mund war voll Wasser, als er mühsam wieder auf die Beine kam und die Bestie auf seinem Rücken mit den Ellbogen zurückstieß. Eine andere verbiß sich an der Stelle, wo seine alte Wunde war, in seinen Oberschenkel, und das Bein gab unter ihm nach, und er stürzte wieder. Luftblasen stiegen ihm aus Mund und Nase, und er wurde mit dem Gesicht in den Schlamm unter dem schäumenden Wasser gepreßt. Mit aller Kraft kämpfte er sich frei, bedrängt von den harten Körpern. Ein Maul schloß sich um sein Handgelenk, doch er riß sich los. Zähne rissen ihm das Fleisch bis auf den Knochen auf. Er sah Cat stürzen. Ihr Steinmesser war zersplittert, und die Wölfe drangen auf sie ein. Nennian schrie auf und ging zu Boden. Ein halbes Dutzend der Bestien hing an ihm. Michael ging wieder in die Knie. Vor seinem Gesicht tauchte ein Wolf auf. Unglaublicherweise ertastete er die harte

Klinge seines Schwertes unter Wasser. Er packte es und stieß es seinem Angreifer in die Kehle, wirbelte dann um hundertachtzig Grad herum, enthauptete einen anderen Gegner und schlug einem dritten einen Vorderlauf ab. Sie wichen ein Stück zurück.

»Cat!«

Wie ein Wahnsinniger stürmte er vorwärts, hieb und stach um sich. Es gelang ihm, ihre Angreifer zurückzudrängen. Sie war kaum noch bei Bewußtsein. Ihr Gesicht war blutüberströmt. Er packte ihr Haar und hielt ihren Kopf über Wasser, doch er war zu erschöpft, und der Schock seiner Verletzungen setzte ein, schwächte ihn zusätzlich. An der Stelle, wo Bruder Nennian gewesen war, zerrte ein Rudel der Bestien an etwas herum, das sich unter Wasser befand. Fetzen der braunen Kutte flogen herum, und das Wasser war schwarz vor Blut.

»Cat! Das *Wyr*-Feuer!«

Er spürte es in seinen Gliedern, fühlte es hinter seiner Stirn sieden. Aber es war dort gefangen. Es war, als dehnte es sich in seinem Schädel.

Sie kamen wieder näher. Schluchzend kämpfte er weiter. Cat hing schwer an seinem verletzten Arm, und das Schwert wurde in der anderen Hand immer schwerer. Die Wölfe waren unerbittlich und furchtlos, und hinter seinen Angreifern explodierte das Wasser an immer mehr Stellen, erhoben sich immer neue Schlammfontänen, und neue Feinde schossen aus dem Erdboden.

Das also würde das Ende der Geschichte sein.

Dieses Land macht keine Kompromisse, damit es ein Happy-End gibt.

Wahrhaftig. Aber er würde bis zum letzten kämpfen. Er würde sterben, aber seine Seele würde noch sein eigen sein.

Cat bewegte sich, versuchte sich aufzusetzen. Er war zu sehr mit ihren Gegnern beschäftigt, um sie ansehen zu können, aber er spürte ihre Hand auf seinem Knie. Sie versuchte, auf die Beine zu kommen. Ihre Finger fuhren über die offene Wunde an seinem Schenkel, und er schrie schmerzerfüllt auf, ohne jedoch in seinen Kampfanstrengungen nachzulassen. Er wirbelte herum, und die Welt begann vor seinen Augen zu verschwimmen. Die Wölfe verschwammen in seinem Blick zu schwarzen knurrenden Schemen. Der Wind fegte um seinen Kopf, und die Wasserspritzer ließen ihn blinzeln. Er spürte wie das Leben aus ihm herausströmte, in das schlammige Wasser tropfte und vom Wald aufgesogen wurde.

Ich sterbe, dachte er.

Dann stand Cat neben ihm und half ihm. Das grüne Feuer brannte in ihren Augen.

»*Wyr*-Feuer, Michael. Benutze es.« Und dabei – es war nicht zu fassen – lächelte sie ihn mit schlamm- und blutverschmiertem Gesicht an.

Und es war *da*, war bereit, hatte auf ihn gewartet. Die Welt wurde von einem grünen Leuchten überzogen. Seine eigenen Augen glühten jetzt, warfen einen phosphoreszierenden Schimmer auf seine Wunden. Das *Wyr*-Feuer kochte in seinen Armen, gab ihm Kraft. Es bildete einen Lichtglanz um sie beide herum, und innerhalb seines Scheins legte sich der Wind, und das Tosen verstummte. Diejenigen Wölfe, die von dem Feuer erfaßt wurden, flammten auf wie Streichhölzer; Brandgeruch erfüllte die Luft. Sie heulten vor Schmerzen und versanken zischend im Wasser. Aber das grüne Feuer brannte weiter, in Michaels Nähe flackerten in dem See unter Wasser grüne Irrlichter. Die übrigen Bestien wichen zurück, aber die Flammen rasten über das Wasser, als sei es eine brennbare Flüssigkeit, und erfaßten auch sie. Es züngelte um ihre Flanken, loderte aus Mäulern, brannte sie völlig aus. Schreiend versanken sie.

Das *Wyr*-Feuer überflutete die Baumstämme und wurde zu einem blendenden Lichtschein, der das Wasser aufwühlte. Cat und Michael waren im Auge des Hurrikans. Sie beobachteten, wie die Bäume sich unter dem Feuersturm beugten und zerbrachen, sahen, wie die Überreste von Bruder Nennian wie ein Lumpenbündel durch die Luft geschleudert wurden, und bemerkten, wie das Wasser sich von ihnen zurückzog, aufgesaugt wurde. Es wuchs zu einer wirbelnden, leuchtenden Wand um sie herum. Weiße Gischt schäumte um die Bäume, Schaumflocken wirbelten durch die Luft. Ein mächtiges Energiefeld ließ sie taumeln und den Wald erzittern. Das Wasser wurde von ihnen weggeschleudert, knickte die Bäume und entwurzelte sie. Dicke Baumstämme wurden durch die Luft katapultiert. Michael und Cat wurden von den Füßen gerissen, landeten mit den Gesichtern im Schlamm und klammerten sich fest aneinander. Ein Windstoß riß an ihnen, schob sie drei Meter weit über den Boden, bis Michael das Schwert in den Boden rammte und ihnen damit Halt gab. Sie klammerten sich daran fest – es war ein eiserner Anker im Herzen der Welt – und glaubten, den Wald stöhnen zu hören. Ein herumwirbelnder Ast traf Michael am Ellbogen, und sein Arm wurde taub. Seine Hand löste sich vom Griff des Schwertes, doch Cat schlang ihre Beine um seine Hüfte und packte die Schwertklinge. Die Schneide schnitt ihr bis auf die Knochen in die Hände, und der Sturm sprühte Michael ihr Blut ins Gesicht. In dieser Situation registrierte er, daß sie das Eisen berühren konnte. Das *Wyr*-Feuer hatte sie verlassen, und sie gehörte wieder zu ihm.

Dann wurde der Wind schwächer; sein Tosen nahm nach und nach ab. Die Bäume hörten auf, sich wie wahnsinnig zu schütteln und schwankten wieder auf natürlichere Weise. Das *Wyr*-Feuer hatte sich verbraucht. Michael hob den Kopf aus dem Morast und blickte auf eine Stätte der Verwüstung. Totes Laub und abgerissene Zweige wirbelten durch die Luft, aber die Kraft des Sturms war gebrochen. Er konnte wieder atmen.

Cat stöhnte leise, und als er sie zu sich herumdrehte, sah er den langen blutigen Riß auf ihrem Kopf, die zerschnittenen Finger, das zerissene Fleisch, aus dem ihr Schlüsselbein leuchtete. Doch ihre Augen waren offen, und sie waren menschlich, warm und grün, voller Tränen.

»Es ist vorbei«, sagte er mit weicher Stimme. »Wir haben es überlebt.« Und sie lächelte ihn an.

Der Wind ließ weiter nach. Schon bald war er nur noch eine leichte Brise, die ihnen leicht durch das Haar fuhr, und in der Luft war eine Wärme, die sie seit Wochen nicht mehr erlebt hatten. Die letzten Geräusche berstenden Holzes verstummten.

Er blutete, und seine linke Hand war ein nutzloser Stumpf am Ende seines Unterarms, aber er spürte es kaum.

Er meinte, immer noch die Totenklage des Waldes zu hören. Eine Lücke war in das Laubdach gerissen worden, Bäume waren wie Kegel übereinandergestürzt, ihre Wurzeln ragten wie schwarze Fühler in die Luft. Aber der Himmel war blau und klar, und Sonnenlicht strömte auf alles nieder und ließ den Schlamm dampfen. Ein Frühlingstag, und noch viele Stunden bis zum Sonnenuntergang. Er nahm Cat in seine Arme, hob sie von dem kalten Boden.

»Komm. Wir werden diesen Ort verlassen.«

KAPITEL NEUNZEHN

Der Schlamm war an ihnen getrocknet, hatte Cats Haar in einen stacheligen Helm verwandelt und die zerrissenen Ränder ihrer Wunden überkrustet. Sie hatten fast zwei Stunden gebraucht, um das große Feuer zu entzünden, neben dem sie saßen, und ihre zahlreichen Wunden mit der glühenden Spitze des Ulfberht sorgfältig auszubrennen. Sogar dieser kurze durchdringende Schmerz ließ sie nur leicht aufstöhnen. Schmerz war zu einer alltäglichen Erfahrung geworden – so vertraut wie der Mangel an Schlaf.

Sie hatten kein Essen, nichts zu trinken. Der Topf, in dem sie das Wasser gekocht hatten, war auf dem Rücken des grauen Wallachs im Wald verschwunden. Doch sie dachten nicht lange darüber nach. Es gab erst einmal nur den Moment, die anbrechende Nacht, die Bäume ringsum.

Es hatte aufgehört. Die unsichtbare Anwesenheit, die sie gespürt hatten, die in den vergangenen Tagen so schwer auf ihnen gelastet hatte, war verschwunden, als das *Wyr*-Feuer frei wurde, und sie fühlten sich jetzt nicht mehr beobachtet. Es war, als hätte sich das Bewußtsein des Waldes zurückgezogen. Vielleicht, um seine Wunden zu lecken, vielleicht aber auch, um sich eine neue Angriffstaktik zu überlegen. Sie wußten es nicht.

Warum nannte man es Wolfswald, wenn es dort keine Wölfe gab? Diese Wesen waren es, denen der Wald seinen Namen zu verdanken hatte; die Bestien, die aus dem Boden gekommen waren. Wölfe aus Holz. Sie waren die Wächter des Wolfswaldes, setzten die Feindlichkeit der Bäume fort.

Die Stätte des Kampfes war kaum hundert Meter entfernt – weiter waren sie nicht gekommen, zerschlagen wie sie waren. Hier war der Boden weniger feucht, denn das Wasser hatte sich verlaufen. Sie lagen auf einer dünnen Schicht von Zweigen und Moos, und um sie herum blickten die verlorenen Seelen aus den Baumstämmen, die Münder zu stummen Schreien aufgerissen. Nennian war auch dort. Ein lautes Knacken war in der Dämmerung zu hören, eine Borkenschicht war von einem Stamm in der Nähe abgeplatzt, und die breiten Gesichtszüge des Priesters waren erschienen. Sehnenstränge standen an seinem Hals hervor, als versuchte er, sich dem Holz zu entwinden. Cat hatte geschrien, als sie sein Gesicht erblickt hatte, aber jetzt ignorierten sie es. Der stämmige Priester hatte das Schicksal seiner Glaubensgenossen teilen müssen. Vielleicht erzählten sie sich in irgendeiner ›Baum-Hölle‹ gegenseitig Geschichten.

Müdigkeit umfing sie wie eine benebelnde Droge, und doch konnten sie nicht schlafen. Michael wußte, daß sie an das Ende ihres Weges gelangt waren. Er hatte genug. Sie hatten nicht mehr die Kraft, weiterzugehen. Er war sich nicht einmal sicher, daß sie genug Kraft hatten, den Weg zurück zu bewältigen.

Er würde Rose hier zurücklassen; sie im Stich lassen. Er konnte nicht anders. Diese Erkenntnis war bitter, hatte den Beigeschmack des Versagens. Cat wußte es auch, aber er glaubte nicht, daß sie sich bewußt war, daß er nach Hause gehen würde. Irgendwie würde er nach Hause finden, und wenn er sie dazu zurücklassen mußte. Im Moment wollte er um jeden Preis wieder ein Junge sein, unversehrt und ohne Angst vor der Dunkelheit. Er fragte sich nur, ob das überhaupt möglich war..

Cat wälzte sich stöhnend neben ihm, und sogar in dem unstet flackernden Licht des Feuers sah er, daß der Verband an ihrem Schlüsselbein sich durch das sickernde Blut weiter verdunkelt hatte. Er hätte bei ihrem Anblick weinen können, ausgezehrt und zerschunden wie sie da lag, doch die Tränen brannten nur in seinen Augen, flossen aber nicht. Er würde sie beide betrügen, sie und Rose zurücklassen. Sein Ausflug war vollständig gescheitert.

Am Morgen standen sie schweigend auf, steif wie Marionetten. Es war hell im Wald. Das Laubdach war dünner geworden, und schwaches Sonnenlicht fiel durch die Zweige. Cat brach einen Ast ab, den Michael als Krücke verwenden konnte, und langsam gingen sie in nördliche Richtung, ließen Nennians schreiendes Gesicht in dem Baum hinter sich zurück.

Dann hatten sie Glück. Sie fanden eine Spur im Laub, die nur von den Pferden stammen konnte, und daneben einzelne Ausrüstungsgegenstände und Bestandteile des Zaumzeugs. Am Nachmittag stießen sie auf ihre drei widerspenstigen Reittiere, die mit verrutschten Sätteln schlammbespritzt und mit zitternden Flanken auf einer Lichtung standen. Sie ritten sie an den nächsten Tagen immer nur für ein paar Stunden, schonten die Kräfte der beiden Pferde ebenso wie ihre eigenen, und kamen gut voran. Nach einer Woche waren ihre leichteren Wunden gut verheilt, und sie wurden gesund genug, um der abscheulichen Waldnahrung überdrüssig zu werden, die sie zu sich nahmen, um nicht zu verhungern.

Als der Kampfplatz zehn Tage hinter ihnen lag, faßten sie einen Entschluß und schlachteten den Esel des Priesters. Sie beluden die anderen beiden Tiere mit dem blutigen Proviant und aßen abends einen Portion des zähen Fleisches. Fancy und der Graue waren zu erschöpft, um vor dem Blutgeruch zu scheuen, und so trotteten sie von diesem Zeitpunkt an mit dem zerstückelten Körper ihres Kameraden an den Flanken weiter.

Das Fleisch verlieh Michael und Cat neue Kräfte. Obwohl es sehnig und zäh war, war es das reichhaltigste Essen, das sie bekommen hatten, seit sie von Nennians Ziegeneintopf und Honig gegessen hatten. Sie stopften sich morgens und abends damit voll, und schon bald konnte Cat den ganzen Tag über neben dem Grauen herlaufen, während Michael wegen seines aufgerissenen Schenkels die meiste Zeit im Sattel verbrachte.

Die Tage vergingen. Der Wald ließ sie in Ruhe, und in endlosen Reihen zogen die mächtigen Bäume des Wolfswalds an ihnen vorüber. Zwei Wochen nach Nennians Tod erreichten sie sein Anwesen auf der Lichtung und hatten damit fast die Hälfte ihres Rückweges aus dem Wolfswald geschafft. Es war, als wollte der Wald sie so schnell wie möglich loswerden.

An einem kühlen Nachmittag stolperten sie auf die Lichtung. Es wurde heller, die Bäume wichen zurück, und dann schreckten sie eine Ziege auf, die am Rande des Tals graste und sahen die Umrisse der Hütten des Priesters vor sich. Hühner pickten zufrieden Körner vom Boden, aber der Wald hatte sich während der Abwesenheit des Bruders vorgearbeitet.

Der Hof des Anwesens, um den die Hütten herum standen, war mittlerweile dicht mit Gras und Dornbüschen bewachsen. Ranken wanden sich um das Wohnhaus, und vor der Türschwelle wucherte junger Farn. Der primitive Holzzaun, der das Ziegengehege umschlossen hatte, war zusammengefallen und überwachsen, und Schößlinge von Haselnußsträuchern und Linden, Birken und Buchen waren mit unglaublicher Geschwindigkeit aus dem Boden geschossen. Sie waren schon fast hüfthoch und zitterten in der leichten Brise. Es lag ein schwerer Geruch von Wachstum in der Luft, wie von frisch gewendetem Mutterboden. Der Ort sah aus, als sei er für ein Jahr verlassen gewesen.

Sie sattelten die Pferde ab, fütterten sie mit Nennians Vorräten und ließen sie in den Überresten von Nennians Ziegengehege frei herumlaufen. Dann tranken sie beide von dem klaren Wasser aus dem Bach, der über die Lichtung floß. Es war köstlich, und sie spürten seine Kälte an den Zähnen. Michael sah Cat über den Bach hinweg in die Augen und wußte, daß sie jetzt menschlich war, jedenfalls so menschlich, wie sie überhaupt sein konnte. Er fragte sich, ob sie beide eine Chance hatten, ob es in seiner Welt einen Platz für sie gab. Er fühlte sich mit seinem heimlichen Entschluß, nach Hause zu gehen, schuldig wie ein Mörder. Konnte er sie dazu bringen, ihn zu begleiten?

Sie durchstöberten das Anwesen auf der Suche nach Nahrungsmitteln und fanden hauptsächlich Räucherfleisch; das Gemüse im Garten, das noch nicht vom Unkraut überwuchert worden war, und einen Topf mit Honig. Es war nicht genug für Cats süßen Geschmack, und entschlossen attakkierte sie die Bienenkörbe, riß Hände voll Honig und Wachs heraus, während die erzürnten Bienen, die sich in der Kälte nur träge bewegen konnten, ihren Kopf umschwirrten. Als sie sich mit Michael zum Schlafen legte, war ihr Haar honigverklebt und ihr Gesicht von Stichen angeschwollen. Aber ein Grinsen lag auf ihrem klebrigen Gesicht. Er fühlte eine leichte Abscheu.

In der Nacht bewegte sich etwas durch den Wald am

Rande der Lichtung, und die Pferde wurden unruhig. Michael hinkte mit gezücktem Schwert vom Feuer und lauschte dem Knacken der Äste und den dumpfen Schritten. Etwas Großes umkreiste das Anwesen; er konnte seinen Atem spüren, die wachsamen Augen und nahm schwach den Gestank wahr, der von dem Wesen ausging. Aber vielleicht hing noch etwas von Nennians Glaubenskraft über dem Anwesen, denn in den frühen Morgenstunden verschwand ihr Besucher wieder tief im Wald.

»Was war das?« fragte er Cat.

»Ein Troll vielleicht. Wer weiß? Es heißt, daß es im Wolfswald Wesen gibt, die noch nie jemand gesehen hat. Wie die Baumwölfe, mit denen wir zu tun hatten. Ich glaube, die Zeit, in der der Wald uns ignoriert hat, ist vorüber, Michael. Es fängt wieder an.«

Mit einem Gefühl des Bedauerns verließen sie Nennians Anwesen. Die Pferde waren mit allen Vorräten beladen, die sie gefunden hatten. Bündel von Hühnern hingen an den Sätteln und zwei frisch geschlachtete Ziegen.

Als sie aufbrachen, warf Michael noch einen Blick zurück und sah, daß kleine Zweige aus Nennians Kreuz gesprossen waren und seine Umrisse verschwimmen ließen. Es war zu einem Baum geworden, lebendig und wachsend.

Immer weiter ging die Reise, wie der vierzigjährige Zug durch die Wüste. Nur daß am Ende kein Kanaan auf sie wartete. Michaels Schenkelwunde verheilte langsam, und er konnte die Krücke wegwerfen. Die Pferde kamen dank Nennians Gerstenkörnern wieder zu Kräften und nahmen zu. Sie kamen besser voran, und das war auch gut so, denn immer wieder sahen sie aus den Augenwinkeln Schatten im Wald, dunkle Umrisse, die im Dämmerlicht des Waldes lauerten. Sie begannen, für die schwärzesten Stunden der Nacht Wachen einzuteilen, und waren sich der Bewegungen und der seltsamen Geräusche außerhalb des Lichtkreises des Feuers immer bewußt. Aber sie entfernten sich immer weiter aus dem Herzen des Wolfswaldes.

Zweimal wurden sie von Kobolden angegriffen. Die untersetzten Gestalten lösten sich plötzlich aus den Bäumen und trafen auf Michaels Schwert und Cats Pfeile. Jedesmal konnten sie die Angreifer in einem blutigen Gemetzel zurückschlagen, und die Leichen ihrer Gegner übersäten den Lagerplatz. Die Angriffe waren unorganisiert und überhastet, die *Grymyrchs* stürmten in kleinen Gruppen anstatt in Wellen vor. Michael und Cat erlitten kaum einen Kratzer.

Schließlich wurde der Wald lichter, und das Gelände fiel ab. Die Bäume wurden kleiner, und es gab genügend Licht, um Unterholz sprießen zu lassen. Es gab Vögel, Wild und klares Wasser. Cat lachte laut und warf ihre schwarze Haarmähne zurück. Es war nach der düsteren Enge des Wolfswalds wie ein Paradies. Sie fühlten sich, als seien sie einer Gefangenschaft entkommen und konnten wieder einen Blick auf die echte, schillernde, vibrierende Welt werfen.

Sie ließen sich jetzt Zeit, gingen auf die Jagd und verwöhnten sich mit frischem Fleisch. Die Pferde machten sich über das saftige Gras her und tranken aus den Bächen. Wenn ihnen abends die Sättel abgenommen wurden, wälzten sie sich im feuchten Gras, rieben sich den frischen Duft in die Felle und streiften den Schlamm und Moder des Wolfwaldes ab.

Doch dann wären sie fast alle getötet worden:

Ein Wolfsrudel überraschte sie, als sie sich morgens Fleisch warm machten: acht schlanke Bestien mit eitergelben Augen und schwarzen Schnauzen. Während Michael mit den Pferden kämpfte, streckte Cat zwei der Angreifer mit ihren letzten Pfeilen nieder und schlitzte einen dritten mit einem Messer auf, das sie in Nennians Hütte gefunden hatte. Ein anderer Wolf packte den grauen Wallach am Hinterlauf, wurde aber von einem Tritt fortgeschleudert. Michael erledigte einen weiteren Wolf, der Fancy angreifen wollte, aber als das Tier zu Boden fiel, zog es das Ulfberht mit sich und riß es ihm aus der Hand. Der nächste Wolf sprang ihn an, doch Cat stürzte sich mitten im Sprung auf die Bestie und riß sie zu Boden. Beide wälzten sich knurrend auf der Erde; als der Tumult erstarb, stand sie auf, den Unterarm bis zum Ellbogen voller Blut. Der Rest des Rudels floh.

Danach wurden sie vorsichtiger, dachten erst jetzt daran, daß auch der Wildwald seine Schrecken hatte. Sie sehnten sich nach dem Anblick menschlicher Gesichter, anderen Stimmen als ihren eigenen.

Sie mußten nicht lange warten. Drei Tage nachdem sie die Gegend erreicht hatten, die Michael als den normalen Wald bezeichnete, kamen sie zu einem breiten Pfad, der von Süden nach Norden führte. Sie folgten ihm (es war eine Erleichterung, reiten zu können ohne sich ständig wegen der überhängenden Äste zu ducken oder am Boden liegende Baumstämme übersteigen zu müssen). Bald erblickten sie frisch gerodete Lichtungen und verlassene Unterschlüpfe aus Ästen im Wald. Schließlich kamen sie zu einem kleinen Dorf, das etwas abseits der Straße auf einer kleinen Lichtung lag. Sie rochen Rauch und hörten das fröhliche Lachen von Kindern.

»Zivilisation«, sagte Cat.

Die Kinder erschienen plötzlich zwischen den Bäumen – drei kleine Kerlchen in zerlumpter Kleidung. Sie blieben wie angewurzelt stehen, als sie die beiden berittenen Fremdlinge erblickten, und rannten dann davon, schrien in der Waldsprache: »*Fiesyran, fiesyran*!«

Das Wort konnte entweder Fremde oder Feinde bedeuten. Im Wildwald machte das keinen großen Unterschied.

»Sehen wir so furchterregend aus?«

»Hast du dich in letzter Zeit mal im Spiegel gesehen, Liebling? Du siehst aus wie ein graubärtiger Mörder.«

Er dachte, daß Cat scherzte, aber ihr Gesicht blieb ernst, als sie es sagte. Grau, dachte er. Ich bin grau geworden.

Er nahm selbst an, daß sie furchterregend wirkten. Schon

weil sie beritten waren. Außer den Rittern besaß kaum jemand ein Pferd. Und bewaffnet. Außerdem waren sie mit Wunden übersät, hatten wilde Blicke und schmutzige Gesichter. Ihre Kleider waren blutbefleckt und zerrissen, schwarz vor Morast und tausendmal geflickt. Sie hatten sich angewöhnt, kurze Umhänge aus Hirschleder zu tragen, die haarige Seite nach außen, um den Regen abzuwehren. An ihren Sattelknäufen hingen große Stücke Räucherfleisch, die provisorisch in eine von Bruder Nennians Ersatzkutten eingewickelt waren. Cats Schönheit war hinter einer Maske aus Schmutz und wirrem Haar versteckt. Es war schwer zu sagen, ob sie überhaupt eine Frau war, denn sie war schlank wie ein großer Junge; die lange Klinge von Bruder Nennians Bronzemesser schimmerte gefährlich an ihrer Hüfte.

Männer, die Werkzeuge in den Händen hielten, eilten aus dem Wald. Ein halbes Dutzend, dann zehn, schließlich fünfzehn – sie versammelten sich zu einer schweigenden Menge, die Kinder und ein paar Frauen hinter sich. Michael fühlte sich müde.

»*Pax vobiscum*«, sagte er.

Sie wirkten überrascht von dieser Begrüßung und begannen miteinander zu flüstern. Das Ulfberht zog viele Blicke auf sich. Schließlich trat einer der Männer vor. Er sah genauso barbarisch aus wie die anderen. Er trug Kleidung aus Hirschleder und grober Wolle, aber sein Schädel war kahl.

»*Et cum spirito tuo.*«

Der Name des Bruders war Dyrnius, und er hieß sie trotz der Bedenken der übrigen Dorfbewohner willkommen. Sie blieben für drei Tage, gönnten sich und den Pferden eine Verschnaufpause. Cat verursachte eine kleine Sensation, als sie sich wusch, und die Männer ihr Gesicht richtig sehen konnten. Sie war so schön wie eh und je, aber es war eine scharfgeschnittene Schönheit. Sie war gertenschlank, und die

Augen blickten groß aus ihrem schmalen Gesicht. Blaue Flecken, Schrammen, Narben und halb verheilte Wunden übersäten ihren Körper, und in den Nächten küßte Michael traurig jede einzelne Blessur. Er liebte sie so vorsichtig, als hätte er Angst, sie würde unter seinem Gewicht zerbrechen.

Das Dorf war die letzte von Menschen bewohnte Siedlung vor dem Wolfswald, ein vergessener Ort, dem Bruder Nennian vor acht Jahren einmal einen Besuch abgestattet hatte und den die Ritter selten aufsuchten. Nachdem die Menschen einmal ihre anfängliche Scheu abgelegt hatten, lechzten sie nach Neuigkeiten, und sie konnten sich nicht genug darüber wundern, daß die beiden Reisenden aus dem Süden gekommen waren, aus den schrecklichen Tiefen des Wolfswalds. Doch Michael und Cat hatten ihnen wenig zu erzählen.

Sie lagen in der dritten Nacht in der Hütte, die man ihnen zugewiesen hatte, eng umschlungen zusammen, als sie im Wald Hufschlag hörten. Ein schwaches, weit entferntes Galoppieren und das Geheul von Wölfen. Sie wußten, daß sie immer noch verfolgt wurden, und so brachen sie am vierten Morgen unter den Segenswünschen des Priesters auf.

Endlose Tage, unaufhörliches Reisen. Manchmal rasteten sie für eine Weile und brachen wieder auf, wenn die Bestien sich näherten. Sie trafen häufiger auf Siedlungen, auch auf größere, kreuzten andere Wege, sahen Kirchtürme aus den Bäumen ragen und begegneten Ritterabteilungen, die die Waldwege patrouillierten. Sie kamen nur langsam voran, immer Richtung Norden. Gelegentlich entdeckten sie Spuren der Stämme in den Wäldern, erblickten Wesen in den Bäumen, die wachsam wie Tiere waren. Dreimal stießen sie auf Scheiterhaufen, auf denen Menschen verbrannt worden waren, und einmal kamen sie an einem zerstörten Lager vorbei, in dem es nach unbeerdigten Leichen stank und Aaskrähen und Füchse sich herumtrieben. Die Ritter rächten sich für den Angriff der Fuchsleute. Es schien Jahre zurück zu liegen.

»Wo gehen wir hin?« hatte Cat ihn gefragt, und er hatte geantwortet: »Wir müssen Ringbones Leute finden.« Aber das war nur die halbe Wahrheit. Als der Frühling in den Sommer überging, und sie ihre schweren Pelze ablegen konnten, sagte er ihr endlich, daß er zurück nach Hause wollte. Er wollte zurückkehren an den Morgen seiner Abreise, in seine Kindheit. Sie wanderten auf die Höhlenöffnung zu, durch die sie dieses Land betreten hatten, den ständigen Durchgang, der ihn zurück zu der Brücke in seiner eigenen Welt bringen würde. Und er bat sie, mit ihm zu kommen.

Für einen Moment dachte er, daß sie ihm an den Hals springen würde. Ihre Augen funkelten. Aber das kam nur von den Tränen, die in der Sonne glitzerten. Sie sagte nichts, und während der nächsten beiden Tage sprachen sie kaum ein Wort miteinander. Er konnte sie nicht dazu bewegen, mit ihm über dieses Thema zu sprechen. Es wurde zu einem absurden, unerträglichen Tabu.

Sie spürten, daß sie wieder beobachtet wurden, aber diesmal war es nicht der Wald. In den Bäumen erklang heulendes Gelächter, das in Knurren überging, und manchmal sahen sie kurz Gesichter, die von den Ästen auf sie herabblickten, wenn sie vorbeiritten. Kleine Mißgeschicke ereigneten sich. Der größte Wasserschlauch wurde leck, die Pferde begannen unvermittelt zu lahmen. Michaels Sattelgurt riß, und er entdeckte, daß er von Zähnen angenagt worden war. Cat rief Mirkadys Namen in die Bäume, denn sie war sicher, daß die *Wyrims* dahintersteckten, aber sie erhielt keine Antwort.

»Sie haben mich verlassen«, flüsterte sie. »Ich bin keine von ihnen mehr.« Nichts was Michael sagte, konnte sie aufheitern. Seine Schuldgefühle lagen ihm schwer auf der Seele. Was immer sie hier für ein Leben geführt haben mochte, bevor er gekommen war, er hatte es zerstört – und jetzt wollte er sie verlassen. Sie mußte einfach mit ihm kommen. Sie mußte. Hier gab es nichts mehr für sie.

Der Mittsommer kam und ging. Michaels Haar wurde fast weiß. Sein Bart war graumeliert, zottig wie der eines alten Seehundes. Cat sah aus wie seine Tochter ... nein, seine Enkelin. Sie reisten nach Norden wie zwei Verbannte auf der Suche nach einem Zufluchtsort, und sie wurden die ganze Zeit über verfolgt. Nachts hörten sie Geräusche in der Ferne, und in den Stunden vor Sonnenaufgang rochen sie den Gestank der Bestien. Obwohl sie sich von den grausamen Strapazen des Wolfswaldes erholt hatten, zerrte die ständige Beobachtung an ihren Nerven. Als sie eines Tages zufällig auf einen der Fuchsmänner trafen, der allein auf der Jagd war, tötete Michael ihn beinahe; instinktiv ritt er ihn um. Erst als der leicht verletzte Stammesangehörige verzweifelt »*Utwychtan*« schrie, senkte er sein Schwert, und die Mordlust wich aus seinen Augen. Er erkannte, wen er vor sich hatte, und hörte sich selbst heiser lachen, ein fröhliches, erleichtertes Lachen.

Feiern. Festgelage. Ein glücklicher Tag, über dem keine Wolken hingen. Ringbone begrüßte sie beide mit einem ungewohnt herzlichen Grinsen, und er und Michael umarmten sich wie Brüder. Cat und Michael wurden wie Helden behandelt, und Michael hatte wenigstens hier das Gefühl einer Heimkehr, der Rückkehr zu vertrauten Dingen.

Der Stamm der Fuchsleute war größer geworden. Sie hatten Flüchtlinge der Bärenleute aufgenommen, deren Lager die Ritter zerstört hatten. Sie waren jetzt ungefähr achtzig, eine stattliche Anzahl, und unterschieden sich deutlich von dem besiegten, angsterfüllten Volk, das Michael zuletzt an der Grenze zum Wolfswald gesehen hatte. Sie hatten sich nach Norden zurückgekämpft, unterwegs immer wieder einmal ein, zwei Leute verloren, waren aber jetzt wieder in ihren traditionellen Jagdgründen, und weder die Bestien noch die Ritter mit ihren Eisenschwertern würden sie vertreiben.

Der Kampf um das Dorf wurde in einem Lied beschrieben, einem einfachen, wilden Gesang, und Michael wurde klar, daß er und Cat bei diesem Volk zu einer Art Legende geworden waren. Ehrfurchtsvoll wurden sie von den neuen Mitgliedern des Stammes begrüßt. *Utwychtan*, der Mann, der mit Feuer und Donner Ritter getötet hatte und dem Wolfswald getrotzt hatte. *Teowynn*, die Baumjungfrau, die den Wald besser kannte als jeder der Jäger. Sie hatten einen Mythos begründet.

Aber sie mußten weiter. Die Bestien kamen näher, und Michael wollte den Schwarzen Reiter nicht über diese Menschen bringen.

Ringbone und einige seiner Männer eskortierten sie durch den Wald – eine Ehrengarde von Eingeborenen –, und als der Sommer langsam dem Herbst wich, befanden sie sich schon weit im Norden. Es wurde kälter und die Nächte länger. Doch sie wurden getrennt, als die Verfolger nahten. Wölfe griffen Cat und Michael an und töteten den grauen Wallach, der Cat so weit getragen hatte. Schließlich trafen sie wieder mit Ringbones Leuten zusammen. Michael war wieder verletzt und fieberte.

Und noch etwas war geschehen: Nach und nach war die Waldsprache, die ihren Platz in Michaels Kopf gefunden hatte, wieder verschwunden. Zuerst einzelne Worte, dann das Verständnis für den Satzbau. Er konnte sie immer noch besser verstehen als selbst sprechen, aber als ein früher Winter den Herbst ablöste, mußte Cat als Dolmetscherin zwischen ihm und den Fuchsleuten einspringen. Es war, als würde das Land sich von ihm abwenden, ihn ausschließen, nachdem er sich einmal entschlossen hatte, es zu verlassen. Diese Vorstellung stimmte ihn traurig und bitter.

Sie mußten in einer Siedlung der Brüder Zuflucht suchen, die die Fuchsleute nicht betreten wollten. Merkwürdigerweise konnte Michael die Brüder genauso gut verstehen wie eh und je. Vielleicht hatte es damit zu tun, daß auch sie Christen waren.

Dann verließen die meisten der Fuchsleute sie, nur Ringbone begleitete sie bis zum Schluß, bis zur *Utwyda*. Es war mittlerweile kalt geworden; der erste Schnee war gefallen. Den Fuchsmann neben sich, Cat auf einem geborgten Maultier, hatte Michael in das Land jenseits des Waldes geblickt. Seltsam offen und leer lag es nach den Monaten und Jahren, die sie unter Bäumen verbracht hatten, vor ihnen. Dort verabschiedeten Cat und Michael sich von dem Wilden, der zunächst eine Schreckensgestalt aus einem Kinderalptraum für sie gewesen war, dann aber ein Freund geworden war, einer der wenigen echten Freunde, die Michael in seinem Leben gefunden hatte. Ringbone schien die Endgültigkeit dieses Abschieds nicht bewußt zu sein. Er hatte nie damit gerechnet, sie noch einmal wiederzusehen, nachdem sie in den südlichen Wäldern verschwunden waren, aber sie hatten überlebt, und zweifellos würden sie auch von dieser neuen Reise eines Tages zurückkehren.

»Ai neweht yewenian», sagte er, und soviel verstand Michael noch. Bis ihr zurückkommt.

Dann verschmolz Ringbone mit der Dämmerung zwischen den Bäumen, verschwand in dem Wald, der seine Welt war. Cat sah ihm nicht hinterher, ihr Gesicht war blaß und verschlossen und gab keine Gefühle preis. Sie und Michael machten sich auf ihre letzte Etappe, ritten über die kahlen Hügel, dorthin, wo der Fluß aus der Höhlenöffnung floß, und Michael den Weg nach Hause finden würde.

Als sie einmal zurückblickten, sahen sie den Schwarzen Reiter unbeweglich auf seinem Pferd. Er verharrte in den schattigen Ausläufern des Wildwaldes und beobachtete sie, während über ihm die Morgendämmerung anbrach.

Sie kamen gut voran, denn Cats Maulesel war ein gefügiges Tier. Am Abend dieses Tages waren sie schon tief in den Hügeln, und die waldige Welt, durch die sie so lange gereist waren, lag wie ein dunkler Teppich auf dem tiefergelegenen Land hinter ihnen. Auf den Höhenzügen lag Schnee. Es war unheimlich und aufregend, frei in alle Richtungen blicken zu können, sich nicht um dunkle Senken und überhängende Äste kümmern zu müssen. Wenn die Wölfe ihnen noch folgten, waren sie offensichtlich meilenweit hinter ihnen. Den Schwarzen Reiter hatten sie nicht mehr gesehen.

Die Höhle und der Fluß hatten sich nicht verändert. Aus irgendeinem Grund hatte Michael erwartet, daß dieser Ort anders war, vielleicht weil der Junge, der an jenem Morgen durch die Höhle gekommen war, verschwunden war. Jetzt gab es nur noch den großen, graubärtigen Mann mit vernarbten Gliedern und den Augen eines Mörders.

Sie schlugen ihr Lager auf, entzündeten am Ufer des Flusses ein Feuer und brieten das Fleisch eines Tieres, das sie zwei Tage zuvor erlegt hatten. Dann tranken sie den Gerstenschnaps, den Ringbone ihnen zum Abschied überreicht hatte, und stießen auf ihn und sein Volk an.

Noch immer sprach Cat kein Wort über Michaels bevorstehende Abreise.

Sie saßen sich am Feuer gegenüber, lehnten sich gegen ihre Sättel, während Fancy und das Maultier friedlich in der Nähe grasten, und über ihnen die Sterne am Nachthimmel funkelten. Die Nächte waren schon kalt. So weit hier oben in den Hügeln gab es überall im Schatten der Felsblöcke und Hügel Schneefelder, und Frost lag in der klaren Luft. Wenn es wieder schneite, würde es wärmer werden.

Davon erzählte Michael Cat in einem nervösen Ton; er wußte, daß seine Füße keine Spuren in dem Schnee hinterlassen würde, der bald fallen würde. Es war seine letzte Nacht in dieser Welt. Kurz vor Tagesanbruch würde er Fancy nehmen und durch den kalten Fluß zur Öffnung der Höhle schwimmen, und er würde nie wieder zurückkehren. Cat mußte das wissen, aber sie weigerte sich, darüber zu reden, und der Schmerz und die Schuldgefühle in ihm verwandelten sich langsam in Verärgerung über ihren Starrsinn.

»Ich werde morgen früh nach Hause gehen, Cat«, sagte er schließlich knapp.

Sie stocherte mit einem Stock im Feuer herum. Das gelbe

Licht fiel auf ihre eingefallenen Wangen und die tiefe Narbe an ihrem Hals, wo der Holzwolf fast ihr Leben beendet hatte.

»Wirst du mit mir kommen?«

»Nein.« Sie blickte auf. Ihr blasses Gesicht war verschlossen. Sie wirkte auf einmal alt und verhärmt, wie eine melancholische Jungfer.

»Warum nicht?«

»Es ist nicht meine Welt. Ich gehöre nicht dorthin. Du wirst ein Kind, ein Junge sein, wenn du zurückkehrst, ich aber würde die gleiche bleiben. Meine Welt – mein Zuhause – ist hier. Ich habe einmal geglaubt, es könnte auch deine Welt sein.«

»Das habe ich nie gesagt.«

Sie lächelte verzerrt.

»Ich habe es dir schon einmal gesagt: Ich hatte nicht gedacht, daß es so sein würde. Ich wußte nicht, was mit mir passieren würde. Herr im Himmel, Cat, ich dachte, es wäre so eine Art Märchenland mit Rittern und Schlössern und allem was dazugehört.«

»Aber das ist es doch.«

»Nicht so, wie ich es mir vorgestellt habe. Wie könnte ich hier bleiben. Du hast doch den Schwarzen Reiter am Waldrand gesehen. Er würde mich nie in Ruhe lassen, und dich vielleicht auch nicht.«

»Dieses Risiko würde ich eingehen.«

»Es werden keine *Wyrims* da sein, um dich zu beschützen, Cat. Mirkady und sein Volk waren von Anfang an auf der Seite des Schwarzen Reiters. Nur deshalb haben sie uns das *Wyr*-Feuer gegeben. Damit es uns in etwas verwandelt, das ihnen ähnlich ist – etwas, das der Schwarze Reiter kontrollieren kann.«

»Es hat uns das Leben gerettet«, sagte sie erregt.

»Das war so nicht geplant. Wir haben die Macht des Waldes gegen ihn selbst verwendet.«

»Michael!« Ihre Stimme war voller Verachtung. »Du hast keine Ahnung, wovon du redest.«

»Habe ich das nicht? Ich habe lange darüber nachdenken können. Du wärst fast selbst ein Mitglied des Waldvolkes geworden, und sogar ich habe gespürt, daß eine Verwandlung möglich wäre. Wenn Bruder Nennian nicht gewesen wäre …«

»Der Priester, der den Schwarzen Reiter in seinem Schloß stellen wollte, der den ganzen Wildwald herausgefordert hätte, wenn er es nur gekonnt hätte«, sagte sie geringschätzig.

»Ja. Das hat er gewollt, und er wollte uns für seine Zwecke benutzen. Aber er hat mir den Verstand gerettet, Cat. Ohne ihn hätte ich von diesem schwarzen Wasser getrunken, und meine Augen hätten bald so grün geleuchtet wie deine. *Ich habe es auch in mir gespürt.*«

»Aber dann haben Wahrheit und Gerechtigkeit und der Gott, dem du folgst, gesiegt?«

Die Feindseligkeit in ihrer Stimme erschütterte ihn, aber er wollte jetzt nicht aufhören.

»Wenn du es so nennen willst. Diese Holzwölfe haben uns angegriffen, weil wir das Schloß fast erreicht hatten und ich mich noch immer nicht verändert hatte. Der Schwarze Reiter hatte versagt, also wollte er uns töten. Er hatte nicht damit gerechnet, daß das *Wyr*-Feuer ein zweischneidiges Schwert ist.«

Sie schwieg. In ihrem Gesicht mischten sich Wut und Trauer.

»Wir können nicht hier bleiben, Cat«, sagte er beschwörend. »Ich liebe dich, Mädchen. Komm bitte mit mir.«

Ihre Augen leuchteten.

»Wir sind einen langen Weg zusammen gegangen, du und ich«, sagte sie. »Und doch stehen wir jetzt wieder da, wo alles begann. Als hätten wir keinen Meter zurückgelegt. Als wäre alles ein Traum gewesen.«

Es war tatsächlich wie ein Traum, dachte er. Ein Traum von Bäumen und finsteren Bestien, von anderen seltsamen Dingen. Er konnte nicht sprechen. Es war, als sei das Feuer zwischen ihnen ein gähnender Abgrund. Cat schien in unendliche Ferne gerückt zu sein, war für immer für ihn verloren.

»O Michael ...«, sagte sie mit zerbrechlicher Stimme.

Sie bewegten sich im gleichen Moment, überbrückten die Entfernung und fielen sich in die Arme. Er spürte ihre Knochen unter seinen Händen, ihre Wärme, und er küßte die weiche Haut unter ihrem Ohr.

»Ich kann nicht«, flüsterte sie. »Ich gehöre nicht dort hin. Dies hier ist der Ort, an dem ich einmal die letzte Ruhe finden werde.«

Du wirst mir den Tod bringen, hatte sie einmal gesagt. Der Satz fiel ihm wieder ein, und er fühlte sich so hilflos wie der kleine Junge, der er vor kurzem noch gewesen war. Es würde kein gutes Ende geben, für keinen von ihnen. Das war nicht die Art und Weise, auf die diese Welt funktionierte.

Sie liebten sich ein letztes Mal neben dem Feuer, während um sie herum der kalte Wind auffrischte und über die baumlosen Hügel strich. Als sie endlich einschliefen, verdeckten dunkle Wolken die Sterne, und in der Dunkelheit begann es zu schneien. Schneeflocken fielen auf ihre Gesichter und bedeckten den harten Boden.

Kurz vor der Dämmerung brach er auf. Das Wasser am Uferrand war vereist. Der Fluß war so kalt, daß er aufschrie, und er klammerte sich an Fancys Mähne fest, während diese sich durch das langsam fließende Wasser auf den Höhleneingang zu kämpfte, zu der Welt, die auf der anderen Seite wartete. Er ging zurück nach Hause, in seine Kindheit, in das Land, in dem er geboren worden war, aber ein Teil von ihm war immer noch bei dem dunkelhaarigen Mädchen, das ihn von dem verschneiten Ufer aus betrachtete. Er fühlte sich zerschlagen und erledigt, in zwei Hälften zerrissen. Als der schwarze Höhleneingang sich um ihn schloß, weinte er wie ein Kind.

Cat blieb stehen und blickte noch lange nachdem er verschwunden war zum Höhleneingang hin. Die Kälte ließ ihre Glieder langsam taub werden. Als sie sich schließlich wieder der kalten Asche des Feuers zuwandte, sah sie ohne Überraschung den Schwarzen Reiter hinter sich stehen. Sein Pferd stieß weiße Atemwolken in die kalte Luft. Er streckte die Hand nach ihr aus. Sie hatte nicht mehr länger die Kraft, vor ihm zu fliehen.

KAPITEL ZWANZIG

Als Michael auf der anderen Seite herauskam, fuhr ihm heftiger Wind durch das Haar, und die schwarzen Äste der Uferbäume schwankten bedrohlich. Fancy preschte durch das eiskalte Wasser, erklomm die Uferböschung und schüttelte sich. Langsam stampfte Michael hinter ihr her. Seine Kleider hingen an ihm herunter, verhedderten sich in seinen Gliedern. Er war völlig erschöpft und fror. Am Ufer legte er sich auf den Boden. Seine Füße wurden vom Fluß umspült; Wasser floß aus seiner Kleidung und bildete eine Lache. Tränen brannten immer noch in seinen Augen. Sie war nicht mit ihm gekommen. Er hatte sie verloren.

Die Dämmerung kam. In der Flußsenke rauschte laut das Wasser, doch der Himmel über den Bäumen war weit und leer, und im Osten glühte Licht am Horizont, das rasch heller wurde. Er versuchte sich zu konzentrieren, sich daran zu erinnern, wie alles gewesen war, als er damals aufgebrochen war, aber sein Verstand war genauso schwerfällig wie sein nasser Körper. Er streifte die stinkenden Pelze ab – die ihm jetzt viel zu groß waren – und stellte fest, daß die Schwertscheide leer war. Er hatte das Ulfberht irgendwo im Fluß verloren. Er dachte an seine Familiengeschichte, und wußte, daß es nicht lange verloren bleiben würde.

Sein Zittern vor Kälte und sein ersticktes Schluchzen verschmolzen ineinander, und für einen Augenblick kniete er an dem feuchten Ufer und schlug die Hände vor das Gesicht. Er spürte die jugendliche Geschmeidigkeit seines Körpers, merkte wie seine Muskelstränge dünner geworden waren. Er war wieder ein Hänfling, ein Dreizehnjähriger mit den Augen eines Erwachsenen. Sein Kinn fühlte sich merkwürdig glatt an, als er mit den Handflächen darüber strich – so glatt wie Cats gewesen war. Auch seine Narben waren verschwunden.

»Ich bin ein unbeschriebenes Blatt«, dachte er.

Nein, nicht ganz. Er hatte Erinnerungen. Er wußte, daß er sie nie verlieren würde, selbst wenn er es wollte.

Die ersten Tage in dem Anderen Ort, der Ritt durch die unendlich weite Landschaft, die kristallklare Luft.

Feuerschein in dem flüsternden Wald, Cats Gesicht ein paar Zentimeter vor seinem, der Druck ihres Körpers gegen seinen.

Jagen im Wildwald mit Ringbone, Nebel, der zwischen den Bäumen aufstieg, und davor das Geweih eines ruhig äsenden Hirsches wie schwarze Äste.

Und die andere Seite, die finstere Seite.

Die grausamen Augen des Werwolfs, die wie Kohlen vor ihm glühten.

Der Schwarze Reiter wartend zwischen den Bäumen, umschwirrt von Aaskrähen.

Bruder Nennians Gesicht, bevor er starb.

Traum oder Alptraum, er würde es nie vergessen. Es war in sein Gehirn gebrannt.

»Cat«, flüsterte er. Und wieder durchlief ihn ein Frösteln.

Fancy schnupperte an ihm, und er stand auf. Er mußte sich beeilen.

Er führte sie aus der Flußsenke, und das Rauschen des Flusses wurde leiser. Er spürte taunasses Gras unter seinen nackten Zehen, blieb stehen und blickte auf die ruhigen Wiesen und den dunklen Wald. Vieh bewegte sich auf den Weiden und glotzte ihn wiederkäuend an. Die Vögel waren mitten in ihrem Morgenkonzert.

Ein leichter Geruch lag in der Luft, nach Rauch und Metall. Er hatte vergessen, wie anders es hier war.

Er öffnete das Gatter, führte die brave Stute auf den Hof und sattelte sie ab, als er den Stall erreicht hatte. Sie schien sich kein bißchen verändert zu haben, war genauso wohlgenährt und glatt gestriegelt wie an dem Morgen, als er hier losgaloppiert war, hinter Cat her. Aber der Sattel war zerkratzt und verschrammt, und an ihm hingen Wildlederbeutel, die einen feuchten, säuerlichen Geruch ausströmten. Das Gewehr war auch noch da; der Lauf war verrostet. Er reinigte alles, so gut es ging, versteckte die Satteltaschen im Geräteraum hinter ein paar Getreidesäcken und tätschelte Felix' mächtige Flanke, als dieser ihn beschnupperte. Dann ging er hinaus auf den Hof, wo ihm kalter Wind ins Gesicht fuhr. Aber der Sturm ließ nach. Es würde ein schöner Tag werden, wenn die Sonne erst einmal am Himmel stand.

Er schlich sich ins Haus und schob den Riegel der Hintertür vor. In der Küche war es still, im Herd glühte es rötlich, und eine Uhr tickte gleichmäßig vor sich hin. Das Haus wirkte winzig und beengend auf ihn, und für einen Moment stieg Klaustrophobie in Michael hoch. Oben hörte er Geräusche. Seine Familie wachte auf.

Geräuschlos stieg er die Treppe hoch, wachsam wie ein Tier. Als er die Tür seines Zimmers hinter sich geschlossen hatte, hörte er Schritte auf dem Treppenabsatz. Seine Großeltern, sein Onkel Sean, seine Tante Rachel. Alle waren da.

Wie lange war er fort gewesen? Ein, zwei Jahre? Oder nur einen winzigen Bruchteil dieses Morgens?

Er kroch in sein Bett, in dem es noch nach Cat roch. Er grub sein Gesicht in das Kissen und weinte bittere Tränen.

»Michael, Michael, es ist Zeit aufzustehen! Du kommst zu spät zur Schule.«

Und leise, unten aus der Küche:

»Wo sind meine Kleider? Wer hat meine Hose weggenommen?« Onkel Sean hatte den Diebstahl entdeckt, den Cat vor langer Zeit begangen hatte.

»Jemand ist in der Speisekammer gewesen. Heilige Maria, man hat bei uns eingebrochen!«

Wer hat von meinem Tellerchen gegessen? dachte er und lächelte schwach. Cat hätte gelacht.

Sie vergaßen ihn in der Aufregung. Als er die Treppe hinunter kam, schien die Sonne schon in die Küche, und die ganze Familie, einschließlich Mullan, rannte hektisch auf und ab, während immer mehr Dinge vermißt wurden.

»Meine beste Pfanne.«

»Der frisch gebackene Apfelkuchen.«

»Wir haben nichts gehört.«

»Es muß ein Landstreicher oder so jemand gewesen sein. Er hat nur Kleider und Lebensmittel mitgenommen.«

»Und meine beste Pfanne!«

»Und niemand hat etwas gehört, oder?« Nacheinander schüttelten sie die Köpfe.

»Nicht einmal die Hunde haben gebellt«, fügte Pat unbehaglich hinzu.

»Ich meine, ich hätte die Pferde gehört, aber es kann auch sein, daß der Wind sie unruhig gemacht hat«, sagte Sean.

»Die Pferde!« riefen Pat und Mullan gleichzeitig und rannten zur Hintertür hinaus.

Michaels Großmutter schüttelte den Kopf. »So etwas habe ich noch nie erlebt«, sagte sie und ließ sich auf einen Stuhl sinken.

Keiner von ihnen hatte sich irgendwie verändert, dachte Michael. Es war nicht schockierend, sie wieder zu sehen. Er hatte das Gefühl, daß seine Erinnerungen in ein paar Tagen nur noch wie ein Traum waren.

Seine Großmutter stellte einen große Teekanne auf den Herd, und Sean ging hinaus zu seiner Arbeit. Er murmelte etwas davon, daß die Kühe sich nicht selbst melken würden. Michael war in Gedanken versunken, und als Tante Rachel ihn mit scharfer Stimme fragte, ob er sich heute morgen gewaschen hatte, hörte er kaum hin. Sie rüttelte ihn an der Schulter, und er hob den Kopf und sah sie an.

»*Was?*«

Kreidebleich wich sie zurück. »Nichts, nichts.«

»Du mußt dich langsam auf den Weg machen, Michael«, sagte seine Großmutter über die Schulter. Sie briet Eier und Speck, und der herzhafte Duft zog durch den Raum und ließ Michael das Wasser im Munde zusammen laufen. Sie stellte einen dampfenden Teller vor ihm auf den Tisch und lächelte. Dann verschwand ihr Lächeln.

»Alles in Ordnung, Michael?« Gereizt bejahte er ihre Frage und begann, das Essen herunterzuschlingen. In der Stille, die dann in der Küche herrschte, sah er auf, und bemerkte, daß seine Großmutter und Tante Rachel ihn anstarrten. Ihm wurde klar, daß er das fettige Essen mit den Fingern in den Mund gestopft hatte. Er wischte sich die Hände an seinem Hemd ab und grinste verlegen.

»Mach mich besser auf den Weg«, murmelte er.

»Vergiß deine Tasche nicht«, sagte seine Großmutter mit schwacher Stimme.

Er ergriff die Tasche und eilte aus dem Haus. Erleichtert spürte er die kalte Morgenluft im Gesicht. In der Küche hatte er geschwitzt, und die Wände schienen so nah zu sein und die Decke so niedrig. Er war sich wie lebendig begraben vorgekommen. Hier war es besser, obwohl immer noch dieser Geruch in der Luft lag, der ihn die Nase rümpfen ließ. Er konnte die Pferde in den Ställen riechen, den Duft von Mullans Pfeife, den Kuhdung von den Weiden und einen schwachen Fuchsgeruch von dem Feld hinter dem Haus, wo die meisten Hühner ihre Nester hatten.

Dieser Dieselgestank – der Traktor. Er spuckte aus, um den Geschmack aus dem Mund zu bekommen.

Mullan kam aus dem Stall. Er zog einen Rauchschleier hinter sich her, und unter seinen Stiefel stoben Funken über das Pflaster.

»Mike!« rief er.

»Was?« Michael fühlte sich unbehaglich.

»Hast du mit dem Pferdegeschirr herumhantiert? Es ist völlig durcheinander, und da liegt ein Sattel, der aussieht wie unser leichter Reitsattel, aber er ist völlig verschrammt. Und dann diese ...« Er hielt einen alten speckigen Lederbeutel hoch; Michael wußte, daß er die Reste eines Winterhasen enthielt, der in einer anderen Welt gefangen worden war. Der Gestank von leicht verdorbenem Fleisch ging von dem Beutel aus.

»Vielleicht hat der Landstreicher ihn liegen lassen, der im Haus war«, mutmaßte Michael.

»Ein Landstreicher, oder ein verfluchter Höhlenmensch.« Dann blieb Mullan stehen und nahm die Peterson aus dem Mund. »Herr im Himmel, Mike. Was ist mit dir passiert?«

»Was soll mit mir passiert sein?«

»Deine Augen. Es hat mir einen Schauer über den Rücken gejagt, als ich sie eben in der Küche gesehen habe. Hast du nicht geschlafen?«

»Ich bin in Ordnung.« Seine Stimme zitterte ein wenig.

Mullan blickte schnell zur Seite. »Etwas stimmt an dieser Sache nicht ... Du warst nicht draußen heute nacht, oder? Hast du etwas gesehen?« Jetzt sah er Michael mit seinen alten Augen aufmerksam an, obwohl der Augenkontakt ihm unangenehm zu sein schien. »Bist du sicher, daß alles mit dir in Ordnung ist?«

Da war die Einladung, alles zu erzählen, und für einen Moment lag es Michael auf der Zunge – die Schrecken und Wunder, die er erlebt hatte. Aber wenn er darüber sprach, hatte er seine Chance auf eine Rückkehr zu seinem normalen Leben in dieser Welt vertan. Nichts war mit ihm passiert. Er hatte nichts gesehen. Er war nur ein kleiner Junge.

»Ich muß zur Schule.« Er drehte sich um und ging auf die Straße zu, machte sich auf seinen morgendlichen Weg. Bald würde er in einem muffigen Klassenzimmer sitzen, in Bücher starren, dem Gekicher der anderen Kinder lauschen und den Blick der Lehrerin auf sich spüren.

So wie er jetzt Mullans Blick in seinem Rücken spürte, als er über den Hof zur Straße ging.

Ein vorbeifahrendes Auto ließ ihn heftig zusammenzukken, und seine Hand fuhr zu einem Schwertgriff, der nicht mehr da war.

Trautes Heim, sagte er sich, und verspürte dabei einen tiefen Schmerz. Er versuchte seine Gedanken abzuschalten, nicht an die unendlichen Tage hier an diesem Ort zu denken, an dieses Leben, das vor ihm lag. Und er ging zur Schule wie ein Mann, der ein Schafott besteigt.

Er verbrachte die vorbeieilenden Tage wie ein Schlafwandler.

Aber er vermißte Cat. Er vermißte ihr Gesicht, ihr lebhaftes Grinsen, ihre bissigen Kommentare. Er vermißte ihren Körper nachts neben sich, den Genuß, sie zu lieben. Nachts lag er viel wach, unfähig, in dem zu weichen, zu warmen Bett zu schlafen. Er wartete darauf, daß sie wieder an sein Fenster klopfte, und ging wenigstens einmal täglich hinunter zur Flußsenke, in der Hoffnung, ihre geschmeidige Gestalt zu sehen oder sie im Wald singen zu hören. Aber die Gegend war tot und leer. All das war vorbei. Es gab nur noch die gegenwärtige Wirklichkeit, die Welt, in die er hineingeboren worden war, mit ihren schwachsinnigen Ritualen.

Die Schule war eine langweilige Pflicht, die man über sich ergehen lassen mußte. Seine Lehrerin, Miß Glover, ermahnte ihn, wenn er träumte, aber wenn er sie ansah, verstummte sie. Sie ließ ihn in Ruhe, und die anderen Kinder mieden ihn mit dem sechsten Sinn der Jugend, der ihnen sagte, daß er weniger denn je einer von ihnen war. Er wuchs zu einem schweigsamen, eigenbrötlerischen jungen Mann heran, der sich nur entspannen konnte, wenn er unter freiem Himmel und allein war.

Als er vierzehn Jahre alt wurde, begann er die Schule zu schwänzen, um auf einer der umliegenden Farmen zu arbeiten. Seine erstaunlichen Kräfte und sein mürrisches Wesen halfen ihm dabei. Er wirkte älter als er war, und seine Augen waren die eines erbarmungslosen Wilden. Er sparte seinen Lohn, denn es gab nichts, das er hätte kaufen wollen, aber eine innere Stimme sagte ihm, daß er fortgehen mußte. Er war hier zu nah an dem Anderen Ort, zu nah an der alten Brücke, die dorthin führte. Manchmal dachte er daran, dorthin zurück zu kehren, saß stundenlang zweifelnd und grübelnd am Fluß. Er haßte das Leben, das er jetzt führte, doch die Angst saß noch tief in ihm, hielt ihn zurück. Er mußte diesen Ort der Versuchung verlassen.

Noch vor seinem fünfzehnten Geburtstag rannte er von zu Hause weg, schlief nachts auf den Feldern, arbeitete gelegentlich, wanderte aber immer weiter nach Osten. In den dunklen Nächten hatte er Alpträume von Wölfen und Monstern, Cats schreiendem Gesicht, den ausgestreckten Ästen von Bäumen. Er zog immer weiter. Er verspürte kein Bedauern, kein Heimweh nach dem Leben und der Familie, die er zurückgelassen hatte. Die quälenden Schrecken der Erinnerungen ließen keinen Platz dafür.

Er kam nach Belfast und strich wie ein verwirrter Eingeborener durch die Straßen. Einmal kamen in einer dunklen Gasse zwei Männer auf ihn zu, und in der Hand des einen funkelte ein Messer. Sein Körper reagierte instinktiv mit einem heftigen Angriff. Er ließ die beiden Männer bewußtlos und blutend zurück. Das Geld, das sie bei sich gehabt hatten, reichte für eine Schiffskarte, und am folgenden Morgen fuhr er ab, sah zum zweiten Mal in seinem Leben das Meer.

Die Jahre vergingen.

Er wanderte langsam in südliche Richtung durch England, nahm hier und da einen Job an, blieb eine Weile und zog dann weiter. Immer war er sich der Tatsache bewußt, daß er in Bewegung bleiben mußte. Manchmal hatte er in der Abenddämmerung das Gefühl, beobachtet zu werden, und wenn er auf dem Land war, sah er Schatten, die sich durch die Nacht bewegten – oder bildete es sich zumindest ein. Schließlich entwickelte er einen Haß auf Bäume und Wälder und menschenleere Orte und hielt sich immer mehr in Städten auf. Dort konnte man sowieso besser Geld verdienen.

Es gab Frauen. Manchmal sah er ein Gesicht, das ihn anzog wie das Licht die Motten. Aber am Morgen danach war das Gesicht nie mehr so, wie er es gerne wollte, und er stahl sich davon, wenn sie noch schlief. Ob es nur für eine Nacht war oder für die Nächte einiger Monate, das Ende war immer das gleiche und löste ein Gefühl der Verzweiflung und Einsamkeit bei ihm aus. Dann half ihm der Alkohol dabei, wieder ruhiger zu werden und die Dinge klarer zu sehen.

Mit der Zeit brauchte er immer mehr Drinks, um nachts schlafen zu können. Er besuchte Kneipen, wurde in einem halben Dutzend Städten Stammgast – der große, schweigende Mann am Ende der Theke. Das war vor seinem zwanzigsten Geburtstag. Sein kräftiger Körper wurde massig und schlaff, und seine Ausdauer ließ nach, obwohl er immer noch außerordentlich viel Kraft in den Armen hatte. Er wurde ein Muskelmann, ein Rausschmeißer, ein Sicherheitsbeamter; ein professioneller Rowdy. Oft genügte ein Blick aus seinen Augen, um einen Streit zu beenden, aber zweimal wurde er entlassen, weil er übertriebene Gewalt angewendet hatte, und einmal mußte er vor Gericht und entging einer Haftstrafe nur mit viel Glück und wegen eines Verfahrensfehlers. Ihm war dunkel bewußt, daß seine Qualitäten nicht in diese Welt paßten, daß sein Gefühl für Richtig und Falsch nicht dem seiner Mitmenschen entsprach. Aber die Flasche half ihm, solche Gedanken zu ertragen.

Er versuchte so gut es ging, Kontakt zu seiner Heimat zu halten. Es gab dort Unruhen, eine Bürgerrechtsbewegung kämpfte um ihr Überleben. Ein Pulverfaß, das nur auf einen Funken wartete.

Auf der Farm kam die Familie zu drei Beerdigungen zusammen, und die Schlange der Autos und Kutschen war jedesmal fast eine Meile lang. Den alten Pat Fay fand man eines Morgens tot zwischen den Butterblumen der Grundwiese. Die Pferde schnupperten an ihm, und ein Lächeln lag auf seinem Gesicht. Bald darauf starb auch Agnes Fay. Ihr Herz versagte seinen Dienst, als sie Wasser aus dem Brunnen in einen Eimer pumpte – eine Arbeit, die einst zu Michaels Aufgaben gehört hatte.

Und der alte Mullan. Angehörige von zwei Religionsgemeinschaften kamen in einer Zeit der Entfremdung zusammen, um ihn auf seinem letzten Weg zu begleiten. Alte Männer, auf deren Brust Orden glänzten, standen neben anderen alten Männern, die einst die Armee bekämpft hatten, in der diese Orden verliehen wurden. Es spielte keine Rolle mehr.

Man hatte Mullan unten in der Flußsenke gefunden; seine Pfeife lag erkaltet neben ihm. Sean hatte die Leiche entdeckt, und er mußte nachher eine halbe Flasche Whiskey trinken, bis seine Hände nicht mehr zitterten. Mullans Gesicht war von panischer Angst verzerrt gewesen, die Augen weit aufgerissen und die Lippen hochgezogen. Er hatte ausgesehen, als hätte er sich zu Tode erschreckt, sagte Sean.

Als Sean die Farm erbte, war es eine seiner ersten Maßnahmen, die Bäume unten am Fluß fällen zu lassen. Er hatte den Ort ohnehin nie gemocht. Er zog Entwässerungsgräben zum Fluß hinunter, verbrannte das dichte Unterholz und fällte die Eichen und Erlen, die sich am Fluß entlangzogen. Bald grasten dort Schafe, und gutes Gras wuchs bis an den Fluß.

Die Pferde wurden verkauft, und sogar Rachel weinte an dem Tag, als Felix und Pluto abgeholt wurden.

Sean ließ die Schafe jedoch nicht lange auf der neuen Weide unten am Fluß. Ein Rudel herrenloser Hunde mußte dort herumstreunen, sagte er sich, nachdem kurz hintereinander drei Tiere gerissen worden waren. Mehrere Nächte hindurch hielt er persönlich dort Wache, das Gewehr auf dem Schoß. Manchmal glaubte er, etwas zu hören, oder aus dem Augenwinkeln Bewegungen wahrzunehmen. Einmal war eine große, dunkle Gestalt platschend durch den Fluß gewatet, und er war vor Schreck so gelähmt gewesen, daß er nicht einmal die Waffe hatte heben können. Danach blieb die Flußsenke leer, und die Vegetation begann sie langsam, aber unerbittlich zurückzuerobern.

Michael erfuhr nacheinander von den Beerdigungen, und obwohl die Nachrichten ihn traurig stimmten, galt seine wahre Trauer merkwürdigerweise dem, was sie symbolisierten: dem Ende einer Art zu leben. Eine alte Lebensweise, die dem Land und dem Wachstum der Natur näher war, ging zu Ende; das Land wurde von neuen Anbaumethoden und einem unendlichen Bürgerkrieg überrollt. Das Zuhause, in dem er aufgewachsen war, würde es bald nicht mehr geben.

Vierzehn Jahre. Vierzehn Jahre nachdem er mit der braunen Stute durch das eiskalte Wasser aus dem Brückenbogen gekommen war, war er hier, in London. Er war ein frühzeitig gealterter Mann, ein Barkeeper-und-Rausschmeißer mit Raucherhusten und fünfzehn überflüssigen Kilos. Er hatte die erbarmungslosen Augen eines Totschlägers und eine Boxernase, dicke bläuliche Adern auf den Unterarmen und das rote Gesicht eines Trinkers. Der Junge, der er einmal gewesen war, und sogar der Waldläufer, der mit Cat auf die Jagd gegangen war, waren ein Jahrhundert entfernt, in einer anderen Welt; und weder sie noch die Monster und Wunder, die damals in seinem Leben gewesen waren, würden jemals wiederkehren.

Das dachte er jedenfalls.

KAPITEL EINUNDZWANZIG

Clare schlief, und die Stadt schlummerte mit ihr. Es war heiß im Zimmer; eine schwüle Sommernacht, die von dem orangefarbenen Leuchten der Straßenlaternen nur kümmerlich erhellt wurde.

Michael schlurfte zum Fenster, wie so oft in diesen Nächten, schob die Jalousie beiseite, um auf die Straße hinunter zu blicken.

Nichts.

Und doch konnte er spüren, wie sie ihn beobachteten. Manchmal hatte er das Gefühl, daß seine Sinne wieder schärfer wurden, daß die alte Wachsamkeit wieder da war und ihm ein zusätzliches Augenpaar verlieh. Er spürte Dinge, die man nicht sehen konnte. Nachts roch er manchmal vor seiner Türe den Modergeruch des Waldes, den süßlichen Gestank des Verfalls, und er wußte, daß sie hier gewesen waren.

Verkehrsgeräusche, weit entfernt. Das Licht der Straßenlaternen fiel über die Straße, aber überall gab es schattige Winkel.

Er wußte zuviel über diese andere Welt. Vielleicht wollten sie ihn deshalb holen. Vielleicht aber auch aus Rache, aus Gier nach dem Blut von jemandem, der ihren geliebten Wald verwundet hatte.

Manchmal aber kam es ihm immer noch wie ein Traum vor. Grelle Bilder aus einem anderen Leben, die plötzlich in seinem Kopf auftauchten, aus einem Leben, in dem er ein anderer gewesen war und sich an einem Ort befunden hatte, den es nicht geben konnte. Er hatte Cat dort zurückgelassen. Vielleicht auch Rose. Dieser Schmerz war real genug.

Es war unmöglich, sie in seiner Vorstellung zu trennen. Sie waren im Laufe der Jahre miteinander verschmolzen, waren zu einem einzigen schmerzlich geliebten Gesicht geworden. Vielleicht waren sie immer ein und dieselbe Person gewesen. Vielleicht war die Aufgabe, die er sich in der anderen Welt gestellt hatte, von Anfang an ein absurdes Unterfangen gewesen.

Vielleicht.

Michael zündete sich eine Zigarette an, drehte sich um und betrachtete das schlafende Mädchen in dem Bett. Das Laken war ihr von der Schulter gerutscht, und er konnte die Schweißperlen an ihrem Hals sehen. Trotz ihres Unverständnisses und Protestes hatte er das Fenster nicht geöffnet.

Es war nicht fair, dieses Mädchen, diese kleine Stadtlady mit in das hineinzuziehen, was ihm bevorstand. Es war nicht richtig. Aber er hatte das Gefühl, daß es zu spät war, um sie herauszuhalten. Sein Geruch haftete an ihr. Er hatte sie gezeichnet.

Clare wurde unruhig, drehte sich im Schlaf in dem schmalen Bett auf die andere Seite. Das Laken rutschte zur Seite, und er konnte die Rundung ihrer Hüfte sehen. Ihr Körper war weich und kurvenreich, ganz anders als Cats. Keine Narben, keine Hornhaut unter den Füßen, keine abgebrochenen oder dreckigen Fingernägel.

Und dennoch, wenn er an Cats blitzendes Grinsen dachte, ihren lebhaften Blick, dann fühlte er einen Schmerz in der Brust, und Tränen brannten in seinen Augen.

Immer noch da, sogar jetzt.

Er fragte sich, wie die Zeit für sie an dem Anderen Ort vergangen war, wie schnell oder langsam die Jahre für sie verstrichen waren.

Er hatte sie *gesehen*, hier in diesem Raum ...

Oder war es reines Wunschdenken gewesen?

Verrückt, dachte er. Ich werde verrückt. Es war ein Traum, und jetzt schlafe ich wieder ein, erlebe es noch einmal vor einem anderen Hintergrund.

Ein Trio von jungen, fröhlichen Männern schwankte singend die Straßen entlang. Er beobachtete, wie sie unbewußt einen Bogen um eine dunkle Ecke machten, und wußte, daß dort etwas in der Finsternis lauerte. Er lächelte grimmig, griff nach der nächsten Zigarette, überlegte es sich dann aber anders.

Sie hatten ihn also schließlich eingeholt. Er fragte sich, was sie von ihm wollten. Wollten sie ihn schreiend zurück in den Wald zerren, wie einen neuzeitlichen Faust?

Der *Wildwald*. Er hatte seine Schönheiten gehabt, seine hellen Momente. Er erinnerte sich an ruhige Lagerfeuer, Cat in seinen Armen. An herrliche Sonnenaufgänge, kalte Tage und die Erregung einer Jagd im ersten Schnee. Ringbones Gesicht im Licht des Feuers, die freundliche Aufnahme durch die Fuchsleute.

Nein. Es war ein barbarischer Ort gewesen. Gut, daß er ihn verlassen hatte.

Er legte sich wieder zu Clare ins Bett. Ihr war heiß, und sie war schweißnaß. Er warf das Laken zurück, und sie schmiegte sich an ihn. Ein attraktives Mädchen. Es war schön, mit ihr zusammen zu sein, und sie war von rührender Vertrauensseligkeit. Er war zufrieden mit ihr, war schließlich selbst schon lange kein Adonis mehr. Sie würde niemals ein Frühstück lebendig fangen müssen, Kobolde bekämpfen oder Wunden reinigen.

Er lächelte, gefangen in Erinnerungen. Frischling am Spieß. Oder dieser erste Tag …

Nenn mich Cat.

Das ist ein dummer Name.

Du bist ein dummer Junge.

Er vermißte ihre herausfordernde Art, ihre Bissigkeit. Vielleicht war er mittlerweile zu alt, um sie noch genießen zu können.

Zu alt? Er war noch nicht einmal dreißig.

Ein vertrautes Geräusch draußen auf der Straße, ein Geräusch, von dem er gedacht hatte, daß er es nie wieder hören würde. Das Geheul eines Wolfes.

»Jesus!« sagte er leise.

Er löste sich sacht aus Clares leichter Umklammerung und spähte aus dem Fenster hinaus. Irgendwie war es dunkler geworden.

Die Straßenlaternen waren erloschen.

Er sah hastende Schatten auf dem Bürgersteig. Weit entfernt hörte er die Geräusche des nächtlichen Verkehrs, aber die Straßen der näheren Umgebung schienen völlig verlassen zu sein.

»Scheiße ...« Er fuhr vom Fenster zurück, drehte sich dann um und schüttelte das Mädchen im Bett.

»Clare, wach auf! Wach auf, Clare!«

Sie schlief weiter, rührte sich nicht. Er packte sie an den Schultern, preßte ihr die Finger in das Fleisch und hob sie halb von der Matratze. Ihr Kopf fiel wie leblos zur Seite.

»*Clare*!«

Er ließ sie wieder auf das Bett sinken. Nicht gut. Gar nicht gut.

Die Zeit hatte ihn schließlich eingeholt. Er wußte, daß es heute abend hier zu Ende gehen würde. Jetzt würden sich alle Lücken schließen.

Aber wie würde das Ende aussehen? Würde es seinen Tod bedeuten?

Sie kamen ihn holen, in diesen Minuten. Es war nicht Clares Kampf, also hatten sie sie bewußtlos gemacht.

Das hoffte er jedenfalls.

Er zitterte. Wo war seine alte Dickköpfigkeit, sein verbissener Mut? Was würde Ringbone von ihm denken? Oder Cat?

Sie kamen ihn holen. Der große böse Wolf. Der Schwarze Mann. Es gab sie tatsächlich. Er hatte die Gestalten aus den Schauermärchen nachts durch die Wälder wandern sehen.

Gott steh mir bei.

Mit fliegender Hast zog er seine Kleider an, während er fieberhaft überlegte, was sich in seiner Wohnung befand. Waffen. Er brachte etwas, um zu kämpfen. Die Kleider saugten die Hitze des Raumes auf, ihm brach am ganzen Körper der Schweiß aus. Er fingerte an den klirrenden Schlüsseln in seiner Tasche herum.

Die Küche. Er zog die Schubladen heraus, blickte dabei immer wieder zum Fenster. Jesus! Die Tür. Hatte er die Tür verriegelt? Er mußte es getan haben! Er rannte hin, kam schlitternd zum Stehen, prallte mit der Schulter gegen die Tür. Die Kette war vorgelegt. Gut.

Während er die Tür noch überprüfte, sträubten sich seine Nackenhaare. Das Flurlicht, das durch den schmalen Spalt unter der Tür fiel, war plötzlich erloschen.

Sie waren im Haus.

Er probierte die Lichtschalter in der Wohnung. Nichts. Er würde also im Dunklen kämpfen müssen.

Sein Verstand arbeitete auf zwei Ebenen. Ein Teil von ihm suchte systematisch nach Waffen, überlegte, wie sie am besten einzusetzen waren und wie er die Wohnung am besten verteidigte. Der andere Teil weigerte sich ruhig, aber nachdrücklich zu glauben, daß das hier wirklich passierte. Wölfe schleichen nicht durch die Straßen einer Stadt. Der Teufel reitet nicht auf einem Pferd herum.

Das Telefon. Er würde die Polizei rufen, dafür sorgen, daß Menschen um ihn herum waren.

Tot, natürlich. Der Teil seines Verstandes, der von der Zeit im Wald geprägt war, hatte gewußt, daß es tot sein würde. Es würde keine Hilfe von außen für ihn geben. Es war ganz allein sein Kampf. Aus diesem Grund hatten sie Clare verhext.

Für einen Augenblick wünschte er sich Cat an seine Seite, damit sie ihm in dem Kampf beistand. Sie hätte ihm etwas Mut machen können.

Es war so still, daß er das Pochen seines Herzens deutlich hören konnte. Die Hand, in der er das große Küchenmesser hielt, zitterte.

Ich bin ein Angsthase geworden, dachte er. Ich habe zu lange in dieser langweiligen Welt gelebt.

Im Wald war die Angst sein ständiger Begleiter gewesen,

so lange, bis sie keine Angst mehr gewesen war, sondern einfach eine weitere Körperfunktion. Die Furcht war damals ein wichtiger Besitz gewesen. Sie hatte den Verstand geschärft.

Jetzt vernebelte sie seinen Verstand. Ließ seine Gedanken wirr kreisen.

Er riß einen Besenstiel los und begann, ein weiteres Küchenmesser mit dem Ende einer Wäscheleine daran zu befestigen. Hier gab es weder Kreuze noch Weihwasser. Nichts, um die Bestien in Schach zu halten. Man mußte Glauben haben, um die Tür vor ihnen zu verschließen. In seiner Heimat in Irland war der Glaube immer stark gewesen. Doch hier gab es keine Geschichte, keine Tradition. Dieses Gebäude hier war wie alle anderen in der Straße nur eine Betonschale, die vom Leben der Menschen, die es bewohnten, kaum berührt wurde. Die Wesen aus dem Wald würden keine Einladung brauchen, um seine Schwelle zu übertreten.

Ein Kratzen war an der Tür zu hören, wie von einem Hund, der Einlaß begehrt, nur, daß das Kratzen in Kopfhöhe ertönte. Man konnte ein dunkles Knurren vor der Tür hören, tief genug, um in Michaels Kopf zu brummen, und irgend etwas begann, an dem Türschloß herumzuschnüffeln.

Schritte von weichen Pfoten auf dem Flur, und das Scharren und Kratzen von Krallen.

Ein heftiger Schlag ließ die Tür im Rahmen erzittern. Michael hob den improvisierten Speer und wich in die Küche zurück.

Für einen Augenblick herrschte wieder Stille, abgesehen von dem gräßlichen Schnüffeln auf der anderen Seite der Tür. Die Bodenbretter des Flurs knarrten. Scharren und Poltern. Michael glaubte, keuchende Atemgeräusche zu hören. Und dann sickerte Gestank in seine Wohnung, ein widerwärtiger Geruch nach verdorbenem Fleisch, ungegerbtem Leder, modrigem Waldboden und fauligem Wasser.

Ein Windstoß fegte durch die Diele, verstärkte den Gestank, daß die Intensität des Geruches ihm fast den Atem nahm. Es war, als sei die Wohnung um ihn herum blanke Illusion, als stünde er in Wahrheit in einem feuchten Wald, aus dessen Bäumen Leichengeruch kam.

Er schloß die Augen. Es wurde klarer. Ein schemenhaftes Gewirr von großen Bäumen um ihn herum, tote Blätter modrig unter seinen Füßen. Alles war ruhig in dem Zwielicht, die Dämmerung kam schnell, und Schatten bewegten sich durch die Tiefen des Waldes. Wind fuhr durch sein Haar.

Nein. Er war hier in der Stadt und spürte die Fliesen der Küche kalt unter seinen Füßen, hielt den Besenstiel in seinen schwitzenden Händen.

Hier, in seiner eigenen Welt, inmitten von Millionen Menschen. Dutzende Menschen schliefen in Rufweite. Doch er wußte, daß sie keinen Ton bemerken würden.

Er konnte nichts hören, spürte aber deutlich die Gegenwart eines mächtigen Wesens hinter der Tür. Er verließ die Küche, ging gebückt hinüber zum Fenster und spähte durch die Jalousie.

– Der kurze Eindruck einer teuflischen Fratze, die ihn angrinste. Er zuckte zurück, blickte dann vorsichtig wieder hinaus.

Über einen endlosen Wald, winterkahle Bäume unter kalt funkelnden Sternen.

Er ging vom Fenster weg. Tricks. Sie spielten mit ihm.

Ein ersticktes Kichern, wie das Lachen eines Kindes, aus dem Schlafzimmer.

Er rannte mit vorgestrecktem Speer dorthin, sah das zerwühlte Bett, den blassen Umriß von Clares nacktem Körper – und eine schwarze, spinnenartige Kreatur, die kichernd auf ihr saß.

Er brüllte vor Wut und stach nach dem Wesen, aber es sprang davon und schoß immer noch glucksend durch den Raum. In seiner klauenähnlichen Hand hielt es einen schwarze Ring aus Haaren.

Es war schwer zu erkennen. Er stocherte in den Ecken und

zwischen den Kleidungsstücken auf dem Boden herum. Wieder das Lachen; der Verursacher war unsichtbar. Michael zitterte vor Wut und Angst. Er beugte sich über Clare und sah, daß man ihr ein paar der dunklen Locken abgeschnitten hatte. Eicheln lagen auf ihren Augen und ein rotes Büschel Ebereschenbeeren in dem dunklen Pelz zwischen ihren Beinen. Das Bett war mit verrottetem Laub, zerbrochenen Zweige und harten, unreifen Winterbeeren bedeckt. Er fegte alles beiseite und schüttelte sie noch einmal, aber sie atmete regelmäßig in tiefem Schlaf weiter.

Noch ein krachender Stoß gegen die Tür. Lang anhaltendes, aufgeregtes Geheul ertönte auf dem Flur und das Geräusch von knurrenden und hechelnden Tieren. Sie warteten auf etwas, wurden allmählich ungeduldig.

Das Schlafzimmer wirkte leer, die Kreatur war verschwunden. Er küßte Clare und kam sich dabei wie ein Betrüger vor. Dann ging er in die Diele.

Auf dem Boden lag Laub, und er spürte Aststücke unter seinen nackten Füßen. Pilze waren in den Ecken des Zimmers gewachsen. Es roch modrig in der Wohnung, und die Temperatur war so weit gefallen, daß Michael seinen Atem weiß durch die stinkende Luft wehen sah. Ein ungesunder Windhauch kam wieder aus dem Nichts und brachte mit dem Verwesungsgestank einen leichten Schneegeruch, den Atem der dunklen Jahreszeit. Es war wie tief im Wald in einer Winternacht.

Fröstelnd ging er wieder ans Fenster.

Der Wald war immer noch da. Nebel stieg aus ihm auf, und über die Wipfel der höchsten Bäume hatte sich der Mond erhoben. Die kahlen Äste glitzerten frostig, und der dünne Nebel leuchtete im Mondlicht.

Michael sank mit den Knien in den Moder, der sich langsam auf dem Boden der Wohnung ausbreitete. Der Andere Ort kam zu ihm. Er stöhnte und glaubte, als Antwort draußen ein glockenhelles Lachen zu hören. Aber er schaute nicht hinaus.

Warum? Warum kamen sie ihn holen? Hatte er ihnen und ihrem Wald so großen Schaden zugefügt, daß sie ihn so jagen mußten, ihm über viele Jahre und lange Meilen – über das Meer – folgen mußten? Warum?

Ein berstender Krach, das Splittern und Brechen von Holz, und dann ein dumpfer Aufprall, als die Tür aus ihren Angeln gerissen wurde und auf den Boden der Wohnung fiel. Ein Durcheinander von Geheul und Geschrei ertönte in der Diele. Michael sprang auf.

Im Türrahmen des Wohnzimmers stand eine langohrige Gestalt mit blinkenden Zähnen und glühenden Augen. Er rammte den Speer in das Wesen und spürte, wie die Klinge sich auf dem Stiel verschob. Aber die eiserne Klinge hatte ihren Zweck erfüllt, die Bestie stürzte rückwärts auf den Boden.

Hinter ihm tauchten noch weitere Gestalten auf; ihr Gestank ließ ihn würgen. Er riß das andere Messer aus dem Gürtel; die Klinge funkelte in dem Mondlicht, das in Streifen durch die Jalousie fiel.

Ein großer Kopf erschien über der Leiche des ersten Wolfes, warmer Sabber tropfte aus seinem Maul. Michael stieß noch einmal zu, verfehlte aber sein Ziel, weil die Bestie schnell zur Seite auswich. Ein Schlag traf ihn mit unglaublicher Wucht und schleuderte ihn quer durch den Raum. Das Messer fiel ihm aus der Hand. Helle Blitze zuckten durch seinen Kopf, und die Luft wurde ihm aus der Lunge gepreßt. Etwas packte seinen Oberarm, zerfetzte den Ärmel und riß lange Wunden in das Fleisch. Rauhes Fell scheuerte über sein Gesicht, kratzte über seine Wange. Eine heiße, animalische Atemwolke umhüllte ihn. Die Zweige auf dem Boden stachen ihm in den Rücken.

Zwei Augen, zwanzig Zentimeter vor seinem Gesicht. Große, gelbliche Kreise mit pechschwarzen Pupillen und dünnen roten Adern auf der gelben Netzhaut. Einmal zwinkerten die Augen langsam, und Michael konnte die lange Schnauze im Mondlicht sehen, den fahlen Schimmer der Zähne.

Die Todesangst gab ihm Kraft. Er schrie aus vollem Hals, als sein ganzer Körper sich anspannte. An seinem dicken Hals traten die Sehnen hervor – wie zum Zerreißen gespannte Stränge. Er riß die Arme mit aller Kraft hoch, einer Kraft, die durch die Angst verstärkt wurde. Seine Handkanten trafen den Wolf an der Kehle. Er spürte, wie unter seinem Schlag etwas nachgab, hörte ein dumpfes Knirschen, und dann fiel die Bestie zurück. Luft strömte in seine Lungen, und er erhob sich schnell; die Geschmeidigkeit des alten Jägers war noch nicht ganz von ihm gewichen.

Die anderen stürzten sich auf ihn.

Automatisch rannte er auf das Fenster zu. Adrenalin beflügelte seine vernachlässigte Beinmuskulatur. Er traf auf die Jalousie und spürte, wie ihm die scharfen Aluminiumstreifen in Arme und Schultern schnitten. Dann das Glas, tiefere, schmerzhaftere Schnitte. Er war gewichtslos, sein Magen drehte sich um, und in seinen Ohren klang das wahnsinnige Geheul seiner Angreifer, voller Wut, Enttäuschung – und Angst?

Das ist also das Ende, dachte er, und im Fallen lächelte er. Während er fiel, rasten die Gedanken durch seinen Kopf. Er fragte sich, wie der zerschmetternde Aufprall auf dem Betonbürgersteig sein würde.

Äste peitschten ihm ins Gesicht, über seinen Körper, schnitten ihm in die Haut.

Der Wald. Er ist noch immer da.

Er traf auf etwas Festes, Unnachgiebiges, einen dickeren Ast. Der Schlag raubte ihm den Atem, zerbrach ihm die Rippen wie Stöcke, dann fiel er weiter.

Und wieder. Diesmal fegten ihm ganze Bündel dünnere Zweige und Äste durch das Gesicht, rissen die Haut auf. Er wurde von einem Ast auf den nächsten geschleudert, wie in einer Art ›Baumflipper‹. Der Schmerz, den die gebrochenen Rippen verursachten, ließ ihn aufschreien.

Schließlich ein letzter gewaltiger Aufprall. Dann lag er auf dem Rücken, bekam keine Luft mehr, und die Bäume schienen sich um ihn herum zu drehen.

Verzweifelt rang er nach Luft. Schließlich gelang es ihm, tief einzuatmen. Der Schmerz in seiner Brust ließ ihn noch lauter schreien. Danach atmete er flach und vorsichtig. Die gebrochenen Rippen stachen ihm wie glühende Messerklingen in die Seiten.

Aber ich lebe noch.

Mit verzerrtem Gesicht stand er auf. Um ihn herum ragten Bäume empor. Hier unten war es stockfinster, während auf den Baumkronen das blasse Licht des Mondes lag. Der Boden unter seinen Füßen war weich und nachgiebig, Schlamm und Morast, entstanden aus Tausenden von verfaulten Blättern. Die Baumstämme schimmerten schwach, die Rinde war von phosphoreszierendem Moos überwuchert. Es roch nach Feuchtigkeit, Fäulnis und Verfall. Ein Geruch, der Erinnerungen weckte. Er schloß die Augen, bis sie sich an die Dunkelheit gewöhnt hatten. Danach war er nicht mehr völlig blind.

Er war wieder im Wolfswald.

Auf dem nassen Boden vor seinen Füßen bewegte sich etwas. Er sprang ein Stück zurück, und glühender Schmerz durchzuckte seine zersplitterten Knochen.

Die Blätter auf dem Boden bewegten sich, der Schlamm wölbte sich. Er blinzelte, versuchte, etwas zu erkennen. Aus seinem verletzten Arm tropfte Blut auf die Erde, doch er bemerkte es kaum.

Es kam etwas aus dem Boden.

Er erinnerte sich, und Panik erfaßte ihn. Er sah wieder Nennians Gesicht vor sich, als sie ihn zerrissen.

Zwei schwarze Hörner oder Ohren auf einem breiten Schädel. Eine lange Schnauze, die sich aus dem Boden schob. Dann die mächtigen Schultern unter dem schweren Kopf. Die Kreatur war pechschwarz, schlammbedeckt und stank nach vermodernden Blättern und Lehm.

Michael rannte.

Er dachte: Das ist das Ende. Hier hört es auf. Ich bin das letzte lose Ende. Dann hörte er das schreckliche Heulen der

Bestie hinter sich und ihre schnellen Schritte auf dem toten Laub.

Er torkelte weiter wie ein Betrunkener, prallte gegen Bäume, stolperte über Wurzeln und stieß mit der Stirn gegen Äste. Er keuchte wie ein defekter Blasebalg, und der Schmerz seiner Verletzungen mischte sich mit den eisigen Adrenalinstößen, die ihn durchfuhren, zu einem Cocktail aus Energie und Panik. Er hörte sich mit seinem mühsam keuchenden Atmen und den klirrenden Schlüsseln in seiner Tasche an wie ein verrücktes Gespenst.

Es half nichts. Er verlor ständig Blut, durch die Schmerzen in seinem zertrümmerten Brustkorb bekam er nicht genug Luft. Außerdem war er nicht durchtrainiert, sondern ein übergewichtiger Mann, der zuviel trank und rauchte, der seine Nächte vor oder hinter der Theke verbrachte. Das Stadtleben lag schwer in seinen Gliedern, war ein Mühlstein, der mit verhängnisvoller Schwere auf seiner Brust lag.

Ich werde hier sterben, dachte er. Das Märchen ist zu Ende.

Michael! Hier entlang!

Was? Eine Stimme? Hatte er sie wirklich gehört oder sich nur eingebildet?

Michael!

Da war sie. Cat, klar und deutlich. Sie winkte ihn eilig heran. Genau wie damals vor vielen Jahren in dem Wald bei ihm zu Hause. Ein heiseres Lachen drang aus seinem Hals. Sie würde ihn wieder retten. Alles würde gut werden.

Ein Schlag traf ihn von hinten und warf ihn auf das Gesicht. Sein Mund war voller Laub, und ein trockenes Knurren, wie das Knirschen einer Kettensäge, ertönte. Er rollte über den dreckigen Waldboden. Die Bestie war über ihm, und grünes Licht sprühte aus ihren Augen. Das schwarze Maul senkte sich, und er hob die Arme, um es abzuwehren. Es war wie ein Ringkampf mit schlüpfrigem Mahagoni; solides Holz, unter dem sich dennoch Muskeln dehnten. Harte Pfoten scharrten über seine Brust, zerfetzten seine Kleidung, sprengten Knöpfe ab, zerrissen seine Haut. Er schrie vor Schmerz und Wut. Die Zähne der Bestie näherten sich seinem Gesicht. Er riß sich die Fingerknöchel auf, als er den Kopf des Wolfes zur Seite schlug. Die Kiefer schlossen sich um seinen Unterarm, und es war, als preßte ein rasiermesserscharfer Schraubstock ihm die Knochen ein. Ein Klirren ertönte, als Michael der Schlüsselbund aus der Tasche fiel.

Seine Schlüssel.

Seine freie Hand tastete danach, wühlte sich durch den Morast und die Zweige. Dann lagen die Schlüssel hart und kalt in seiner Hand. Mit absurder Routine erschien der Haustürschlüssel zwischen seinen Fingern. Es war ein alter Schlüssel, der Schlüssel eines viktorianischen Backsteingebäudes. Die Schlösser waren nie ausgetauscht worden.

Ein Schlüssel aus Eisen.

Er stieß ihn in eines der grün glühenden Augen und sah, wie das Glühen darin erlosch.

Der Druck um seinen Arm lockerte sich, die Zähne wurden aus seinem Fleisch gezogen. Der Wolf fiel zur Seite, mit einem Geräusch wie zerbrechendes nasses Holz. Das Gewicht auf seiner Brust verschwand, und er konnte wieder leichter atmen.

Als er zur Seite blickte, war von der Bestie nur noch ein Holzgerippe übrig, das in der Dunkelheit kaum zu erkennen war. Es war eine Art Skelett aus Ästen; von dem Fleisch des Wesens war nur noch faulende Borke übrig und ein pilzartiges Gebilde im Brustkorb. Dann sanken die Reste der Bestie in den Waldboden und verschwanden.

Er legte sich auf den Rücken. Sein Körper war eine einzige Wunde, und das Blut floß aus seinen Verletzungen und bildete klebrige Lachen im Laub. Der Arm, in den der Wolf gebissen hatte, war gefühllos. Er warf einen angstvollen Blick darauf und sah, daß Fleisch und Sehnen bis auf den Knochen zerfetzt waren. Seine Hand hing wie eine tote Spinne am Gelenk. Er konnte sie nicht bewegen. Der Knochen war zwar nicht durchbissen, aber Sehen und Nerven hatte es erwischt. Er registrierte diese Tatsache seltsam unbeteiligt. Es war nicht wichtig. Er würde hier sterben – so viel war sicher.

Aber vorher mußte er noch etwas erledigen. Er hatte Cat gesehen. (Oder war es Rose gewesen?) Das war Grund genug, sich aufzusetzen, die Überreste seines Hemdes zu einer Schlinge zusammenzuknoten und seinen zerfetzten Arm dort hinein zu legen.

Er konnte kaum gehen. Der Mond schien fahl hinter den Bäumen.

Und hinter ihm heulten wieder die Bestien. Ein ganzes Rudel war auf seiner Fährte.

Wenn er nur sein Ulfberht hätte – und die Kraft, es zu führen, fügte er im stillen hinzu.

Immer wieder wurde ihm schwarz vor Augen. Mühsam schwankte er weiter. Der Schmerz verdrängte Panik und Angst aus seinem Bewußtsein.

Ich sterbe.

Aber auch das spielte keine Rolle mehr. Er wollte nur noch eines: seine Neugierde befriedigen, bevor es zu Ende ging. Und Cat wiedersehen. Vielleicht würde es doch noch ein Ende wie im Märchen geben, und er konnte in ihren Armen sterben.

Er stürzte, fluchte kraftlos und stand wieder auf. Hatte ihm jemand geholfen? War da ein Arm, der ihn stützte?

Egal. Er konnte jetzt besser gehen. Er kam durch eine Baumreihe – da war ein heller, silberfarbener Schein. Der Wald hörte auf, als wäre er ein Teppich mit einer glatten Kante. Vor ihm lag offenes Land, das sich zu Hügeln erhob. Direkt vor ihm erhob sich einer der Hügel über die anderen und wurde zu einem zerklüfteten Felskegel, der schwarz im Mondlicht schimmerte. Auf seinem Gipfel stand ein Gebäude, das so kunstvoll angelegt war, daß man unmöglich sagen konnte, wo der Fels endete und die Mauer von Menschenhand begann. Ein Schloß.

Er lächelte. Natürlich. Alles paßt zusammen.

Er schritt aus dem Wald, verließ ihn genau in dem Moment, in dem die mörderischen Schatten ihn anspringen wollten. Sie verharrten unter den letzten Bäumen, knurrten und kläfften vor Enttäuschung, kamen aber nicht weiter. Michael grinste sie an.

Leckt mich.

Dann taumelte und stolperte er durch die mondhellen Hügel nach Süden, zum Schloß des Schwarzen Reiters.

KAPITEL ZWEIUNDZWANZIG

Es war kalt in den Hügeln. Das Mondlicht glitzerte über Gras, das mit Rauhreif überzogen war. Ein Stück weiter bedeckte eine dünne Schneeschicht den Boden, und schon bald reichte ihm der pulvrige Schnee bis zu den Knöcheln. Seine Füße wurden naß und taub. Er stopfte sich eine Hand voll Schnee in den Mund, um seinen quälenden Durst zu löschen. Die Kälte schmerzte an seinen Zähnen und pochte in seinem Kopf. Seine Augen brannten wie zwei feurige Kugeln in einem eiskalten Schädel, aber er spürte kaum den Schmerz seiner Verletzungen. Ihm war schwach bewußt, daß er wahrscheinlich unter Schock stand.

Ohne weiter nachzudenken, stapfte er grimmig bergauf. Er wollte nur noch das Schloß erreichen. Immer wieder rutschte und strauchelte er über den verschneiten Boden – und stürzte einmal so schwer, daß er aufschrie. Hinten im Wald heulten immer noch die Wölfe, als wollten sich über seine Schmerzen lustig machen.

Aber ich habe sie besiegt, dachte er. Irgendwie bin ich an ihnen vorbeigekommen. Habe es bis hierhin geschafft.

Sein Atem war eine weiße Wolke. Als der Hang steiler

wurde, bewegte er sich auf Händen und Füßen weiter. Der Schnee hinter ihm war aufgewühlt und blutbespritzt. Unerbittlich kämpfte er sich über die unversehrte weiße Fläche nach Süden, die Spur, die er zurückließ, konnte man meilenweit sehen. Den Waldläufer in ihm störte das, aber der Rest von ihm wußte, daß es egal war. Er hatte den Wolfswald überlebt, hatte nach so vielen Jahren sein Ende erreicht. Es würde keine Verfolger mehr geben.

Das Schloß kam langsam näher, ragte stockfinster in den mit Sternen übersäten Himmel. Kein Licht brannte dort, kein Lebenszeichen war zu erkennen. Es wirkte wie eine Ruine am Ende der Welt, ein grimmiges Mahnmal.

Er kam immer höher, bis er schließlich auf gleichbleibender Höhe weitergehen konnte. Er hatte die Höhen der Hügel erreicht, mußte nur noch ab und zu eine Senke zwischen den Gipfeln durchqueren. Er befand sich hier höher als jemals zuvor in diesem Land, und wenn er sich umblickte, breitete sich das ganze Panorama dieser Welt vor ihm zu allen Horizonten hin aus. Im Norden erstreckte sich der frostüberzogene Wald unendliche Meilen weit im Mondlicht. Im Osten und im Westen setzte sich die Hügellandschaft fort. Dort waren die Hügel höher, und ihm wurde klar, daß er durch ein hügeliges Tal wanderte, das von den felsigen, schroffen Hügelkämmen im Osten und Westen umschlossen wurde. Es war, als durchschnitt ein Paß die Hügelkette nach Süden, der von dem Schloß überragt wurde.

Im Süden, hinter dem schwarzen Felskegel, auf dem das Schloß des Schwarzen Reiters stand, befand sich eine weiße Landschaft aus zerklüfteten Felsgraten und Bergkämmen, die immer höher wuchs und zu den schroffen, gewaltigen, schneebedeckten Bergen am Horizont führte. Sogar aus dieser Entfernung spürte er die riesige Höhe und Kälte der Berge. Eis- und schneeüberzogene Berggiganten erstreckten sich wie eine mächtige Barriere an der Südseite dieser Welt. Er wußte jetzt, warum einige der Waldvölker sie für das Ende der Welt hielten, hinter dem nur noch ein unendlicher Abgrund kam, in dem die Sterne schwebten.

Das Schloß war jetzt direkt über ihm, schwarz und dunkel. Er war fast am Ziel, und seine Kräfte gingen zu Ende. Er blieb einen Moment stehen und sah, daß eine vereiste Straße sich um den Felskegel herum zu dem Schloß hochwand.

Er stöhnte. Sein verletzter Arm hatte bis zum Bizeps jedes Gefühl verloren, die gebrochenen Rippen schmerzten unaufhörlich, und die Risse, die die Klauen des Wolfes hinterlassen hatten, bluteten heftig. Das Blut gefror sofort. Es war noch kälter geworden. Es herrschte eine erbarmungslose betäubende Kälte, die ihm bis ins Mark drang. Er konnte seine Füße nicht mehr spüren, und Eispartikel knisterten in seiner Nase.

»Jesus«, stammelte er zitternd. Das hatte er nicht erwartet. Hatte er wirklich Cat im Wald gesehen, oder war es nur Einbildung gewesen? Er blickte hoch zu der Straße, die sich um den Felsen schlängelte.

Ich ... ich schaffe es nicht.

Er wurde grob nach vorne gestoßen – er spürte deutlich zwei Hände in seinem Rücken – doch als er herumfuhr, war da niemand. Er stieß wilde Flüche aus.

»Ist ja schon gut! Wenn du es unbedingt willst, werde ich es tun.«

Stolpernd machte er sich auf das letzte Stück des Weges. Er fluchte und murmelte unablässig vor sich hin, versuchte, sich selbst anzuspornen. Doch der steile Anstieg und die eisige Kälte raubten ihm nach einer Weile den Atem, und er verstummte, rang keuchend nach Luft. Einmal blieb er stehen und spuckte dunklen Schleim, der sich hinten in seinem Hals sammelte, in den Schnee, und er wußte, daß eine seiner Rippen einen Lungenflügel verletzt hatten. Er kämpfte sich weiter, denn er konnte nirgendwo anders hingehen.

Er rutschte auf einem schlüpfrigen Stein aus und stürzte, prallte mit dem Kopf auf den Boden. Ihm wurde schwarz vor Augen, und für einen Augenblick hatte er ein seltsames

Gefühl: Er glaubte, zu Hause am warmen Küchenherd zu sitzen. Die Wärme umhüllte ihn und taute seine Zehen auf. Sein Zittern ließ nach. Aber der Waldläufer in ihm wollte nicht zulassen, daß er liegenblieb. Erfrierungstod, sagte er. Steh auf. Aber es war nicht seine eigene Stimme, die das sagte.

Er öffnete mühsam die Augen unter den eisverkrusteten Wimpern und sah Cat, die sich über ihn beugte. Sie trug nur den weißen Umhang, in dem er sie zum ersten Mal gesehen hatte, doch sie schien die Kälte nicht zu spüren.

Er lächelte. Dieser weiße Umhang. Sie hatte ihn so lange getragen. Er sah aus wie ein Krankenhaushemd, so eins, wie man es werdenden Müttern gab. Er fragte sich, warum ihm das noch nie aufgefallen war.

Sie sah ihn stumm an, und er seufzte.

»In Ordnung.«

Er stemmte sich hoch, kam auf Hände und Knie, dann auf die Beine. Auf seinen Fingern und seinem Handrücken hatten sich weiße Flecken gebildet. Mein Gott, er war so müde.

»Ich verfluche dich, Cat.« Aber er torkelte weiter.

Er hatte das Gefühl, daß er schon seit vielen Stunden unterwegs war, aber im Osten wurde es nicht heller, es gab kein Anzeichen der Morgendämmerung, und der Mond schien sich kaum von der Stelle bewegt zu haben. An diesem Himmel gab es keinen Großen Wagen, mit dessen Hilfe man die Zeit bestimmen konnte. Er fragte sich, ob der Schwarze Reiter das Land in der Dunkelheit ließ, um seinen Aufstieg zu behindern. Vielleicht war aber auch nur sein Zeitgefühl durcheinandergeraten. Schließlich war auch alles andere durcheinandergeraten.

Und dann war er am Ziel.

Einfach so. Er stieß ein kicherndes Krächzen aus, das in einen krampfartigen, blutigen Husten überging.

Die Wände des Schlosses ragten schwarz glänzend vor ihm auf – fünfzehn, zwanzig Meter hoch vielleicht. In der Mauer war keine Fuge, kein Spalt, kein Mörtelbröckchen zu erkennen. Unter den Füßen spürte er Pflastersteine – der Schnee war hier dünn –, und der kalte Wind heulte um den Felskegel. Er war so erschöpft, daß er nicht einmal zitterte.

Ein hoher Torbogen gähnte dunkel vor ihm.

Ein ausgetrockneter Wassergraben klaffte wie ein dunkler Abgrund im Felsboden. Darüber führte eine baufällige Steinbrücke zu dem Portal. Wie die Brücke zu Hause, dachte er. Ein Durchgang. Er wußte, daß er durch das Tor gehen mußte, und er wußte, daß er sich beeilen mußte, denn sein Bewußtsein und sein Leben schwanden langsam. Sein Körper war trotz der Jahre des Mißbrauchs noch immer hart und zäh, aber letztendlich war er nur ein Mensch. Sterblich.

Er torkelte durch den Torbogen.

»Cat! Bist du hier?«

Große Gebäude umgaben den Schloßhof. Hinter ihm lag ein hoher Wachturm, von dem ein breiter Weg auf den Hof führte. Ein eingebrochener Brunnen befand sich in der Mitte des Platzes.

Die Gebäude waren Ruinen. Eingestürzte Wände, löchrige Dächer. Schindeln und Schutt übersäten zusammen mit den verfaulten Überresten einst mächtiger Eichenholzbalken das Pflaster. Michael schlurfte durch die Überbleibsel vergangener Jahrhunderte. Zerbrochene Schwerter, Teile von Kettenhemden, Knochen und Schädel. Töpferwaren, Kupferkessel, glitzerndes rauhreifüberzogenes Werkzeug, das im Mondlicht schimmerte. Alles lag wirr durcheinander auf dem gepflasterten Hof, wie Reiskörner nach einer Hochzeit. Verlassen. Der Ort war völlig verlassen.

Er stöhnte. »O Gott.«

Und dann, irgendwo in der Nähe, Musik. Ein Tamburin wurde geschlagen, jemand spielte auf einer Mandoline, der goldene Klang einer Harfe ertönte. Wundervolle, betörende Musik, gleichzeitig fröhlich und voller Wehmut, die sein Herz anrührte und dann leise wie das Echo eines Silberglöckchens verhallte. Er hatte diese Musik schon einmal gehört.

Hohe, kreideweiße Mauern, die im Sonnenlicht emporragten. Es gab Zinnen und flatternde Fahnen und Männer in glänzenden Rüstungen, die auf großen Pferden ritten. Eine Brücke überspannte einen breiten, glitzernden Fluß, und daneben badeten schlanke Mädchen.

Ein Bild, das so schnell wieder verschwand, wie es erschienen war. Warum hatte er das Gefühl, schon einmal hier gewesen zu sein?

Er rief noch einmal Cats Namen. Dumpf hallte seine Stimme über den Hof, wie in einem schallisolierten Raum. Warum hatte er überhaupt erwartet, sie hier zu treffen?

Weil er sie gespürt hatte. Sie war bei ihm gewesen seit er den Wald verlassen hatte.

Sie war hier.

Sein Blick verschwamm. Er war am Ende seiner Kraft. Er sank mit den Knien auf den harten Boden.

Der Schwarze Reiter ritt aus dem Schatten; dumpf klangen die Hufe seines Pferdes über das Pflaster. Er wirkte unglaublich groß, ragte in den Sternenhimmel, und der Mond leuchtet hinter seinem Kopf. Sein Gesicht war im Schatten der Kapuze nicht zu erkennen.

Michael stockte das Herz für einen Augenblick. Er war reingelegt worden. Cat hatte ihn nicht hierhergerufen. Es war ein Trick des Schwarzen Reiters gewesen. Jetzt war seine Seele verloren.

Doch er spürte keine Angst. In seinem Zustand völliger Erschöpfung und unerträglicher Schmerzen konnte er plötzlich klar denken, sein Gehirn arbeitete mit eisiger Logik. Das Schlimmste hatte er schon hinter sich. Es war ihm egal, was noch kam.

Mit schmerzverzerrtem Gesicht kam er auf die Beine.

»Was zum Teufel bist du?« murmelte er.

Und wie zur Antwort hob der Schwarze Reiter die Hand und streifte eine Kapuze zurück. Michael riß die Augen auf.

Es gab dort nichts Menschliches. Der Kopf sah aus wie ein überwucherter Baumstumpf aus dunklem Holz, um den sich Geißblattranken wie eine Halskette wanden. Stechginster, Mistelzweige und Waldrosen hingen wie Haare herab. Da, wo die Augen sein mußten, leuchteten zwei Ebereschenbeeren, und ein Kranz aus Schwarzdorn wand sich wie eine Krone darüber.

»Ich bin der Wildwald«, sagte der Schwarze Reiter mit weicher Stimme. Es klang wie das Rauschen des Windes in den Kronen der großen Bäume. Die Stimme hatte keine Tiefe, so als sei die Brust, der sie entstammte, kein luftdichtes Gebilde, sondern ein luftiger Laubkorb.

»Cat«, flüsterte Michael. »Wo ist sie?«

Hier, Michael. Die Worte glitten an ihm vorbei, wie ein Blatt im Wind.

Wir sind alle hier, Michael.

Er merkte, daß die Stimme von dem Schwarzen Reiter kam.

»Was hast du mit ihr gemacht – mit Rose? Was zum Teufel willst du?«

»*Dich.*«

Michael wich zitternd zurück. »Nein.«

Ohne einen wahrnehmbaren Übergang saß Cat plötzlich vor ihm auf dem Pferd. Ihre Narben waren verschwunden, und ihr Haar schimmerte im Mondlicht.

»Ich bin es, Michael. Ich bin ein Teil des Waldes, wie ich es immer war. Ich habe mich nicht verändert – aber ich habe jetzt keine Angst mehr.«

»Er hat dich geholt, Cat. Er hat dich doch noch erwischt. Es war mein Fehler. Es tut mir leid.«

Sie wirkte verärgert.

»Du verstehst es nicht, nicht wahr?« Aber dann verschwand ihr Gesicht, und er sah wieder die bemoosten Gesichtszüge des Schwarzen Reiters vor sich. Der Grüne Ritter.

»Ich bin der Wildwald«, sagte die Gestalt wieder. »Und ich bin alles, was du willst. Was du siehst, ist, was du sehen willst. Wurzel und Ast, ich bin aus dem gleichen Holz wie jeder Baum, der in dieser Welt wächst.«

Und dann saß Nennian auf dem reglosen Pferd. Ein leichtes Lächeln lag auf seinem breiten Gesicht.

»Du hast dich verändert, Waldläufer. Die Welt, in der du jetzt lebst, paßt nicht zu dir. Du gehörst genauso in den Wald wie ich.«

»Er hat dir die Seele genommen«, krächzte Michael.

Der Priester lächelte immer noch und schüttelte leicht den Kopf. »Du verstehst noch immer nichts.« Er verschwand.

»Was ist mit Rose? Was ist mit ihr passiert? Ist auch sie hier?«

»Sie ist in deiner Welt gestorben, aber ja, sie ist hier. Sie hatte eine Tochter, die dem Wald gehörte.«

Cat. Michael hatte es schon seit Jahren geahnt. Sie war seine Cousine.

»Laß mich Rose sehen.«

»Sie ist tot.«

»Das war Nennian auch.«

»Der Priester war ein Teil des Waldes, Teil dieser Welt. Er wird daher nie wirklich sterben.«

»Also war meine Suche von Anfang an vergeblich. Ich hätte Rose niemals finden können.« Er war verbittert; verbittert und verletzt. Alle Leiden waren umsonst gewesen. Er hatte seine Zeit in dieser Welt sinnlos vergeudet, vielleicht auch Cats.

Der Schwarze Reiter antwortete nicht.

Die Kälte fraß sich immer tiefer in Michaels Körper, und das Blut seiner Wunden war zu dunklen Kristallen gefroren. Er glaubte nicht, daß er noch viel Zeit hatte.

»Warum bin ich hier? Du hast mich hierhergebracht, nicht wahr?«

Der laubumkränzte Kopf nickte leicht. Sein Pferd schnupperte an dem weißen Boden. Rauhreif bildete sich an seinen Nüstern, aber es schien gegen Kälte unempfindlich zu sein. Michaels Gesicht verwandelte sich in eine Eismaske; sein Atem kondensierte um Mund und Nase. Leichtes Knistern ertönte, wenn er sprach. Er war sehr müde.

»Wenn du hier stirbst, bist du mein«, sagte die Stimme. »Dann wirst du ganz zum Wald gehören.«

Michael begriff, daß der Wildwald zu ihm sprach. Das Schloß war nur noch eine Ruine, ein Überrest, um den sich Legenden bilden konnten. Und der Schwarze Reiter war nur ein Symbol. Der Wald war der Schlüssel, der Mittelpunkt von allem, das Herz dieser Welt. Ihr Gott. Der arme Nennian hatte den Schwarzen Reiter stellen wollen, ohne zu begreifen, daß er nur den Willen des Waldes verkörperte. Er stahl keine Seelen – sie wurden an den Wildwald verloren. Auch Nennian hatte seine verloren.

Ich liebe die großen Bäume.

Der Schwarze Reiter war der Wald.

Ich bin alles, was du willst.

Rose hatte eine mysteriöse Liebesaffäre gewollt. Michael wollte Cat. Oder Rose. Es spielte keine Rolle. Er hatte das dunkelhaarige Mädchen gewollt, und der Wald hatte es ihm gegeben.

Aber jetzt wollte er dafür eine Gegenleistung.

»Du wirst mich nicht bekommen«, sagte er ruhig. Die Kälte lähmte seine Kiefermuskeln, und er konnte die Worte nur mühsam hervorbringen. »Ich werde kein Teil von dir werden, wenn du Rose nicht gehen läßt.«

»Sie ist tot.«

»Du hast, was von ihr geblieben ist. Ihre ... Seele. Und du hast mein Leben. Gib ihr mein Leben und laß sie zurückkehren. Laß sie frei, und ich werde ein Teil deines Waldes werden. Ich werde tun, was du willst.«

»Bist du so stark, daß du mit mir handeln kannst?« Die Worte waren ein sanfter, aber bedrohlicher Hauch.

»Ich bin nicht Nennian. Mich kannst du nicht täuschen. Mein Leben für ihres.«

Das Gesicht starrte ihn an. Er schien zu überlegen, die Dinge abzuwägen. In diesem Augenblick begriff Michael, daß er nicht böse war, genauso wenig wie ein Frühjahrssturm oder ein Blizzard im Winter böse sind. Er war so elementar wie die Sonne.

»Sie wird zu dem Moment zurückkehren, an dem sie gegangen ist, zurück zu einer totgeborenen Tochter und einem Leben in Schande.«

»Aber sie wird leben.«

»Wenn sie zurückkehrt, wirst auch du dort sein, als Junge. Der Mann, zu dem du herangewachsen bist, wird nie existieren. Es wird in deiner Welt einen anderen Michael Fay geben. Die Geschichte dieses Landes wird sich geändert haben.«

Michael lächelte. Also würde sein anderes Ich noch eine Chance bekommen, ein Leben, das nicht von der Zeit an dem Anderen Ort ruiniert war. Und Rose würde bei ihm sein. Wer weiß? dachte er. Vielleicht würde er sogar eines Tages nach England gehen und dort ein hübsches Mädchen treffen, das von einem Mann träumte, der im Schlaf Gälisch sprach.

»Abgemacht.«

Das Laubgewirr um das Gesicht herum raschelte wie in einem stillen Lachen.

Das glückliche Ende eines Märchens.

Michael wußte, daß er gewonnen hatte. Er hatte schließlich doch noch erreicht, was er sich vorgenommen hatte.

Cat war da, und Nennian, mit einem freundlichen Grinsen auf seinem offenen Gesicht. Michael fror nicht länger.

Ich werde tun, was du willst.

Er verließ die zerschundene Hülle, die er einmal gewesen war, fand Cat geschmeidig und lebendig in seinen Armen. Sie standen Arm in Arm im Sonnenlicht und blickten über die unendliche Weite des Wildwaldes, der Atem und Leben und Herz dieser Welt war. Und es war Sommer.

Mein Leben für ihres.

EPILOG

Der Sommerabend wurde schließlich zur Nacht. Sie legte den letzten Teller auf die Spüle und lauschte dem Zwitschern der Vögel. Draußen brach die Dunkelheit herein; die Sonne war schon lange hinter den Bergen im Westen untergegangen. Nur noch ein letztes Glühen, wie die Glut eines erlöschenden Feuers, war am Horizont zu sehen.

Im Haus war es ruhig. Die meisten Familienmitglieder waren schon im Bett, und der alte Dämon zuckte in seinem unruhigen Schlaf unter dem Küchentisch. Ein Stück Zaumzeug lag seifeglänzend auf dem Stuhl, wo Mullan es liegengelassen hatte. Die Uhr tickte leise in der Stille.

Sie ging nach oben, vermied mit langjähriger Erfahrung diejenigen Stufen, die knarrten, und blieb oben am Treppenabsatz stehen. Leises Atmen, das Ticken weiterer Uhren. Sie betrat das kleinste der Zimmer, stand für einen Augenblick da und blickte hinunter auf den Kopf, der auf dem Kissen lag. Der Mund stand im Schlaf offen, und eine Hand hing zum Boden. Sie legte den Arm des Jungen unter die Decke und küßte ihn auf die Stirn, die sich sofort glättete. Dann schlich sie auf Zehenspitzen wieder nach unten und ging leise in den Hof hinaus.

Der Himmel war weit und wolkenlos. Es war ein heißer Tag gewesen, und der Abendstern erschien über den Bäumen. Sie hörte den Fluß in der Senke rauschen, das Geräusch einer Eule, die früh unterwegs war. Die Schritte ihrer nackten Füße waren im Gras nicht zu hören.

Hier unten, am Rand der Senke, war der Fluß lauter, und die Nacht brach im Schatten der Bäume schneller herein. Sie lehnte sich mit dem Rücken an einen der Bäume und schlang die nackten Arme um die Knie, wartete, wie sie schon so oft in der Morgen- und Abenddämmerung gewartet hatte, ohne genau zu wissen worauf. Jahrelang.

Manchmal dachte sie, daß sie beobachtet wurde, während sie dort hockte, von kleinen Gestalten im Schatten; und einmal war sie sicher gewesen, daß sie dumpfen Hufschlag gehört hatte. Aber der Wald war leer, und der Fluß plätscherte in der Dunkelheit der Brücke am Ende der Bäume entgegen.

Wieder war nichts geschehen. Steif vor Müdigkeit stand sie auf und begann über die Felder zurückzugehen, dorthin, wo das Licht hinter dem Küchenfenster in der Finsternis leuchtete. Am Gatter blieb sie noch einmal stehen und blickte sich um – und in diesem Moment sah sie eine Bewegung und meinte zu hören, wie leise ihr Name gerufen wurde.

Sie rannte zurück, war sich jetzt sicher, und ihr Herz klopfte in einer unbegreiflichen freudigen Erwartung, und sie lachte glucksend vor Freude. Zwei schemenhafte Gestalten standen am Waldrand. Die Bäume hinter ihnen standen merkwürdig dicht beieinander, als seien sie ein Dickicht aus einem anderen, älteren Wald.

Sie blieb stehen. Der Mann war groß, breitschultrig und bärtig. Er trug Lederkleidung und stützte sich auf einen Speer. Die Frau neben ihm war schlank und dunkelhaarig. Sie hielt einen Bogen in der Hand, und ein gefüllter Köcher hing auf ihrem Rücken. Sie standen so still, daß sie ein Teil des Waldes hätten sein können. Die hellen Ovale ihrer Gesichter hoben sich schwach vom dunklen Hintergrund ab.

Dann hob der Mann die Hand und sagte etwas in einer Sprache, die sie nicht verstehen konnte. Aber es waren fröhliche Worte, eine fremdartige Melodie, die so tief und alt wie die Hügel war. Und die Frau lachte. Ihre Stimme klang silberhell durch die hereinbrechende Dunkelheit. Rose traten Tränen in die Augen, und die Welt verschwamm. Als sie wieder klar sehen konnte, waren sie verschwunden, und der Wald war wieder leer. Sie rannte über die Felder zurück nach

Hause. Erde klebte an ihren Füßen, und wilde Blumen schlugen gegen ihre Knie. Die Sterne funkelten am Nachthimmel, und sie sang.

ENDE

Band 20 256

Michael Moorcock

Der Runenstab

Die Saga vom Herzog von Köln

Sein Ursprung liegt tief im Dunkel der Zeiten verborgen; denn er entstand, als die Erde noch jung war. Doch über Zeit und Raum hinweg wirkt der Runenstab auf Völker und Stämme sowie auf das Schicksal einzelner Menschen.

Insbesondere auf Dorian Falkenmond, den Herzog von Köln. Nur er verfügt über genügend Mut und Macht, sich den finstersten Kräften entgegenzustellen. Als die Dunklen Heere des Imperiums sich anschicken, die Welt zu erobern, zieht er mit seiner Legion der Morgenröte in den Kampf . . .

BASTEI LÜBBE

Sie erhalten diesen Band im Buchhandel, bei Ihrem Zeitschriftenhändler sowie im Bahnhofsbuchhandel.